복 수 완 수 자 의
인 생 2 회 차
이 세 계 담 1

"Fukushuu Kansuisha no Jinsei Nishuume Isekaitan"
Story by Hozumi Mitaka, Illustration by Tsubata N

미타카 호즈미 지음
노자키 츠바타 일러스트
주승현 옮김

쿠로노 코우스케
/쿠로

시로

에코나

"껴안아 준다면 생각해 보겠……앗

말하고 나서 그녀는 '아차' 싶은 표정을 지었ㄷ

코우스케한테 이런 농담을 하

실행에 옮긴다는 걸 뒤늦게 깨달은 모양이ㄷ

그때에는 이미 그녀를 잡아당겨 끌어안고 있었ㄷ

코우스케와 달리 그녀는 땀을 흠뻑 흘리고 있ㄷ

역시 보정효과인 것 같ㄷ

그녀의 가슴이 코우스케의 흉부에 닿아 말랑, 하고 형태를 바꿨ㄷ

"아아, 늦었어! 정말, 농담이라는 ㄱ

알고 있었잖아?! 이, 이거 놔

얼굴이 빨간 건 더위를 먹어서 그런 걸 같ㄷ

부끄러워서 그런 걸까. 당연히 후자일 것이

복수 완수자의 인생 2회차 이세계담 1

"Fukushuu Kansuisha no Jinsei Nishuume Isekaitan"
Story by Hozumi Mitaka, Illustration by Tsubata Nozaki

미타카 호즈미 지음
노자키 츠바타 일러스트
주승현 옮김

Contents

프롤로그

쿠로노 코우스케의 주위에는 일곱 구의 시체가 굴러다니고 있었다.

만약 이 자리에 코우스케 이외의 관측자가 있다면, 그들이 죽은 모습으로부터 얼마나 처참한 말로를 걸었는지 상상할 수 있었으리라. 가령 파이프 의자에 묶인 한 명은 사지의 손가락과 발가락이 하나도 남김없이 잘려나갔다. 가령 알몸으로 벗겨져 무릎을 꿇고 엎드린 자세를 취한 한 명은 머리가 사라진 상태다. 가령 스프링이 튀어나온 낡은 침대에 누운 한 명은 관절이라는 관절이 모두 반대쪽으로 꺾여 있다. 가령 얼핏 평범하게 옷을 몸에 걸치고 있는 한 명은 옷과 피부가 실로 봉합되어 있다. 가령 천장에 거꾸로 매달려 있는 한 사람은 물이 가득 찬 양동이에 머리가 잠겨 있다. 가령 괴로운 표정으로 지면에 나동그라진 한 사람은 팔에 무수한 주사 자국이 있다. 그리고 마지막 한 사람은 전신에 날붙이가 박혀 있었다.

그것들은 전부 코우스케가 몸소 죽인 자들이다. 구제(驅除)라고 바꿔 말해도 좋다.

산속에 세워진 방치된 러브호텔을 무대로 막을 연 참극이었다.

비극의 생산자, 혹은 더욱 현실적으로 범인이라고 해야 할 소년의 표정에는 감정다운 것이 없다.

쾌락에 의한 살인도 아니고, 사람을 죽이는 걸 업으로 삼고 있는 것도 아니었다.

흐린 하늘이 달을 가리고, 밤의 어둠이 모든 소리를 집어삼킨 그런 겨울날의 일. 낙엽이 스치는 소리조차도 닿지 않는 어둠 속에서, 소년은 자신이 만들어 낸 참상 한가운데에서 무릎을 꿇고 있다. 마치 지옥같군, 하고 생각하면서.

분뇨와 혈액이 섞인 독특한 이취(異臭)는 숨이 콱 막힐 정도로 농도가 높아, 호흡을 할 때마다 산소뿐만 아니라 메스꺼움마저도 체내로 끌어들였다. 그래도 그의 표정은 변함이 없다. 허무를 붙여 놓은 것만 같은 무표정을 관철하고 있다.

세간의 상식에 비추어 보면 소년의 행위는 살인이라는 죄에 해당할 것이다.

그래도 코우스케에게 사람을 죽이고 말았다는 의식은 없었다. 그런 생각을 품을 수 있을 리가 없었다.

선량한 인간에게 이런 짓을 한 것이라면 코우스케도 양심의 가책에 시달렸을지도 모른다.

하지만 이취를 내뿜는 오물로 변한 자들은 생전에서부터 완전히 선량함의 대척점에 위치한 인종이었다.

지금은 처참한 꼴로 변해버렸지만, 일곱 명 모두 올해 18살이 되는 코우스케와 그리 나이 차이가 나지 않는 젊은이들이었다.

하지만 그들의 소행은 신이 실제로 존재한다면 최우선적으로 천벌을 내렸을 정도로 더없이 추악했고, 그들이 직간접을 불문하고 죽음으로 내몬 사람은 백을 족히 넘는다. 그럼에도 불구하고 그들은 그날까지 일절 벌을 받지 않고 태평하게 악랄한 짓을 저질렀으며, 쾌락을 탐하고 숨을 쉬는 것을 허락받아 왔다.

권력자의 비호 아래에 있는 악인은 벌할 수 없다.

사회라는 구조에 반드시 생겨나는 어둠. 세계 규모로 보면 그리 드물지도 않은 현실.

하지만 그로 인해 피해를 본 사람들의 저지에서 보면 도저히 용납할 수 없는 일이다.

코우스케도 마찬가지였다. 그들에게 빼앗긴 것은 어떻게 해도 되찾을 수 없다.

이 세상에서 할 수 있는 어떠한 행위에 골몰하더라도 되찾을 수 없다.

그런데도 그들의 일상은 계속된다. 피해는 끊이지 않고, 산더미처럼 쌓여 간다.

누군가가 끝내지 않으면 안 된다.

그렇게 생각하는 건 정상적인 윤리관을 가진 인류의 정상적인 반응이라고 말할 수 있으리라.

해충은 구제해야만 한다. 의문을 품을 여지가 없는 결론.

결국 코우스케는 실로 5년이라는 세월을 들여, 그날 드디어 구제에 성공했다.

달성감이라 부를 수 있는 건 치밀어 오르지 않았다.

쾌재를 부르고 싶어지는 게 아닐까 하고도 생각했지만, 새어

나온 건 지독히 메마른 공허한 웃음소리뿐이었다.

바라는 결과를 얻었는데 감개는 일절 솟지 않고, 가슴에 찾아오는 건 허무함이라고도 할 수 있을 적요(寂寥)뿐.

생각해 보면 당연한 것이었을지도 모른다.

비생산적인 단순한 복수로 만족감 따위를 얻을 수 있을 리가 없다.

그렇다. 소년의 행위는 복수였다. 5년 전에 빼앗긴 사람의 원수를, 오늘 이날 드디어 갚은 것이다.

코우스케의 행위를 어리석다고 한탄하는 자도 있을 것이다. 복수는 아무것도 낳지 않는다는 상투적인 말을 내뱉는 자도.

그것참, 바보 같은 말이다.

복수를 생각하는 인간이, 생산성 같은 걸 고려하여 움직일 리가 없는데 말이다.

낳기 위해서가 아니라, 파괴하기 위한 행동이 복수인데.

이성이 아니라, 충동이다. 발산시키지 않는 한 영원히 사라지지 않는다.

그리고 코우스케의 그것은 이미 충족되어 안개처럼 흩어졌다.

고로 이 세상에 머무를 미련은 이미 없었고. 이 세상에서 살아갈 이유도 이미 없다.

그는 손에 쥐고 있던 나이프를 자신의 경동맥에 가져다 댔다. 나머지는, 끝낼 뿐.

『아깝지 않은가?』

　그런 목소리가 들린 순간, 쿠로노 코우스케의 인생은 끝났다.

　착각이 아니라면, 나이프는 목을 갈랐을 터다.

　시야 아래쪽에서 검붉은 액체가 기세 좋게 뿜어져 나오는 것을 남의 일처럼 바라보고 있었을 터.

　신기하게도, 고통은 없었던 것 같다.

　현실감을 잃은 상태였기 때문일까.

　하지만 그의 자살은 성공하지 않았다.

　혹은, **성공했지만 죽지 않았다.**

　코우스케는 살아 있다.

　그러면 다음에 눈을 떴을 때, 그는 대체—『누구』인가.

　애초에 인생이 끝난 그가 죽지 않았다는 건 대체 무슨 의미인가.

　답은—.

◇

　청량한 바람이 피부를 쓰다듬고, 눈꺼풀 너머로 희미한 빛이 시각을 자극했다.

　정신을 차리니, 코우스케는 낯선 장소에서 무릎을 꿇고 있었다.

　"——."

11

눈을 깜박할 정도의 찰나였다고 생각한다. 시야가 차단된 건 그만큼 지극히 짧은 시간이었다.

그런데도 눈앞의 경치는 물론이거니와 시간까지 이동한 상태다.

장소는 폐건물에서 신전을 연상케 하는 폐허로. 시간은 심야에서 이른 아침으로 짐작되는 어슴푸레한 시간대로.

그보다 근본적인 문제로서 어째서 자신은 죽지 않은 걸까, 하고 코우스케는 의문스럽게 여겼다.

혀를 찰 뻔한 걸 참고 생각했다. 그렇다. 코우스케는 이 이상 사태 속에서 사고에 몰두했다.

목적을 이룰 때 필수불가결한 것은 무엇인가.

무력인가. 그래, 필요해질 상황도 있을 것이다. 재력인가. 일종의 만능적인 힘이다. 지력인가. 어리석은 자는 헤어날 수 없는 국면이 있다면 필수다. 인간적인 매력인가. 주위의 조력을 얻는 데 도움이 되는 힘이다. 혹은 그것들로 쌓아 올린 권력인가. 취할 수 있는 선택은 늘어나리라. 다만, 코우스케의 생각은 달랐다.

필요한 것은 목적을 달성할 때까지 계속되는 사고다. 당연히 잠을 자지 않고 계속 생각하라는 게 아니다. 어떠한 상황에서도 냉정한 사고를 잃지 말라는 뜻이다. 고민하고 망설이는 시간은 쓸데없기는커녕 빈틈이다.

한순간에 현재 상황을 파악하고 곧바로 최선책을 취한다. 말하자면 정신력이야말로 가장 중요한 힘이다.

적어도 쿠로노 코우스케에게는 그랬다. 까닭에 이해되지 않는 현실을 앞에 두고서도 동요하지 않고, 상황을 판단하는 쪽으로 냉정하게 사고를 옮겨 갔다.

우선 나이프는 확실히 자신의 목숨을 끊는 일격을 성공시켰다. 출혈도 확인했다. 치료를 받았다? 누가 무엇을 위해 그런 행동을? 나이프는 아직 오른손 안에 있다. 이러한 장소에 방치하는 이유도 분명하지 않다. 적어도 현시점에서는 그 가능성은 낮을 것이다. 거기서 코우스케는 생각해 냈다.

확실히 목을 가르기 직전, 묘한 목소리가 들리지 않았나. 『아깝지 않은가?』라고.

그렇지만 환청으로 현실이 설명될 리가 없다.

그리고 코우스케한테는 자기가 환각을 볼 정도로 정신이 나가지 않았다는 자신이 있다.

때문에 코우스케는 눈앞의 광경이 어디까지나 현실이라는 것을 전제로 생각을 계속해 나갔다.

"…………."

자신의 모습을 어렴풋이 확인하고, 눈살을 살짝 찌푸렸다.

신장은 178센티미터. 체중 70킬로그램. 마른 체형이기는 하지만 단련하고 있기 때문에 근육만큼 체중이 무겁게 나간다.

머리는 눈에 닿을 정도까지 기르고 있지만, 취향이 그런 것이 아니라 짧게 하면 어려 보이기 때문. 눈매도 의식해서 날카롭게 만들고 있는데, 이것도 같은 이유다. 머리카락과 눈동자 색깔은 양쪽 모두 검은색.

복장은 무늬가 없는 긴소매 셔츠와 데님 원단 청바지, 그리고 싸구려 스니커즈. 걸치고 있던 코트는 작업 도중에 벗었는데, 이곳에는 없는 모양이다.

손목시계나 지갑, 휴대폰 등의 소유물도 코트 안에 넣은 채였기에 꺼낼 방도가 없다.

하지만 코우스케가 놀란 건 그런 게 아니었다.

양동이라도 끼얹었나 싶을 정도로 뒤집어썼던 피가 흔적도 없이 깔끔하게 지워져 있었던 것이다.

이건 이상하다.

물론 조금 전부터 모든 것이 이상하지만, 코우스케의 복장 자체는 바뀌지 않은 것이다.

가령 그 현장에서 누군가가 코우스케를 데리고 나왔다 치고, 치료 후에 완전히 똑같은 옷을 준비하여 갈아입힐 수 있을까? 역시 고려할 가치가 없을 정도로 바보 같은 이야기다. 그렇다. 즉, 말도 안 되는 것이다.

그걸 포함하여 받아들인다 해도, 그러면 어째서 이런 곳에 방치하나. 나이프를 지니게 한 채로.

전혀 의미를 알 수 없었다. 환각설이 소리 높여 자신을 채용하라고 주장한다.

코우스케는 그것을 이성의 일갈로 봉쇄하고 묵고를 계속했다. 의식하여 눈을 깜박이고, 날숨을 얕게 내뱉었다.

대충 둘러본 바로는 고대의 신전 같은 느낌이다.

신전이 있던 터라고 하는 편이 실태에 들어맞을지도 모른다. 십 수 개의 돌기둥이 줄지어 서서 천장을 받치고 있지만, 몇 개가 부러져 있고, 그렇지 않더라도 균열이 간 것이 많았다.

천장도 일부 무너져 있어 안전성이라는 점에서 크게 의문이 있었다.

상쾌한 바람이 불어 지나갔고, 그때 천장 일부가 벗겨져 떨어졌다. 그대로 바람에 흔들려 날아갔다.

삼림, 혹은 숲속에라도 세워져 있는 것이리라. 주위의 경치는 녹음으로 가득 차 있다.

돌로 된 바닥의 균열을 메우는 것처럼 뿌리가 뻗어 있는 걸 보면 오랫동안 사용되지 않았다는 걸 알 수 있었다. 다만, 어딘지 모르게 신성함 같은 것이 느껴진다.

과거의 잔해라기보다는 현재진행형으로 누군가의 가호를 받고 있는 듯한.

어쩌면 코우스케가 생각하고 있는 것과는 다른 용도로 이용되고 있는 것일지도 모른다.

기후는 현실이 겨울이었던 것에 비하면 다소 따뜻하다.

그것도 일본의 겨울과 비교하면 그렇다는 것뿐이고, 어울리는 계절을 들자면 가을에 가깝다.

뒤돌아보니 눈앞에 제단이 있었다. 돌을 쌓아 올려 만들어진 것으로, 확실히 석적단(石積壇)이라고 하는 것이었던가.

나이프를 손에 든 채 일어서서 뭔가 올라 있지 않은가 확인했다.

석판이 있지만, 글자가 흐릿하여 읽을 수 없다. 왠지 모르게, 현실에 존재하는 언어가 아닌 것 같은 느낌이 들었다.

눈에 비치는 범위의 정보 수집이 끝났다. 그렇지만 딱히 무언가를 얻은 건 아니다.

그저 새로운 의문이 생겨났다.

자신은 어째서 그대로 자살하지 않는 것인가.

원래부터 그럴 셈이었으니 장소가 폐건물이든 수수께끼의 신전이든 변함없을 터다.

그런데도 실제로는 다시 자살을 시도하지 않고, 이곳이 어떤 장소인지 확인하고 있다.

『아깝지 않은가?』

설마, 그 환청을 신경 쓰고 있는 것인가.

만약 이 광경이 현실이고, 그것이 환청이 아니었다면. 그것은 어떤 의미를 지니는 것일까.

현실에서 살고 싶지 않다면, 이곳에서 살아 보아라. 그렇게 받아들일 수는 없을까.

만약 그렇다고 해서— 그것이 뭐 어떻다는 것인가?

상관없다. 그저 살라는 말을 듣고 긍정적으로 변할 정도라면,

애초에 누구도 자살 따위 생각하지 않는다.

그렇다. 무심코 습관적으로 '어떻게 헤어날까'라고 생각한 것 뿐, 애초에 그럴 필요는 없는 것이다.

코우스케는 다시 나이프를 목에 갖다 댔다.

나머지는 이것을 당길 뿐. 그것만으로 이번에야말로 모든 것이 끝난다.

"【산산이 부서질 것을 명한다】"

그리고 단숨에 목을 베려고 한 순간, 도신이 입자로 변했다. 모래알 수준으로 분해되어 흩어졌다.

"――?!"

코우스케를 놀라게 한 것은 그 현상보다도, 목소리였다.

입구라고 하면 좋을까. 단차가 낮은 계단이 연이어진 장소에서 누군가가 나타났다.

"이야~, 망설임이라는 게 없네, 너. 하지만 거기까지 하도록 할까."

그건 소녀였다.

속이 비칠 것만 같은 은백색 머리카락이 맑은 물처럼 허리까지 흘러내리고 있다.

햇볕을 따뜻하게 품고, 그 후 부드럽게 반사할 것만 같은 아름다운 반짝임이다.

흑요석을 연상케 하는 눈은 사람을 잘 따르는 고양이처럼 처져 있고, 통통한 뺨은 즐거운 듯이 풀어져 있었다.

연홍색 입술은 부채꼴 모양으로, 가느다란 팔을 주머니에 넣은 상태로 다가왔다.

구태여 현대풍으로 표현하자면 기장이 짧은 원피스 정도가 되리라.

허리에 검은 천이 감겨 있고, 그 위에 앞치마 같은 것을 걸치고 있다.

나이는 15, 16 정도로 보이지만, 그렇게는 생각되지 않는 풍만한 가슴을 지니고 있었다.

이미지만으로 말하자면 게임 등의 픽션에서 술집의 간판 여종업원이라도 하고 있을 것 같은 옷차림이다.

"술집의 간판 여종업원 같다, 고 생각했지. 정답. 술집에서 간판 여종업원 하고 있습니다~."

가벼운 어조로 말하는 소녀는 코우스케에게서 몇 미터 정도 거리를 두고 멈춰 섰다.

붙임성 있는 미소를 띠고 있지만, 어딘가 위화감이 있다. 무언가 다른 감정을 죽이고 웃고 있는 것만 같은.

"나는 시로. 그렇게 불리고 있는 미소녀야. 네 이름은?"

코우스케는 자루만 남은 나이프를 던져 버리고 자칭 미소녀를 노려봤다.

적당한 자살 수단을 잃었다는 것도 있지만, 눈앞의 소녀가 코우스케의 자살을 멈춘 게 문제다.

몹시 불가사의한 현상도 마음에 걸렸는데, 그걸 포함해서 캐물을 필요가 있다.

자살을 막기는커녕 어떤 목적을 위해 사역한다는 가능성도 있다.

"묻고 싶은 게 있다."

소녀는 물어보는 것처럼 고개를 갸웃했다.

"네 이름은?"

"이건 현실인가?"

"네 이름은?"

"이곳은 어디지?"

"네 이름은?"

"나는 조금 전까지 전혀 다른 장소에 있었다. 이건 어떻게 된 거지."

"네 이름은?"

소녀는 기계적이기까지 할 정도로 같은 대사를 되풀이했다.

코우스케는 혀를 한 번 차고, 대답했다.

"쿠로노 코우스케. 이걸로 됐나. 그러면 내 질문에 대답해라."

"흠. 으음~, 그럼 쿠로네. 당분간은 그렇게 이름을 대면 될 거야. 이 세계에서는 일본인 이름은 일반적이지 않고, 코우스케라면 발음하기 힘들다고 생각할 데니까 말이야."

일본인 이름, 이라는 건 눈앞의 소녀에게 적어도 일본인이라는 개념 자체는 있는 모양이다.

하지만 일반적이지 않다고 하는 점에서, 일본 자체는 존재하지 않거나 있어도 지명도가 낮다고 생각된다. 쿠로노 코우스케, 라는 소리의 울림이 자연스럽지 않은 이름들뿐인 땅이라는 것이리라.

코우스케는 거기까지 이해하고 나서, 그제야 아연실색했다.

─잠깐, 이 여자 지금 '이 세계'라고 했나?

마치 세계 자체가 여럿 있고, 코우스케의 세계와 그녀의 세계가 본래 다르다고나 말하는 것처럼.

"어라. 너 일본인 맞지? 가~끔 일본인 같은 특징을 갖추고 있는데, '야마토인'이라든가 '화국인(和國人)'이라고 하는 사람이 있어서 말이야. 대체로는 일본인이지만. 물론 일본인 말고도 와. 뭐, 전부 통틀어서 내방자라는 말로 한데 묶고 있는데, 너도 그거라는 거지."

"……즉, 이곳은 지구가 아닌 건가."

자기가 말해 놓고서도 그 황당무계함에 놀랐다.

"이해가 빨라 다행이지만, 약간 꺼림칙하네. 좀 더 놀라는 편이 귀엽성 있다고?"

초등학생 무렵이었나, 그런 만화를 본 적이 있다. 현실에서는 시원찮은 학생이었던 소년이 어느 날 이계로 향하는 문을 통과하자 특별한 힘이 개화하여, 개성 풍부한 동료들과 모험을 떠난다는 이야기였다.

당시에는 푹 빠져서 봤다. 가슴의 그 두근거림은 오래된 기억이다. 무척이나 멀고, 자신의 일이 아닌 것처럼 느껴졌다.

자신은 지금 그때의 만화 주인공과 같은 상황에 있는 건가.

일본에서 이세계로. 받아들이기 어렵기 짝이 없지만, 그런 것인가.

환각설의 대항마가 나타났지만, 현재로서는 어느 쪽이 나은지 판단이 되지 않는다.

"그게 사실이라 치고, 어째서 네가 내 자살을 막는 거지."

이것이 현실이라 가정해도, 모든 것을 곧바로 받아들일 수 있는 건 아니다.

소녀는 입술 모양을 귀엽게 바꾸고, 뺨에 검지를 대면서 말하기 시작했다.

"나는 안내인이야. 아무런 설명도 없이 게임이 시작되면 다들 난처하잖아? 룰 설명이나 세계관 설명 같은 게 없으면 무척 불친절해. 그러니까 내가 친절히 안내해 주고자 하는 거지. 물론 살아 있는 인간이야. 아니, 그렇다기보다 원래는 동류야. 너와는 다른 세계에서 이곳에 왔어. 파악됐어?"

"대답이 되지 않아."

"그러네. 응. 자살, 자살을 막는 이유. 으음~. 나는 말이야, 사고사해서 이곳에 전생했는데, 그런 사람은 동정하는 말을 들어. 하지만 자살하는 사람의 경우에는 이런 말을 듣는 모양이야."

소녀는 짓궂은 미소를 코우스케에게 향했다.

"아깝다, 고 말이야. 너의 자살을 막는 이유는 그저 그것뿐이야.
저기, 쿠로. 이야기를 들어보지 않을래?

죽어버린다니, 아깝대도.

기왕이면 이 세계에서 행복해지자."

유혹하는 것 같은 그 목소리는, 어딘가 악마의 속삭임을 연상
시켰다.

◇

코우스케에게는 여동생이 한 명 **있었다.**

과거형이다. 지금은 이미 없다.

여동생은 고집쟁이에 시건방진데다 귀찮은 점도 많았지만, 선
량했다.

가족에게는 드센 측면이 있는 반면 타인에게는 다정했고, 친구
를 생각하는 마음이 깊기도 해서 주위의 인기를 모으고 있었다.

코우스케는 그런 그녀를 바보 취급하며 놀렸지만, 자연스럽게
그렇게 행동할 수 있는 부분을 무척 바람직하게 여기고 있었다.
여동생 토와도 그런 오빠를 싫어하지는 않았다고 생각한다.

가족이라 예쁘게 보이는 것도 있었겠지만, 여동생은 무척 귀여
운 여자아이였다. 쌍둥이라고는 해도 이란성으로, 여동생에 비하
면 오빠의 얼굴은 평범하다. 닮지 않았다는 말을 자주 들었고, 나

란히 걸으면 남매라기보다 연인 사이로 판단되는 경우가 더 많았을 정도다. 그럴 때, 모두가 이구동성으로 이렇게 말했다.

귀여운 여자 친구분이네요, 라고.

그것 자체는 오해이지만, 어쨌든 여동생은 남이 봐도 용모가 뛰어난 소녀였던 모양이다.

그래서 죽었다.

5년 전 겨울. 눈이 내리던 날의 일. 토와의 유해는 공원에서 발견되었다.

전라였고 주위에는 불에 탄 옷가지의 재가 날리고 있었다는 모양이다.

강간당한 뒤 방치되어 동사했다고 한다.

코우스케는 여동생이 윤간당해 얼어붙고 있을 동안, 친구와 태평하게 놀고 있었다.

난생처음으로, 자살하고 싶은 마음이라는 게 이해됐다.

과연. 견딜 수 없는 현실 앞에서 자살이라는 건 최적의 도망 수단인 것이다.

하지만, 안 된다. 여동생 하나 지킬 수 없는 쓰레기 같은 오빠는 확실히 죽는 편이 낫다.

하지만 그 전에, 여동생을 상처 입힌 개자식들을 죽이지 않으면 분이 풀리지 않는다.

그 후 코우스케는 5년의 시간을 들여 범인 그룹을 찾아냈고, 복수를 이뤘다.

생각할 수 있는 모든 수단으로 고통을 안기고, 죽였다. 그에 이르기까지, 코우스케는 무엇이든 했다.

그 전까지의 인생에서 평생 하지 않으리라 생각했던 것도 많이 경험했다.

그렇게 한 끝에 여동생의 원수를 갚을 수 있었던 것이다.

그리고 남은 건 자살하고자 하는 마음뿐이었다. 그래서 소년은 그걸 이루고자 했다.

하지만 그럴 수 없었다. 아니, 목숨은 끊었을지도 모르지만, 새로운 생명과 신체를 부여받고 말았다.

눈앞에 자신을 시로라고 칭한 여자가 있다.

그녀의 말을 듣고 상황을 이해함으로써, 코우스케한테는 어떻게든 확인해야만 하는 것이 생겼다.

"……이야기는 들어줄 수 있다."

"오오~. 확실히 제안하고 있는 건 이쪽이지만 그렇다 쳐도 거드름스럽네, 너."

그녀가 완전히 선의로 움직이고 있다면, 코우스케의 태도는 실례되는 것일지도 모른다.

다만, 곧바로 고쳐야겠다는 생각은 들지 않았다. 아직 아무것도 알지 못하니까.

"너는 안내인을 몇 년 했지."

"응? 2년 남짓일까. 하지만 이 세계에는 10년 전부터 있었어. 그게 왜?"

유치원생 정도 되었을 무렵에는 이미 이곳에 있었다는 건가.

지금까지의 이야기를 들어본 바로는 내방자라는 건 그렇게 드문 존재도 아닌 모양이다.

적어도 코우스케만이 특별하지는 않은 것 같다. 그리고 코우스케가 출현한 이 신전에 관해 말하자면, 소환되는 건 일본인 같은 특징을 갖추고 있는 사람인 경우가 많다고 한다.

소환되는 기준은 명확하지 않지만, 적어도 사인은 상관없으리라.

코우스케가 자살한 것에 반해, 소녀는 사고사라고 하니까.

하나의 가능성이 뇌리를 스쳤다. 유령 같은 발걸음으로 시로에게 다가갔다.

"……쿠로노, 토와라는 녀석을, 모르나."

묻는 목소리는 떨리고 있었다. 어쩌면 여동생도 이 세계로 보내졌을지도 모른다.

그렇게 생각하면 평정을 유지할 수가 없었다.

"토와……?"

시로는 코우스케를 보고는 눈썹을 찡그렸다. 소년이라기보다, 그 안에 있는 무언가를 보고 있는 듯한 시선이었다.

"10년 전부터 오늘까지 이 신전에 온 사람에 대해서는 기억하고 있다고 생각하지만, 토와라는 사람은 오지 않았어."

"'이 신전'이라는 건 다른 신전이 있다는 거군. 그곳에 일본인 내방자가 나타니는 경우는 있나?!"

코우스케는 소녀의 작은 어깨를 양손으로 붙잡고 바짝 다가섰다.

"잠깐, 아픈데. ……다른 신전이라고 해도 전부 얼마나 있는지도 몰라. 다만, 일본인이 전생해서 오는 신전은 그 밖에도 있어. 그거랑……."

"뭐지?!"

"토와라는 건 그렇게 드문 이름이 아니고, 구로처럼 과거의 생의 이름을 대부분 생략하는 사람도 많아. 애초에 쿠로가 찾고 있는 사람이 전생했는지 어떤지도 모르지만, 그래도 괜찮다면 가르쳐 줄 테니까."

"가르쳐 준다?"

"내가 알고 있는 한에서의 토와라는 이름을 가진 사람의 정보. 제대로 가르쳐 줄 테니까 말이야. 그러니까……."

그러고 나서, 지금까지 계속 부드러운 태도를 유지했던 시로가 코우스케를 나무라는 것처럼 노려봤다.

"일단 놔 주지 않을래? 아프다니까."

코우스케는 순간적으로 손을 떼고 몇 걸음 물러선 뒤, 자신이 냉정하지 않았다는 걸 깨달았다.

평소부터 냉정함을 철저하게 유지하고 있다고 생각하지만, 이것만큼은 어쩔 도리가 없다.

"……미안하다."

머리를 숙여 보기는 했지만, 문화 차이에 따라서는 통하지 않을지도 모른다.

그러나 아무래도 그 점은 기우였던 모양이다.

"괜찮아. 단지, 연약한 여자애를 갑자기 붙잡고 덤벼드는 건 좋지 않다고 생각한 것뿐이야."

가슴에 날붙이라도 박힌 것만 같은 아픔이 느껴졌다.

코우스케는 지금 자신이 가장 혐오하는 행위를 하고 만 것이다.

죄 없는 자에게 폭력을 휘둘러 버렸다. 어깨를 붙잡은 것이라고는 해도, 고통을 안겼다면 폭력이나 다름없다.

고개를 들지 못하고 있는 코우스케에게 시로는 무슨 생각을 한 건지 밝은 목소리로 말을 걸었다.

"어, 어라? 뭔가 침울해졌어? 괜찮아, 난 이래 보여도 튼튼하고. 그야 겉보기에는 가냘픈 미소녀겠지만…… 뭐라니, 아하하."

아무래도 위로하려 하고 있는 모양이다.

"그래도, 나쁜 짓을 했어. 미안하다……."

"그, 그렇게 신경 쓰지 않아도……. 뭐였더라, 그래! 쿠로노 토와? 씨? 양? 그 이름으로 보건대 가족이구나. 엄마야? 누나? 여동생이려나? 헉…… 설마 아내라든가?"

"……여동생이다." 낮은 목소리로 대답하는 코우스케. 그에게 답하는 그녀의 "그렇구나"라는 목소리도 이때만큼은 가라앉아 있었다.

"조금 전까지 죽은 것 같은 눈을 하고 있었는데, 여동생이 이쪽에 왔을지도 모른다는 길 알게 됐을 때부터 눈에 생기가 깃들었네. 응, 가족을 소중히 여길 수 있는 남자는 포인트 높아. 그걸 봐서 용서해 주겠어~."

그런 말을 하고 싶었던 모양이다. 좋은 녀석이군, 하고 코우스케는 생각했다. 처음 만난 무례한 사람을 이렇게나 배려할 수 있다니. 어쩌면 안내인 직무를 수행하는 중이라서 그런 걸지도 모르지만.

"고맙다……. 그럼 이야기를 들려줄 수 있겠어?"

코우스케가 고개를 들자 시로는 안심한 듯이 가슴에 손을 대고 표정을 풀었다.

"호오호오. '들어줄 수 있다'에서 꽤 진보했네. 귀여운 점 있잖아."

"……조금 전까지의 태도를 포함해서 한 번 더 사과할까?"

그 말에 시로는 탄산처럼 상쾌하게 터지는 웃음소리를 냈다.

"아하핫! 그런 건 필요 없어."

그녀는 까치발로 선 채 폴짝폴짝 뛰는 기묘한 움직임을 보였다.

출렁출렁, 하고 가슴이 흔들렸다. 진지한 분위기 형성을 방해받은 것 같아 코우스케는 얼굴을 찌푸렸다.

"이야기를 들려주는 것 아니었나?"

"할 거야. 걸어가면서 말이야. 따라와."

시로는 그렇게 말하고 걷기 시작했다.

코우스케는 그녀의 말에 끄덕인 뒤, 그녀 뒤를 쫓았다.

제 1 장

궂은비와 거친 바람은 힘이 되고

아클레어라는 건 하나의 대륙을 가리키는 이름이자, 동시에 세계를 가리키는 말이기도 하다.
동방은 습한 땅, 서방은 메마른 땅, 남방은 따뜻한 땅, 북방은 추운 땅, 중앙은 비옥한 땅.
대륙을 감싸다시피 바다가 펼쳐져 있지만.
어업이나 물자 운반 이외의 이유로 인류가 바다에 나가는 경우는 적다.
단순히 무의미하기 때문이다.

어느 방향으로 나아가든, 이윽고 막다른 곳에 이른다.
세계를 감싸다시피 자욱하게 낀 짙은 안개에.
그 안개는 해저에서 하늘까지 뻗어 있고, 언제 어느 때든지 옅어지지 않고 존재했다.

결코 침범할 수 없는 건 아니다.
그래서 한때는 돌입을 시도한 자들도 있었다.
하지만 누구 한 사람, 어떤 배 한 척조차 돌아오지 않았다.

인류는 언제부터인가 그 너머를 바라지 않게 되었고, 전설과 망상만이 남았다.
가로되, 마물이 사는 집. 가로되, 낙원. 가로되, 이계.
여러 설이 있지만 아클레어에 진실을 아는 자는 없다.
이 세계는 온갖 이계에서 내방자가 찾아오며, 그리고 하나의 대륙으로 닫혀 있다.

아클레어라는 것이 코우스케가 전이된 세계의 이름이라는 모양이다.

정확하게는 광대한 하나의 대륙 전토를 가리키는 호칭이라고 한다.

아클레어 대륙에는 11개의 국가가 있고, 코우스케는 그중 한 나라에 출현했다는 게 된다.

여하튼 편리성을 추구하고, 그것들을 당연하다는 듯이 향수할 수 있었던 현대 일본의 옛 주민 입장에서 보면 신경 쓰이는 것은 문명 수준일 것이다.

코우스케가 초등학생 정도일 무렵에 열중했던 게임이나 만화의 시점에서는 대략 두 종류의 판타지가 있었다.

지구가 아니고 문명 수준은 상당히 뒤떨어지는 것. 그리고 지구는 아니지만 문명 수준은 큰 차이 없는 것.

후자는 세계관이야말로 판타지답기는 했지만, 현대에서 할 수 있는 것의 태반을 다른 요소로 재현할 수 있게 되어 있는 것이 많았다.

예를 들면 통신용 도구가 수정이거나, 장거리 이동에 비행기가 아닌 비공정이 사용되는 등.

스테이터스 표기나 전 세계에서 통하는 신분증으로서 길드 카드라는 게 있기도 하는 등, 게임이니까 허용되는 것도 많았는데,

아클레어는 어떨까.

코우스케의 물음에 시로는 '전자냐 후자냐 하면, 후자 쪽에 많이 가까워'라고 대답해주었다.

추가로 몇 개의 질문을 거듭하여 얻은 정보를 정리하면, 확실히 문명은 그 나름대로 발달해 있는 것 같다.

단지 이건 코우스케가 살았던 세계와의 결정적인 차이인데, 이 세계는 과학이 발전되지 않았다.

이유는 단순하다― 마법이 있기 때문이다.

요컨대 과학이라는 것은 의문이나 문제를 해결하기 위해 시행착오를 거쳐 수단을 얻는 것이지만, 이 세계의 인간은 그것들을 전부 마법으로 해결해 버리기 때문에 과학이 발전할 여지가 없었다고 한다.

그래서 발전된 부분은 원래 세계보다도 발전된 주제에 묘한 곳에서 중세 같은 부분을 남기고 있는 등, 원래 세계를 아는 코우스케 입장에서 보면 기묘하게 비칠 거라고 했다.

발전된 것의 예로서, 언어.

코우스케는 당연히 줄곧 일본어로 말하고 있다.

안내인이라고 하니까 시로가 그걸 말할 수 있는 건 이상하지 않지만, 놀랍게도 그녀 외의 사람도 거리를 오가는 사람 모두가 일본어를 입에 담고 있었다.

―는 것은 코우스케의 주관에 불과하고, 정확히는 도시에 배치된 마법구에서 발현되는 번역 마법을 통해 어떤 말을 하더라도

그걸 듣는 자가 이해할 수 있는 언어로 변환해 주는 모양이다.

코우스케가 일본어로 말해도 상대의 고막에 전해지는 건 그 인물에게 친숙한 언어라는 것이다.

이건 원래 세계에도 없었던 것이다.

마법구 발동을 유지하는 데 드는 비용은 세금으로 충당되고 있다고 한다.

용도를 잘 알 수 없는 돈을 내는 것보다 '어떤 사람과도 말이 통한다'는 특전에 돈을 내는 편이 심적으로 더욱 납득할 수 있다.

물론 세금 전부가 번역 마법구에 쓰이는 건 아니지만.

왕도라고 할 정도니까, 내방자 외에도 다른 나라의 국민이 다수 찾아오는 것이리라.

상인 입장에서는 통역을 고용하지 않아도 되고, 손님을 상대로 장사하는 사람도 의사소통이 언어의 벽에 가로막히지 않는 건 큰 도움이 될 터다.

이렇게 말하면 많은 왕도 사람과는 직접적인 관계가 없는 것처럼 생각된다.

물어보니 세금은 세금이라도, 번역 마법구를 발동하고 이를 유지하는 데 충당되는 것은 주로 통행세라는 모양이다.

동서남북 합계 네 곳에 문이 있고 그곳에 검문소가 설치되어 있다.

아무래도 수도—왕국이기에 정확히는 왕도—이기 때문인지 경비는 꽤 엄중하다.

거기서 짐이나 신분, 왕도로 가는 이유 등을 검사하고, 허가가 나면 통행세를 내고 문을 통과할 수 있다. 짐이 많으면 세금이 별도로 더 부과되는 경우도 있다고 한다.

참고로 내방자는 안내인이 동행하는 경우 처음 한 번에 한해 통행세가 면제된다.

신전은 숲에 있고, 코우스케는 시로의 선도로 도시까지 왔다. 덧붙여서 예상대로 아침이었다.

큼지막한 마을의 문을 지나자, 눈앞에 펼쳐진 것은 석조 거리였다.

대륙 제일의 왕국, 달트라의 왕도— 길티어스.

5중의 성벽으로 둘러싸인, 60만 가까이 되는 신민이 사는 대도시였다.

지면은 잘 정비된 돌바닥이었고, 근처에는 상인으로 짐작되는 마부가 마차를 천천히 달리고 있었으며, 주부로 보이는 묘령의 여성이 우물에서 물을 긷거나 가까운 분수에서 아이들이 장난치며 놀고, 민가 앞에 있는 화단에 손을 대는 남자가 있기도 했으며 뭔가 병사처럼 보이는 중장비를 착용한 그룹이 있기도 했다.

"확실히 판타지라는 말이 잘 와 닿는군."

"후후, 아직 입구라고~."

시로는 양팔을 펼치며 깡충깡충 뛰어가기 시작했다.

이쪽은 평범하게 걷고 있어서 거리가 점점 벌어졌지만, 코우스케는 신경 쓰지 않았다.

그녀를 따라잡을 수 있을 만한 속도로 걸을 기분이 들지 않았다는 것도 있다.

안내인이니까 저버리거나 하지는 않겠지.

신경 쓰이는 것은 주위의 시선이었다.

역시 현대적인 패션은 이곳에서는 붕 뜨고 마는 모양이다.

원시시대에 운동복을 입은 인간이 있으면 위화감이 엄청나듯, 코우스케의 옷차림도 이 세계에서는 묘한 복장으로 분류되고 마는 것이리라.

그래도 금방 눈을 돌리는 점을 보면 익숙해져 있다는 걸 알 수 있다. 시로가 술집의 간판 여종업원이 될 수 있을 정도니까, 신원 불명인 내방자에게도 그리 혹독하지는 않은 세계일지도 모른다.

시로는 몇 번인가 코우스케를 기다리기 위해 멈춰 섰지만, 이윽고 귀찮아졌는지 손을 붙잡았다.

"너 말이야, 너무 마이페이스인 거 아닐까~."

"아마 너만큼은 아닐 거다."

타인을 생각해서 움직이는 인간이, 남자라면 누구든 눈으로 좇고 마는 거유를 거리에서 호쾌하게 흔들고 다니지는 않으리라.

코우스케의 지금 정신상태는 그녀의 쾌활함과 조금 맞추기 힘들었다.

"으음~, 듣고 보니 그럴지도?"

그녀는 오른손 검지를 아랫입술에 대고 고개를 갸웃한 뒤 에헤헤, 하고 미소 지었나.

신기하게도 알랑거리는 느낌은 나지 않았다. 그것이 그녀의 자연스러운 본성이라는 걸 왠지 모르게 알 수 있었기 때문일까.

그 후 3분 정도 걷자 그녀가 딱 급정지했다. 주점으로 보이는 장소 앞이다.

간판에 술통 그림이 그려져 있는 거로 봐서 아마도 그럴 거라는 추측이었다.

"여기가 내 직장 겸 숙소야!"

왼손을 허리에 대고, 오른손 검지로 가게를 가리켰다. 자연히 코우스케의 오른손도 그녀의 허리에 닿았지만, 그녀는 딱히 아무것도 의식하고 있지 않은 것 같았다. 코우스케도 평정을 유지한 채 대답했다.

"여관도 겸하고 있는 건가."

"2층 부분이 말이지."

합리적일지도 모른다고 코우스케는 생각했다.

술을 마시면 졸린다.

거기에 침대가 있다면, 취한 사람이라면 돈을 내고서도 뛰어들고 싶어지리라.

혹은 좀 더 속된 이유, 즉 낚아챈 이성과 곧바로 일을 치르는 데 최적이라든가.

떡갈나무—라고 해도 이 세계의 식생은 불명이기에 그것처럼 보이는 목재—로 된 문을 시로가 가볍게 열고 안으로 들어갔다. 손을 잡은 채이기에 코우스케도 곧바로 뒤따르는 꼴이다.

아무래도 모양이 살지 않는다고 할까, 긴장감이 없는 입장 방법이다. 그렇게 생각했지만, 그것도 잠깐이었다.

들어선 순간, 물씬 밀어닥치는 것이 있었다.

술기운과 거친 소리, 그리고 교성이었다. 알코올 냄새와 남자와 여자의 목소리라는 말이다.

자기도 모르게 비어 있는 쪽 손으로 입가를 덮었다. 코까지 확실하게 가려지도록. 그리고 나서 시선을 이리저리 움직였다.

가게 안은 그럭저럭 넓다. 입구 오른쪽에 카운터석이 있고, 안쪽까지 뻗어 있다. 왼쪽에는 많은 테이블석이 설치되어 있었다. 전부 다 목제였고, 테이블은 원탁이다.

카운터의 끝부분 근처에 계단이 있어, 거기서 2층으로 올라갈 수 있는 모양이다.

다시 가게 안을 둘러봤다. 만원이라고는 할 수 없지만, 4할 이상은 메워져 있었다.

직후에 손님들의 시선이 한데 모여 코우스케에게 꽂혔다.

적의는 조금도 느껴지지 않지만, 어딘지 모르게 물건 품평이라도 하는 듯한 시선뿐이다.

이 녀석이고 저 녀석이고 장비를 보건대 거친 일을 하는 사람들이라는 걸 쉽게 추측할 수 있었지만, 그런 것 치고는 이 자리의 분위기는 부드럽게 느껴졌다. 기분 좋은 소란이라고나 하면 될까.

"혹시 이 세계의 인간은 한가한 건가."

"아히히! 그에 대해서도 나중에 실명해 줄게!"

코우스케와 시로를 본 사람들이 저마다 말을 건넸다.

"어이어이, 시로! 손을 잡고 데리고 돌아오다니 별일이잖아. 그 녀석이 마음에 들었냐?"

"오! 내방자인가! 2개월 정도만이네! 형씨! 형씨는 어디 출신이지!"

"잠깐 기다려…… 그 녀석의 스테이터스, 이상하지 않냐."

"엉? 어니어니………… 하아아아아?! 이게 말이 되냐!"

소란스러워서 잘 알아들을 수 없는 것도 많지만, 어째 코우스케를 보고 놀라는 사람이 많은 듯한…….

이유를 알 수 없어서 반응할 수가 없다.

그런 코우스케의 손을 잡아끌고, 시로가 카운터석으로 안내해 주었다.

양옆이 비어 있어 마음이 편하네, 같은 아무래도 좋은 생각을 했다.

"네가 이번 내방자야?"

그렇게 말을 건 것은 시로와 같은 의상을 몸에 걸친 20대 중반 정도의 여성이었다.

매우 글래머러스하고, 처진 느낌의 눈과 도톰한 입술이 요염하다.

눈에 띄는 외견적 특징을 더 들어 본다면, 피부는 건강한 갈색이고 게다가 거유였다.

그 크기는 시로조차도 능가하고 있다.

키는 여성치고는 나름 컸고, 빨간 머리카락을 뒤에서 한데 묶고 있었다.

상대가 어떤 사람이고 어떤 생각을 하고 있는지는 겉모습으로부터 헤아릴 수 있다.

물론 절대적인 건 아니지만, 대부분의 경우 사람의 본성은 겉모습에 드러나는 법이다.

취미나 자신감의 유무, 입장이나 정신상태, 전부는 아니어도 무언가 일부는 파악할 수 있는 경우가 많다.

코우스케에게는 순간적으로 남의 두드러지는 특징을 찾는 버릇이 있었다.

적인가 아군인가, 써먹을 수 있는지 없는지, 관여해야 할 것인가 그렇지 않은가를 곧바로 판별할 수 있도록.

"뭐, 그렇지. 그런데 내방자가 오면 언제나 이렇게 떠들썩해지는 건가?"

"그래." 그녀는 꽃망울이 피는 것 같은 미소를 지었다. "나도 그렇지만, 이 술집에 있는 사람은 대체로 너와 같은 내방자니까. 아니, 원래 있던 세계가 다른 경우도 많으니까, 같다고 말해서는 안 되는 걸까."

"이 나라 사람이 아니라면 모두 똑같은 외국인이잖아. 내방자도 마찬가지라고 봐도 괜찮다고 생각하는데 말이야."

코우스케의 말에 여자는 눈을 몇 번 깜박인 뒤, 만족스럽게 끄덕였다.

"괜찮네, 너. 여자의 의견을 긍정할 수 있는 남자는 누나로서도 포인트가 높아."

"기억해 두지. 당신의 비위를 맞춰서 얻는 게 있는지는 모르겠지만 말이야."

그녀는 윤기가 감도는 그 입술에 가느다란 손가락을 대고, 실로 관능적으로 고개를 기울였다.

"음~, 좋은 설 해준나는 건 어쨰?"

그녀의 입에서 나온 농담에 코우스케는 살며시 웃으며 대답하기로 했다.

"그거 고맙군. 이름을 알기 전부터 그런 말을 들을 수 있어서 영광이야."

여자는 쿡, 하고 넘칠 듯한 미소를 띠었다.

그때만큼은 소녀처럼 보였기에, 그 차이에 자기도 모르게 넋을 잃고 바라보고 말았다.

"그러네. 우선은 자기소개겠지. 비네르네야. 비네라고 불러 주면 기쁘겠어."

"나는………… 쿠로. 쿠로라고 불려도 딱히 기쁘지는 않지만, 그렇게 불러 줘."

시로가 그렇게 이름을 대라고 했기에, 거스를 이유도 없어 따르고 있는 것뿐이다.

"재미있는 애네."

"그거 고맙군. 당신은…… 꽤 선정적이군."

코우스케의 말에 비네는 짐짓 눈살을 찌푸렸다. 그런 삐친 표정에서조차 어른의 요염함이 느껴졌다.

"어머, 그건 칭찬하는 말이야?"

일일이 남자의 정감을 자극하듯이 움직이는 건 의식해서 그러는 것인가, 그렇지 않은 것인가.

어느 쪽이든 이곳의 손님들은 큰일이리라. 그녀에게 빠져드는 사람도 많지 않을까.

지금의 코우스케로서는 단순히 미녀라고 생각할 뿐이다.

"물론. 최고의 찬사를 한 셈인데."

"후후. 그런 거로 해 둘게."

"그편이 행복할 거라고 생각해."

비네는 한 번 더 웃었다. 그러고 나서 손님이 부르자 주문을 받으러 갔다.

손을 흔들었기에, 이쪽도 가볍게 손을 흔들어 주었다.

남자에 따라서는 그것만으로도 착각하고 말 것 같은 아름다운 미소를 한순간 이쪽에 향했다.

"너 말이야~, 나보다 다정하게 대하고 있는 거 아니야~?"

깨닫고 보니 카운터를 사이에 끼고 맞은편에 시로가 있었다.

흰살생선 같은 손가락을 빙글빙글 움직이며 이쪽의 뺨을 꾹꾹 찔렀다.

"으응~? 이상하네~? 여기에도 빼어난 미인이 있는데 말이야~?"

"사칭이라면 누구든 할 수 있어."

"어이쿠야…… 성격 한번 좋네. 혹시 나한테 싸움 건 거야? 걸려 줄까나~."

"……미안하다. 초절미소녀인 간판 여종업원님. 괜찮다면 설명을 시작해 주겠어?"

그녀는 석연치 않다는 듯이 뺨을 부풀리면서도, 이윽고 체념하는 것처럼 한숨을 내쉬었다.

"후우…… 뭐, 됐어. 그래도 그 전에, 뭔가 마실래?"

"오렌지주스."

"귀엽네~. 뭐, 없지만. 여기 술집이고."

"우유."

시로는 의외라는 듯이 눈을 깜박였다.

"술 못 마셔?"

코우스케가 원래 있던 일본에서는 음주는 스무 살이 된 후에 가능했지만, 달트라는 15살부터 성인이라고 한다. 술집이기도 하고, 술을 권하는 것 자체는 이상하지 않다.

"사고가 둔해진다"라고 간결하게 대답하자, 일변하여 납득한 듯이 손뼉을 짝 치고는 끄덕였다.

"아~, 지금부터 설명을 듣기 때문인가. 범생이구나?"

"……그 대척점에 있는 것 같은 인간이야."

자조하는 것처럼 흘러나온 말에, 시로는 설명을 요구하듯이 고개를 갸웃했다.

한참이 지나도 아무 말도 하지 않는 코우스케를 보고 어깨를 으씁인 뒤, 더 이상 묻지도 않고 자리를 비웠다.

잠시 후 우유를 가지고 돌아왔다.

제대로 되어 있다고 말하기에는 미묘한 부분이지만, 용기가 나무로 된 술잔이었다.

술이 늘어선 선반을 보니, 다른 유리잔이나 고블릿 잔도 놓여 있다.

"그리고, 이거."

그녀가 그렇게 말하고는 뭔가를 카운터 위에 놓았다.

두 개의 원이 하나의 줄로 이어져 있다. 콘택트렌즈 케이스와 매우 흡사한 물체였다.

"렌즈 케이스는 아니겠지."

현대풍 물건이 나오자 코우스케는 의아하다는 듯 물었다.

"뭐, 대충 맞아. 네가 알고 있는 콘택트렌즈는 아니지만 말이야."

그걸 그저 의미 없이 보여준 건 아니리라.

"쓰라고?"

"써 보면 알아, 여러 가지로."

"쓰면 그제야 설명이 시작되나?"

확인하는 듯한 코우스케의 말에, 그녀는 긍정도 부정도 아닌 대답과 함께 미소를 지었다.

"쓰지 않으면, 아무것도 시작되지 않아."

그녀는 구김살 없는 미소를 띠고, 이쪽을 똑바로 바라봤다.

망설임, 결단. 시로와 눈길을 마주치고, 희미한 쓴웃음을 지었다.

"그러면 써야겠지."

케이스의 재질은 플라스틱에 가깝다. 합성수지를 제조하는 기술도 있는 모양이다.

열어 보자 안에는 투명한 액체와, 그에 담긴 콘택트렌즈가 있었다.

적어도 외관에 이상한 점은 없다.

손가락 끝에 올리고, 장착했다.

한 개째로는 아무런 변화가 없었지만, 두 개째를 넣은 순간 시야에 글자가 전개되었다.

그것 자체는 모르는 문자인데, 어째서인지 독해할 수 있었다.

어째서고 뭐고, 번역 마술의 영향 범위가 식자에도 미친다는 것이리라.

≪신규로 등록하시겠습니까?······························YES/NO≫

NO를 선택해도 아무것도 시작되지 않으리라는 건 상상할 수 있었기에, YES라고 생각해 보았다.

그러자 『신규 등록에는 존재 정보 취득이 필요합니다. 본 기기와의 동기화를 허가하시겠습니까?』라는 표시가 떴다. 시로를 보자 싱긋 웃고 있었다. 이것에 관해서 자세히 설명할 생각은 없는 모양이다.

그녀가 자신을 속이고 있을 가능성을 한순간 고려했다가, 턱없는 그 상상을 곧바로 파기했다.

아무리 봐도 겉과 속이 다르지 않은 호인이다. 그저 설명이 부족한 경향이 있을 뿐.

YES를 선택하자 미세하게 몸이 떨렸다. 겨울철의 정전기 같은, 찰나의 위화감.

그 후에도 나오는 표시 전부에 YES로 대답하고, 존재 정보 취득인지 뭔지가 시작되었다.

0부터 시작된 표시가 100에 이르기까지 수 분 정도였을까.

이윽고 『등록 완료』 문자가 떠오르고, 『등록자 정보를 확인합니다』라는 표시가 나온 뒤 이렇게 이어졌다.

【이　　　름】쿠로

【레　　　벨】1

【클　래　스】■■■

【스테이터스】생명력:258 마력:876 여력(膂力):299 체력:300

　　　　　　　지구력:98 기력(技力):400 속력:267 지력:289

　　　　　　　운명력:Unknown 천품(天稟):Unknown

【상　　　태】정상

【경　험　치】0

【스　　　킬】선천 스킬:10 후천 스킬Ⅰ:20 후천 스킬Ⅱ:0 후천 스킬Ⅲ:0

【마　　　법】▷적성 마술 속성 『흑』

【가   호】▷『영원의 기도^{토와}』—생존율 극도 상승

【저   주】▷『죄과의 업』—정신 오염 진행률 극도 상승

【공상(功賞)】▷『인과응보의 이치, 현실』—실행자 보정(전 스테이터스
      소량 상승)

【장   비】▷『이계의 장신구 세트』—보정 없음

스킬의 상세한 내용 등은 별도로 생각함으로써 그 내용이 표시
되는 구조인 모양이다.

하지만 그런 건 아무래도 좋았다.

코우스케는 거기서 알아차렸다.

신전에서 시로에게 여동생에 관해 물었을 때, 그녀의 시선은
묘했다.

그건 코우스케의 스테이터스를 보고 있었던 것이다. 술집에 들
어올 때 주위의 시선이 집중되었던 것도 같은 이유.

『영원의 기도^{토와}』라는 것과 코우스케가 입에 담았던 이름이 일치
하는 것에, 그녀는 무슨 생각을 했을까.

쓰지 않으면 아무것도 시작되지 않는다?

아아, 확실히 코우스케에 관해서는 정확한 말이다.

시로를 봤다.

그녀는 미소 짓고 있었지만, 거기에 기뻐하는 기색은 없었다.
연민도 없다. 지켜보는 것처럼 부드럽고 담담한 미소였다.

코우스케는 단도직입적으로 물었다.

"이건 어떻게 된 거지?"

◇

시로는 바로 대답해주었다.

"우선 기본적인 것인데, 이 세계에는 신이 있어."

조급한 마음을 억누르고, 필요한 것이리라 생각하며 받아들이고 다음 말을 재촉했다.

"신? 신앙의 대상으로서가 아니라, 실체가 있는 건가?"

"글쎄? 하지만 가호는 있으니까 실재하는 것 아닐까? 신의 사랑을 받은 인간에게 부여되는 스테이터스 보정을 가호라고 불러."

코우스케는 잠시 조용히 생각한 뒤, 그러고 나서 신중하게 물어봤다.

"……이 세계에 토와라는 신은 있나?"

시로는 살짝 고개를 흔들었다. 옆으로. 즉, 부정.

"없어. 그러니까 그건 전생하기 전부터 가지고 있었던 가호야."

"전생하기 전?"

"아~, 으음~, 그쪽 세계에 수호령이라는 개념은 있어?"

수호령. 무언가를 지키고자 하는 의지를 가진 존재.

영이라고 할 정도니까, 실체를 가지지 않는 영적인 것을 가리킨다.

"있긴 했다만. 즉, 원래 있던 세계에서 수호령이 붙어 있었다고?"

"그에 가까워. 생존율 극도 상승이니까, 네가 살아 있으면 좋겠다고 어지간히도 바랐던 거겠지. 이런 건 아이를 생각하는 엄마라든가 연인을 생각하는 한결같은 여자라든가 하는 영이 많을까나. 네 경우에는…… 여동생, 이지."

코우스케는 대답을 하지 않고 가만히 눈을 내리떴다.

손과 얼굴에 힘을 담았다. 그렇게라도 하지 않으면 참을 수 있을 것 같지가 않았던 것이다.

자기도 모르게 젖어버린 눈시울에서, 눈물이 떨어지는 것을.

─『영원^{토와}의 기도』.

토와(永遠). 그것은 여동생의 이름이었다.

신도 유령도 믿지 않았는데.

토와는, 여동생은 자신이 죽고 나서 줄곧 보고 있었던 걸까.

복수에 매진하는 오빠를 보고, 부디 죽지 말아 달라고 바라고 있었던 걸까.

그래서 고작 혼자서 임한 무모한 복수도 성공시킬 수 있었던 것인가.

그래서 자살을 감행한 후에도 전생한다는 기적이 일어난 것인가.

코우스케는 여동생이 자신을 원망하며 죽어 갔다고 생각하고 있었다.

왜냐면 그렇잖나. 코우스케가 친구와 학원을 땡땡이치지 않았다면, 여동생은 지금도 살아 있었을지도 모른다. 원망하기에, 증오하기에 충분하다. 하지만 그렇지 않다는 건가.

"쿠로? 어째 다정하게 끌어안으면 홀라당 넘어올 것 같을 정도로 약해진 얼굴을 하고 있는데, 괜찮아?"

"……그렇게 생각하면 끌어안든지, 무시하든지 해. 일부러 지적하지 마."

어떻게든 목소리를 쥐어짜 냈다.

"약점을 파고드는 전술은 쓰지 않는 주의거든."

그녀는 칭찬을 기다리는 것처럼 자랑스러운 표정을 지었다.

코우스케는 당연히, 칭찬하지 않는다.

"그러냐."

"그런데 우웃값은 내가 내준 거니까, 답례로 야한 봉사라도 받도록 할까나~."

"입술에 침도 마르기 전에 약점을 파고들고 있잖아."

메마른 목소리로 지적하자 시로가 장난기 가득하게 이히히, 하고 웃었다.

아무래도 그녀는 광대를 연기함으로써 자리의 분위기를 누그러뜨리는 방식이 특기인 모양이다.

처음 만났을 때 그녀가 위로해준 것을 떠올리고, 코우스케는 어찌어찌 웃어 보였다.

그건 웃음이라기보다 근육 경련이라고나 해야 할 볼품없는 것이었지만, 시로는 농담으로 받지 않았다.

"예를 들면 죽기 식선의 기노가 가호가 된다 지고…… 그 녀석이 아클레어에 전생하는 경우는 있나?"

전생. 그래, 전생이다. 코우스케는 원래 있던 세계에서 죽은 것이다.

영혼만이 아클레어로 날아와, 존재 정보를 읽어 들여 새로운 육체가 주어졌다.

뒤집어쓴 피라든가 치명상이라든가, 불필요한 요소가 제거되어 있었던 선 ㄱ 때문이라고 한다.

"가능성이 제로라고는 할 수 없으려나……. 이 세계에 전생하는 인간의 기준은 명확하지 않지만……단 하나 확실한 게 있어서 말이야."

"뭐지."

"생전에 불행했을 것……. 그, 너의 여동생이 그랬다면 가능성은 있어."

"……과연. 불행, 불행이라."

여동생이 불행했나? 그야 당연히 불행했다.

그녀의 말투로 보아 전생(轉生) 기준은 분명 그것뿐만은 아니리라.

하지만 가능성이 있다고 한다면. 토와가 이 세계에서 살아 있다고 한다면.

만나고 싶다.

코우스케에게는 전생(前生)에서 하고 싶은 것 따위 남아 있지 않았다.

그것이 이곳에 와서 생긴 것이다.

이 목숨은 토와가 이어 준 것이다. 여동생이 지켜 준 것이다.

그러니 두 번 다시 버리지 않을 것이다. 그리고 건진 이 목숨은 그녀를 위해 쓰는 것이다.

"일단 묻겠는데, 원래 세계에 돌아갈 방법은 없는 건가?"

여동생을 발견한 후, 어쩌면 양친의 품으로 돌아갈 수 있는 것 아닐까 하는 생각에 던진 질문이었다.

그녀는 뺨에 손가락을 대면서 고개를 갸웃했다.

"음~, 으응~, 아마 없지, 않을까."

"아마?"

"돌아갈 수 있다 해도, 그건 이쪽에 전해지지 않고."

확실히 그렇다. 오갈 수 있다면 다르겠지만, 돌아가기만 할 뿐이면 이 세계에서 사라지는 거니까 진짜로 그 인물이 돌아갈 수 있었는지 확인할 수 있는 방법이 없다.

돌아갈 수 있었다고 누군가가 이야기해도, 해당 인물이 실종된 것뿐일지도 모르는 노릇이다. 그래서야 신빙성이 없다.

"그리고 돌아가고자 하는 사람이 극단적으로 적어."

그 말에 코우스케는 납득하지 않을 수 없었다.

"…………아아, 그렇군. 생전에 불행했던 인간만이 전생할 수 있다."

전생 기준에 『불행』이 포함되는 건 그러한 이유도 있을지도 모른다.

불행했던 인간에게 있어 이 세계는 행복해질 기회라고 받아들일 수 있다.

행복했던 인간보다도 훨씬 전향적으로 이 세계에 순응할 수 있으리라는 건 상상하기 어렵지 않다.

"그래. 원래 있던 세계에서 불행해져 죽은 사람이, 돌아가고 싶다는 생각을 할 리가 없겠지."

"그렇다고 해도, 그리워지는 녀석은 있을 터나."

의기양양하게 나라를 떠난 사람들 중에도, 향수병에 걸리는 사람은 있다.

강제적으로 이세계로 보내졌다면 그 수는 훨씬 많아도 이상하지 않다.

"그럴지도 모르지. 하지만 그걸 공연하게 입에 담는 사람은, 역시 없어. 게다가."

"게다가?"

"쿠로는 아직 실감이 나지 않을지도 모르지만, 초기 스테이터스라는 건 말이야, 원래 있던 세계에서 불행했을수록 높아져. 다시 말해서, 생전에 불행했던 인간일수록 이 세계에서는 강해질 수 있어. 그 힘으로 얼마든지 행복한 미래를 열 수 있지. 그건 말이야, 정말로, 저어어엄말로! 멋진 일이잖아?"

그건 일체의 허울을 벗어던짐으로써 드러나는, 본심만으로 만들어진 표정.

진심 어린 기쁨을 표현하기 위해 형성된 성모와 같은 미소.

코우스케는 그제야 겨우 시로의 인물상을 막연하게나마 파악할 수가 있었다.

그녀는, 이 세계를 좋아하는 것이다.

원래 있던 세계에서 불행했던 사람이 보내지고, 행복해질 수 있는 세계.

그런 세계의 안내원이 될 수 있다는 것에 삶의 보람마저 느끼고 있는 것이리라.

그녀가 코우스케에게 일관되게 다정했던 것도 그것이 연관되어 있는 걸지도 모른다.

그녀는 처음 만난 시점에서 코우스케의 스테이터스를 보고 있었다.

그래서 눈앞의 소년이 얼마나 불행했는지 대강 판단할 수 있었던 것이리라.

여동생이 살해당했을 때의 괴로움은 확실히 다른 이의 어떤 괴로움보다도 뒤떨어지지 않는다고 생각한다.

시로에게 있어 코우스케는 행복을 붙잡아야만 하는 인간인 것이다. 자기도 모르게 도와주고 싶어지는 것이리라.

하지만 그것은 그녀의 불행에서 기인하는 다정함이다. 동병상련. 그런 친절한 마음.

그러나 코우스케는 그걸 눈치채면서 고맙게 받아들여 두기로 했다.

"그렇군, 멋진 일이야. 하지만 그렇다고 하면 이상하지 않나?"

코우스케의 질문에 그녀는 고개를 갸웃했다.

"이상해? 뭐가 말이야?"

"내가 행복했다고는 생각하지 않아. 하지만 원래 있던 세계에도, 그렇지 않은 이계에도 나보다 불행한 녀석 따위 얼마든지 있어."

여동생이 강간당하고, 그 뒤에 동사했다.

확실히 불행할 것이다. 그걸 느끼는 게 코우스케 자신이니까 세상에서 가장 불행하다고 생각하는 섯노 사유나.

하지만 코우스케는 그렇게까지 자신을 불쌍히 여기지 못했다. 어떻게 해도 객관시하고 만다.

나보다 괴로운 일을 겪은 녀석 따위, 별의 수만큼 있어. 그렇게 생각하고 만다.

시로도 질문의 의도를 이해한 것이리라. "아아, 그런 말이구나" 하고 끄덕였다.

"저기 말이지, 모든 이세계에서 불행이라는 기준만으로 전부 아클레어로 전생할 거라고 생각해?"

그 말을 듣고 코우스케는 납득했다.

"그건 있을 수 없는 일이군……. 이세계가 말 그대로 '다른 세계'라고 해도 그렇고, 네 발언으로부터 일본만 해도 잔뜩 있다는 걸 추측할 수 있어. 즉, 내가 원래 있던 세계에서 말하는 '평행세계'도 포함하는 것이지. 어떤 곳에서든 인간은 불행해지고 마지막에는 죽으니까, 불행한 녀석을 모조리 보냈다간 이 세계는 터져 버릴 거다."

"그렇지. 그러니까 기준이 있을 거라고 생각해."

만약 신이 그렇게까지 이세계의 인간을 구제하고 만다면, 코우스케에게 살해당한 자들도 전생 자격을 얻는 것이 된다. 코우스케에게 있어서는 정의라도, 살해당한 자의 입장에서 보면 납득할 수 없는 불행이니까.

시간의 흐름이나 전생하는 시대가 개개의 케이스마다 다를 경우, 또는 같은 장소에서 죽어도 전생하는 신전이 다르다면 그것도 충분히 있을 수 있는 일이지만…….

아니, 지금 논해야만 하는 것은 그 부분이 아니다. 코우스케는 탈선하려던 사고를 진행 중인 화제로 되돌렸다.

"……불행한 자를 동등하게 전생시키고 있는 게 아니라는 건 이해했다. 하지만 의문은 해소되지 않았어."

"으음~, 그러네~. 내가 알고 있는 사람이라면 '20년 지기 친구에게 15년간 함께한 아내를 빼앗긴 끝에, 돈을 뜯어내려 온 딸의 남자친구에게 살해당했다'는 과거를 지닌 사람이 있는데, 그 사람은 내방자로서 평범한 스테이터스였어. 아니, 평범한 것보다는 위였으려나."

그건 또 꽤 비참한 말로였으나, 코우스케는 반응하는 걸 꾹 참고 이야기를 진행했다.

"하지만 네가 말했듯이, 기본적으로는 불행하면 할수록 스테이터스가 높아지는 거지? ……아니 잠깐, 애초에 불행이라는 건 느끼는 방식 중 하나야. 수치화 같은 건 불가능하지 않나?"

코우스케의 말에 시로는 난처하다는 듯 뺨을 긁적였다.

"그 말대로네……아하하. 나도 모두의 과거를 들은 건 아니니까, 경향이려나. 단순히 비참한 일을 겪으면 된다는 것도 아니지만, 그런 사람은 그렇지 않은 사람보다도 강한 경우가 많으니까. 전생하는 시점에서 다들 불행하지만 말이야. 내가 말할 수 있는 건 그런 느낌이야."

무리도 아닌 이야기였다.

그녀는 안내인 역할을 맡고 있을 뿐, 코우스케의 선배 내방자에 불과하다.

판명된 범위 바깥에 있는 룰이나 시스템에 관해 예상하는 것 이상은 불가능하다.

신 혹은 신들이 어떠한 조건으로 불행한 자를 선별하고 일부를 전생시킨다.

기본적으로 처참한 과거를 가진 자일수록 스테이터스가 높아지는 경향이 있지만, 절대적이지는 않다.

코우스케처럼 이미 이 세계에 있는 내방자가 놀랄 만한 높은 스테이터스를 지닌 자도 드물게 있다.

지금 알 수 있는 건 그 정도일 것이다.

이 이상 논의해 봤자 추측의 영역을 벗어나지 않는 망상을 양산하는 게 고작이다.

어쨌든 들은 바로는 여동생이 전생했을 가능성도 있는 것처럼 여겨졌다.

코우스케는 화제를 가장 중요한 것으로 바꿨다.

"일단 이야기는 이해했어. 그래서, 시로."

"뭔데? 쿠로."

그녀는 고개를 갸웃했지만, 그러면서도 코우스케가 다음에 무슨 말을 할지 알아차린 것 같은 표정이었다.

"네가 알고 있는 토와라는 이름을 가진 사람에 관한 정보를 줘."

◇

그녀는 잔을 가지고 와, 물 주전자에서 투명한 액체를 거기에 따랐다. 술은 아닌 것이리라.

혀를 적실 정도로 머금고 나서, 입을 열었다.

"조금 전에도 말했지만 토와라는 내방자의 이름이라면 그렇게 드물지는 않단 말이지. 뭐, 쿠로도 대개 그렇지만……. 그러니까 쿠로의 여동생이라는 보증은 할 수 없어. 그래도 괜찮겠어?"

"그래, 가르쳐 줘."

"내가 이름을 알고 있는 건 네 명. 메레크트라는 나라에서 마녀—라는 전문직에 종사하는 토와리. 엘소드샤랄이라는 나라에서 우수한 마법사—이건 그대로의 의미야—로 일하고 있는 토와즈. 게둔드라라는 나라에서 기사단장을 맡고 있는 미토와. 마지막은 이 달트라에서 『붉은 영웅』으로 임명받은— 트와일라이트."

네 명. 후보로서는 적은 것처럼 생각되었지만, 소속된 나라가 제각각이라 찾아다니려면 상당한 고생을 각오할 필요가 있으리라. 대륙이라고 하니 땅이 잇닿아 있긴 하겠지만, 전철도 비행기도 없다고 하니까 상당히 오랜 여행이 될 것은 틀림없다.

그래도 샅샅이 찾아볼 거라면, 우선은 국내에 있다고 하는 『붉은 영웅』과 접촉하게 되려나.

"그 녀석들의 연령이나 생김새 정보는."

"으음~, 정보문지라는, 일본에서 말하는 신문 같은 게 있는데 거기서 얼굴을 드러내지 않는 사람의 경우에는 기본적으로 알 수 없단 말이지. 그저…… 다들 젊었다고 생각해? 확실히 십대뿐이고…… 미토와라는 사람만 23세 정도였을까."

시간의 어긋남을 확인할 수 없는 이상 연령 정보는 불확실하다.

일본과 아클레어의 시간 흐름이 다르다면, 코우스케의 5년이라는 시간 동안 여동생이 연상이 된 경우도 충분히 생각할 수 있는 것이다. 그래도 가령 같다고 했을 경우의 지표는 된다.

우선은 미토와라는 녀석이 있는 게둔드라는 뒤로 미뤘다.

"일단 그 트와일라이트라는 녀석을 만나고 싶다."

"아니~…… 그건 좀 어려우려나~. 물론 가능한 거라면 도와주고 싶지만."

예상대로라고 할까, 시로의 대답은 애매했다. 그것도 그럴 것이다. 영웅이라는 거창한 칭호인지 직위인지를 짊어지고 있는 사람을, 오늘 이 세계에 막 온 애송이가 만날 수 있는 게 더 이상하다.

"개인적으로가 아니어도 좋아. 영웅이 얼굴을 드러낼 만한 장소 중에 내방자가 출석 가능한 곳은 없나."

시로의 얼굴에 망설임이 떠오르는 걸 알 수 있었다.

"으, 으음……. 없는 건 아니지만…… 솔직히 추천은 못 하겠어."

딱히 심술을 부리는 건 아니리라. 시로는 코우스케의 몸을 걱정해 주고 있는 것이다.

그 마음은 솔직히 고맙다고 생각한다. 하지만 코우스케는 어떻게 해서든 여동생과 만나고 싶었다.

만약 그녀가 아클레어에 전생했다 치고, 그 후의 생활은 행복했을까?

전생해도 기억은 사라지지 않는다.

능욕 끝에 동사했다는 과거를 짊어지고, 전향적으로 살아가는 건 가능할까.

그녀가 지금 어떤 정신상태로, 어떤 생활을 보내고 있는지는 알 수 없다.

애초에 시로가 거듭 강조했듯, 전생 따위 하지 않았을지도 모른다.

그렇다면 그편이 좋다는 관점도 있으리라.

코우스케는 어떻게 생각하고 있는 것인가. 코우스케는 죽은 자의 나라를 믿지 않는다.

그래도 천국 같은 게 있다면 토와는 그곳에 초대될 자격이 있나고 생각한다.

천국이 아니라 아클레어에 소환되어 있다면, 이번에야말로 행복해질 자격이 있다고 생각한다.

어느 쪽이든 간에, 코우스케는 여동생의 행복을 바라고 있는 것이다.

후자의 경우 온 힘을 다해 그걸 도울 수 있다면 좋겠다고 생각하고 있었다. 그뿐이다. 그뿐인 만큼 양보할 수 없다.

"무리는 하지 않아. 약속할게. ……그러니, 부디 부탁한다."

진지한 눈빛으로 시로를 바라봤다. 그녀는 곤란한 듯이 "으" 하고 신음했다. 몇 번이고 시선을 피하고는, 코우스케를 힐끔 쳐다본 뒤 또다시 시선을 돌리기를 반복했다. 마치 그 열량에 밀리는 것을 회피하고자 시도하는 것처럼. 시도하면서 완벽하게 벗어날 수 없다는 걸 어디선가 깨달은 것처럼. 이윽고 "……알았어"라며 접고 들어가 주었다.

시로가 말하길, 달트라에 온 내방자의 선택지는 주로 네 가지로 나누어진다고 한다.

학원에 입학하는 것, 귀족에 봉공하는 것, 국군에 입대하는 것, 미궁을 공략하는 것.

귀족의 자제들이 다니는 학원이라는 교육기관에 입학할 것인가.

귀족을 호위하거나 귀족 자제의 마법 교육을 맡아 봉급을 받을 것인가.

군속이 됨으로써 나라에 충성할 것인가.

미궁이라 불리는 마술적 공간에서 마물을 토벌하거나 시련을 돌파하여 보상금을 얻을 것인가.

내방자는 스테이터스 보정 관계상 마력·마술 적성 모두 아클레어 사람보다 뛰어나다.

그 때문에 어디서든 즉시 전력이 된다는 모양이다.

참고로 신원 불명자라는 것에는 변함이 없기에 이 네 가지 이외에는 기본적으로 선택할 수 없다.

예를 들면 제빵사가 되고 싶다고 생각했을 경우라도, 아무도 고용해 주지 않고 개업도 할 수 없다.

그걸 인정받기 위해서는 명예 신민 제도라는 것의 심사를 통과할 필요가 있지만, 이게 좀처럼 통과되지 않는다. 인정받기 위해서는 결과가 필요하나, 그 결과는 역시 앞서 말한 네 가지 중 하나로 낼 수밖에 없다.

영웅이라는 건 네 가지 중 어느 것에도 속하지 않는 예외 중의 예외라고 한다.

뛰어난 능력을 지닌 자가 발견되었을 때, 왕실에 의해 수여되는 칭호이자 직위.

다양한 특권을 대가로 군속이 되는 것을 강제당한다고 한다. 그런 영웅들과 평범한 내방자가 우연에 기대지 않고 만날 방법은 그리 많지 않지만, 그 방법 중 하나가 미궁 공략에 있었다.

"이거, 정말로 위험하다고? 숙련된 공략자라도 목숨을 잃는 경우가 있어. 쿠로의 스테이터스는 확실히 대단하지만, 너는 아직 레벨 1이야. ······그러니까 가르쳐 주는 건 좋지만 지금 당장 공략하는 건 그만두도록 해?"

코우스케의 심정을 생각하고 있는 것인지, 그녀의 표정은 불안하게 흐려져 있었다.

정말로 사람이 착한 모양이다. 그걸 바람직하게 생각하면서, 코우스케는 의식적으로 미소를 띠었다.

"그래, 알았어."

◇

아클레어에는 던전이라고 부를 수 있는 것이 크게 두 종류 존재한다.

신민이 숭배하는 신의 영역— 신역.

만인이 기피하는 마의 영역— 악령(惡領).

아클레어에 전해지는 신화는 이러한 것이다.

세계에는 상반되는 것이 한 쌍으로 존재한다.

신이 세계를 창조했을 때, 동시에 이계도 탄생했다.

신이 인간을 창조했을 때, 동시에 마물도 탄생했다.

신이 선을 정의했을 때, 거기서 새어 나온 것이 악이 되었다.

신이 생명을 정의했을 때, 그 끝에 죽음이라는 결과가 따르게 되었다.

그리고 태초의 태초, 신이 생겼을 때, 이미 악신도 태어나 있었던 것이다.

신은 인간을 인도하고, 악신은 마물을 이끌었다.

인마대전이라 불리는 전쟁이 일어났다.

최종적으로 인간 측이 승리를 거뒀지만, 그 무렵에는 신도 악신도 서로 완전히 피폐해져 있어 한쪽만을 멸망시키는 건 불가능했다고 한다.

그리고 승리한 인류는 지상을 손에 넣고, 마물은 지하로 내쫓겼다.

신역은 신의 힘이 깃든 마법구가 잠드는 탑 미궁.

신이 휴식을 취하고 있다고 전해진다.

악령은 악신의 힘이 깃든 마법구가 잠들고, 그걸 지키는 마물이 배회하는 지하 미궁.

악신이 힘을 모으고 있다고 전해진다.

신역 쪽은 시련이라는 형태로, 악령은 마물과의 싸움이라는 형태로 마법구를 입수하는 것을 막는다.

마법구는 개인의 소유물로 삼을 수도 있지만, 나라에 바치는 것도 가능하다.

후자의 경우 막대한 특별 보상금을 얻을 수 있다고 한다.

그 외에도 다이렉트 글래스 디바이스—콘택트렌즈와 비슷한 물건의 이름이다—를 통해 마물 토벌, 시련 돌파 등이 기록되고 영상 정보를 제출함으로써 보상이 나온다.

영웅을 만나는 방법은 거기에 있었나.

악령 혹은 신역에서 마법구를 입수하고, 이걸 왕실에 헌상함으로써 영전이 개최된다.

거기에는 유력 귀족이나 상위군인, 그리고 왕족이 참석한다. 예정이 맞으면 영웅도 출석한다고 한다.

또한, 던전의 마법구를 회수하는 공적은 상당한 것인 듯, 그것만으로도 명예 신민으로 인정받을 수 있다.

확실히 평생 이 세계에서 살아간다고 생각했을 경우, 고려해봐야만 하는 것이리라.

세금 등의 의무는 발생하지만 동시에 사회보장도 얻을 수 있다.

코우스케로서는 여동생을 찾아내고 일본으로 데리고 돌아가는 게 이상적이지만, 그렇게 일이 잘 풀릴 거라고는 할 수 없다.

가령 모든 것이 코우스케의 형편에 맞도록 움직여도, 남매는 죽은 자이니까 따뜻하게 맞아들여지지는 않을 것이다.

문제는 산적해 있고, 모든 것을 일거에 해결할 힘 같은 건 코우스케에게는 없다.

눈앞의 것부터 하나하나 정리해 나간다. 그것이 고를 수 있는 선택지 중 최선의 것.

"단지 신역의 경우든 악령의 경우든 말이 쉽지, 간단하지 않아."

시로의 말에는 단순한 경고나 주의 환기와는 다른, 실감 같은 것이 담겨 있는 것 같았다.

"하지만 그게 가장 빠른 길이지."

"가장 위험하다는 말이기도 하다고?"

그러나 그것은 코우스케를 막는 요소는 되지 못한다.

여동생이 오빠를 위해 기도하며 죽어 갔다면, 그 마음은 헤아리자.

더 이상 스스로 목숨을 내던지는 짓은 하지 않는다. 하지만 살아가는 방식 그 자체는 코우스케가 정한다.

찾아내고, 발견할 수 있다면 이 세계에서야말로 오빠로서의 책무를 다하는 것이다.

다만 그걸 위해서도 사려 없이 움직일 수는 없는 노릇이다.

"괜찮아. 충분히 조심할거야. 그래서 말인데…… 가능하다면 여러 모로 가르쳐 주면 고맙, 겠다만."

지금의 코우스케는 무일푼에 이상한 옷을 입은 신원 불명자다.

객관적으로 보면 상당히 어찌할 도리 없는 부류의 인간이다.

안내인이라는 말의 울림으로 보아, 술집으로 안내한 후에는 알아서 행동하게 둔다는 것도 아니리라.

그렇게 추측은 가능하지만, 코우스케는 부끄러워하는 것처럼 얼굴을 붉혔다.

돌이켜 생각해 봐도, 여동생이 죽은 이후로 적극적으로 누군가에게 의지한 적이 없었던 것이다.

언제부터인가 그런 선택지는 머리에서 완전히 사라져 있었다. 자기 혼자서 여동생의 원수를 갚지 않으면 의미가 없다고 생각하고 있었기에. 따라서 이것은 소년에게 있어 실로 5년 만의 '조력을 청한다'는 행위인 것이다.

그렇기 때문이리라. 마치 좋아하는 상대에게 처음으로 고백하는 것만 같은 쑥스러움이 코우스케를 덮쳤다.

시로는 그것을 무척 재미있다는 듯 바라보고 있었다.

"……귀, 귀여워."

그녀는 입가를 가리고, 당장이라도 웃음을 터뜨릴 것만 같은 느낌으로 중얼거렸다.

혹은 몸부림치고 있는 것처럼 보이지 않는 것도 아니었다. 어느 쪽이든 간에, 조롱하는 기색은 없다.

"응, 응." 그녀는 소리에 연동하는 형태로 끄덕이기를 반복하고는 "좋도다. 그대를 도와주도록 하지"라고 호들갑스럽게 말했다. 팔짱을 끼고 있지만 가슴이 크기에, 그걸 들어 올리는 듯한 꼴이다.

두 개의 언덕이 아예 폭력적이라고도 할 수 있을 정도의 궤도로 아래위로 움직였다. 출렁출렁하는 환청이 들릴 것만 같았다.

기본적으로 쾌활한 소녀지만, 때때로 어조가 묘하게 변하는 건 익살을 부리려고 그러는 것일지도 모른다.

놀릴 때 일부러 경어를 쓰는 것과 비슷한 것이다.

말을 효과적으로 전하기 위해서는 평소와 다른 어조가 적합한 경우도 있다.

이번에는 까불거리는 어조로 말함으로써 코우스케가 부담을 가지지 않도록 하려는 배려임을 알 수 있었다.

시로라는 소녀는 가벼워 보여도, 사실은 자연스럽게 남을 배려할 수 있는 따뜻한 마음씨를 지닌 인간인 것이다.

과거의 비극과 그 후의 복수로 인해 타인을 신용하지 못하고 있던 코우스케가 봐도, 그녀가 선인이라는 것은 더 이상 의심할 여지가 없다.

그런 그녀를 이용하는 것만 같아 마음이 괴롭고, 의지할 수밖에 없는 건 한심하지만, 코우스케는 그러한 갈등을 억누르고 그녀에게 물었다.

"일단, 초심자에게 맞는 던전은 있나."

◇

술집의 손님들이 놀란 것으로부터도 코우스케의 스테이터스가 남들보다 뛰어나다는 것을 알 수 있다.

이 술집의 손님은 태반이 내방자인 듯, 그들과 그녀들 또한 순수한 아클레어인을 족히 초월하는 스테이터스를 가진 자들이다. 그런 인간이 한층 놀란다는 건, 코우스케의 능력치는 얼마나 빼어난 것인가.

그렇다고 해서 방심할 생각은 없다. 아마추어는 아마추어답게, 자신의 분수에 맞게 행동해야만 한다.

안이한 지름길은 때로는 신세를 망친다. 무슨 일에 관해서든 우선 죽지 않는 것을 생각해야만 한다.

시로는 코우스케의 물음에 대답해주었다.

"근처에 악령이 있어. 갈래?"

"따라와 주는 건가?"

"뽀뽀해 주면 괜찮은데?"

그녀는 그렇게 농담조로 말했다.

처음 본 남자한테 입맞춤을 조르는 게 아니라, 단순히 코우스케를 난처하게 만들어 보고 싶은 것이리라.

그녀가 바라는 것처럼 쑥스러워하며 고개를 숙여도 좋있겠지만, 창피는 조금 전의 것으로 충분하다.

코우스케는 살짝 일어나 그녀의 뺨에 입술을 가까이 댔다. 과일 같은 달콤한 향기가 한순간 콧구멍을 간질였다.

입술 너머로 느낀 피부는 무척이나 건강하고 탄력으로 가득 차 있었다.

"이걸로 됐어?"

라며 도발적으로 웃어 보였다.

하지만 시로한테서 반응이 없었다. 그렇다기보다, 반응할 여유가 없었던 모양이다.

그녀는 몸이 경직된 채 얼굴이 새빨개져 있었다. 만화였다면 눈동자 속에 혼란을 나타내는 소용돌이라도 생겨나 있었을지도 모른다. 아무래도 이 소녀, 말하는 것치고는 남자에 익숙하지 않은 모양이다.

경험이 없는 주제에 그런 발언을 하고 마는 건, 뭐 원래 있던 세계에서도 흔히 볼 수 있었던 광경이기에 별나지는 않지만, 그렇다면 미안한 짓을 한 걸지도 모른다.

뺨이라고는 해도 첫 키스 상대가 처음 만난 신원 불명자라는 건 달콤한 추억은 되지 않으리라.

"아…… 그게, 미안. 설마 그렇게까지 순진할 거라고는 생각하지 않아서."

"네, 네네네네, 네에? 무슨 말인지 모르겠거든요? 이 정도는 완전 그거고? 인사 같은 거고 전혀? 오히려 뺨이라니 겁쟁이구만, 하고 생각했을 정도고?"

아무래도 나이가 가까운 코우스케한테 그런 경험이 적다고 여겨지는 게 참을 수 없는 모양이다.

뭐, 코우스케는 그 태도로 확신해 버렸지만 말이다.

"그럼, 다음은 입에 할까?"

코우스케가 다시 살짝 일어서려 하자, 그녀는 몸을 움찔 떨며 뒤로 물러났다.

그걸 보고 코우스케는 빈정거리는 듯한 미소를 향했다.

시로는 '아뿔싸!'라는 표정을 지었다.

"아, 알고서 한 거지……! 큭…… 저, 저질이야!"

그녀는 눈시울을 적시며 분하다는 듯이 외쳤다.

코우스케는 조금 전의 말을 갚아주는 것처럼 말했다.

"귀여운 점도 있네."

시로는 "우와아!"라며 머리를 감싸 안고 그 자리에서 웅크려 버렸다.

쥐구멍이라도 찾고 싶다는 듯한 기색인 그녀를 보고 살짝 죄악 감이 들었다.

그렇긴 해도 사과하는 건 역효과이리라.

코우스케는 일부러 이야기를 넘기기로 했다.

"저기, 미궁에 관해서 말인데, 준비 같은 건 어떻게 하면 되지? 이 차림은 너무 가벼울까."

셔츠의 가슴 언저리를 손가락을 집으며 물어보사, 일마 후 지친 표정의 시로가 천천히 일어났다.

"…………. 응, 뭐, 그러네. 일단 장비 한 세트 갖출까. 돈은…… 빌려줄게."

"극진하게 돌봐주는군. 고맙다."

"감사하는 마음이 있다면, 더는 그런 거 하지 않기야?"

눈이 병들어 있었다. 꽤 상처받은 모양이다.

코우스케는 애매하게 끄덕여 뒀다.

"그럼 준비하고 올 테니까 적당히 쉬고 있어."

그녀는 그렇게 말하고 가게 안쪽에 있는 계단을 통해 2층으로 올라갔다.

그 모습을 잠시 눈으로 좇고 있었더니, 카운터를 콩콩 두드리는 소리가 났다.

지금까지 왼쪽을 보고 있었는데, 그쪽에서 나는 소리가 아니다. 어쩔 수 없이 오른쪽을 향하자 머리가 매우 긴 여자가 있었다.

앉아 있으니까 정확하게는 모르겠지만, 똑바로 일어섰을 경우라도 무릎에 닿을 것 같은 금색 장발.

그것 자체가 빛을 내고 있는 게 아닐까 하고 착각할 정도로 아름답고 반들반들했다.

눈동자는 붉다. 피가 뚝뚝 떨어지는 루비처럼, 섬뜩함과 아름다움이 절묘한 밸런스로 양립하고 있다.

모처럼의 미모인데 표정다운 표정이 없는 탓에 어딘가 차가운 인상을 받았다.

의자 위에서 팔짱을 끼고 있다. 아무것도 주문하지 않은 모양이라 그 밖에는 아무것도 없다.

"……처음 보는 얼굴. 오늘 온 내방자?"

낙낙한 하얀 로브를 걸치고 있지만, 안쪽은 속옷 같은 차림이었다.

하얀 비키니. 허리에 팔레오 같은 천을 두르고 있다.

실제로, 그것뿐이었다. 아니, 부츠 같은 신발도 신고 있으니까 그것뿐이라는 건 잘못인가.

어쨌든 수영복 위에 로브를 걸치고, 거기에 신발을 신은 차림으로 돌아다니고 있는 것이다. 눈앞의 여자는.

코우스케는 가능한 한 평탄하게 들릴 것 같은 목소리를 의식하고 물었다.

"그래. 당신은 어느 쪽이지?"

"**봐도**, 돼?"

시아에 문사가 떠올랐다.

《【크윈티 세레스티스 클리어베디비어】의 스테이터스 정보 열람 허가를 받았습니다. 열람하시겠습니까?》

과연. 타인의 스테이터스를 확인하려면 허가가 필요한 건가.

술집에 들어갔을 때는 다이렉트 글래스 디바이스를 착용하지 않았으니까, 주위에서 마음껏 볼 수 있었던 것이다.

코우스케는 어설픈 동작으로 이쪽도 허가를 낸 뒤 열람했다.

【이　　름】크윈티 세레스티스 클리어베디비어

【레　　벨】41

【클 래 스】영웅

【스테이터스】생명력:1,200 마력:1,500 여력:500 체력:1,300

　　　　　　지구력:500 기력:2,500 속력:1,800 지력:2,900

　　　　　　운명력:9,999 천품:9,999

【상　　태】극점

【경 험 치】비표시

【스　　킬】선천 스킬:13 후천 스킬Ⅰ:20 후천 스킬Ⅱ:12 후천

　　　　　스킬Ⅲ:11

【마　　법】▷적성 마술 속성 『백』

【가　　호】▷『에헤크루에스의 사색』─사고 속도 극도 상승

　　　　　▷『요르도로제아의 은총』─운명력 극점화

▷『에아힐로우의 신애』─전투 승률 극도 상승

▷『메레크히우스의 심안』─시각에 『만물의 균열』을 표시

【저　　주】▷『영웅의 업』─비명횡사 확정

【공　　상】▷『펜 로우, 토벌』─실행자 보정(각종 스테이터스 소량 상승)

▷이하 13─비표시

【장　　비】▷『하얀 홍경(紅鏡)의 외투』─대(對) 마법 방어력 극도

상승

▷이하 6─비표시

코우스케는 말을 잃었다.

세세한 스테이터스에 대해서 할 말은 없다.

비표시 설정이 가능하다는 부분은 공부가 되었다고 말할 수 있을지도 모른다.

그러나 한 부분. 코우스케의 사고를 한순간 멈추는 기술이 있었다.

"……당신 이거, 영웅이라는 건."

"? 응, 맞아." 그녀는 자신을 가리키며 "나, 영웅"이라고 무기질적인 목소리로 말했다.

심장 고동이 강해졌다. 그녀가 영웅이라면 트와일라이트를 알고 있을 것이다.

그렇다면 그게 코우스케의 여동생인지 어떤지 확인할 수 있을지도 모른다.

예기치 못하게 찾아온 만남에 코우스케의 가슴은 긴장으로 두근거렸다.

"……너, 대단, 하네. 레벨 1이라고는, 생각할 수 없는, 스테이터스."

"아, 아아. 전생이 똥이라서 말이지. 당신도 꽤 대단한 것 아닌가. 잘은 모르지만."

"마술 속성『흑』. 색채 속성. 만나는 거, 처음이야, 나."

정말이라면 당장이라도 여동생에 관한 정보를 얻고 싶었지만, 어느 정도는 필요한 것이라고 생각해 이야기에 어울렸다.

"……이거 역시 이상한 건가. 보통은 뭐야?『불』이라든가『물』인가?"

"응, 자연 속성. 그게, 보통. 지금까지, 색채 속성, 나쁜, 이었어. 특별한 거, 나쁜. 세상에서, 혼자. 그렇게, 생각했었어."

"클래스가 영웅이니 말이야. 그야 특별한 건 틀림없겠지."

그녀는 한순간 눈을 내리떴다.

긴 속눈썹이 살짝 움직였다.

"네 거, 까매. 클래스, 미확정자."

왠지 모르게 확정되어 있는 게 당연하다는 듯한 말투다.

"아아, 그러게. 이런 건 어떻게 하면 바뀌지."

게임처럼 뭔가 특정한 조건을 만족해야만 하는 걸까.

"보통은, 신분. 나라에 등록되어 있는 지위와, 직업. 갓 온 사람은, 까매. 너는, 아직, 무엇이 될지, 모른다, 는 말."

"그럼 당신은 신민의 희생양으로서 살아간다는 건가."

"희생양?"

크윈티가 의아하다는 듯한 표정으로 이쪽을 바라봤다.

역시 속눈썹이 무척 길다. 빨려 들어갈 것만 같은, 강한 힘을 깃들인 눈동자다.

빨려 들어갔다간 그걸로 끝이다. 그 붉은 눈동자에 불살라진다. 그런 시시한 망상을 자기도 모르게 하고 말 정도로.

"갈구 받고, 떠받들어지고, 소비된다. 역사에 이름을 남기기는 해도, 자기 자신은 채울 수 없지. 허울 좋은 인신 공양이잖아. 영웅 따위."

"⋯⋯⋯⋯⋯⋯⋯⋯⋯너는, 그렇게 생각하는구나."

긴 침묵은 무엇에서 기인하는 것일까.

코우스케는 왠지 모르게 미안한 마음이 들어 가볍게 머리를 숙였다.

"기분을 상하게 했다면, 사과하겠다만."

그녀는 무슨 생각을 하고 있는지 모를 표정으로 이쪽을 봤다.

거기서부터 내부로 침입하여 영혼까지 들여다볼 것만 같은 눈빛이었다.

"저기, 쿠로라고 불러도, 돼?"

무심코 압도될 뻔했지만, 어떻게든 평정을 유지하고 끄덕였다.

"그래. 앞으로도 만날 기회가 있다면 부디 자유롭게 불러 줘. 영웅 님."

"크윈."

갑작스러운 말에 한순간 의미를 파악하기 어려웠지만, 어떻게든 이해했다.

"………어? 아아, 그렇게 부르라는 건가. 알았어, 크윈."

"나, 실은 싫어, 영웅."

갑작스러운 화제 전환이었다.

말투로 보아 타인과의 커뮤니케이션은 그다지 능숙하지 못한 걸지도 모른다.

"흐음."

이라고만 대답했다. 담박한 반응이 되어 버렸지만, 적절한 대답이 떠오르지 않았던 것이다.

"줄곧, 도망치고 싶다고, 생각해. 하지만, 다들, 안 된대. 대단한 일, 이니까, 라면서. 필요하니까, 라면서. 싫은데. 하라는, 말을 들어. 어쩔 수 없이, 하고 있어. 참고, 있어."

목소리에서 감정은 읽어 낼 수 없지만, 그 눈이 무엇보다도 잘 말해 주고 있었다.

세상에 대한 깊은 증오를.

"크윈은 내방자가 아니야?"

"응. 아마, 아클레어에서, 태어난 사람 중, 에서는, 제일. 최강, 이라고, 생각해."

과연, 그렇다면 도망치고 싶어지는 것도 이해가 된다.

내방자는 말하자면 외지인이고 용병 같은 존재다. 인정받는다고 해도 어딘가에서 구별은 당한다. 스포츠 선수를 봐도 자국 사람을 응원하는 자가 많지 않은가.

인간은 잠재적으로 자신과의 공통점이 있는 인물의 편을 들도록 되어 있다.

그래서 내방자만큼 강한 아클레어 태생 인간은 귀중한 인재다. 아클레어—이 경우 범위를 좁혀 달트라라고 고쳐 말해야만 하려나—자체의 자랑거리로서 이용되며 살아온 것이리라.

하지만 그건 본인에게는 중압이 되기도 한다. 버틸 수 있을지 어떨지는 본인 나름이다.

"싫다면 도망쳐도 된다고 난 생각해."

코우스케는 대수롭지 않게, 적어도 그렇게 들리는 음성으로 말했다.

그녀의 눈이—의식적으로 그런 것이리라—한 번 감겼다가, 조금 지난 뒤 살며시 뜨였다.

"하지만, 도망친 후에, 어떻게 살면, 좋을지, 모르겠어."

"그럼, 그걸 알아보고 나서 도망쳐."

무슨 바보 같은 소리를 하는 것이냐는 듯이 코우스케는 곧바로 대답했다.

그녀는 코우스케를, 정말로 별난 것을 보는 것 같은 눈으로, 봤다.

"……………도망치지 말라고, 안 해?"

줄곧 그런 말을 듣는 게 당연했던 것이리라. 그래서 그런 건 아니다.

"유감이지만 나는 내방자고, 이 세계의 사정에 밝지도 않아. 그러니까 남의 일이라고 생각하고, 말하고 싶은 걸 말해. 도망치고 싶으면 도망쳐. 그래서 누가 곤란해진다 한들, 너는 나쁘지 않아."

"그렇게 생각해?"

"누군가를 위해 널 혹사해야만 하는 이유가, 난 떠오르지 않아."

코우스케의 자신의 본심이었다.

자신의 노력으로 무언가를 바꿀 수 있다고 치고. 어째서 바꾸지 않으면 안 되는 것인가?

예를 들어 자신이 무언가 직업 하나를 목표로 하고 있었다 치고, 그 재능이 없다고 하자.

하지만 다른 직업에 필요한 재능이라면 있는 모양이다, 라고 누군가가 말한다.

그 순간, 그걸 목표로 하고 있던 마음을 버리고 제시된 직업으로 전향해야만 하는 건가?

코우스케라면 그런 말은 무시한다. 맞는가 맞지 않는가 따위 관계없다.

타인이 어떻게 생각하든, 그건 본인의 것이기에 침해하려고는 생각하지 않는다.

그러니까 코우스케의 생각도 부디 침해하지 말았으면 한다. 그렇게 생각할 뿐이다.

어쩌면 크윈의 편을 들고 있는 걸지도 모른다.

만약 『붉은 영웅』 트와일라이트가 코우스케의 여동생인 쿠로노토와였다고 치고.

그녀도 마찬가지로 영웅을 그만두고 싶어 하고 있을지도 모른다.

그럴 때, 분명 그걸 책망하지는 못할 테니까.

"················그런가."

잠시 입을 다문 크윈이었지만, 이윽고 활짝 미소 지었다.

"조금, 생각해 볼래."

조금 전까지의 미소와는 다르다.

마치 그 순간, 그녀에게 기쁨의 감정이 싹튼 것만 같은. 축복하고 싶어지는 그런 미소였다.

"그래. 그렇게 해."

자연히 이쪽의 표정도 밝아졌다.

"또, 만날 수 있다면, 조금, 기쁠 거야."

"아마 당분간은 이 주변에 출몰할 거다."

"·······쿠로는?"

그녀가 물었지만, 내용을 알 수 없었다.

"뭐가?"

"나랑, 또, 만나고, 싶어?"

코우스케는 조금 생각한 뒤 말했다.

"내가 모르는 걸 가르쳐 주겠어?"

"내가, 알고 있는 거라면."

"그러면 중요한 정보원이다. 꼭 만나고 싶네."

"……………그런, 가."

그녀는 기대했던 것과는 다른 말을 들은 것처럼, 조금 표정을 흐리면서도 마지막에는 웃었다.

"그럼, 지금은? 뭔가, 알고 싶은 거, 있어?"

지금이다, 라고 코우스케는 생각했다.

조금도 상정하고 있지 않았지만, 절호의 기회라는 건 분명하다.

묘하게 목이 말랐다. 우유를 한 모금 머금어 입안을 축였다.

윗입술에 묻은 우유를 소매로 닦고, 심호흡을 한 뒤 그 말을 입에 담았다.

"트와일라이트라는 녀석을 알고 있어?"

코우스케의 물음에 크윈은 눈이 휘둥그레졌다.

"토와………? 알고, 있는데."

망설이는 기색으로 고개를 끄덕여 긍정을 표했다. 아무래도 트와일라이트의 애칭은 토와라고 하는 모양이다.

"어째서, 알고 싶은, 거야?"

숨길만 한 것도 아닌가, 하고 코우스케는 대강 설명했다.

자세한 경위는 생략하고, 전한 것은 여동생을 찾고 있다는 부분 정도다.

"그러니까 그 녀석의 생김새라든가, 특징 같은 게 있다면 가르쳐 줬으면 좋겠는데."

하지만 코우스케의 말에 크윈은 이해할 수 없다는 듯한 낌새로 고개를 갸우뚱거리며 의아해했다.

"여동생이니까, 만나고 싶어? 잘, 모르겠어."

"………죽은 가족과 만날 수 있을지도 모르는 상황 같은 건, 그리 없으니 말이지."

"아니야. 가족이니까 소중하다는 것, 그걸 잘 모르겠어."

술집의 소란에 지워질 정도의 목소리였지만, 코우스케의 귀는 그 말을 똑똑히 들었다.

하지만 그녀는 무언가 대답을 기대하고 있었던 건 아닌 모양이라, 곧바로 말을 계속했다.

"토와. ………건방져. 머리랑 눈, 까매. 나이……… 쿠로랑 비슷한, 정도?"

자기도 모르게 그녀 쪽으로 몸을 내밀고 말았다. 거기까지는 코우스케가 아는 여동생의 정보와 일치하고 있었다.

"그것 말고는?!"

"영상, 보여줄 수 있다면, 좋겠지만. 내 글래스, 그 기능, 멈춰져 있어."

아무래도 글래스―다이렉트 글래스 디바이스의 약칭―는 영상 기록 기능과 그걸 송수신하는 기능까지 갖추어져 있는 모양이다.

멈춰져 있다는 말로부터 불온한 분위기를 감지한 코우스케였지만, 그 부분은 건드리지 않았다.

무엇보다도 우선해야만 하는 것은 여동생에 관한 건이었기 때문이다.

"그, 그러냐……. 그래서 그 녀석, 자기를 토와라고 부르지 않았어? 그리고 삐치거나 부끄러워할 때 자기 머리를 손가락으로 돌돌 꼬거나…… 아아, 얼굴은 나랑 그렇게 닮지 않았어…… 그리고."

코우스케가 여동생의 특징을 열거하고 있었더니 누군가가 말을 걸었다.

"쿠로! 기다렸지. 자, 갈까. 마물이 득실득실한 악령으로!"

순간적으로 돌아봤더니 시로가 몹시 들떠서는 계단을 뛰어 내려오고 있는 참이었다.

이 가게의 유니폼에서 다소 노출도가 올라간 차림으로 갈아입은 상태다.

"응, 그래."

코우스케는 그렇게 말하며 끄덕인 뒤 시선을 크원이 있던 쪽으로 되돌렸고, 거기서 "하?"라는 얼빠진 소리를 냈다.

그곳에는 아무도 없었다. 한순간의 틈에 돌아갔다는 것인가?

그러고 보니 아무것도 주문하지 않은 모양이고, 애초에 손님으로서 온 게 아니었다?

"저기, 내 옆에 있던 녀석 어딘가로 간 거 봤어?"

"? 내가 계단에서 내려오기 시작할 때는 아무도 없었는데?"

코우스케는 뺨이 경련하는 걸 느꼈다. 마스터나 비네에게도 물어봤지만, 대답은 같았다.

이마에 땀이 떠올랐다. 크윈, 그녀는 대체 정체가 무엇인가. 동시에 아깝다고 느끼고 말았다.

앞으로 조금만 더 있었으면 대답을 들을 수 있었는데. 시로가 계단을 내려올 때마다 가슴이 성대하게 흔들린다. 코우스케는 들리지 않도록 혀를 찬 뒤, 감정을 가라앉히기 위해 엉뚱한 화풀이라는 걸 알면서도 불평을 늘어놓았다.

"······타이밍 안 좋은 거유군."

"뭔가 들렸는데?! 설마 험담한 거야?!"

귀가 밝은 거유 소녀 쪽을 다시 바라보고 미소를 띠었다.

"딱히 그런 거 아니야. 새삼 가슴이 크다고 생각한 것뿐이다."

"아아, 그렇구나. 그럼 딱히─ 괜찮지 않다고?! 어째서 일부러 그 말을 입 밖으로 낼 필요가 있어?!"

가슴을 감싸듯이 팔을 교차시켜 얼굴을 붉히는 시로를 보고, 코우스케는 더욱 큰 한숨을 쉬었다.

여기서 그녀를 책망하는 건 사리에 어긋나는 것이리라. 애초에 지름길로 가겠다는 물러 터진 생각은 버려야만 한다. 다음에 만날 기회가 있다면 물어보면 되는 것뿐이다.

그런 기회가 없더라도 자력으로 트와일라이트를 만날 수단을 얻는다. 그걸 위해서 움직여야만 한다.

코우스케는 그렇게 결심하면서, 던전을 공략하러 가기 위해 자리에서 일어났다.

◇

　곧바로 시로의 소꿉친구네 가게라는 무기·방어구점에 들러 장비를 장만했다.

　능력치가 낮은 사람이라면 다르겠지만, 코우스케는 초기 스테이터스가 높아 중장비로 할 필요는 없다고 하여, 그다지 모험가 같은 차림은 되지 않았다. 그렇다기보다 거의 바뀌지 않았다.

　변경된 점은 얄팍한 스니커즈가 군화를 연상케 하는 부츠로 바뀐 것.

　싸구려 셔츠가 대 마법 소재를 넣어 짜인, 하얀색 바탕에 푸른 선이 그려진 코트로 바뀐 것.

　나머지는 추가로 직검을 구입한 것 정도다.

　대 마법 소재라는 건 이름 그대로 마법에 대한 저항력을 지닌 소재다.

　원래 있던 세계에서 말하는 '충격 흡수 소재'의 마법판이라고 할까. 물리 공격에 대해서는 섬유 그 자체 정도의 방어력밖에 발휘하지 않지만, 마법 공격에 한해 위력을 감쇠시키는 기구가 짜여 있다.

　개인적으로는 볼품없는 코스프레라는 인상을 씻어내기 어렵지만, 다행히 주위의 시선은 그렇게 차갑지 않다.

　코우스케가 생각하는 만큼 볼품없게 비치지는 않는 모양이다.

　"선부 스타일도 모른 채 장비를 갖춰도 나중에 쓸모없어질 테고, 처음은 이걸로 갈까."

들자니 지금부터 향하는 미궁 정도라면 어지간한 일이 없는 한 기본적인 방어 성능으로 어떻게든 될 거라고 했다. 스테이터스 보정이라는 건 그렇게나 믿을 수 있는 거냐고 물어보자 "그게 말이지, 쿠로의 경우엔 대략 차에 치여도 '깜짝 놀랐네. 아, 타박상……'으로 그치는 정도야!"라는 대답이.

진위는 제쳐 두고 그녀가 그렇게 말한다면야, 하고 코우스케는 납득하기로 했다.

돈을 빌린 입장 상 불평하기 어려웠다는 것도 있다.

그런 시로의 차림새는 모험가풍, 좀 더 말하자면 여자 도적을 연상케 했다.

팔꿈치 패드, 무릎 패드, 정강이 보호대는 전부 무언가의 뼈를 검게 물들인 것으로 강도는 높아 보였다.

아래쪽은 숏 팬츠에, 위쪽은 래시가드를 연상케 하는 피부에 달라붙는 의복.

덕분에 그녀의 자랑인 큰 가슴 라인이 강조되고 있다.

허리와 양쪽 어깨에 멘 벨트에는 투척식 나이프가 수납되어 있고, 그중 두 자루가 대거였다.

"그다지 직접 치고 베지는 않는 느낌인가?"

"여자애인걸."

"하지만 싸울 수 있다, 고."

"내방자니까 말이야."

"흐음……. 그래서, 내 전투 방식은 추측 같은 것도 못 하는 건가."

무기·방어구점을 나와 잠시 나란히 걸었다.

"보통은 특화 항목이라 불리는 '가장 성장이 좋은 수치'를 중심으로 생각해 나간단 말이지. 예를 들면 여력이 높은 사람은 속력이 낮게 나오니까, 대검이나 배틀 액스 같은 걸 고르면서 갑옷을 껴입는 등."

"그게 맞겠지. 하지만 이 세계에서의 평균을 모르겠어. 대단하다, 대단하다고 말을 들어도 어떻게 대단한지를 모르니까 고를 방도가 없어. 네 스테이터스를 보여주지 않겠어?"

시로는 귀를 움찔 움직이더니, 그런 뒤에 뺨을 물들이고 고개를 숙이며 말했다.

"……부끄러우니까, 싫어."

"……………그러냐."

진심으로 부끄러워하고 있는 기색이다.

뭐, 하지만 확실히 듣고 보니 이해 못 할 이야기도 아니다.

원래 있던 세계에서도 가령 성적표를 보이고 싶어 하지 않는 학생이 있지 않던가. 다른 사람과의 차이가 명확히 나타나는 평가 시스템 안에서 열등감이나 질투를 느끼고 싶지 않다고 생각하는 사람은 적지 않을 터다.

코우스케 같은 경우는 성적 면에서 여동생에게 근소하게 뒤처지고 있었기에 부모에게조차 보이는 걸 싫어했던 시기가 있다.

"미안하다. 가볍게 물어도 될 게 아니었군."

자신의 급소를 드러내는 행위나 마찬가지라고 생각하고, 앞으로는 자숙해야만 할지도 모른다.

"괜찮아. 으음, 평균적인 스테이터스 말이지? 내방자 걸로 괜찮다면 데이터가 있으니까."

띠링, 하고 시야 왼쪽 위에 무언가가 떠올랐다.

이야기의 흐름으로 보아, 시보에게서 온 메시시이리라.

빨간 봉랍이 찍힌 하얀 봉투 마크가 점멸하고 있기에, 열리라고 생각해 보았다.

역시 착용자의 의사를 파악하는 모양이다. 그것도 거의 딜레이 없이.

봉투가 열리고 편지가 나오는 액션 후에 다소 거대화한 편지가 시야 중심에 전개되었다.

【이　　름】노마르

【레　　벨】1

【클 래 스】■■■

【스테이터스】생명력:160 마력:200 여력:100 체력:150 지구력:15

　　　　　　기력:60 속력:75 지력:15 운명력:50 천품:0

【상　　태】정상

【경 험 치】0

【스　　킬】선천 스킬:0 후천 스킬Ⅰ:6 후천 스킬Ⅱ:0 후천 스킬Ⅲ:0

【마　　　법】	▷적성 마술 속성 『화』『풍』
【가　　　호】	▷—
【저　　　주】	▷—
【공　　　상】	▷—
【장　　　비】	▷『이계의 장신구 세트』—보정 없음

어째 매우 미안해지고 마는 스테이터스였다.

"확실히 이건…… 술집 녀석들이 놀라는 것도 무리는 아니군."

그렇게 말하면서 편지 표시를 지웠다.

왠지 모르게 시험해 보니, 반투명화 등 전개했을 때의 설정을 건드릴 수 있는 모양이다.

"일률적으로는 말할 수 없지만, 이 애 정도 되는 내방자의 경우, 레벨 1인 쿠로의 스테이터스를 재현하려면 30이나 40 정도가 되지 않으면 힘들단 말이지. 말해 두겠지만, 이것도 내방자 보정이 포함된 거니까. 아클레어 사람은 더 낮은 게 일반적이야."

"그렇게까지 차이가 나 버리면 내방자 차별 같은 것도 일어날 법하다만."

"전혀 없는 건 아니지만, 그다지 없네. 내방자는 신화시대부터 존재가 시사되어 있어서, 인마대전 때도 인류 측의 승리에 크게 공헌했다고 기술되어 있어. 즉, 대다수의 신민에게 있어 내방자라는 건 태곳적 옛날부터 현재에까지 걸쳐 신민을 계속해서 구한 영웅인 거야."

"영웅……이라."

한순간 크윈의 모습이 뇌리를 스쳤다.

"……뭐, 영웅이라고 해도 여러 사람이 있고 말이야. 모두 성인 군자인 것도 아니고."

어딘가 그늘진 표정으로 그렇게 중얼거리는 그녀였으나, 코우스케가 뭔가 말을 걸기 전에 다시 미소를 지었다.

"구보는 싫어? 남자애는 영웅 같은 설 좋아할 섯 같은 이미지인데 말이야?"

시로는 뒷짐을 지고 발끝으로 폴짝거리는 것처럼 걷고 있다.

그때마다 부풀어 오른 흉부가 아래위로 흔들려 유연하게 형태를 바꿨기에, 주위의 시선이 엄청나게 집중되었다.

"어릴 적에는 평범하게 히어로를 동경하고 있었는데 말이야. 그런 건 없다는 걸 깨달아 버렸으니까."

히어로가 있다면 어째서 여동생을 구해 주지 않았던 걸까.

목소리가 닿지 않았다? 난처한 사람이 너무 많아 손길이 미치지 않았다?

그럴지도 모른다. 아무리 히어로라도 온 세계에서 일어나는 비극을 전부 회피할 수는 없으리라.

하지만, 그런 건 피해자와는 상관없다. 도움을 요청하는 자를 구할 수 없다면, 어떤 이유가 있든지 그 녀석은, 그 녀석들은, 무능하다. 무능한 자를 동경하는 바보는 없다.

그렇게 무언가에 기대하고 동경하는 코우스케의 감정은 죽었다.

그렇기에 자기 스스로 히어로가 된다는 건 실감이 나지 않는다. 솔직히 되고 싶다고도 생각하지 않았다.

"흐음, 복잡한 과거가 있으신 모양이라."

"내방자는 다들 그런 거 아닌가."

"응. 그러니까 노골적으로 묻거나 하지는 않아."

"그건 잘됐군."

진심이었다. 남에게 이야기하고 싶은 것도 아니고, 이야기해서 위로를 받고 싶다고 생각하지도 않는다.

"그래서 이야기를 되돌리겠는데, 쿠로는 모든 스테이터스가 높단 말이지. 영웅이 될 수 있을지도 모를 정도로."

화제 전환—이 경우는 회귀일까—은 여하튼 코우스케로서도 고마웠기에 그에 응했다.

"그중에서도 마력이 높은 것 같다만."

"그러네. 단지 육체적인 면도 상당하니까 마법 전사, 가 되는 걸까나. 뭐, 분류할 수 있을 정도로 양쪽의 수치가 높은 사람은 거의 없으니까 대충 그렇다는 거지만."

"역시나 검의 소양은 없지만, 굳이 말하자면…… 치고받는 게 특기다."

"아하하, 잘하는 게 있다면 좋은 일이야. 이제부터 점점 늘어날 거야."

물이 흐르는 소리가 난다 싶었더니, 길옆에 수로가 있었다. 햇

빛을 반사하는 물은 무척 맑았다.

"이쪽." 한눈을 파는 건 용납하지 않겠다는 것처럼 시로가 코우스케의 손을 잡아끌었다.

"이 세계의 성인은?"

코우스케의 물음에 시로는 짧게 "15살"이라고 대답했다.

"그렇지. 그러면 말하겠는데, 이제 어린애가 아니야. 일일이 손을 잡지 않아도 돼."

"쿠로. 나랑 떨어져서 어떻게 해 나갈 수 있어?"

".............뭐, 조금이라면 참도록 하지."

"사람은 솔직한 게 제일 귀여워."

그녀에게 있어 귀엽다는 건 칭찬인 모양이다. 그다지 기뻐할 수 없는 형용사였다. 코우스케는 자신의 모습이 멋있다는 데 해당하지 않는다는 것도 자각하고 있기에, 그런 말을 들으면 듣는 대로 믿을 수 없지만 말이다.

잠시 걷자 시장처럼 보이는 장소로 나왔다.

약간 흥미가 끌리긴 했지만, 잡고 있는 손이 그걸 용납하지 않는다.

그래도 코우스케는 말해 봤다. 그렇다기보다, 감도는 냄새에 이끌려 무심코 말이 나왔다.

"배가 고픈데." 그러자 시로는 한 번 멈춰 서서 "그렇구나"라고 중얼거린 뒤 흠, 하고 끄덕였다.

"아까 말해 줬으면 뭔가 만들어 줬을 텐데."

술집이라고는 해도 밥집을 겸하고 있는 것이리라. 주위의 손님을 보고 있자니 알았다.

"확실히. 그 가게라면 공짜로 먹을 수 있었는데 말이야."

"외상이야. 뭘 당연하다는 듯이 말해. 유들유들하네, 너."

시로는 쓴웃음 섞인 느낌으로, 하지만 어딘가 유쾌한 듯이 말했다.

"이세계의 먹을거리가 섬세한 일본인의 입에 맞을지 시험해 보고 싶다."

코우스케의 말에 시로는 또다시 쓴웃음을 지었다.

"섬세하다니…… 요새 애들은 정크 푸드만 먹지 않아?"

"실례되는 녀석이군. 편의점 도시락도 먹는다고."

"영양가도 신경 써서 만들고 있는 모양이니 말이지……."

어느 정도 이야기가 통하는 걸 보면 정말로 일본에서 온 내방자는 드물지 않은 모양이다.

먹을거리를 파는 노점을 몇 군데 둘러봤다.

코우스케가 봐서 별나다고 느끼는 건 의외로 적었다. 고기 꼬치구이나 고기 찐빵, 구운 소시지, 훈제 칠면조다리. 구운 과자를 작은 봉지에 담아 파는 곳도 있다. 빙과도 있는 모양이다.

다소 고가인 것은 전용 마법구를 조리에 이용하고 있다는 것 같다. 그런 마법구 자체의 값이 비싸기에 그것이 상품의 가격에 영향을 끼치고 있는 모양이다.

굽거나 찐 것이 많은 인상이지만 튀긴 것이 없는 것도 아니었다.

일본에서 식용유가 민간에 침투한 건 어느 시대였던가……뭐, 이세계니까 코우스케가 원래 있던 세계의 역사와 비교하는 건 무의미하리라.

소, 돼지, 닭에 해당하는 생물도 있는 모양이라 그 칭호 그대로도 통했다.

생선도 존재는 하는 섯 같시만, 달트라에서는 그다지 먹지 않는 모양이다.

미지의 생물의 고기를 먹을 기회는 그리 많지 않을 것 같다.

코우스케는 편의점에서 파는 것의 절반 정도 크기인 고기 찐빵 세 개와, 소고기 꼬치 두 개를 먹어치웠다.

무일푼이기에 대금을 지불한 건 시로다.

"나중에 갚을게."

"가능한 빨리 갚는 게 좋아. 이자 받을 테니까."

"이율은?"

"열흘에 1할."

"안내인은 불법사채업자였나……."

잠시 그런 식으로 시시한 이야기꽃을 피우며 나란히 걷고 있자, 목적지인 가게에 도착했다.

"아저씨, 왔어!"

집 벽면이 카운터로 되어 있는 듯한 점포 형태다.

원래 있던 세계로 말하자면 담배 가게나 복권 판매소에 가깝다.

그것들보다 규모가 크다는 것과, 점주가 근골이 우람한 장년 남성이라는 게 차이점이다.

칼에 베인 듯한 상처 자국이 뺨에 남아 있다. 눈빛도 예리하고 두꺼운 가슴판은 암벽을 연상케 했다.

어린애 정도라면 겉모습만으로 오줌을 지리게 할 수 있을 것 같은 점주였으나, 웃는 얼굴은 상쾌했다.

"오우, 시로 아니냐. 뭐야, 드디어 남자가 생긴 거냐."

"실은 그렇단 말이지~. 아저씨한테는 소개해 두고 싶어서 말이야~."

"오, 그러냐. 형씨, 바보의 장난에 어울리게 돼서 큰일이구만!"

아저씨라 불린 남성은 정정할 것까지도 없이 거짓말을 간파해 준 모양이다.

코우스케는 가볍게 인사한 뒤 자기소개를 했다.

"쿠로입니다. 오늘 아클레어에 출현했습니다."

그러고 보니 이쪽은 지금 경어로 말한 셈이었는데, 그런 부분도 전해지는 걸까.

뭐, 이렇게까지 다양한 것이 발전한 세계라면 명확하게 경어가 없더라도 정중한 표현이라는 건 존재할 터이기에 전해지지 않을 리는 없을 것이다.

"그렇다는 건 내방자인가."

"예."

"난 길기아노스라고 한다. 이곳의 점주를 맡고 있지. 뭐, 길 씨라고나 불러.”

씨. 역시 경칭 개념도 있는 거군.

“예, 길 씨. 그래서, 이 가게는 무엇을 취급하고 있는 겁니까?”

점주 길이 눈을 끔뻑거린 뒤, 시로를 노려봤다.

“너, 또 설명도 하지 않고 내방자를 데리고 돌아다니고 있는 거냐.”

시로는 잡고 있던 손을 놓고, 그걸 가슴 앞에서 황급히 흔들며 변명을 시도했다.

“아니, 하고 있어! 하고 있지만, 할 게 너무 많아서 누락되는 부분이 말이지?”

“말이지? 가 아냐! ……나 참, 그럼 쿠로. 내가 설명하겠다만, 상관없냐?”

“부디. 시로보다 알기 쉽게 설명해 주실 것 같군요.”

길은 배를 두드리며 “그렇고말고!”라며 크게 웃은 뒤 이야기하기 시작했다.

그 전에 시로가 길한테서 보이지 않는 위치에서 코우스케의 발을 밟고 있었기에, 엉덩이를 때려 줬다.

“까앙……!”이라는 의외로 귀여운 목소리와 함께 그녀가 발을 뗐다.

대신에 꽂힌 원망스런 시선은 귀찮으므로 무시.

“여기는 마법 도구 판매점이다. 더 정확히 말하자면, 마법 습득용 마법 도구를 전문으로 취급하고 있지.”

"마법구…… 그러고 보니 번역 마법구 같은 거랑, 미궁에서 손에 넣을 수 있다는 마법구는 다른 물건인가요?"

"그래, 헷갈리지만 엄밀하게는 다른 물건이야. 그렇다기보다 미궁에 있는 쪽이 오리지널이지."

"그렇군요…… 미궁에서 손에 넣은 마법구를 해석함으로써 인공 마법구라고 부를 수 있는 게 만들어진다고 인식하면 되려나요?"

"그 말대로다. 형씨, 두뇌 회전은 그리 나쁘지 않은 것 같군."

참고로 신역에서 얻을 수 있는 마법구를 신창(神創) 마법구, 악령에서 얻을 수 있는 마법구를 악신창 마법구라고 하는 모양이다. 사람의 손으로 만들어진 것은 구태여 말하자면 인공 마법구라고 한다.

"이렇게 점포에서 판매되고 있다는 건, 마법 습득용 마법구는 인공 마법구인 걸까요?"

"맞아. 오리지널은 이런 보잘것없는 가게에선 취급할 수 없지. 개인이 소유하고 있는 건 거의 없어. 기본적으로 마법구라고 하면 인공 마법구라고 생각하면 문제없을 거다."

코우스케는 흠, 하고 끄덕였다.

마법 습득용 마법구. 말만 놓고 보면 단련을 하지 않고도 마법을 체득할 수 있는 편리한 아이템을 연상케 한다.

단지 코우스케에게는 의문이 있었다.

"제 적성 마술 속성은 『흑』입니다만."

"으응? ……잠깐, 너 색채 속성이냐! 그거 대단한데! 그 영웅님과 같잖아."

길의 말은 소란을 가르며 울려 퍼져, 주위 사람들이 무슨 일인가 싶어 시선을 향했다.

코우스케는 은연중에 '목소리를 줄여 주십시오'라는 의도를 내비치며, 조금 전보다 더욱 작은 목소리로 말했다.

코우스케한테는 의미도 없이 눈에 띄고 싶나는 열망은 없다.

"크윈……티 세레스티스 클리어베디비어처럼?"

시로가 의아하다는 표정을 지었다. 어떻게 알고 있는 거지, 라고 생각하고 있는 것이리라.

우선 이걸로 코우스케가 만난 크윈이 실재하는 인간이라는 건 확정되었다. 그러면 추측도 가능하다.

영웅님이라고 불리는 인간이 평범한―지 어떤지는 아직 모르지만―술집에 출입하는 건 자연스럽지 않다. 아마도 몰래, 인식에 관련된 마법 같은 걸 사용하여 가게에 들어온 것이리라.

하지만 묘한 남자, 즉 코우스케를 발견했기에 그에게만 그걸 해제했다.

그 결과 코우스케 외에는 그녀를 보지 못한다는 묘한 현실이 만들어진 것이다.

"오우, 알고 있는 거냐. 그러게, 그러면 우선 기본적인 것부터 설명할까.

마법에는 속성이라는 게 있다.

『화』『수』『풍』『지』『뇌』『광』『암』, 이 일곱 개가 자연 속성. 마술 적성을 가진 인간의 8할에서 9할은 이 중 하나 혹은 복수의 적성을 가지지.

다음, 『절단』『분쇄』『관통』『연신(延伸)』『감축』『위요(圍繞)』『치유』 등, 현상 속성이라 불리는 속성.

시로 같은 경우는 『분쇄』를 지녔지. 이건 자연 속성보다 드물어.

마지막은 『백』『흑』『홍』『창(蒼)』『취(翠)』 등, 색채 속성이라 불리는 속성.

이건 태고의 영웅이 사용하였다고 전해지는 속성으로, 신화의 기술을 믿는다면 '신의 위업에 한없이 가깝다'는 모양이다. 즉, 엄청나다는 것 말고는 모른다는 거다!"

결국 모르는 거잖아, 하고 코우스케는 자기도 모르게 쓴웃음을 지었다.

"참고로 신이나 악신이 사용했다고 전해지는 것으로 개념 속성이라 불리는 속성도 있다만, 그쪽은 인간 쪽에 사용자가 없으니까 제외되고 있다. 『공간』이라든가 『시간』, 『무』, 『차원』 같은 거 말이지."

"저기, 질문이 있습니다만."

"그래, 뭐든지 물어봐."

"적성 속성에 해당하지 않는 속성의 마법은 습득할 수 없다는 건가요?"

"아니, 그런 선 아니라고? 아니지만, 뭐라 말하면 좋을까."

길이 머리를 벅벅 긁적였다. 어떻게 설명할까 하고 궁리하는 것 같았다.

그때, 예의 폴짝폴짝 서기를 반복하며 큰 가슴을 기운차게 흔들던 시로가 손을 들었다.

"내가 설명해 주지."

코우스케가 길한테서 시로에게 시선을 돌리고, 재촉하듯이 끄덕였다.

"아아, 그럼 부탁해."

"수학 테스트에서 낙제점을 받는 사람은 있지만, 그 사람이 앞으로 평생 수식 하나도 못 푸는 거냐고 물어보면, 그건 아니라고 대답하잖아?"

코우스케의 연령과 출신 세계를 고려한 후에 나온 것임을 알 수 있는 예였다.

실제로 길 쪽은 의아하다는 듯 고개를 갸웃하고 있다.

"그렇군. 어쩐지 알 것 같아."

잘하고 못하고나 맞고 안 맞는 건 엄연하게 존재하고 그것이 스테이터스 표기에도 반영되어 있지만, 재능이 없다는 현실은 능력을 획득할 수 없다는 사실과 반드시 이어지지는 않는다는 건가.

축구의 재능이 없어도 공을 찰 수는 있다.

적성이 없어도 쓰는 것 자체는 가능한 것이다. 적성이 있는 사람보다 잘 할 수 없다는 것뿐이고.

"그러면 문제없군. 부족한 센스는 노력으로 얼마든지 메울 수 있어."

사용 방법도 잘 모르는『흑』보다 이미지를 떠올리기 쉬운 자연 속성 쪽이 쓰기 쉬울 것 같다.

"일단 적당히 마련해 주세요. 아, 대금은 시로가 낼 겁니다."

"아니, 낼 거야? 낼 건데 말이지? 진짜 그거니까 말이야, 이자 받을 거니까 말이야."

왠지 모르게 못마땅했는지, 시로의 표정은 부루퉁했다.

코우스케는 자신이 그녀에게 기대는 데 익숙해지기 시작했다는 걸 깨닫고, 시선을 돌리면서 쓴웃음을 지었다.

◇

마법 습득용 마법구, 통칭 시트는 2센티미터×3센티미터 정도 되는 얇은 종이를 연상케 하는 형상이었다.

사용 방법은 간단하여, 혀 위에 올려놓는 것뿐.

그러자 순식간에 녹았고, 그 후 들어있던 마법의 마법식이 지식에 더해졌다. 참고로 맛은 없었다.

이 세계의 마법은 이하와 같이 발동한다.

우선 마법식을 머릿속에서 구축한다.

예를 들면 '화염구를 날린다'는 마법을 쓰고 싶을 경우. 화속성을 선택. 발화부터 연소 상태를 유지, 형상을 공 모양으로 변경, 눈으로 궤도를 선택, 발사. 착탄 후 접촉면에서 연소(延燒).

어떤 속성으로 어떻게 시작하고 어떻게 끝날 것인가, 어떤 상황에서 어떻게 움직일 것인가.

머릿속에서 마법이라는 프로그램을 짠다고 하는 게 이미지로서는 가까울까.

마법식이 불완전하거나 조잡하면 마법은 올바르게 기능하지 않는다.

마력이 부족하면 불발되거나, 마법식에 마력을 흡수당해 불발된 후에 마력이 고갈되거나.

요컨대 그걸 짤 머리가 있다면 좋아하는 마법을 고안해 낼 수 있다는 것이었다.

물론 그런 걸 해 봤자, 말하자면 이론만 완성시키는 것에 불과한 노릇이지만.

하지만 그건 특수 기능에 속하여 평범한 사람이 할 수 있는 기술은 아니기 때문에, 시트처럼 '마법식을 기록시킨' 마법구가 판매되고 있다.

지금부터 향하는 곳이 화속성 마물이 서식하는 악령이라는 이유로, 코우스케는 주로 『수』속성 마법을 습득했다. 『수』『풍』을 조합할 수 없을까 싶어 시도해 보니, 『빙』속성 마법을 만들어 내는 데 성공했다.

아무래도 이 세계의 코우스케는 평범한 인간은 아닌 모양이다.

시로는 놀라워했지만, 재능 운운은 제쳐 두고서라도 발상 측면에서 가능하다고 생각한 것이다.

악령에는 신전으로 이어지는 것과는 다른 문을 지나 향했다.

길을 가면서 그밖에도 만들 수 없을까 싶어 마법식을 짜면서 시로의 이야기에 귀를 기울였다.

마법구라면 모를까, 마물 토벌 그 자체에 보상금이 걸리는 이유는 단순하다.

마물은 악령에서 바깥으로 나올 수 있는 것이다.

그리고 대부분의 아클레어 사람은 마물을 이길 수 있는 스테이터스를 가지고 있지 않다.

그렇기에 마물이 들어오기 전에 막는 건 사람들의 평화를 지키는 것과 직접 이어진다.

실제로 악령 입구 부근에는 정규군이 주둔하고 있었다. 마물이 튀어나왔을 때 대처하기 위해서이리라.

정규군은 국왕의 명령이 없는 한 악령에 들어가지는 않는다.

긴급할 때는 대응하지 않으면 안 된다고 해도, 군인의 태반은 순수한 아클레어 사람이다.

마물을 거뜬히 죽일 수 있는 힘은 가지고 있지 않다는 것이리라.

시로 덕분인지 검문 같은 것을 얼굴만 보고 통과하는 거나 마찬가지로 지나갔다.

그때, 젊은 군인이 "오늘은 이미 한 조가 먼저 들어갔습니다. 조심하세요"라고 시로에게 말했다.

시로는 그걸 술집 손님 중 누군가라고 판단한 모양인지 "누굴까?"라며 고개를 갸웃했다.

하지만 그렇게까지 답을 알고 싶어 하는 건 아닌 듯, 군인에게 자세히 물어보지는 않았다.

검문을 지난 다음은 가도에서 벗어난 샛길로, 그곳을 얼마간 나아가니 동굴 입구가 있었다.

산 정도까지는 아니다. 기껏해야 약간 높은 언덕이다. 기슭……이라고 하면 되는 걸까. 아래쪽에 반원형 공동이 존재했다.

그것이 저 남도 화속성 악령인 제스트의 유일한 침입구다.

"그러고 보니 마물은 뭘 먹는 거지?"

혼잣말에 가까운 중얼거림이었지만, 시로는 대답해주었다.

"아아, 마물은 무언가를 먹을 필요가 없어. 이 세계에서 마력을 흡수함으로써 생명 활동을 유지하고 있으니까. 단지, 더욱 효율 좋은 방법이 마력을 내포하는 생물을 포식하는 거니까, 인간이 눈앞에 나타나면 기뻐하며 먹겠지."

마력이라는 건 대기 중에도 포함되어 있어, 대부분의 생물은 호흡을 통해 살아가는 데 필요한 최소한의 마력을 얻을 수 있다고 한다. 마력만 있으면 살아갈 수 있는 수준인 건 마물 정도라는 모양이지만.

아무래도 원래 있던 세계와 아클레어의 인간은 생물로서의 규격이 다른 것 같다.

전생자에게 일부러 새로운 육체를 부여하는 것도 그 부분이 관련되어 있는 걸지도 모른다.

글래스의 기능을 유지하는 데 드는 마력은 미량으로, 마술 적성을 지니지 못한 사람이라도 마력을 조달할 수 있다고 한다.

"그렇군. 저기, 정규군을 둘 바에야 강한 공략자더러 마물을 구축시키면 되는 거 아닌가? 여기는 난도가 낮잖아?"

마물도 생물이라면, 표현은 좋지 않지만 몰살시킴으로써 소탕은 가능할 것처럼 여겨졌다.

"그게 말이지, 미궁은 부정기적으로 그 구조를 확 바꿔. 그때 몬스터도 새롭게 태어나니까 근절하는 건 불가능해."

그러고 보니 마술적 공간이라고 들었다. 마물이 태어나는 방식은 모르지만, 구조 변화 등의 문제가 있어 씨를 말리는 건 불가능한 모양이다. 덧붙여 구조 변화는 신역에서도 찾아볼 수 있다는 것 같다.

동굴 입구에 서자 약간의 더위가 느껴졌다.

"준비는 됐어?"

"그래."

"말하는 걸 잊었는데, 이 세계는 소생 마법은 없으니까. 즉, 죽으면, 죽습니다."

지극히 당연한 말을 들었다. 아니, 당연하기 때문에 가슴에 새겨야만 하는 것이리라.

그러는 시로는 유원지에 온 애들처럼 눈을 반짝반짝 빛내고 있다.

코우스케는 귀찮아져서 이제 그냥 폴짝폴짝 뛰기로 통일하기로 했다.

그녀는 폴짝폴짝 뛰기로 가슴을 흔들고 있다. 들뜬 것처럼 보이지 않는 것도 아니다.

그러고 보니 내방자가 오는 건 2개월 만이라고 했던가.

그렇다면 그녀가 미궁에 들어가는 것도 2개월만, 인가? 조금 불안하게 느껴지는 코우스케였다.

"솜씨는 녹슬지 않았겠지, 간판 여종업원."

"녹슬었다 쳐도, 쿠로는 그걸 알 길이 없잖아."

지당한 말이었다. 코우스케가 "……확실히 그렇긴 하다만"이라고 말하며 희미하게 쓴웃음을 짓자, 그녀는 생글생글 미소 지었다.

"뭐, 그래도 말하고 싶은 건 알겠어? 괜찮아, 쿠로가 스테이터스에 비해 무능해도 내가 똑바로 서포트 해줄 테니까." 놀리는 것 같은 그런 말을 들었지만, 이상하게도 기분은 나쁘지 않다.

"아아, 그때는 꼴사납게 도움을 요청할 테니까, 손을 내밀어 줘."

아마 그녀의 예상과는 달랐을 말에, 그녀는 한순간 눈이 휘둥그레진 후 웃음을 터뜨렸다.

"조금은 프라이드를 가져, 남자애."

다시 한번, 이번에는 의식적으로 미소를 띠었다.

"생각해 둘게."

고양된 기분을 진정시키듯이.

사람을 상처 입히고 죽일 때의 어두운 고양감과는 다르다. 시로가 품고 있는 것과도, 아마 다른 종류.

이뤄야만 하는 복수를 이루고 난 후 보내진 세계. 여동생이 이곳에 살아 있을지도 모른다.

어린 시절 꿈꿨던 탐험을 함으로써 재회를 향한 길이 열릴지도 모른다.

이것이 여동생과 연결되지 않는 다른 길이라면 망설이지 않고 저버렸을 것이다. 하지만 아니다. 이 앞에서, 이 세계에서, 여동생과의 재회가 이루어질지도 모르는 것이다. 그렇게 생각하면 도저히 평정을 유지하고 있을 수가 없었다.

"자, 쿠로. 가자?"

그런 쿠로의 심중을 헤아린 것이리라. 시로가 이쪽으로 손을 뻗었다.

구김살 없는 그 미소에 어떠한 효과가 있었는지, 긴장이 누그러져 가는 걸 알 수 있었다.

"……그래. 데리고 가줘."

그녀가 내민 손을 잠시 바라보고, 각오를 굳히는 것처럼 한 번 눈을 감았다가, 시야가 펼쳐짐과 동시에 붙잡았다.

솔직하게 손을 잡은 코우스케를 보고 그녀는 만족스런 기색으로 끄덕였다. 그러고 나서 비어 있는 쪽 손을 들고 말했다.

"후후, 알았어. 출발 진행~."

이리하여, 쿠로노 코우스케의 미궁 공략이 막을 열었다.

제 2 장

분명한 흑백이 마(魔)를 멸하다

마물의 모습은 실로 다양하여,

기존의 생물과 비슷한 것부터, 이형이라 불리기에 적절한 것까지 다종다양하다.

하지만 많은 내방자는 위화감을 느낀다.

마물의 생김새에 기시감을 품는다.

자신의 세계에 있던 생물.

혹은 자신의 세계에서 이야기되던 환상 생물과의 공통점이 너무나도 많은 종·개체와 조우한다.

내막을 밝히자면, 단순한 것이었다.

온갖 이계는 신이 창조한 것이다.

창작자의 작품은 설령 그것이 독립된 다른 작품이라 할지라도 공통점을 찾아내는 것이

가능할 것이다.

화풍, 문체, 테마 등의 표현 방법.

같은 인간에게서 만들어진 것이기 때문에, 당연히 배어 나오는 개성은 동종의 것이다.

세계 단위에서도 그 말을 할 수 있다.

같은 신이 만든 세계이기 때문에, 언뜻 보기에 전혀 다른 방향으로 진화한 세계라 할지라도,

어딘가에 공통되는 부분이 남는다.

마물의 디자인이 마물이나 악마, 신수나 성수와 같은 형태로 존재해도 이상하지는 않다.

근원을 같이한다.

마물에 한하지 않더라도, 이계간의 공통점은 대체로 그것이 이유인 것이다.

신역과 악령의 공략 난도는 저난도, 중난도, 고난도, 초난도, 이 넷 중 어느 하나로 분류된다.

저난도는 내방자가 아닌 인간의 '무력'이 어느 정도 통한다.

순수한 물리 공격으로 살상 가능한 마물이 많고, 힘들긴 하지만 훈련을 쌓은 병사라면 몇 명이 합세하여 대처하지 못할 것도 없는 정도.

중난도는 마술 적성을 가진 인간의 '노력'이 어느 정도 보상받는다.

중난도부터는 물리 공격에 대한 내성을 가진 마물이 태반을 차지하지만, 반대로 말하면 마법은 통용된다.

고난도는 특히 '실력'이 뛰어난 자라 할지라도 쉽사리 목숨을 잃는 위험도.

고난도부터는 공략 규제라는 게 걸려, 스테이터스나 과거의 실적으로 자격 유무가 판단된다.

초난도 미궁은 영웅 이외의 사람에게는 공략이 허가되지 않는 레벨.

그 때문에 초난도 미궁이 있는 국가는 몬스터 유출을 막기 위해서라도 영웅을 확보해야만 한다.

중시된다는 정도가 아니라, 필수불가결한 존재인 것이다.

코우스케는 그 말을 듣고 묘한 위화감에 사로잡혔다.

답답하게도 언어화할 수는 없었지만, 이건 어딘가 이상하지 않은가.

영웅이 없으면 멸망하고 마는 인류. 그것이 번영하고 있다는 건 신화시대부터 끊임없이 영웅이 공급되고 있다는 말이다. 그 대부분이 내방자라면, 신전으로부터.

즉, 다른 세계에서 불행한 일을 겪은 사람의 죽음으로써 이 세계의 평화는 유지되고 있다.

하지만 코우스케는 그런 번거로운 수단을 취할 필요가 이해되지 않았다.

크윈처럼 아클레어에서 유래한 영웅도 있다. 전혀 태어나지 않는 건 아니리라.

뭔가, 이계에 기대지 않으면 안 될 이유가 있는 것일까.

그러나 그 사고는 시로가 "쿠로?"라고 부르는 소리에 의해 중단되었다.

코우스케는 "아아" 하고 대답한 뒤, 답이 나오지 않는 고찰을 단호하게 그만두기로 했다.

그렇다, 눈앞의 문제는— 미궁이다.

미궁에는 속성이 있다. 이번에 두 사람이 탐색하는 건 저난도 화속성 미궁인 제스트.

그곳에 서식하는 마물의 주된 적성 마술 속성이 『화』인 미궁이라는 것이다.

제스트의 입구는 한 곳으로, 동굴을 연상케 하는 비뚤어진 반원이었다.

들어가고 얼마간은 긴 외길이 계속되었다. 바위굴답게 벽면은 그야말로 암벽. 통과하는 데 지장은 없지만 잘못하여 부딪치면 어딘가 다치고 말 것 같다.

거무스름한 붉은색에 때때로 흑요석을 섞은 것 같은 독특한 색깔을 띠고 있고, 농담(濃淡)이 균일하지 못하게 져 있었다.

천장은 3미터가 될락 말락 하다. 폭은 다섯 명이 나란히 걷는 게 한계일 정도.

두 명이라면 나란히 걷는 데 문제는 없다.

그로부터 몇 분은 지났을까, 이윽고 희미한 빛이 보였다. 손을 잡은 채 그곳에 이르렀다.

그 순간, 열풍이 불어왔다. 자기도 모르게 팔로 얼굴을 감쌌다. 열기는 두 사람을 쓰다듬듯이 흘러갔다. 열이 느껴지기는 하지만, 괴롭다고는 느껴지지 않는 게 신기했다. 스테이터스 보정이 체온 조절 기능 등에도 영향을 미치고 있는 걸지도 모른다. 그렇다면 전생하기 이전에는 괴롭게 느꼈던 추위 및 더위와도 연이 없어지는 건가.

느끼지 않는 게 아니라, 악영향을 받지 않는다.

그렇게 되면 조금 전에 얼굴을 감싼 것과 같은 순간적인 방어 반응은 오히려 방해라고 할 수 있으리라.

그런 생각을 하면서 다시 눈을 떴을 때, 코우스케는 말을 잃었다.

지하 미궁이라고 할 정도니까, 진입하고 나서 계속 아래로 향하는 구조인 건 예상할 수 있었던 것이다.

언덕 위, 혹은 건조물의 고층에서 거리를 내려다보는 것처럼. 두 사람이 서 있는 위치는 주위를 한눈에 내려다볼 수 있었다.

끝이 보이지 않으니 적어도 수 킬로미터 이상 앞까지 미궁이 펼쳐져 있는 것이리라.

길로 짐작되는 무언가는 존재한다.

그렇다기보다 거대한 바위와 바위의 틈새, 또는 지면의 균열이 그 역할을 하는 것 같다.

전체적으로 붉고, 동시에 검다. 지면은 고르지 않아 생각 없이 움직이면 넘어질 위험이 있을 것 같다.

멀리서 작열하는 강이 흐르고 있다. 점성을 느끼게 하는 반 액상인 그것은 암장(巖漿)—마그마를 연상케 했다.

많이 들어본 적 없는 울음소리나 부자연스러운 소리가 서로 섞여 울리고 있다. 아마도 마물에 의한 것.

한마디로 말하자면, 장관. 비현실적이고 환상적인, 현실.

이곳이 바로 악령. 인간 아닌 존재가 서식하는 곳. 사람을 먹이로밖에 인식하지 않는 괴물의 소굴.

게임 따위와는 비할 바가 못 된다. 아니, 비교하는 것 자체가 어리석으리라.

허구 속에서 아무리 현실성을 높인다 한들, 그것이 현실이 되지는 않는다.

지금 코우스케 앞에 있는 건, 되돌아갈 수 없는 단 한 번의 현실이다.

어린 시절의 자신에게 말해 주면 펄쩍 뛰며 기뻐할지도 모른다.

하지만 다행인지 불행인지, 지금의 코우스케는 그렇게까지 순진하지는 못했다.

"어라어라, 긴장하고 계신가요~? 아무리 손을 잡고 있는 게 미소녀이기 때문이라고는 해도, 곤란하네~."

놀리는 듯한 목소리. 시로가 코우스케의 얼굴을 들여다보고 히죽히죽 웃고 있다.

"아아, 죽을 위험도 있으니까 말이지. 정신 단단히 차리고 가야겠다고 생각해서."

마음을 진정시키듯이 날숨을 쉬었다.

"괜찮아."

마주 잡은 손에 걸리는 힘이 약간 늘어났다. 그녀의 손이 주인의 존재감을 높이려 하고 있는 것이다.

"너라면, 괜찮아."

"······근거는."

말은 그것 자체만으로는 완전하게 기능하지 않는다.

누가 무슨 생각으로 그 말을 하고, 기록하는지. 그리고 누가 어떻게 그걸 받아들이는지.

단순히 신경 써주려는 마음에서 괜찮다는 말을 들어도, 유감이지만 코우스케는 믿을 수 없다.

그런 비뚤어진 불안을 날려버리는 것처럼, 그녀는 장난기를 띤 웃음을 지었다. 이히히, 하고 입가를 올리며.

"너는 최강 최악의 적을 한 번 이긴 적이 있으니까 말이야. 그러니까, 괜찮아."

"그게 무슨 말이야, 그런 기억은―."

도중에 그녀가 말하고자 하는 바를 깨달았다.

"무척이나 강한 너는, 자신을 죽이고자 하는 욕구를 쓰러뜨렸잖아. 그러면 괜찮아. 이곳에 있는 마물은 대체로 전부 니보다 약하니까."

잘 알 수 없는 이론이었지만, 묘한 설득력이 있었다.

아니, 설득당한 건 코우스케가 그걸 믿고 싶다고 생각했기 때문이리라.

과거의 비극을 돌이킬 수 없기에, 코우스케는 죽음으로써 모든 걸 끝내려 했다.

하지만 지금은 한 줄기 희망으로 삶을 이어가고 있다.

이번에야말로 오빠의 책무를 다하고 싶다.

그것이 가능할지도 모르는 건. 그걸 깨닫게 해준 건. 자신의 죽음을 멈춰 준 건.

"시로 덕분이야."

코우스케의 말이 의외였는지, 그녀가 고개를 갸웃했다. 입술 한쪽 끝부분만이 살짝 비뚤어져 있다.

"내 덕분?"

조금 전에 그녀가 해줬던 것처럼, 마주 잡은 손에 쥔 힘을 살짝 강하게 했다.

"정말 여러 가지로 신세를 졌어."

"마치 더는 신세를 지지 않을 것 같은 말투네~?"

또다시 놀리는 것처럼, 그녀는 짓궂은 미소를 띠었다.

"그건 아닌데. 그래, 그러면. 앞으로도 잘 부탁한다."

"껴안아 준다면 생각해 보겠…… 앗."

말하고 나서 그녀는 '아차' 싶은 표정을 지었다.

코우스케한테 이런 농담을 하면 실행에 옮긴다는 걸 뒤늦게 깨달은 모양이다.

그때에는 이미 그녀를 잡아당겨 끌어안고 있었다.

코우스케와 달리 그녀는 땀을 흠뻑 흘리고 있다. 역시 보정 효과인 것 같다.

그녀의 가슴이 코우스케의 흉부에 닿아 말랑, 하고 형태를 바꿨다.

"아아, 늦었어! 정말, 농담이라는 거 알고 있었잖아?! 이, 이거 놔!"

얼굴이 빨간 건 더위를 먹어서 그런 걸까, 부끄러워서 그런 걸까. 당연히 후자일 것이다.

"쿠, 쿠로? 알았어. 너의 감사는 충분히 전해졌으니까! 슬슬 미궁을 공략하자!"

저항은 하고 있지만, 혐오는 느껴지지 않는다.

그렇긴 해도 어기서 놓으련 그녀는 또 이러한 농담으로 코우스케를 놀리려 할 것이다.

코우스케도 그렇게 몇 번이고 남자를 시험받는 듯한 행동은 당하고 싶지 않다.

여기는 그녀가 공부한 셈으로 치도록 하고자, 팔에 힘을 넣었다. 아픔과는 거리가 멀지만 도망치기에는 곤란한 적당한 힘 조절.

그녀는 몸부림치듯이 몸을 움직이고 있었지만, 그건 수치 때문은 아닌 것 같았다.

"아, 아니야, 아니라고 쿠로. 이건 부끄러워서 그런 게 아니라― 마물!"

순간적으로 팔을 풀고 그녀를 감싸는 것처럼 섰다.

그것은 손을 뻗으면 닿을 정도 되는 거리에 있었다.

색은 빈틈없이 칠한 것 같은 검은색. 형상은 인간의 머리보다도 두 배는 큰― 털뭉치.

팔다리가 두 개씩 나 있고, 커다란 외눈이 특징적이었다.

그 밑에 있는 입은 찢어질 것만 같은 호(弧)를 그리고 있다.

"키기긱!"

새된 울음소리와 함께 덮쳐 왔지만, 코우스케의 눈에는 그것이 프레임 단위로 천천히 보였다.

너무나도, 느리다.

스테이터스 보정이라는 건 실감 가능한 레벨로 코우스케의 각종 능력을 끌어올려 준 모양이다.

"방해된다."

마법 발동이나 발검보다도 빠르다고 판단하고, 털어버리는 것처럼 주먹을 휘둘렀다.

격돌이라고 하는 게 적절할 일격이 털뭉치의 측두부에 직격했다.

배구공을 때린 듯한 감촉과 함께 마물이 날아가고, 벽면에 처박혀 파열되었다.

검붉은 벽면에 검붉은 피와 살점이 퍼져 달라붙었다.

그렇다. 게임이 아니니까 죽인 마물은 시체를 드러내고, 그건 남는 것이다.

그로테스크하다고는 생각했지만, 죄악감 같은 것은 없었다.

이게 사랑스러운 작은 동물이라면 달랐을지도 모른다.

하지만 원래 인간이라는 건 적성 개체에 냉혹한 법이다.

모기를 찌부러트리는 건 당연하다는 듯이 할 수 있으면서, 그런 주제에 육식동물이 초식동물을 포식하는 영상을 보고 '불쌍하다'는 둥 지껄인다. 그런 모순을 태연히 품고 의문으로도 여기지 않는 것이 인간이라는 존재.

코우스케 안에서 마물은 이미 '구제 대상'으로 배정되어 있는 듯하다.

그렇다면 더 이상 그 생명을 없애는 데 가슴 아파하지 않는다.

적어도 그것이 마물다운 마물이자, 이쪽에 해의를 향한다면.

"······이거, 경험치 들어왔나?"

시로는 한동안 입을 벙하게 벌리고 있었지만, 이윽고 "아하하"

하고 메마른 웃음소리를 냈다.

"뭐, 들어왔을 거라 생각해. 단지 이 세계의 경험치는 마물 제각각에 설정되어 있는 게 아니라, 이벤트에 대한 본인의 성장 상황을 수치화한 것이니까."

"내 입장에서 봤을 때 지나치게 약한 마물을 아무리 죽여 봤자, 대단한 경험치는 들어오지 않는다?"

조금 의문을 가지고 있었는데, 그것이 풀렸다.

예를 들면 슬라임 한 마리에 경험치 5를 받을 수 있다는 건 게임이니까 성립하는 시스템이다.

현실의 인간은 개미를 몇억 마리 밟아 죽인다 한들 인간적인 성장 따위 기대할 수 없고, 강해지지도 않는다.

이 세계의 경험치는 성장에 필요한 경험으로 인정받은 것의 수치인 것이리라.

만일을 위해 확인해 보니, '1'이 추가되어 있었다.

마물을 죽이는 건 지금이 처음이었으니, 가치가 없지는 않았다는 판단인가.

"보통 마물은 이런 입구 부근까지는 안 나오는데. 한동안 공략자가 들어가지 않았던 걸지도 모르겠네."

"여기, 전부 몇 층이지?"

"11층이야. 예정으로는 3층 정도까지 안내할 생각인데, 그 전에 청소해 나가자. 모르모르 정도라면 정규군이라도 쓰러뜨릴 수 있지만, 어느 정도 강한 녀석이면 힘들어져."

모르모르라는 게 조금 전 털뭉치의 이름인 모양이다.

"참고로 말해 두는 건데, 같은 마물이라도 보상금은 입구 부근에 있는 녀석 쪽이 높아."

그것도 그럴 것이다.

마물에 보상금을 거는 것 자체가 '지상으로 나오면 곤란하다'는 게 이유니까.

글래스로 영상이 기록되고 있기에 '어디서 무엇을 쓰러뜨렸는가'하는 그러한 증명도 쉽다.

코우스케는 모르모르를 내리친 오른손을 몇 번인가 쥐었다가는 폈다.

악령은 계층이 내려갈수록 위험도가 증가한다. 반대로 신역은 계층이 오를수록이다.

마력은 하늘로부터 내려오고, 땅에서 솟아오르는 것이라고 한다.

인간이 사는 지상은 쌍방에서 은혜를 받고 있다.

하늘과 지하에 특화된 던전 공략은 마력의 원천에 가까이 다가간다는 것과 필연적으로 같은 의미다.

적당한 마력 환경에 사는 지상보다, 마력이 진한 것이다.

따라서 마력을 양식으로 삼는 생물은 나아갈수록 위협이 커진다.

그런데도 악령에 사는 마물이 지상으로 기어 나오려 하는 이유는 여러 가지로 생각된나. 하늘소차노 수중에 넣으려 하고 있다든가, '악'으로서 태어난 존재의 본능이라든가, 순수하게 인간이 맛있다는 등.

그런 부분에 흥미는 없지만, 코우스케는 다소 김이 빠졌다.

초급 중의 초급 레벨이라고는 해도, 이게 몬스터? 이런 것이 인류의 위협?

"흐음."

코우스케가 건성으로 대답하자 그녀는 나무라는 것처럼 눈을 가늘게 떴다.

"어라라~, 너 나한테 얼마 빌렸더라?"

진심은 아니겠지만, 그런 말을 들으면 무시할 수도 없다. 코우스케는 부자연스럽게 양손을 들어 보였다.

"알았어, 안내인 님. 지시에 따르도록 할게."

확실히 코우스케는 이 세계에서의 전투를 모른다.

안내인이 나서서 이끌어 준다고 하고 있는 것이다. 감사해야만 하리라.

◇

마물에게 있어 인간은 영양 덩어리.

걷고 있는 것만으로도 습격받고, 전투의 소동으로 한층 마물을 모아 버린다.

통상적으로 그걸 피하고자, 마력 누출 방지용 피막을 걸치는

『위요』속성 부여 마법【나, 그 옷을 걸칠지니】라는 마법을 쓰는 모양이지만, 이번에는 일부러 쓰지 않았다.

마물들을 바깥으로 내보내지 않기 위해서다. 입구로 향하기에 앞서 영양가 높은 인간이 두 명 있기 때문인지, 마물들은 모조리 두 사람에게 덤벼들었다.

검은 털뭉치인 모르모르의 대체 어느 부분이 화속성인가 하면, 사용하는 마법이다.

모르모르는 3초 동안 주시한 것을 발화시키는 마법을 쓸 수 있다.

다만 무지막지한 근시이기 때문에 대상 가까이 다가가지 않으면 발동할 수 없다고 한다.

그래서 코우스케에게 그렇게나 가까이 다가온 것이리라. 순간적으로 때려 버린 건 우연히도 최적의 답이었던 것.

다만 미궁에 따라서는 피부에 독을 지닌 생물도 있기에 조심하라고 시로가 주의를 줬다.

그 밖에 제스트에 서식하는 마물들. 예를 들면 이족 보행 하는 인간만 한 크기의 도마뱀.

리자드맨 쪽이 더 친숙하지만, 아클레어에서는 드라고니크라고 부르는 모양이다.

드라고니크는 모두 만도(灣刀)를 지니고 있고 근접전에 능숙하다. 그리고 불을 내뿜는다.

곧바로 재가 되는 건 아니시만, 선신이 불타오를 정도는 되는 위력이다.

조금 기분 나쁜 것으로, 케케라.

언뜻 보기에는 인간 같고, 한결같이 가면을 쓰고 있다. 하지만 몸의 움직임이 묘해서—그렇다기보다는 관절이라는 개념이 없는 듯—흐물흐물하게 자유자재로 몸의 형태를 바꾸면서 싸운다.

손바닥이 닿은 부분에서 불기둥이 솟아오르게 하는 마법은 함정으로서도 기능하기에 다소 성가시다.

이번에 제1계층까지 빠져나온 건 대략 이 세 종류. 드라고니크보다 두 배 정도 덩치가 큰 드라고니크 로니스라는 상위종도 약 두 마리 있었지만, 두 사람은 순조롭게 구축해 나갔다.

수백 마리 정도 사냥했을 때, 코우스케는 알아차렸다. 놀랄 정도로— 피로가 느껴지지 않는 것이다.

아무리 그래도 자신에게 이만한 지구력은 없었을 터다.

실전 그 자체는 처음이 아니고, 생물을 죽이는 경험도 가장 저항이 느껴질 동종으로 이미 끝냈기에, 공포심 같은 게 생기지 않는 건 자신의 성질에 의한 것이리라.

하지만 생물을 죽인다는 건 노력을 요구하는 행위다.

그걸 익숙하지 않은 땅에서 이렇게나 반복했는데 숨 하나 흐트러지지 않는 건 이상하다.

적의 움직임이 잘 보일 뿐만 아니라, 전투 시에는 마치 다른 생물로 변한 것처럼 몸이 잘 움직였다. 움직임 그 자체는 생각했던 대로, 하지만 상정했던 것 이상의 정확도와 속도로.

"말했잖아? 전생 후에 보정이 걸린다고."

놀람이 표정에 나타나고 있었는지, 시로가 꿰뚫어 본 것처럼 말했다.

"……아아, 이제야 실감이 났어."

자신은 확실히 전생한 것이다.

생물로서의 규격이 변했다. 같은 외모와 같은 기억을 지니고 있을지라도, 같은 존재는 아니다.

"대충 정리됐네. 쿠로라면 문제없을 것 같으니 슬슬 다음 계층으로 내려갈까."

아래로 이어지는 길은 여럿 있다고 한다.

수직 갱도 타입, 나선 계단 타입, 내리막길 타입 등이 몇 군데의 장소에 배치되어 있다고 했다.

코우스케와 시로가 발견한 것은 내리막길 타입이었다.

도중에 드라고니크 로니스와 조우하고 말았다. 서로 한순간 몸이 굳었다.

"난 투척식 나이프 다 떨어져 가니까. 잘 부탁해, 쿠로."

가벼운 어조로 그런 말을 듣긴 했지만, 코우스케는 받아들였다.

"미안하지만 제1계층으로 가는 길은 통행금지다. 돌아가는 편이 현명하다고."

로니스는 위협할 심산인지 살짝 불을 내뿜었다. 동시에 만도를 뽑았다. 코우스케도 직검을 뽑았다.

에리함을 향상시키는 『절단』 부여 마법 【악신을 베는 칼날이^{슬래클러 헤이즈}

되어라】를 발동.

동시에 광물에 작용하는 『토』 속성 부여 마법【그것은 성채와 같은 견고함을 체현하는 자^{시크 드일}】를 직검에 걸었다.

부여 마법은 현상을 일으키는 것이 아니라 그 성질만을 대상에 내려주는 것이다.

게임 등을 즐기는 사람이라면 인챈트라고 말하면 잘 통할까.

마력이 대가이긴 하지만, 이로써 싸구려라 할지라도 일시적으로 명검으로 변한다.

"도그슈!"

간다, 라고 말하는 것처럼 로니스가 달려들었다.

"【얼어붙을 것을 명한다^{아이샤원}】"

『수』를 『풍』 마법으로 냉각하는 마법식을 짬으로써 『빙』 마법을 구성한다.

로니스의 두 무릎과 두 팔꿈치에 구체로 된 물이 들러붙었고, 순식간에 얼어붙었다.

"도그라밧?!"

일그러진 목소리와 표정에서, 코우스케는 로니스가 경악한 것처럼 보였다. 다리와 팔이 움직이는 범위가 크게 줄어든 걸 확인하고, 재빨리 품속으로 파고들었다. 회오리바람조차 쫓아오지 못할 속도로 육박한 뒤, 망설이지 않고 일섬(一閃).

통나무를 연상케 하는 굵은 팔 두 개를 한꺼번에 절단했다.

스테이터스와 마법 덕분인지 절단하는 데 종이만큼의 저항도 느껴지지 않았다.

"너, 여길 나가면 인간을 먹을 거잖아."

로니스는 그 목소리에 그제야 코우스케가 접근했다는 걸 알아차린 모양이었다.

너무나도 역량 차이가 크다.

지각과 동시에 자신을 덮친 고통 때문인지, 로니스의 얼굴에 공포로 보이는 것이 떠올랐다.

착각일지도 모른다. 아무래도 좋은 일이다. 검을 거머쥐었다.

"원한은 없지만, 마물보다는 인간의 편을 들고 싶은 기분이거든. 미안하다."

로니스는 불을 뿜으려 한 모양이지만 이미 늦은 상황이었다.

그때는 이미 코우스케가 검을 가로로 휘둘러, 녀석의 머리는 공중에서 날고 있었다.

피를 흩뿌리며 휙휙 회전한 머리는 지면에 떨어진 뒤에도 경사를 따라 한동안 굴러갔다. 동체는 풀썩, 하는 소리를 내며 쓰러졌다.

"길이 트였습니다. 숙녀분?"

혼자 우두커니 서 있던 시로에게 놀리는 듯한 말을 건네며, 피를 털어냈다. 그리고 검을 칼집에 넣었다.

시로는 웃음을 참고 있었는데, 칭찬해 주는 게 아니었다.

"로니스 상대로 마법 세 개는 너무 많이 쓴 거야."

"······엄격하구민."

"무심코 써 버리는 것도 이해는 되고 제스트라면 괜찮겠지만, 난도가 높은 미궁이라면 마력 고갈은 죽음으로 이어지니까 쓸 때를 잘 판단하는 능력도 필요해."

"명심해 두지."

확실히 그녀의 말대로였다. 코우스케는 딱히 힘을 과시하고 싶은 게 아니다. 상황에 따라 필요한 만큼의 힘을 발휘하는 건 중요한 일처럼 여겨졌다.

하물며 그걸 제대로 해낼 수 없는 자에게 해가 있다면 더더욱.

"그래도, 혼자서 잘 이겼네. 잘했어, 잘했어."

까치발로 폴짝폴짝 서면서 이쪽의 머리를 쓰다듬는 시로.

"칭찬해 주시니 영광입니다."

까불거리듯이 입술을 일그러뜨리며 정중하게 예를 표하자, 시로가 부드럽게 웃었다.

"그럼, 갈까."

◇

3층까지는 마물의 종류도 그리 변하지 않았다. 2층·3층의 마물이 1층에 이른 것이리라.

시로가 반쯤 어이없다는 듯이 감탄하고 있었는데, 코우스케의 마법 발동 속도는 이상하다고 할 수 있을 정도라는 모양이다.

구체적인 이미지를 마력으로 구현화하는 것이 마법이라고 한다면, 발동에 이르기까지의 '이미지 형성'은 빼놓을 수 없는 요소다. 마법에서 말하는 '습득'은 머릿속에 곧바로 마법식을 전개할 수 있는 수준의 숙련도를 가리키고, 그 영역에 도달한 뒤 비로소 스테이터스 칸에 습득 마법으로서 새겨진다고 한다.

길의 가게에서 구입한 시트는 본래 필요한 수련을 필요로 하지 않게 만드는 것이니까, 수요가 생기는 것도 이해할 수 있었다. 그 점에서 코우스케는 마법식을 만들어 내자마자 곧바로 습득 마법이 늘어난다. 이건 원래라면 있을 수 없는 일이라고 한다.

어지간히 많이 사용한 마법이라면 다소 단축할 수는 있지만, 기본적으로 마법 발동은 마법식이 복잡할수록 필요한 시간이 많아진다. 코우스케는 순간적으로 구축한 그것을 곧바로 발동시킬 수 있으니, 내방자의 스테이터스 보정이라는 건 무시할 수 없다. 그중에서도 코우스케는 스펙이 발군으로 높다고 시로가 혀를 내둘렀다.

그녀가 봐 온 내방자 중에서도 수위를 다툴 거라는 말까지 들었지만, 그때 그녀의 표정은 어딘가 흐렸었기에 코우스케는 의아하게 여겼다.

그에 관해서 물어보려고 생각했을 때 4층에 도착했고, 새로운 마물의 열렬한 환영과 조우했다.

도로테라. 개처럼 생긴 얼굴에, 체모가 난 인간형 마물이다. 다소 등이 굽은 느낌이지만 키가 크기도 하여 로니스 정도 되는 체격을 지니고 있다. 검이나 쇠뇌 등을 쓰고, 무기에 불꽃을 두르는

『화』속성 부여 마법을 사용한다.

마법식에 예외 처리 등을 짜 넣음으로써 '검에 화염을 두르지만, 염열은 검과 발동자에게는 효력이 없다'는 등의 설정도 가능하다.

코우스케는 항상 창작물 등에서의 '불꽃 사용자'가 '어째서 자신의 불꽃을 뜨거워하지 않거나 옷이 타지 않는 걸까'라는 생각을 품고 있었기에 마법식의 설명에는 신기하게 납득되는 느낌이 있었다.

다만 이것도 난도가 매우 높은 모양이라, 실전에서 쓸 수 있는 자는 대륙 전체를 찾아봐도 얼마 없다고 한다.

부여 마법의 경우에는 성질만을 부여하는 것이니까, '철제 불꽃'이라는 상태가 되는 거고 검 그 자체가 영향을 받는 건 아니라던가.

불탄 검을 들고 있는 거니까 사용자에게는 다소 영향이 있을 법도 하지만, 마물은 자신의 속성에 내성을 지닌 경우가 많다고 한다. 화속성이 특기인 마물은 화속성에 강하다는 것이다.

그 때문에 불꽃으로 자신의 무기를 감싸도 뜨겁다고 느끼지 않는다.

결과적으로 예외 처리를 가한 마법과 마찬가지의 효과를 얻을 수 있는 것이다.

조우한 도로테라는 두 마리. 한 마리가 대검, 한 마리가 쇠뇌를 사용하는 것 같았다.

성가시게도 쇠뇌를 든 쪽은 다소 거리가 떨어져 있다.

"쿠로!" 시로가 외쳤다.

코우스케는 시선만으로 '손대지 마'라고 전하고, 두 마리를 동시에 상대하기로 정했다.

대검을 쓰는 녀석은 중량감이 있는 날붙이를 크게 들어 올리며 코우스케를 향해 세로로 내리치는 일격을 휘둘렀다.

코우스케는 일부러 종이 한 장 차이로 회피하고, 날 끝이 지면에 파묻힌 대검을 밟았다.

대검을 쓰는 녀석은 당황한 울음소리를 내며 검을 도로 빼앗고자 힘을 줬지만, 실패로 끝났다.

곧바로 거리를 벌리려 했으나, 그때에는 이미 코우스케의 거합베기와 같은 검섬(劍閃)이 목을 통과하고 있었다.

머리가 날아갔다.

쇠뇌를 쓰는 녀석에 대한 대처도 이미 끝나 있었다.

녀석이 쏜 불타는 화살은 코우스케의『풍』마법에 의해 날아갔고, 꺾여서 떨어졌다.

그와 동시에『풍』마법으로 바람의 칼날을 만들어 녀석에게 휘둘렀다.

그것도 목표를 빗나가지 않고 머리를 날렸다.

머리를 잃은 두 마리의 도로테라가 쓰러지는 건 거의 동시였다.

그때에는 검도 이미 칼집에 넣은 상태였고, 코우스케는 빈 오른손으로 목 뒤를 쓰다듬으며 중얼거렸다.

"……마법 전사라."

양쪽 수치가 모두 높다는 건 양쪽 모두 능히 다룰 수 있다는 것이다.

단순히 생각해도 1인 2역을 소화하는 것이고, 잘 사용하면 그만큼 전투를 유리하게 진행할 수 있다.

그렇게 자각한 순간, 시야 왼쪽 위에 글자가 반짝 떠올랐다.

《레벨 2가 되었습니다》

아무래도 지금 전투를 겪고―그렇다기보다 그 후의 생각이 주된 요인인가―레벨이 오른 모양이다.

대충 확인하자 각종 능력치가 상승해 있었다.

레벨 업으로 바로 능력이 오른다는 건 어떠한 것일까.

물어보자 레벨 업에는 두 종류의 의미가 있다는 듯하다.

『성장』과 『해방』이다.

레벨 업이라는 건 그 순간에 능력치가 상승하는 게 아니라, 레벨 업에 의해 『정보 갱신』이 이루어진다고 한다.

1년에 한 번 하는 신체검사처럼, 레벨 업을 할 때마다 스테이터스가 갱신되는 것이다.

실제 수치상으로는 레벨 업 이전부터 상승하고 있다고 한다.

게임 같은 거라기보다는 무도에서의 승단이나 회사에서의 승

진에 가까운 것처럼 생각되었다.

여기까지 할 수 있게 되었으니, 이제부터는 이 위치네, 라는 느낌일까.

예외는 『해방』의 경우.

이건 '위급한 상황에서 발휘하는 초인적인 능력'을 언제든 끌어낼 수 있게 되는 것이라는 모양이다. 정상 상태를 유지하기 위해 무의식적으로 부과된 제한을 없앨 수 있게 됨으로써 순간적인 한계치가 폭발적으로 상승한다.

코우스케의 경우 이미 어느 정도까지 '해방'이 일어나고 있다고 시로는 말했다.

확실히 코우스케의 능력이 팔을 한 번 휘두르는 것으로 생물을 파열시킬 수 있는 것이라면, 지금까지와 똑같이 생활하는 것도 힘들다.

하지만 코우스케는 미궁에 들어가기 전에 원래 있던 세계와 다름없이 몸을 움직일 수 있었다. 즉, 그 힘은 코우스케의 의식이 '전투용'으로 바뀜으로써 해방된 것이고, 평상시에는 무의식적으로 제한이 걸려 있는 것이리라.

전생으로 받은 스테이터스 보정이 어느 정도나 되는 것인지 아직 정확히 파악할 수는 없지만, 상한은 아직 먼 모양이다. 레벨 100이 되면 일격으로 성 같은 걸 파괴할 수 있게 되는 걸까…….

"으음~. 역시 엄청나네……. 그야말로 장래가 걱정된다고 해야 할지."

그녀는 기뻐하는 듯한, 그러면서도 무언가를 걱정하는 듯한 표정으로 중얼거렸다.

"저기, 레벨이라는 건 상한 같은 게 있는 건가?"

"……응? 아아, '100'이야. 글래스는 등록할 때에 착용자의 존재 정보와 동기화되잖아? 그때에 '착용자의 성장 한계점'을 조사해서 그걸 '100'으로 설정해. 보통은 태어났을 때의 수치로부터 레벨 1을 결정하는데, 내방자는 그 왜, 죽었을 때의 상태로 전생하니까."

"예외적으로 그 상태가 레벨 1로 설정된다는 거군."

그런 의미에서도 내방자와 아클레어 사람 사이에는 격차가 있다는 건가.

"그럼 슬슬 4층으로 가 볼까."

시로의 목소리에 코우스케는 살짝 고개를 갸웃했다.

"어라, 오늘의 안내는 3층까지라고 하지 않았던가?"

"응. 조금 더 시간이 걸릴 거라고 생각했었으니까. 하지만 넌 순응하는 게 빠르고 실력적으로도 문제없다고 생각해. 시간이 허락하면 6층까지 내려가도 괜찮을 거 같아. 아, 물론 쿠로가 무리일 것 같다면 돌아가겠지만."

"아니, 체력 측면이나 정신적인 측면에서도 문제는 없어. ……단지, 6층까지라는 건 어째서지?"

그때, 시로의 표정이 약간이기는 하지만 슬프게 일그러졌다. 코우스케는 지금까지 그 표정을 몇 번이나 봤다. 무의식적인 반응어리리라. 코우스케와 나누는 대화 중 어떤 부분이 그걸 끌어내고 있다.

단지 물어본다 한들 그녀는 분명 대답해주지 않을 것이다.

"그게 말이지, 마물은 기본적으로 지상을 향하지만, 그렇지 않은 마물도 있어. 쿠로가 목표로 하는 '마법구 획득'을 악령에서 달성하는 방법은 두 가지야. 마법구 보유 마물들 중 심층이 영역인 것을 쓰러뜨리든가, 마법구 보유 마물 중 최심부에서 기다리는 수호자라 불리는 걸 쓰러뜨리든가."

"마물 그 자체가 마법구를 지니고 있는 건가?"

"그렇다기보다 체내에 심어져 있는 걸까? 말할 수 있는 유형의 마물이 '주인에게서 받았다'라고 발언한 기록이 있으니까 악신한테서 받은 거라고 생각해. 언제 어디서 받은 건지는 알 수 없지만 말이야."

악신에게서 마법구를 받은 마물을 가리켜 마법구 보유 마물이라고 부른다고 한다.

그중에서도 최심부에서 기다리고 있는 개체에 관해서는 별도로 수호자라고 바꿔 말하는 경우가 많다던가.

이 두 종류의 마법구 보유 마물만은 미궁의 난도에 걸맞지 않은 실력을 갖추고 있는 모양이며, 제스트의 경우 마법구 보유 마물의 영역이 7층 이하이기 때문에 안내도 자연히 저층으로 한정된다고 시로는 말했다.

"어떻게 할래? 오늘은 그만둘까?"

아래층으로 내려감에 따라 마력 농도 관계상 마물은 활발해지지만, 위층에 출현하는 마물 쪽이 보상금은 많다.

특히 강력한 심부의 마물이나 마법구 보유 마물을 노리는 자가 아닌 한, 분명히 말해 이득이 적다고 할 수 있었다.

코우스케의 경우에는 언젠가라는 단어가 어두에 붙긴 해도 마법구 보유 마물을 노리고 있으니, 대답해줄 말은 정해져 있다.

"아니, 가자."

4층이라도 마물의 구성은 그리 변하지 않았다.

미세하지만 마법 위력이나 본체의 여력이 높아져 있는 건가, 하고 느낄 수 있는 정도의 차이다.

그녀는 슬슬 돌아가는 편이……라고 말했지만, 어찌어찌 설득하여 5층으로 내려갔다.

기스트. 암석으로 만들어진 골렘이다. 검붉은 암석을 붙여 기워 만든 꼭두각시는 높이 3미터 정도.

인간으로 치자면 뇌에 해당하는 부분이 패어 있고, 그곳에 길리안이라 불리는 고블린 같은 생물이 탑승하고 있다. 아무래도 마력으로 조종하고 있는 모양이다. 주먹으로 때린 부분을 폭발시키는 마법을 쓰는 게 성가시다면 성가셨지만, 움직임이 둔중하기에 대처하는 건 쉬웠다.

공격을 회피한 뒤, 내리친 팔을 타고 뛰어 올라갔다. 어깨에 도달. 놀라는 길리안의 목을 쳤다.

"쿠로, 인간형 생물을 죽일 때 목을 노리는구나."

6층으로 향하는 도중에 시로가 그런 말을 했다. 코우스케는 목 뒤를 쓰다듬으며 할 말을 찾았다.

"시로, 영화 같은 거 알아?"

"만화도 애니도 의미는 알아. 그리고…… 최근에는 라이트노 벨? 이라는 소설도 있잖아?"

라이트노벨? 코우스케는 몰랐다. 어쩌면 시로 쪽이 일본 문화 에 자세한 걸지도 모른다. 이야기를 진행하는 데 불편은 없기에 코우스케는 신경 쓰지 않기로 했다.

"픽션 작품에서 흔히 있는 일인데, 등장인물을 죽이려 하는 녀 석이, 어째서인지 죽는 걸 확실하게 지켜볼 수 있는 방법을 취하 지 않는 경우가 있어. 가슴에 총알 한 발이라든가, 벼랑에서 떨어 졌으니까 시체를 확인할 수 없다든가. 그럴 때 한해서 꼭 살아 있 단 말이지. 뭐, 대부분은 연출이겠지만, 정말로 죽이고 싶다면 목 을 치는 게 확실하잖아? 적어도 머리랑 몸을 한 번 분리하면 그 걸 이어 붙여도 사람은 되살아나지 않아."

코우스케는 그렇게 말하고 나서 질문했다.

"아, 혹시 마물은 다른가?"

머리를 자르는 게 유효하지 않은 마물이 있다면 사전에 가르쳐 줬으면 하는 마음에 발언한 것이지만, 문득 그녀를 보니 코우스 케의 발언에 약간 질색하고 있는 것 같았다.

"……쿠로는, 뭐야? 저기, 혹시 그거야? 암살자라거나, 그런 부류의 식업이었어'?"

스스슥, 하고 과장되게 몇 걸음 떨어지는 모습이 재미있어서 코우스케는 소리 내어 웃었다.

"그런 거창한 게 아니야. 그런 직업도 가지지 않았어. 뭐라고 할까, 양아치, 같은 거였지."

"정말이려나~."

의혹을 품긴 하면서도 깊게 추궁하지는 않았다. 이것도 또한 그녀의 배려이리라.

참고로 고위 마물이면 머리를 잘라도 재생하는 경우가 있다는 모양이다.

머리를 잘랐으니 안심, 할 수는 없을 것 같다.

그리고 6층.

제 기스트. 고성능 골렘. 더욱 거대하고 내구력이 뛰어나며, 조종석까지 암석으로 뒤덮여 있다.

6층 이하의 길리안은 우수한 모양이라, 한 마리가 여러 대의 제 기스트를 조종할 수 있는 것 같았다.

몇 번인가 파괴한 제 기스트의 머리가 비어 있는 경우가 있었다.

"참고로 미소녀 안내인 시로 씨는 이쯤에서 약간 힘들어지기 시작했습니다."

코우스케가 제 기스트를 일곱 대째 파괴하고, 그 조종석이 비어 있는 데 혀를 찼을 때의 일이다.

시로의 등 뒤에 제 기스트가 육박하고 있었다.

두 사람 사이에는 거리가 있었고, 시로는 코우스케보다 한순간

늦게 그걸 알아차렸다.

민첩성까지 향상된 제 기스트가 시로를 향해 주먹을 휘둘렀다.

그녀가 자력으로 회피할 수 있을지 어떨지는 생각할 여유가 없었다.

정신을 차리고 보니 코우스케는 땅을 박차고 있었고, 달려들면서 그대로 그녀를 품에 껴안았다.

소위 말하는 공주님 안기 같은 형태로.

"와앗!"하고 당황한 듯한 목소리를 내는 건 놀랐기 때문일까. 그녀의 얼굴을 볼 여유는 없다.

양팔을 움직일 수 없는 상태인 코우스케는 근처에 굴러다니는 제 기스트의 잔해에 주목했다.

마법식을 짜 암석의 경도를 강화한 상태에서 적의 머리를 향해 날렸다.

돌멩이 던지기라고 하기에는 규모가 지나치게 큰 공격이 제 기스트를 덮쳤다. 훌륭하게 머리에 착탄. "규엑" 하는 소리가 들린 듯한 느낌이 들었기에, 길리안이 탑승하고 있었던 것이리라.

"……그런가. 안내인의 한계도 있으니까 말이지. 미안, 슬슬 돌아갈까."

자기중심적으로 미궁 공략만 생각하고 있었던 걸 반성하고, 그렇게 말을 걸었는데…….

"응?! 아, 아아! 응응, 그러네! 오늘은 이제 슬슬"

그녀의 발음이 쇠였다.

"……시로? 얼굴이 빨간데. 확실히 상층보다는 더운 것 같은 느낌도 들지만…… 아니."

코우스케는 알아차리고 말았다. 알아차리고, 그녀를 살며시 내렸다.

"아~…… 첫 공주님 안기가 이런 양아치라 미안하다. 순간적으로 그만."

"네, 네에? 처음 아니거든요? 경험 엄정 많습니다만?"

"그건 그것대로 별일인데."

달트라에서는 그렇게 이상하지 않은 일인 걸까. 아마도 그렇지 않으리라.

"그, 그리고!"

시로는 코우스케에게 검지를 척 향하고, 꾸짖듯이 말했다.

"스스로를 너무 비하하는 건 좋지 않아. 그런 게, 제일 꼴불견이야!"

코우스케는 그 말을 듣고 확실히 그렇다며 쓴웃음을 지었다.

남에게 자랑할 수 있는 삶을 걸어오지 않았기에, 자연히 자기 평가가 낮아져 있을지도 모른다. 스스로를 어떻게 평가할지는 자기 마음이지만, 듣는 사람도 우울하게 만들어서는 안 될 것이다.

"알았어. 조심할게." 코우스케는 미소 지으며 그렇게 말하고는 "그래도 말이야"라고 덧붙였다.

"경험이 없는 걸 있다고 우기는 것도 꼴불견이지 않아?"

조금은 진정되었던 시로의 낯빛이 화악, 하고 다시 빨갛게 물들었다.

"그러니까, 있거든, 경험! 잔뜩!"

대화하면서도 코우스케는 주위에 대한 경계를 게을리하지 않았다. 때문에 그것에도 가장 빨리 알아차릴 수 있었다.

조금 먼 곳에서 울리는 폭음에도.

"시로, 들렸어?"

코우스케의 얼굴이 뜻밖에 진지했기에 그녀는 한순간 당황한 것 같으면서도 곧바로 끄덕였다.

"어? 아, 응, 어찌어찌…….."

"아마, 아래층이야. 이곳에 오기 전에 7층으로 이어지는 수직 갱도가 있었지."

"응, 거기서 들려오는 걸지도 모르겠네. 소리가 흐릿했고."

"……오늘 우리보다 먼저 미궁에 들어간 녀석이 있었지."

"……그렇게, 말했었지."

"그 녀석, 저난도라고는 해도 심층에 대응할 수 있는 녀석인가?"

시로의 표정이 흐려졌다. 심각하게 고민하는 것처럼 표정을 이리저리 바꾼 끝에, 쥐어 짜내듯이 말했다.

"저, 저기 말이야, 쿠로. ……먼저, 돌아가 줄래?"

그 말은 코우스케를 신경 써주는 것 같았지만, 코우스케는 기뻐하지 않았다.

"나, 난 살싹 상황을 보고 올 테니까. 쿠로를 한 번 제지했었던 내가, 곤경에 빠진 사람이 있을지 모르니 함께 가자고 권하는 건 이상하고. 쿠로라면 혼자서 돌아갈 수 있지? 무리일 것, 같아?"

코우스케는 기분이 상했다. 무척이나 불쾌했다.

그녀는 코우스케만큼의 스테이터스 보정을 받지 않은 모양이다. 그건 조금 전의 발언으로도 알 수 있다.

그런데도 전투 소리를 들은 것만으로 누군가 곤란한 지경에 처한 건 아닐까 하고 상황을 보러 가려 하고 있다.

하지만 7층부터는 마법구 보유 마물이 출현할 위험이 있다. 안내인으로서 피안내자라고 해야 할 코우스케를 위험에 처하게 할 수는 없는 노릇이다. 소년의 몸을 걱정했기에 소녀는 먼저 돌아가라고 한 것이다.

그걸 이해하지 못할 코우스케는 아니다. 아니, 지만. 어찌할 도리 없이, 짜증이 났다.

"나는 확실히 선인이 아니고, 딱히 전생했다고 해서 좋은 일을 하려고도 생각하지 않아."

하지만, 하고 역접을 덧붙인다.

"내가 옳다고 생각하는 걸 해 왔어. 앞으로도 그건 변함없을 거다."

그렇게 말하고 그녀의 손을 잡았다. 그대로 걷기 시작했다.

"쿠, 쿠로?! 안 돼. 위험해."

그렇게 자신은 뒷전으로 미루는 점도 부아가 치민다.

"한계가 가까운 안내인 혼자 가는 것보다는, 기운이 남아도는 내방자를 데리고 가는 편이 좋잖아."

"그, 그래도!"

"둘 중 한쪽으로 하자고. 같이 가든지, 같이 돌아가든지. 어느 쪽이든 두 사람 중 한 명만 가는 건 없기다."

멈춰 서지 않고 단순한 2지선다를 강요했다.

절대로 물러서지 않겠다는 코우스케의 의사표시에 시로는 주춤한 것처럼 표정을 일그러뜨렸다.

설령 혼자 갈지라도 코우스케는 분명 따라올 것이다. 그녀도 그건 이미 알고 있을 터였다.

그럼 둘이서 돌아갈 것인가. 생판 모르는 타인이 위기'일지도 모른다'는 이유로 위험에 뛰어드는 행동 따위 하지 않고. 안전하고 손해가 없는 선택이다. 그걸 선택해도 기껏해야 씁쓸한 뒷맛을 느끼는 정도이리라.

그쪽을 선택해도 경멸할 생각 따위 없었다.

"……내 지시에 따라야 해? 쿠로가 강한 건 알고 있고 조금 전에도 내 목숨을 구해줬지만, 경험은 내가 더 많아. 만에 하나라도 쿠로를 죽게 하고 싶지는 않아. 그러니까 그걸 약속해 줄래?"

그러지는 않을 거라고 확신하고 있었을 뿐이다.

이런 상황에서 저버릴 수 있을 정도라면, 처음부터 도와주러 가야겠다는 생각 따위 하지 않는다.

"그래, 약속할게."

미소를 덧붙인 밀을 듣고 무슨 이유에서인지 시로는 고개를 숙였다.

안색은 살필 수 없지만, 귀가 빨개져 있는 걸 보면 얼굴이 뜨거워져 있는 건가.

이윽고 바람이 불면 지워질 것만 같은 가냘픈 목소리가 들렸다.

"너는 스스로를 그다지 좋아하지 않는 모양이지만."

고개를 든 그녀는 얼굴 한가득 부드러운 미소를 띠고 있었다.

"강한 힘을 올바른 일에 망설임 없이 쓸 수 있는 사람은, 무척, 멋지다고 생각해."

친애의 정이 깊게 배어 나온 그 미소에, 코우스케의 심장이 한순간 크게 뛰었다.

"그러, 냐."

가볍게 흘리면 좋을 것을, 어째서인지 무뚝뚝하게 대답하고 말았다.

그녀의 얼굴을 그 이상 직시하지 못하고 앞을 바라봤다.

갑작스레, 였다.

지금까지 자신은 어떻게 웃었던 걸까. 어떻게 그녀와 이야기하고 있었던 걸까.

그런 걸 알 수 없게 되었고, 그 순간 마주 잡은 손에서 전해지는 열이 고동에 영향을 미치기 시작했다.

두근, 두근, 하고 시끄러울 정도로. 무언가를 주장하는 것처럼, 강하디강하게.

거기다 이제 와서 더위를 먹기라도 한 건지, 얼굴까지 뜨거워지기 시작했다.

　……아무래도 스테이터스 보정도 완전하지는 않은 모양이다.

◇

　그 두근거림도 길게 이어지지는 않았다.

　마음이 급속하게 열을 잃어 갔다.

　두 사람은 7층에서 곧바로 그걸 발견했다.

　냄새가 났기 때문이다. 그 전까지 딱히 느껴지지 않았던 이취에 두 사람은 얼굴을 찌푸렸다.

　발생원에 가까이 다가감에 따라 냄새는 강해졌다. 코가 비뚤어질 것만 같은 그것은, 말하자면 탄 냄새.

　눈이 그것—정확히는 그것들—을 인식한 것과 동시에 이어져 있던 손이 자연히 풀렸다.

　"……저기, 시로. 저건……."

　세 개다. 빠직빠직, 하는 소리를 내며 연기를 피워 올리는 물체는 세 개. 까만 색깔이 숯을 연상케 했다.

　특징적인 것은 형상. 부서졌거나 찌부러져 있는 등 심하게 손괴되어 있었으나, 전부— 인간의 형태를 하고 있었다.

　제 기스트의 주먹에 의해 파괴되고 불타버린, 죽은 인간의 형태.

　코우스케의 가슴이 술렁인 건, 체격으로 봤을 때 그것들이 열 살도 채 되지 않은 어린아이의 것으로 보였기 때문이다.

"…………그러, 네. 시체야. 이런 작은 내방자는 그다지 없고, 이 마을의 아이라면 내가 알고 있어. 그러니까 이건 아마…… 노예야."

시로는 시체 앞에 서서는 눈을 감고 이마 앞에서 손을 움직였다.

무엇을 나타내는 동작인지는 모르지만, 죽음을 애도하는 것이라는 게 짐작이 갔다.

"노예?"

코우스케는 양손을 모으고 잠시 묵도를 한 뒤 물었다.

"쿠로네 세계에서 노예제는 이미 폐지되었으려나."

망설이면서도 고개를 끄덕임으로써 긍정의 뜻을 나타냈다.

"적어도 제도상으로는."

"그렇구나. 하지만 아클레어에는 있어. 원래는 아크스바오나라는 나라의 제도였는데…… 최근 달트라에서도 채용되었어. 붙잡은 적국의 국민을 노예 계급으로 떨어뜨리고, 상품으로서 다뤄. 그렇긴 해도 일반적으로 침투한 정도는 아니야. 기본적으로는 귀족이나 부호가 아니면 가질 수 없어."

"꽤 고액이거든" 하고 뒤이은 그녀의 말에는 안타까워하는 심정이 적잖이 포함되어 있는 것처럼 들렸다.

"그럼 귀족이 노예를 써서 미궁을 공략하고 있다는, 건가……?"

"그럴 거라고 생각해. 가끔 있단 말이지. 그 왜, 내방자 쪽이 강하니까 미궁 공략은 내방자한테 기대는 측면이 있지만 아클레어 사람인데 강한 사람도, 역시 있으니까."

"크원처럼?"

애칭으로 부른 것에 눈살을 찌푸리면서도 무거운 분위기 때문인지 시로는 지적하지 않고 끄덕였다.

"맞아. 그래서 이 세계의 귀족은 태고의 내방자의 후예로 여겨지고 있어. 신이 휴식에 들어간 뒤 사람들을 이끈 영웅의 혈족. 그래서 평범한 아클레어 사람보다는 강하고, 우수한 거야."

"이권을 탐하는 쓰레기만 있는 건 아니라는 거군."

코우스케의 말에 그녀는 웃어 주었지만, 그건 무리를 하고 있다는 걸 확연히 알 수 있는 웃음이었다.

"……후후, 그러네. 그런 녀석들도 있지만 그렇게 따지면 가난한 범죄자도 잔뜩 있잖아? 귀족은 기본적으로 국가를 지탱하는 상류 계급이야. 하지만 그렇기 때문에 간단하게 몰락할 수 있어."

그 이야기를 들으면 쉽게 상상이 가는 것이리라.

"아아. 우수하고 국가를 지탱하니까 특권을 얻을 수 있다. 하지만 세대를 거듭해 내방자의 피가 옅어질 때마다 태어나는 아이가 아클레어 사람에 가까워지고 만다. 그렇게 일반인이 되어버린 귀족은 나라에 공헌할 수 없게 되고, 귀족이라고 칭할 수 없게 된다."

"맞아. 그래도 역시 귀족이니까 프라이드는 높아서 말이지, 몰락을 회피하려고 해. 가장 빠른 방법은 미궁 공략이지. 마법구를 회수하여 나라에 바칠 수 있다면, 우수하다고 인정받을 수 있어."

"히지만 현대의 귀족은 개인으로 미궁을 공략하는 건, 불가능하고."

"응. 거기서 이야기가 이어져. 노예를 전력, 혹은 미끼로 삼은 미궁 공략."

코우스케는 조금 생각하고 나서 경멸하듯이 그 말을 입에 담았다.

"용병을 고용하면 타인의 힘을 빌린 게 되지만."

"그래. 노예는 '소유물'이니까 본인의 실력이 돼. 어린애뿐인 건 마술 적성을 지닌 인간한테 육체적 자질이 그다지 상관없다는 것과, 거기다 애들 쪽이 명령하는 게 쉽다고 생각했기 때문, 일까나."

끄덕인 그녀도 또한 슬픈 듯이 눈을 내리뜨고 있다.

"궤변이군."

"하지만, 성립해 버려. 적어도 달트라에서는."

불타는 듯한 분노가 가슴을 태웠다.

"그렇다고 해서 어린애를 괴물의 먹이로 삼아도 좋을 리가 없잖아……!"

자기도 모르게 외쳤다.

그 순간, 시야 상에 글자가 반짝이며 떠올랐다.

《스킬 『히어로 신드롬』 발동―성공.

고유 신탁 열쇠 확인―완료.

하늘의 실마리 접속이 허가되었습니다.

해당 행위 달성 완료까지 모든 스테이터스가 대폭 상승합니다.》

기기긱, 하는 제 기스트의 구동음이 가까워져 왔다. 아무래도 두 사람의 존재를 알아차린 모양이다.

스킬은 크게 상시 발동형, 임의 발동형, 조건 발동형으로 나눠진다고 한다.

항상 효과를 발휘하는 것, 스스로 켜고 끄기를 선택할 수 있는 것, 특정 조건 하에서만 발동하는 것.

스킬『히어로 신드롬』은 마지막에 해당한다.

표시된 단어의 의미는 이해할 수 없었지만, 해당 행위라는 것이 무엇을 가리키고 있는 건지는 알 수 있다.

코우스케가 하려고 했던 그것이리라.

"가자, 시로. 쓰레기 귀족을 쫓아간다."

"쫓아간다니, 그야 가능은 하겠지만, 어쩌려고? 이 애들은 이미……."

죽었으니까 구할 수도 없다. 코우스케도 그건 알고 있다.

"자기 혼자서는 공략할 수 없으니까 노예를 데리고 왔지. 하지만 이곳에는 어린애 시체밖에 없어. 가장 가까운 상층으로 가는 길에서도 엇갈리지 않았어. 그렇다면 나아갔다는 거다. 노예가 남아 있으니까, 앞으로 나아갔어."

시로는 퍼뜩 깨달은 듯 고개를 들고 코우스케를 바라봤다.

"아직 구할 수 있을지도 몰라. 그렇다면 나는 가고 싶어."

"하, 하지만, 노예는 개인 소유물로 취급되고 있으니까…… 멋대로 행동하면 최악의 경우 쿠로가 처벌을…….“

"사람을 구한 거로 죄를 묻는 나라라면, 이쪽에서 사절이다. 그렇게 되면 나가겠어.“

"……『붉은 영웅』을 만나는 거 아니었어? 여동생일지도 모르는 거잖아?“

"다른 방법을 찾는 것뿐이야. 뭐, 그래도 확실히 시로기 죄인이 되는 건 곤란하네.“

코우스케는 제 기스트의 기척을 느끼면서도, 분위기를 가볍게 하려는 것처럼 어깨를 으쓱이며 경박하게 웃었다.

"그러면 시로만 먼저 돌아가 줘. 뭣하면 나중에 '난 말렸는데'라고 증언해도 좋아.“

코우스케의 말에 시로는— 있는 힘껏 뺨을 부풀렸다.

"훅" 하고 짧게 날숨을 뱉고는 코우스케의 엉덩이를 걷어찼다.

"……아프다만.“

코우스케가 걷어차인 부분을 호들갑스럽게 문지르면서 불평하자, 시로는 허리에 손을 대고 발끈하며 말했다.

"그렇구나. 방금 쿠로는 이런 느낌이었던 거네! 잘 알았어예 이예이거참죄송했습니다. 그래도 말할 거다? 너만 보낼 수는 없잖아.“

마법식을 짜면서 그녀의 말을 들었다.

"그렇게 말할 거라고 생각했어.“

코우스케를 제지하려는 말 역시 배려심에서 나온 것이다.

그녀는 어찌할 도리가 없을 정도로, 선인인 것이다.

"아무리 귀족이라도, 아니 귀족이니까 요구되는 도덕이라는 게 있다고 생각해. 쿠로의 말대로야. 아이들의 죽음과 맞바꾸어 얻는 미궁 공략 따위, 명예도 뭣도 아니라는 걸 가르쳐 줘야만 해."

"괜찮겠냐. 최악의 경우 처벌을 받게 되는 거잖아?"

"그때는……."

"그때는……?"

"'난 말렸는데'라고 증언할 거니까, 괜찮아~."

그녀가 비장했던 표정을 확 바꾸고 짓궂은 미소를 띠자, 코우스케는 쓴웃음을 지었다.

"아아, 그렇게 해."

4미터가 넘는 제 기스트가 두 사람을 포착했다. 둘, 셋…… 잇따라 나타나더니, 합계 일곱 대.

어린아이를 죽인 것이 꼭 눈앞의 암석 꼭두각시라고만은 할 수 없다. 마법으로 탄화된 것이 관계가 있는 건지 유해에 먹힌 흔적은 없었다. 먹을 생각이었지만 불 조절에 실패한 것인지, 아니면 살해 그 자체가 목적인 것인지.

길리안의 사고 따위 알 길도 없다.

마물은 인간을 죽인다. 그러니 더는 피해가 늘지 않도록 코우스케도 마물을 죽인다.

"【폭발힐 깃을 명한다】"

보르가르트 원

그 순간, 귀청을 찢는 굉음과 함께 그것들 전부가 폭발하여 산산이 흩어졌다.

"……와아, 호쾌하네."

시로가 복잡한 표정으로 웃으며, 국어책을 읽는 것처럼 무미건조하게 말했다.

시야가 흙먼지로 뒤덮였기에 바람 마법으로 전부 쓸어버렸다.

"다행히 스킬인지 뭔지로 모든 스테이터스에 보정이 걸려 있어. 절약하지 않고 나아갈 건데, 괜찮겠어?"

"긴급 사태고, 그럴 때를 위해서 평소에 절약이 필요한 거야."

"납득했다."

◇

시로의 레벨이 몇인지는 모르지만, 신체 능력은 코우스케 쪽이 위인 것 같았다.

그녀가 뒤처지지 않도록 하는 데 신경을 쓸 정도로는.

8층으로 내려와서 수십 초도 지나지 않아 외침 소리가 귀에 들려왔다.

코우스케의 시력이라기보다 '눈'도 보정으로 기능이 현격히 향상되어 있어, 멀리 보는 것도 가능해져 있었다.

망설이지 않고 소리가 난 쪽으로 향했다. 그쪽으로 가면서 전방에서 전투가 일어나는 것을 포착했다.

시로도 다소 늦게 목측(目測) 범위에 들어간 모양인데, 그녀는 그와 동시에 외쳤다.

"크레센메메오스?! 쿠로, 저건 위험해! 마법구 보유 마물이야!"

마법구 보유 마물. 생각할 수 있는 것 중에서 최악의 사태다.

"아무리 쿠로라도 무리야! ……구출하는 걸 최우선으로!"

그 얼굴은 쿠로를 진심으로 걱정하고 있다는 걸 살필 수 있을 정도로 절실했다. 싸워서 이기겠다는 생각은 하지 말라는 것이리라. 충고에 고개를 끄덕이고 가속했다. 시로를 두고 바람을 가르는 속도로 뛰었다.

사람의 얼굴을 한 사족보행 짐승이 넝마를 걸쳤을 뿐인 소년을 손톱으로 찢어발기고, 친절하게 입으로 맞이했다.

긴 수염이 나 있고, 그 안쪽에는 세 줄로 늘어선 날카로운 엄니가 나 있다. 체모는 불그스름한 갈색에 꼬리 끝은 혹 모양이다. 본체 사이즈는 자동차보다 두 배 정도 클까. 맨티코어를 연상시키는 괴물이다.

녀석은 죽인 아이를 씹으면서, 열락으로 낯짝을 부르르 떨고 있었다.

"딜, 리, 샤아아아."

맛있다고 말하는 것 같았다.

주위에는 무수한 혈흔과 신체 부위가 굴러다니고 있었다.

생존자는 세 명. 가장 행색이 좋은 청년이 귀족이리라.

청년은 얼굴 전체에 초조함이 배어 나오고 있었지만, 자신을 고무하는 것처럼 웃음을 띄우려 노력하고 있었다.

"마법구 보유 마물이다! 하, 하하! 수호자의 방으로 가는 수고를 덜었군! 이 녀석을 죽이면 날 우롱했던 녀석들에게 치욕을 갚아줄 수 있어! 어이! 내가 마법을 짠다! 그 무가치한 목숨을 걸고 시간을 벌어라!"

남은 노예―어린 여자아이와 소년―가 떨면서도 크레센메메오스에게 맞섰다.

"아, ㅇㅇㅇㅇ은, 요? 아아아안, 요?"

소년이 『수』 속성 공격 마법을 발동했다. 작은 수구(水球)가 소년의 눈앞에서 만들어져 크레센메메오스를 향해 날아갔다. 직격했지만 크레센메메오스는 간지러운 듯 앞발로 얼굴을 닦을 뿐 타격을 입은 낌새도 없다.

마술 적성을 지녔다고는 해도 아클레어 태생인 인간의 그것은 마법구 보유 마물에게는 통용되지 않는 건가.

적어도 코우스케 입장에서 보면 자살이라고밖에 생각할 수 없는 위력이었다. 도발로서도 기능하고 있지 않다.

분노가 치밀었다. 그들에게 죽음을 명한 귀족에게. 그리고, 아무리 명령해도― 제때 맞출 수 없는 자신의 다리에.

"응후후후훅, 제아라, 보안누아?"

크레센메메오스는 뒷걸음질 치는 소년을 앞발로 후려쳤다.

소년의 복부가 파열되고, 내용물을 흩뿌리면서 굴러갔다.

"디, 딜, 리, 샤아아아."

크레센메메오스가 마치 인간이 면류를 먹는 것처럼 내장을 후루룩 먹었다. 그러면서 아직 간신히 숨이 붙어 있는 소년에게 가까이 다가갔다. 마치 죽기 직전까지 절망을 맛보게 하려는 것처럼.

"사, 살려—"

그건 누구에게 하려던 말이었을까.

대답하는 자는 없고, 소년은 크레센메메오스의 배 속으로 사라졌다.

그리고 녀석은 시선을 어린 여자아이 쪽으로 옮겼다.

"조금만 더다, 노예! 앞으로 몇 초만 더 버티고 나서 죽어라!"

어린아이를 버리는 장기짝으로 이용하고, 도움을 요청하는 목소리를 무시할뿐더러 직접 죽음을 명했다.

이 무슨 구제할 도리 없는 인간이란 말인가. 그래도 코우스케는 피가 끓어오를 정도의 분노를 참았다.

그걸 발산하는 것보다도 먼저, 해야만 하는 일이 있었으니까.

크레센메메오스가 앞발을 들어올렸다. 이번에는 다져서 먹을 속셈인 모양이다.

어린 여자아이가 눈을 감았다.

"【악신을 베는 칼 날이 되어라】!"

있는 힘껏 땅을 밟고는, 박찼다. 어린 여자아이가 짓눌려 찌부러지기— 직전.

"놔, 둘까, 보냐아아아!!"

속도를 이용한 참격(斬擊)으로 크레센메메오스의 앞발에 베기 공격을 휘둘렀다.

"··········어?"

라는 건 노예 여자아이에게서 나온 목소리였다.

확정된 죽음이 뒤집히면 목소리쯤 나오는 것도 당연하리라.

코우스케는 왼쪽 팔에 여자아이를 안은 채 그대로 크레센메메오스의 왼쪽 앞발을 절단했다.

피의 비가 내렸지만 그걸 뛰어넘는 속도로 이동했다.

"크, 아아? 키기, 키이익, 가아악, 아, 아아아아아아아아아아아아아아!!"

대기를 뒤흔드는 포효. 통각에 대한 충격인가, 아니면 난입자에 대한 분노인가.

문득 보니 칼날이 중간부터 부러져 있었다. 강도를 올리는 걸 잊었기 때문이다. 코우스케는 부러진 직검을 버렸다.

그때, "우, 웃기지 마라!"라며 외치는 자가 있었다. 금발 청년 귀족이다.

마법 준비라는 건 다 된 건지 아닌 건지, 낯빛을 바꾸며 고래고래 소리쳤다.

"네, 네네, 네놈! 무슨 속셈이냐! 갑자기 나타나서 내 공적을 빼앗을 셈이냐! 이 새크리파이 그런데 피날그지렌이—!"

길디긴 이름을 끝까지 듣는 건 불가능했다.

청년의 상반신이 크레센메메오스에게 먹혔기 때문이다. 다리가 잘려서인지 식사를 즐길 여유는 없어진 듯, 청년 귀족의 하반신도 곧바로 크레센메메오스의 위 속으로 사라졌다.

그러자 금세 녀석의 앞발이 재생되었다.

고깃덩어리가 꿈틀거리며 앞발의 형상을 만들었다. 거기서 체모까지 원래 길이로 자라났다. 몇 초도 걸리지 않고.

"쿠로. 노예 구했어?! 그럼 도망치자!"

등 뒤에서 시로의 목소리가 났다. 아무래도 따라잡은 모양이다. 하지만 돌아볼 수가 없다.

한순간이라도 눈을 떼면 그것이 죽음의 요인이 되리라. 그만한 살기였다.

"아니, 남겠어. 이 애를 부탁한다."

"하, 하아? 어째서?! 같이 도망치자! 싸우면 안 돼! 이 녀석은 수준이 다르대도!"

"그런 것 같네."

"그러면!"

"그렇기 때문이야. 이런 녀석한테서 도망칠 수 없잖아."

시로가 숨을 삼키는 걸 기척으로 알 수 있었다. 오랫동안 안내인을 해 온 그녀다. 세 명이 함께 도망치는 건 불가능하다는 걸 바로 이해할 수 있었던 것이리라. 그녀의 머릿속에 어떤 갈등이 있었을까.

노예를 내리고 "이제 괜찮아"라며 머리를 한 번 쓰다듬어 준 뒤, 시선은 마물한테서 떼지 않은 채 노예를 뒤로 보냈다.

"토, 통로! 가장 가까운 통로라면 제 기스트가 지나갈 수 없으니까! 거, 거기에 이 애를 데리고 갔다가, 그러고 나서 바로 돌아올 테니까!"

울먹이는 소리로 들린 건 코우스케의 착각일까. 확인할 방법은 없다. 크레센메메오스는 시로와 노예를 쫓지 않고, 그저 코우스케를 물끄러미 노려보고 있었다. 조금 전의 참격은 어지간히 경계심과 분노를 부채질했던 모양이다.

하지만 그건 코우스케도 마찬가지였다.

"야, 나 마력 높다고? 맛있어 보이냐? 어디 먹어 봐라― 그 전에 내가 널 죽이겠지만 말이다."

도발이 통한 것인가, 아니면 우연인가. 크레센메메오스는 불쾌한 듯 표정을 일그러뜨렸다.

"【칼날이 될 것을 명한다】"

『토』속성 창조 마법으로 주위의 지면이 모여들어 직검의 형태를 이루었다.

그걸 움켜잡고 【악신을 베는 칼날이 되어라】와 【그것은 성채와 같은 견고함을 체현하는 자】를 발동하여 강화했다.

마법명을 입에 담지 않아도 발동하는 건 가능하고, 인간 상대라면 그쪽이 효과적인 경우도 있겠지만 마물 상대라면 신경 쓸 필요도 없다. 일부러 입 밖으로 내어 말한 건 그쪽이 이미지를 더욱 쉽게 환기할 수 있고, 마법식을 빠르게 구성할 수 있기 때문이다. 결과적으로 신속한 발동이 가능해진다.

우선 로니스에게 했던 것처럼 【얼어붙을 것을 명한다】로 움직임을 묶으려 했으나, 좋지 못한 계책이었다.

앞뒤를 합친 네 개의 다리 전부의 관절을 얼어붙게 하는 데는 성공했지만, 한 번 움직인 것만으로 전부 깨지고 말았다.

"응, 이?" 뭔가 한 거냐? 라고 말하는 것처럼 크레센메메오스가 밉살스럽게 웃는 모양으로 얼굴을 일그러뜨렸다.

눈을 깜박한 찰나, 중전차를 뛰어넘는 거대한 몸이 마치 신칸센 같은 속도로 달렸다. 보정과 스킬로 향상되어 있을 터인 눈으로도 빠르다고 느끼는, 상식을 벗어난 속도. 그래도 어떻게든 반응하여 순간적으로 땅을 박차 회피를 시도했다.

간발의 차이로 녀석의 몸통이 코우스케 바로 옆을 지나갔다. 그 풍압만으로도 코우스케의 몸은 한층 수 미터 떠올랐다. 무너진 자세를 공중에서 바로잡고, 두 다리로 착지. 거의 동시에 글래스 상에 메시지가 반짝 떠올랐다. 보낸 이를 확인하고 전개. 반투명화와 축소 표시로 설정을 바꿔 놓았기 때문에 시야를 가리지는 않는다.

『크레센메메오스의 특성

• 자연 속성 내성―극점

• 치유 마법―극점

• 대(對) 관통―대(大)

• 대 충격―대

……조금만 더 버텨 줘.』

"……확실히 도망치라고 한 네 판단은 옳았어. 시로."

이길 수 없는 상대가 있다면, 도망치는 건 잘못이 아니다.

도망치고, 다음에 이길 수 있도록 계책을 짜면 된다. 그것이 현명한 선택이다.

원래 있던 세계에서는 그렇게 해서 목적을 달성했다. 하지만 인생의 모든 경우에서 그렇게 할 수 있는 건 아니리라.

스스로 뛰어들었다. 그리고 도망칠 수 없는 상황에 빠졌다. 그렇다면 어떻게든 하는 것 외에 다른 방법은 없지 않은가.

검을 거머쥐었다. 관통과 충격에 내성이 있다면 참격은 유효하다는 것. 운 좋게도 코우스케의 전투 스타일은 통한다는 뜻이다. 그런 코우스케를 비웃는 것처럼 크레센메메오스가 그르렁거렸다.

녀석의 꼬리가 올라가고, 끝부분에 달린 혹 표면이 꽃잎처럼 펼쳐졌다. 그리고 매우 큰 침이 발사되었다.

그것도 여러 개다. 코우스케가 눈으로 확인할 수 있었던 것만 해도 24개.

"【산산이 부서질 것을 명한다^{보르카 원}】!"

거리를 벌리면서 이리저리 뛰어다니고, 완전히 피할 수 없는 건 검으로 튕겨내든가 마법으로 부쉈다.

강화하고 있음에도 불구하고 몇 번 튕겨낼 때마다 검이 부러졌기에 그때마다 다시 만들었다. 팔에 가해지는 충격도 조금씩 코우스케의 내구력을 좀먹는 듯한 위력을 지니고 있어 성가시기 짝이 없었다.

"아, 으응요?"

"뭐라 말하는 건지 못 알아먹겠다고."

침탄을 다 쏜 크레센메메오스는 다시 돌진했다.

이번에도 긴급 회피. 하지만 녀석에게는 학습 능력이 있는 모양이었다.

엇갈리면서 그대로 꼬리 끝부분의 혹을 코우스케의 복부에 휘두른 것이다.

"——?!"

마법을 발동하기에는 늦었다고 판단. 순간적으로 검신의 넓은 면으로 몸을 감쌌고— 충격이 전해졌다.

미세하나마 위력은 줄일 수 있었을지 어떨는지. 검은 힘없이 바스러지고 혹은 코우스케의 복부를 강하게 후려쳤다.

덤프트럭에라도 치이면 이렇게 되는 걸까 하는 생각이 들 정도였다. 도리어 헛웃음이 나올 정도의 기세로 자신의 육체가 허공을 나는 걸 알 수 있었다. 보정 덕분인지 파열은 면했지만, 마법을 짤 여유는 확보할 수 없었다.

종점은 벽면. 격돌하고, 시야가 까매졌다. 아무래도 한순간 의식을 잃었던 모양이다. 무언가가 역류하여 토해 봤더니, 그건 피였다. 배에서 무언가가 튀어나와 있다. 운 나쁘게 뾰족한 바위에 부딪힌 모양이다.

암석이 크레이터 형상으로 움푹 파였고 그곳에 몸이 반쯤 묻혀 있다. 그 안의 예리한 일부가 배를 관통한 것이다.

머리가 깨질 것처럼 아팠기에 억누르려 했더니 왼팔이 움직이지 않았다.

왼팔로 시선을 돌리니 저민 고기도 이럴까 싶을 정도로 엉망진창이 되어 있었다. 무의식적으로 혹으로부터 배를 감싼 것이리라고 예상은 할 수 있었지만, 그 이상은 차마 봐줄 수가 없어 눈을 돌렸다.

오른팔은 곳곳이 찢어져 검붉게 부어 있는 걸 제외하면 정상이었다.

왼쪽 다리는 관절이 움직이지 않는 방향으로 꺾여 있어 현대 미술 같은 양상을 보였다.

오른쪽 다리는 끊임없이 격통을 호소하고 있기는 하지만, 기능은 할 것 같다.

움직이는 건 오른팔과 오른쪽 다리. 검을 놓쳐버린 모양이라 주위에는 없다.

어리석게도 코우스케는 그러고 나서 겨우 싸우고 있는 상대를 떠올렸다.

봤다. 눈이 마주치자 크레센메메오스의 중년 같은 얼굴이 히죽거리며 즐거워 보이는 표정을 띠고 있었다.

"응, 메, 나아?"

승부는 결정 났군? 이라고 말하고 싶은 듯한 얼굴이다.

얼굴이 인간의 그것이기 때문인지, 언어의 벽이 있는데도 때때로 무슨 생각을 하고 있는지 훤히 보인다.

녀석은 천천히, 한 걸음씩 가까이 다가왔다. 그 느릿느릿한 움직임은 코우스케의 절망을 감상하기 위한 것.

완전히, 무의미한 짓이다.

"……【칼날이 될 것을 명한다】"

벽에서 검이 생성되어 코우스케의 오른손으로 들어왔다. 크레센메메오스의 움직임이 딱 멈췄다.

계속해서 부여 마법으로 검을 강화했다. 조금 전까지와는 달리 마법을 짤 때마다 두통이 심해졌다.

길의 가게에서는 『치유』마법 시트가 판매되고 있지 않았다. 존재하지 않는 건 아니지만, 다른 마법에 비해 마법식이 복잡하여 시트로 만드는 게 곤란하고, 가게에 진열해도 금방 품절된다고 했다.

한 번 기억해 버리면 응용도 가능한 코우스케지만, 아무리 그래도 전혀 모르는 것은 재현할 방도가 없다.

그런 부분이 마술 적성이라는 것일지도 모른다.

"왜 그래. 먹잇감이 이렇게나 약해져 있는데, 쳐다보기만 할 뿐이냐?"

크레센메메오스는 아무래도 지능이 높은 것 같다. 그리고 성격이 엄청나게 나쁘다.

하지만 그렇기에 알아차릴 수 있다.

코우스케의 눈에 두려움이 일절 섞여 있지 않다는 것을. 먹히기 직전에, 절망을 느끼지 않고 있다는 것을.

까닭에 생각하고 만다. 이 녀석은 자신을 해할 방법을 아직 무언가 가지고 있는 것 아닐까? 하고.

얕게 날숨을 내쉬고, 단번에 벽에서 빠져나왔다. 복부에서 뜨뜻미지근한 액체가 왈칵 넘쳐흘렀다.

고통은 없었지만, 한기가 급속하게 강해졌다. 시야의 명도가 몇 단계 정도 떨어진 것 같은 느낌이 들었다.

사고도 어딘가 안개가 낀 듯하고 호흡도 괴롭다. 그래도 오른쪽 다리만으로 지탱하여 볼품없게나마 섰다.

"와라."

녀석은 그릉…… 하고 신음을 내며 당혹감을 내비쳤다. 하지만 그런 망설임도 오래는 이어지지 않는다.

마음을 다잡은 듯 뒷다리를 굽히고 땅을 박찼다. 무시무시하게 가속한 마물이 코우스케를 압살하고자 닥쳐왔다.

조급해지려는 마음을 억누르고 아슬아슬한 데까지 끌어당겼다. 코우스케는 피할 수 없게 되기 직전에 뛰었다.

여태까지 그랬던 것처럼 옆으로 뛰는 게 아니라, 위로.

오른쪽 다리의 도약력에 『풍』 마법으로 부유를 부가한 비행이다.

순식간에 녀석의 시야 바깥으로 사라진 코우스케는 그대로 몸을 회전시켰다.

오른팔은 움직인다. 노리는 건 단 한 곳, 목. 이 휘두르기 한 번으로 완전히 벤다.

그건 성공할 것처럼 생각됐다. 팔만 움직이면 성공했을 터다.

그렇다. 움직이지 않았다.

녀석의 꼬리가 휘감겨 있었으니까.

"⋯⋯⋯⋯예상하고 있었어?!"

시야가 흔들렸다.

우득, 하는 불길한 소리가 났다. 어디서 난 것인지는 모른다. 경종은 이미 전신에서 울리고 있었으니까.

지면에 내동댕이쳐진 거라는 사실만은 이해할 수 있었다.

"응, 응, 응."

낮게 웃는 리듬에 맞춰 코우스케의 몸이 시소처럼 오르락내리락하기를 반복했다.

아무리 보정이라는 게 강력해도 몇 번이나 더 버틸 수는 없을 것이다.

여기서 역전하는 건 기적이라도 일어나지 않는 한 무리다. 그건 알고 있지만, 그렇더라도 코우스케는 포기하지 않았다. 꼬리가 휘감긴 건 오른팔뿐. 왼팔은 움직이지 않는다. 움직이지 않지만, 붙어는 있다.

원심력에 휘둘리면서, 코우스케는 몸을 비틀어 고깃덩어리로 변한 왼팔을 녀석의 꼬리에 내리쳤다.

순간, 접촉면이 폭발했다.

"이긱?!"하고 얼빠진 소리가 나면서 꼬리의 구속력이 약해졌다.

들어 올리는 도중에 내던져진 꼴이 된 코우스케는 낙법도 제대로 취하지 못하고 꼴사납게 굴러갔다.

그래도 탈출할 수는 있었다. 어떻게든 몸을 일으켰지만, 이제는 기껏해야 무릎을 세우는 게 고작이었다.

쓸 수 있는 부위는 남아 있지 않다.

시로가 7층 이하로 내려갈 생각을 하지 않았던 것도 과연 수긍이 갔다.

하지만 어쩔 수 없지 않은가. 더는 싫었다.

자기가 자신을 우선한 탓에 누군가가 상처 입거나 죽고 마는 건.

그 노예는 코우스케가 아는 사람인 건 아니지만.

누군가가 위기에 빠졌을지도 모른다는 걸 알아버리고 나면, 몰랐을 때로는 돌아갈 수 없다.

아무래도 상관없다며 무관심을 관철할 수 없다면, 그건 이미 무관계하다고는 할 수 없다.

무관계로 있을 수 없다면, 어떻게든 하고 싶다고 생각하고 만다.

곤란해하는 사람이 있으면 돕는다는 그런 다정한 이유는 아니다.

그러지 않으면 자기가 얼마나 후회에 시달리는 인간인지, 코우스케는 알고 있는 것이다.

일찍이 자신의 사소한 욕구에 져 버린 결과, 여동생을 잃었으니까.

"아아!!"

크레센메메오스의 분노에 찬 울음소리가 대기를 진동시켰다.

빈사 상태인 먹잇감이 자신의 자랑거리인 꼬리를 태워 버린 게 어지간히 부아가 치민 모양이다.

그 마법은 기스트 종(種)의 『닿은 부분을 폭파하는』 것의 모방이다.

『풍』과 『화』의 복합 속성이었기 때문에 코우스케도 재현할 수 있었다.

크레센메메오스가 악마 같은 형상으로 코우스케를 노려봤다. 그 눈에는 핏발이 서 있었고 거친 숨을 내뱉는 입가에서는 침이 줄줄 넘치고 있었다. 코우스케는 그 모습을 보고 확신했다.

녀석의 초고속 재생은 상당한 마력을 필요로 하는 것이리라. 침탄을 재장전하지 않았던 것도 생성에 필요한 마력이 준비되지 않았기 때문. 지금 꼬리를 치유하지 않는 것이 그 증거다.

그런 사실이 판명되었다 해서 무엇을 할 수 있을지는 모르지만.

그래도 코우스케는 생각하는 걸 그만두지 않는다. 당장이라도 끊어질 것 같은 의식을 붙들어 매고 있는 건, 의지다.

다시 한번 여동생을 만날 때까지는 죽을 수 없다는, 꺾이지 않는 의지.

만나서 사과해야만 하는 것이 있다. 만나서, 이번에야말로 이루어야만 한다.

자신은 여동생의, 쿠로노 토와의 오빠니까.

그런 코우스케의 마음을 날려버리는 것처럼, 크레센메메오스가 포효했다.

가까운 암벽에 다가가 강인한 발톱으로 벽을 찢어발겼다. 흐슬부슬 떨어져 나온 암석들을 앞발로 낚아챘다.

그러자 그것들이 코우스케를 향해 날아왔디.

코우스케는 필사적으로 마법을 계속 발동했다.

뇌가 작열했다. 신경이 타 버릴 것 같은 두통마저도 개의치 않고 암석을 막았다. 『풍』 마법으로, 『파쇄』 마법으로, 『폭파』 마법으로, 막아냈다. 코우스케가 지독히도 끈질기게 막아내자, 마물은 발을 동동 구르는 것처럼 앞발로 지면을 몇 번이고 내리쳤다. 명백히 여유를 잃고 있었다. 그래서, 그것도 피할 수 없었던 것이리라.

평상시라면 결코 회피할 수 없을 정도는 아닌 속도로 날아오는 스로잉 나이프를.

크레센메메오스는 오른쪽 안구에 맞고 말았다.

"아, 아, 아아아아아아아아아아아?!"

앞발로 나이프를 떼 내려 했지만, 도리어 점점 파고들어 안구에 상처를 냈다.

물론 코우스케는 아니다.

"……설마 진짜로 올 줄이야."

자기도 모르게 중얼거리고 말았다.

"시끄러워, 바보야! 그렇게 다쳐서는, 바보! 빨리 도망치자고, 바보!"

너무 화가 나서 어휘가 빈곤해진 모양이었다. 물기를 띤 눈동자는 걱정스럽다는 듯 코우스케를 바라보고 있다.

그녀는 곧바로 코우스케 옆까지 와서는 부둥켜 들고자 팔을 뻗었다.

"······잠깐, 잠깐. 공주님 안기는 하지 말아 줘. 부끄러워서 죽고 말 거다."

시로는 들어주지 않았다.

"이럴 때 바보 같은 소리 하지 마, 바보야!"

결과부터 말하자면 그녀의 품에 안기는 일은 없었다.

크레센메메오스가 남은 왼쪽 눈으로 두 사람을 포착한 데다, 이미 눈앞까지 닥쳐오고 있었기 때문이다.

녀석이 취한 선택으로서는 그리 잘못되지는 않았을 것이다. 자기한테 이길 수 없다고 해서 도망치는 걸 선택한 먹잇감과 자기한테 죽기 직전이었던 먹잇감이 있고. 그 녀석들한테 입은 상처도 먹으면 낫는다.

애초에 그러지 않으면 기분이 풀리지 않는다는 게 크겠지만.

시로는 반응하지 못하고 있다. 코우스케는『풍』마법 사용을 고려하다가, 직전에 멈췄다.

글래스에 메시지가 와 있있다.

보낸 이는 길. 내용은—.

『신화시대에 관한 서적에서 '흑'에 관해 기술되어 있는 것을
발견.

'흑'은 온갖 것을 집어삼켜 사용자의 힘으로 바꾼다, 고 하는군.

미안하다. 조금 조사해본 정도로는 이게 한계였어.

또 뭔가 알게 되면 연락하마.

언제든지 가게에 와라.』

—……나 참. 오늘 처음 만난 녀석한테 이 녀석이고 저 녀석이
고 너무 다정하다.

시로는 목숨의 위험을 개의치 않고 정말로 구하러 돌아와 주고,
길은 일이 있을 텐데 서적을 조사하여 금방 정보를 보내 줬다.

이런 상황인데도, 코우스케는 웃고 말았다.

《스킬 『검은 권능』이 발동—성공.

고유 신탁 열쇠 확인—완료.

【마법】에 【흑전(黑纏)】【흑식(黑喰)】【흑장(黑葬)】이 추가됩니다.》

코우스케가 『치유』 마법을 사용할 수 없는 건, 모르니까.

『화』『수』『토』『풍』 등은 초급이라고는 해도 시트로 마법을 습득

했기 때문에 응용도 할 수 있었다.

그렇다면 적성이 있는 『흑』도 그 사용법을 이해하면 발동 가능하다는 것이다.

코우스케는 이해했다.

그렇군. 『집어삼키는』 건가, 하고. 너는 그렇게 쓰는 건가, 하고.

"【흑장】."

"이긱!"

그 울음소리는 매우 가까운 거리에서 들려왔다.

앞으로 조금이라도 늦었다면 두 사람은 잘게 씹혀 있었으리라. 하지만 그렇게는 되지 않았다.

간헐천처럼 지면에서 튀어나온 『검은』 대창에 크레센메메오스의 복부가 꿰뚫렸으니까.

《크레센메메오스를 『집어삼킨』 것을 확인. 마력 해석─성공. 특성 변환과 획득을 개시.

◆【스킬】에 『크레센메메오스의 마력재생』 『크레센메메오스의 대 자연 속성』 『크레센메메오스의 대 충격』 『크레센메메오스의 대 관통』이 추가됩니다.》

코우스케는 스킬 『크레센메메오스의 마력재생』을 발동했다.

녀석과 마찬가지로 급속하게 상처가 아물어 갔다.

"……쿠, 쿠로?"

아직 상황이 완전히 파악되지 않은 시로를 두고 일어섰다.

"【흑전】."

너덜너덜한 코트가 칠흑으로 물들었다. 『흑』이 오른팔을 감싸고, 그 끝부분이 검을 형성했다.

어두운 그림자 같은 『흑』이 코우스케의 뜻대로 움직이고, 형태를 얻어, 마력에 반응하여 『집어삼킨』다.

그것이 『흑』 속성의 특성인 모양이었다.

"아, 아, 아."

크레센메메오스는 버르적버르적 발버둥 쳤지만, 다리가 떠 있어서 무의미하게 끝났다.

그 표정이 절망으로 물들었다.

지금까지 녀석이 죽여 온 사람들이 띠었을 그 표정을 재현하는 것처럼, 얼굴이 일그러졌다.

"시, 러."

그건 우연이리라. 싫어, 라고 들렸다. 의미가 통하는 말처럼 들렸다.

그렇다고 해서 하는 건 변하지 않는다.

검을 상단으로 거머쥐었다.

"【흑식】."

휘두른 검에서 『검은』 충격파가 내뿜어졌다.

크레센메메오스가 오른쪽 반신과 왼쪽 반신, 둘로 갈라졌다.

힘없이 떨어진 거구는 그 아래에 샘처럼 퍼진 『흑』에 가라앉아,

두 번 다시 떠오르지 않았다.

《레벨 3이 되었습니다.》

그 표시에 이어 조금 전과는 또 다른 특성 획득 통지도 계속해서 나왔다.
『집어삼킨』다고는 해도 한 번에 상대의 전부를 자기 것으로 만드는 건 불가능한 모양이다.

《악신창 마법구를 『집어삼킨』 것을 확인.

격납 상태를 유지. 그 사이, 분해를 통해 변환 및 획득하겠습니까?⋯⋯⋯⋯⋯YES/NO》

코우스케는 황급히 NO를 선택했다. 검을 지우면서 오른손 손바닥에 출현하도록 염했더니 『흑』에서 솟아났다.
그건 노점상에서도 팔고 있을 법한 싸구려 반지로밖에 보이지 않았지만, 그렇지 않을 것이다.
"⋯⋯쿠로? 지금 건, 그러니까⋯⋯ 어떻게 된 거야?"
어떤 표정을 지어야 할지 모르겠다는 듯한 표정인 그녀를 보고 코우스케는 자연히 미소가 지어지는 걸 느꼈다.
"⋯⋯일단 너랑 길 씨는 생명의 은인이야."
뭔가 답례를 해야만 하겠군. 코우스케는 그런 생각을 하며 반지를 꽉 쥐었다.

◇

"구해 주셔서 감사했습니다."

상층으로 가는 가장 가까운 길은 내리막길 타입이었다. 돌아가는 경우는 오르막길인가.

사람 두 명이 나란히 걷는 게 고작인 규모로, 높이도 그렇게 높지 않기에 확실히 제 기스트는 통과할 수 없다. 길리안 혼자의 전투 능력은 낮기에 적어도 이곳까지 올 수 있었던 공략자라면 쓰러뜨리는 것도 그리 어렵지 않다. 이곳에 노예 여자아이를 잠시 두고 온 시로의 판단은 잘못되지 않았으리라.

그녀는 두 사람을 확인하자, 곧바로— 무릎을 꿇고 엎드렸다.

망설임이 없는 동작이었다. 몇 번이고 몇 번이고 반복해 몸에 배고 만 듯한.

그런 식으로 교육받고 있었던 것이리라. 반항하면 벌을 받았던 걸지도 모른다.

코우스케는 잠시 망설이고 난 뒤, 일부러 명령조로 말했다. 그쪽이 이야기가 순조롭게 진행될 거라고 판단했기 때문이다.

"일단 일어서."

노예는 곧바로 일어섰다. 얼음 같은 색깔의 머리카락과 눈동자. 일고여덟 살 정도이리라.

외모는 예쁜지 귀여운지 어느 쪽이냐고 묻는다면, 예쁘다는 쪽으로 대답하게 되는 이목구비다.

감정을 어딘가에 떨어뜨린 것만 같이 무표정했고, 아름다운 눈동자에서는 빛이 느껴지지 않았다.

말라빠진 몸은 엉망진창이었고, 머리카락은 그을린 것처럼 더러웠으며, 뺨은 야위어 움푹 팼고, 걸치고 있는 건 넝마다.

이런 상태의 아이를 사지에 세우는 인간의 신경을 코우스케는 이해할 수 없었다.

자신의 코트를 걸쳐 주려다가, 그것 역시 지지 않을 정도로 너덜너덜하다는 걸 깨달았다.

"……시로, 옷을 빌려줘."

"아, 응…… 아니, 나 이거 벗으면 나머지는 속옷뿐인데?!"

시로가 옷자락에 손을 댔다가 딴지를 거는 것처럼 외쳤다.

"그 애는 옷을 입을 수 있고, 나는 속옷을 볼 수 있어. 모두가 행복해질 수 있잖아."

"행복해지지 않아! 약 한 명, 시로 씨가 행복하지 못해!"

그런 콩트 같은 응수를 봐도 어린 여자아이는 조금도 웃지 않았다.

분위기를 누그러뜨리고자 시도한 코우스케와, 그에 응한 시로는 보기 좋게 실패한 결과가 되었다.

코우스케는 크흠, 하고 헛기침을 한 뒤 코트를 벗었다.

가까이 가자 그녀는 움찔 떨었다. 맞을 거라고 생각한 걸지도 모른다.

코우스케는 "괜찮아"라고 낼 수 있는 한 최대로 부드러운 음성으로 말하고는, 그녀의 어깨에 코트를 걸쳐 주었다.

기장이 맞지 않아 시로에게서 대거를 빌려 그녀에게 맞춰 잘랐다.

"그걸 입고 있어."

여자아이는 코우스케가 한 행동의 의미를 모르겠다는 듯한 표정을 지었지만, 이윽고 그것이 자신을 신경 써준 것임을 알아차렸는지, 바로 그 순간 몸 둘 바를 몰라 하며 다시 무릎을 꿇고 엎드리는 자세를 취했다.

코우스케는 그걸 제지하고 물었다.

"이름은?"

"38번, 입니다."

쉰 목소리에는 희미한 망설임이 있었다. 코우스케는 표정이 일그러지는 걸 참고 재차 물었다.

"……아니. 조국에 있었을 때, 부모에게서 받은 이름 말이야."

"죄, 죄송합니다……. 예전에는 에코나 노이지 윌엘레인, 이라고 불리고 있었습니다."

"그러면 앞으로도 그 이름을 대도록 해. 에코나."

"그, 그렇지만 저는, 노예이고……."

시로를 봤다. 에코나에게 직접 들려줘야만 할 내용이라고도 생각되지 않아 글래스의 메시지 기능으로 대화를 시작했다.

『지금, 에코나의 소유권은 어떻게 되어 있지?』

『으음, 어떠려나……. 구입할 때의 계약에 따라 다르지만 대략 두 종류가 있는데, 소유자가 목숨을 잃었을 때의 처리는 지정한 인물에게 소유권이 이양되든지, 단순히 유실물이 되든지. 에코나의 스테이터스를 확인하면 알 수 있을 거야. 노예로서 나라에 등록된 사람은 스테이터스에 【소유자】 칸이 있으니까……."

코우스케가 허가를 구하자 에코나는 고개를 끄덕였다.

【소유자】 칸에는 『그레이블리 폴 피날그지렌카리』라고 되어 있었다.

코우스케가 들은 청년 귀족의 이름과는 부분적으로밖에 일치하지 않았다. 아마도 친족이리라.

즉, 지정한 인물에게 소유권이 이양되었다는 것이다.

『이 경우 예를 들면 나나 쿠로가 멋대로 그녀를 돌봐주고, 나중에 그게 들켰다간 불법 소지라는 게 되어 버릴 거라 생각해. 그 귀족의 본가 사람한테 전달하는 게 규칙상으로는 옳은 일이야.』

『하지만, 그건…….』

제멋대로인 상상에 불과하지만, 그 청년의 친족이 에코나를 극진하게 대우해 줄 거라고는 도저히 생각되지 않는다.

『그럼 쿠로가 평생 돌봐줄 거야? 세간에 들키지 않도록? 이 앞으로도 곤란에 처한 노예를 볼 때마다 그럴 거야? 가령 그렇다고 치고, 그건 정말로 노예들이나 쿠로의 행복으로 이어질까?』

　그녀가 하고 있는 말은 정론이다. 코우스케의 어떻게든 해 주고 싶다는 마음은 거짓은 아닐지라도, 위선에 불과하다. 이 세계에 막 온 참인 코우스케에게 사람의 목숨은 너무 무겁다. 안이하게 짊어질 수 없을 정도로.

　"저, 저기!"

　외친 것은 에코나였다.

　코우스케와 시로는 깜짝 놀란 듯 얼굴을 마주 보고, 그 후에 시선을 에코나 쪽으로 옮겼다.

　목소리는 순간적으로 나와 버린 것인 모양이라, 다음 말을 할 때까지 시간이 조금 걸렸다.

　"저, 저, 청소, 할 수 있어요."

　"…………."

　"마구간 청소, 가축 돌보기, 요, 요리도 조금이라면, 계, 계산도 잘한다고 할 수 있을 정도는 아니지만…… 그, 그리고! 일단은, 여자니까, 그, ……초경도, 아직 오지 않았고요."

　"……어이."

　"그, 그리고, 아픈 것도, 명령이라면, 참을 수 있어요. 마법도! 『수』, 『화』, 『풍』, 『광』, 『뇌』 잔뜩, 쓸 수 있어요! 그, 그 밖에도, 하라고 말씀하시는 건, 뭐든, 뭐든 할게요!"

매달리다시피. 그런 식으로밖에 살아갈 수 없다는 것만 같이.

에코나는 알랑거렸다. 하고 싶어서가 아니다. 그것 말고는 방법을 모를 뿐이다.

"그, 그러니까, 저를, 주인님의 노예로 삼아 주세요."

그렇게 말하고는 무릎을 꿇고 엎드렸다. 코우스케도 딱히 자기가 어른이라고는 생각하지 않지만, 그래도 이런 작은 어린아이가 익숙해지기에는 너무나도 어울리지 않는 것 아닌가.

『……시로.』

『……왜?』

『그 마물을 쓰러뜨린 몫이랑, 이 반지만큼의 보상금으로 노예를 살 수 있을까?』

『평범하게 노예상에게서 사는 거라면 열 명 단위로 살 수 있지…….』그녀는 어이가 없다는 듯 코우스케를 바라보며『다만 새로운 소유자와 직접 거래할 경우에는 적정 가격으로 넘겨줄지 모르는 거니까……』그렇게 대답했다.

『뭐, 어떻게든 하겠어.』

『……저기 말이야, 쿠로. 마음은 이해하지만, 이런 건 끝이 없어.』

『그래. 하지만 저버리는 건 한계가 오고 난 다음이라도 괜찮을 거다.』

그렇지만 코우스케는 목숨을 짊어질 수는 없다. 할 수 있는 건 기껏해야 도움의 손길을 내미는 것.

"노예로는 삼지 않아."

단호하게 말했다. 고개를 든 에코나는 무척 상처받은 듯한 표정을 짓고 있었다.

코우스케는 그녀의 곁에 무릎을 꿇고 시선을 같은 위치에 맞췄다.

"노예로는 삼지 않아. 대신, 동료가 되어 줬으면 해."

"…………네?"

에코나뿐만 아니라 시로도 당황한 듯한 목소리를 냈다.

"내방자라고 알고 있어?"

"……아, 저기, 네, 네. 알고 있어요. 제가 있던 나라에서는 표류자라고 불리고 있었어요."

"나는 오늘 이 세계에 왔어. 이 녀석은 시로라고 하는데, 시로의 안내로 이곳에 와서 싸워본 거지만, 그것 말고는 현재로서는 아무것도 못 해. 머물 곳도 정해져 있지 않고, 무일푼이야. 이 세계에 관한 지식도 부족해. 불편을 끼치는 일도 많겠지."

거기서 말을 한 번 끊고, 무릎을 꿇은 채 그녀의 어깨에 손을 올려놓았다.

"그래도 최소한 인간다운 생활을 보낼 수 있도록, 도와줄 수는 있다고 생각해."

"예를 들면?" 시로가 끼어들었다. 그것 또한 그녀 나름대로 보조해 주는 것이리라.

"예를 들면, 일자리. 네가 일하는 곳, 뭐였더라."

"생명의 우정(雫亭). 그러고 보니 말하지 않았을지도."

"그러냐. 거기서 에코나를 고용해 줄 수는 없겠어? 그도 그럴게 청소도 요리도 계산도 할 수 있다고. 음식도 나를 수 있을 거다. 거기다 미소녀이기까지."

시로는 잠시 코우스케와 에코나를 번갈아 보더니, 이윽고 쓴웃음을 지으며 끄덕였다.

"괜찮을 거라고 생각해. 우리는 꽤 번창하고 있고, 일손이 추가된다고 난처할 건 없을 테니까 말이야."

"고용, 이요?"

"술집이지만 위험하지는 않을 거라 생각해. 이 순진 거유가 순진한 채로 있을 수 있는 환경이니까."

얼굴이 새빨개진 시로가 코우스케의 등을 걷어찼다. "순진하지는 않아!"라며 의미 없는 주장을 하고 있다.

"······뭐, 나는 순진하지는 않고, 여러 가지로 무척 익숙하지만, 우리 가게의 손님은 대부분이 좋은 사람들이야. 얼굴이 무섭다든가, 취하면 귀찮아지는 사람은 잔뜩 있지만, 기본적으로는 무해해."

에코나는 상황을 천천히 받아들이는 것처럼 몇 번인가 눈을 깜박였다. 그러고 나서 난처한 듯이 말했다.

"······저, 노예예요."

"그래."

"달트라의 적국인 기보르네 사람으로, 부모님은…… 눈앞에서 살해당했어요."

"…………그래."

그 얼음 같은 눈동자에서 녹아내린 것처럼, 물방울이 생겨나서는 뺨을 타고 흘러내렸다.

"이제, 어떻게 하면, 좋을지, 알 수 없어서."

손수건 같은 센스 있는 물건은 가지고 있지 않았기에, 그녀의 눈을 더럽히지 않도록 조심하면서 손가락으로 눈물을 닦았다.

"이제부터 같이 생각해 나가자."

어깨를 들썩이며 흐느끼는 에코나는 살며시 웃어 주는 코우스케에게 말했다.

"어째서, 그렇게까지, 해 주시는 건가요?"

한 명을 구했다고 해서 변하는 건 아무것도 없다. 끝이 없다는 것도 정론이리라.

모든 것을 구할 수도 없으면서 어쩌다 눈앞의 무언가를 하나 구했다 한들, 자기만족에 불과하다.

그래도 사실은 사소하다 할지라도 한 사람 몫만큼 바꿀 수 있는 것이다.

감당되지 않는다면 어쩔 수 없다. 하지만 어떻게든 할 수 있을지도 모른다면.

있는 힘껏 애써 보는 건, 분명 무의미하지 않다.

"나는 선인은 아니지만. 한번 구하고 싶다고 생각하면, 더는 무시할 수 없어. 그것뿐이야."

코우스케로서는 본심을 드러낸 것뿐이었지만, 에코나는 마치 신이라도 만난 듯한 표정을 지었다.

"그래서, 어떻게 할래? 비위를 맞추지 않아도 돼. 너 자신의 판단을 들려줘."

그리고 그녀는 눈물을 그치지 않고, 꽃망울이 피는 것처럼, 미소 지었다.

"잘 부탁드립니다."

그건 무릎을 꿇고 비는 게 아니라. 남들이 그러듯이, 그저 고개를 숙인 것이었다.

"그래. 나야말로 잘 부탁해."

코우스케는 그녀의 머리를 쓰다듬었다.

그때. 한순간 여동생의 어릴 적 모습이 뇌리에 어른거렸다. 희미하게 가슴을 찌르는 고통이 코우스케를 비웃었다.

『그 녀석을 구해도 네가 여동생을 구하지 못했던 과거는 변하지 않는데, 거참 수고가 많구만』하고.

……그런 건, 알고 있어. 대신할 생각 따위는 티끌만큼도 없어.

코우스케는 순간적으로 그렇게 받아쳤지만, 머릿속에 울리는 큰 웃음소리는 한동안 사라져 주지 않았다.

◇

　당연히 그날의 공략은 종료하기로 결정되었다. 곧바로 귀환하는 게 옳을지도 모르겠지만, 코우스케는 크레센메메오스에게 살해당한 사람 중 유해가 일부라도 남아 있는 자의 것은 회수하기로 했다.

　『흑』이 『집어삼킨』 것은 곧바로 분해되는 게 아니라 어딘가에 격납되는 모양이다.

　그중 마물의 육체에 관해서는 무조건 분해·해석되고, 효율이나 아니면 다른 조건이 있는 건지, 보유하고 있던 마법이나 스킬을 코우스케의 것으로 만들 수가 있다. 마력에 관해서는 흡수율 백 퍼센트인 모양이다.

　다만 『흑』 자체의 마력 소비량이 격심하므로 상대에 따라서는 마력을 헛되이 쓰는 것이 되고 만다.

　그 밖의 것은 기본적으로 격납 상태로 이행되는 것 같다.

　생물은 『집어삼키는』 것이 불가능하고, 신체 일부를 잘라내든지 죽이고 나서가 아니면 흡수할 수 없다.

　반대로 마물 이외의 생물이라면 시체도 격납할 수 있다고 한다.

　지상으로 돌아가는 도중 예의 불에 탄 시체뿐만 아니라 모르는 사망자 두 명의 위치를 에코나가 알려 주어 가능한 한 회수했지만, 대부분은 혈흔이 남아 있을 뿐 살점 하나 남아 있지 않았다.

　그들이나 그녀들은 노예라고 했지만, 군에 인도하면 적절하게 매장해 줄 것이다.

시로의 『위요』 속성 부여 마법 【나, 그 옷을 걸칠지니】를 모두
에게 겚으로써 마물과의 조우율은 격감했다. 공략 중에 상당수
를 쓰러뜨렸기에 그것도 관련 있을지도 모른다.

한 시간 정도 지났을까. 별다른 위험한 상황 없이 지상으로 돌
아올 수 있었다.

태양의 위치는 꽤 바뀌어 있었고, 해가 기욺에 따라 그 빛도 주
황색으로 변해 있었다.

코우스케와 시로는 문제없었지만 에코나는 피로와 긴장 때문
인지 쇠약해져 있었기 때문에 중간부터는 코우스케가 업고 있었
다. 가냘프다기보다 영양 부족으로 인해 앙상한 몸에 코우스케는
슬퍼졌다.

옷도 갈아입혀야 하고, 식사나 목욕도 필요할 것이다. 지쳐 있
을 테니 그다지 무리는 시킬 수 없지만…….

그런 생각을 하고 있었는데, 공략자를 체크하는 유일한 통용구
에서 소란을 피우는 자가 있었다.

기본적으로 그곳 말고 다른 데를 통해 미궁 출입구로 향하는 것
은 불가능하다. 철책이 있거나, 나무와 나무 사이에 철선을 감는
등 침입 대책이 이루어져 있다.

내부도 군인의 감시나 순찰이 철저한데, 이것에는 두 가지 의
미가 있다.

하나는 신민이 함부로 미궁에 들어가지 않도록.

다른 하나는 만에 하나 마물이 바깥으로 나와도 곧바로 대처할 수 있도록.

마물과의 조우는 죽음의 위험이 따르므로, 조심해서 지나칠 건 없으리라.

국토 내에 미궁이 얼마나 있는지는 모르지만, 그 전부를 연중 경계해야만 한다면 공략자도 군인도 힘든 직업이라고 생각됐다.

아무래도 중년 귀족이 군인에게 뭔가 꽥꽥 소리 지르고 있는 것 같다.

마치 임부처럼 튀어나온 배는 돈깨나 들었을 법한 의복에 싸여 있다. 살이 잔뜩 찐 뺨과 턱은 목소리를 낼 때마다 출렁출렁 흔들렸다. 다한증이 있는지, 말하고는 손수건으로 얼굴을 닦고 있다.

"그러니까 몇 번을 말하나! 어서 아들을 구출하러 가지 않고! 네놈들은 뭘 위해 있는 거냐!"

코우스케는 시로를 봤다. 시로도 코우스케를 보고 있었다. 두 사람은 서로 끄덕여서 피차 이해하고 있는 것을 확인했다.

아마도 크레센메메오스에게 먹힌 청년 귀족의 부친이리라.

발언이나 복장으로 추측한 것이지만, 틀림없을 터다.

그런 귀족을 진정시키는 것처럼, 경비대 대장으로 보이는 장년 군인이 열심히 말을 건네고 있었다.

하지만 귀족은 '아들을 구하러 가라'라는 말만 계속 되풀이했다. 뭐, 자식을 가진 부모로서는 당연한 감정인가.

"에에이, 말이 통하질 않는구나! 거길 비켜라, 내가 직접 가겠다!"

중년 귀족이 그렇게 말하자, 코우스케는 어안이 벙벙했다.

그 청년의 부친이니까 필시 성격이 나쁜 인간일 거라고 제멋대로인 선입견으로 단정 지었던 자신이 부끄러웠다. 자신의 소중한 사람을 스스로 구하고자 하는 사람일 거라고는 생각하지 않았던 것이다.

"그레이블리 폴 피날그지렌카리…… 공이십니까."

귀족과의 대화 방식 같은 건 모르지만, 말을 걸었다. 원래부터 에코나의 소유권에 관해 상담해야만 하는 상대다. 늦냐 빠르냐의 차이에 불과하니, 눈앞에 있다면 여기서 끝내 버리면 된다.

"자제분에 관해 드릴 말씀이."

코우스케와 시로, 그리고 뒤에 업은 에코나를 보고 귀족은 허둥거리며 다가왔다.

옷은 찢어지고 전체가 피투성이인 코우스케의 모습에 당황한 기색은 있지만, 상처다운 상처는 없는 것으로 보아 치유가 끝난 것으로 판단했는지 그 점에 관해서는 언급하지 않았다.

"귀, 귀공은 공략자로군?! 등에 있는 건 기보르네 노예겠고. 아들이 샀던 것이 틀림없네. 뭔가, 뭔가 알고 있다면 가르쳐 줄 수 없겠나?!"

거기서부터는 시로가 설명했다.

어린아이의 유해, 청년 귀족의 죽음, 크레센메메오스 토벌 영상을 글래스를 통해 귀족과 경비대장에게 보냈다.

"그럴 수가……."

중년 귀족은 그 자리에 주저앉아 흐느껴 울었다. 코우스케는 마음이 불편해지는 걸 느꼈다. 자기가 잘못된 행동을 했다고는 생각하지 않지만, 보기에 따라서는 코우스케가 개입했기 때문에 청년 귀족이 먹혔다고도 받아들일 수 있다.

청년 귀족의 성격이나 소행은 자식을 잃은 부친과는 상관없는 것이리라.

과연 어떤 원망의 말을 들을 것인가 싶었는데 귀족이 일어섰다.

그리고 조금 전까지 땀을 닦고 있던 손수건으로 눈물을 닦으며 말하기 시작했다.

중년 귀족은 노예의 소유권이 갑자기 자신에게 주어진 데 놀랐다.

노예상에게 확인하러 가니 오늘 아침 아들이 노예를 사러 왔다고 했다. 『수』속성 적성을 가진 노예만 샀다는 것으로 보아 제스트를 공략하러 간 것이라고 판단. 그리고 실제로 아들은 미궁을 공략하러 향했다.

갑작스러운 소유권 이양에 아들이 죽었을 가능성은 깨닫고 있었지만, 믿을 수 없었다.

"저기……."

코우스케가 어떻게 말을 걸어야 할지 몰라 머뭇거리자, 귀족은 괜찮다는 것처럼 고개를 가로저었다.

"아들에게 마법구 보유 마물을 쓰러뜨릴 힘이 없었던 건 아비인 내가 누구보다도 잘 알고 있네. 오히려 귀공에게는 감사의 마음을 금치 못하겠군. 아들의 원수를 갚아 준 것이니 말일세⋯⋯."

귀족은 아니군, 하고 말하며 면목 없다는 듯이 땀을 닦았다.

"이런 경우 필요한 건 사죄일까. 귀공은 아들의 행동에 매우 마음 아파한 것 같네."

그러고 나서 귀족은 코우스케가 회수한 노예의 유해나 그 일부를 매장하는 걸 맡겨 줬으면 좋겠다고 했다.

그 청년 귀족의 아버지라고는 도저히 생각되지 않는 진지한 태도와 대응이었으나, 코우스케는 그제야 깨달았다.

코우스케 역시 살인자이지만, 그렇다고 해서 양친의 선량함에 흠이 가는 건 아니다.

이 부자도 마찬가지이리라.

결코 용서할 수 있는 건 아니지만, 코우스케는 남겨진 부친을 책망하는 건 경우가 아니라고 생각했다.

그러한 책임이나 죄에 대한 추궁은 한번 시작하면 대상을 한없이 넓혀 버릴 위험이 있다.

여동생 사건에서도 가해자의 친인척에게까지 증오를 향하지 않았다고 하면 거짓말이 되겠지만, 위해는 가하지 않았다.

경비 대장의 지시로 시체를 담은 자루가 운반되었다. 『흑』에서 유해를 꺼내기 전에 코우스케는 귀족에게 말했다.

"그리고, 에코나⋯⋯ 등에 업고 있는 아이에 관해서, 말입니다만."

"그쪽도 내가 어떻게든 하지. 그렇게 말은 해도 노예상에게 돌려주는 게 되겠지만……."

"양도하여 주실 수는 없겠습니까."

코우스케의 말이 어지간히 예상 밖이었는지, 귀족은 확인하는 것처럼 "응?" 하고 고개를 갸웃했다.

에코나가 자고 있어서 다행이라고 생각했다. 이런 상황에는 마침 그 자리에 있어도 기분이 좋을 리가 없을 것이다.

"물론 시세대로의 값은 치르겠습니다. 더 달라고 말씀하신다면야."

"아니, 그런 건 아닐세. 다만……."

이유가 신경 쓰인다는 뜻이리라. 코우스케는 조금 생각한 뒤 이렇게 짧게 대답했다.

"제가 구했으니까요."

그러자 귀족도 경비대장도 눈이 휘둥그레졌다. 그러고 나서 수십 초는 지났을까.

귀족은 "그런, 가……"라고 말하며 고개를 끄덕였다.

《그레이블리 폴 피날그지렌카리가 접근을 신청했습니다. 허가하시겠습니까?…………YES/NO》

코우스케는 조금 놀라면서도 YES를 선택했다.

불과 몇 분 만에 에코나의 소유권은 코우스케에게 양도되었다.

이렇게 간단해도 되는 건가 하고 무서워질 정도.

헤어질 때, 귀족은 다시 코우스케에게 감사와 사죄의 말을 전했지만, 잘 대답할 수가 없었다.

경비대장이 통용구 바깥까지 코우스케 일행을 배웅해 주겠다며 따라왔다.

이름은 레이스포름이라고 하며, 레이스라고 불러 달라고 하기에 그렇게 했다.

글래스의 영상을 본 이후로 그의 시선에 경외의 마음 같은 게 배어 나오게 되었다고 느끼는 건 착각일까.

"당신은 분명 여덟 명째 영웅의 그릇입니다. 기대하고 있겠습니다."

아버지뻘 되는 나이의 사람이 존댓말을 쓰는 건 묘한 위화감이 있었다.

통상적으로 판단국이라 불리는 시설에 마물 토벌 영상을 제출함으로써 보상금을 얻을 수 있다.

미궁 공략 후에는 대부분의 공략자가 판단국으로 향하는 모양이다.

하지만 이번에는 에코나도 있기에 내일로 연기했다. 코우스케도 이의는 없다.

술집으로 돌아가자 가게 안이 소란스러워 에코나가 움찔거리며 잠에서 깼다.

하지만 곧바로 코우스케의 등이라는 걸 떠올리고 안심한 모양이다.

시로가 술집 마스터와 무언가 이야기를 하고, 그게 끝나자 코우스케더러 가게 뒤로 돌아오라고 말했다.

테이블 자리 안쪽에 있는 문을 열면 가게 뒤편으로 나온다. 그곳은 넓지도 좁지도 않은 뜰로, 세탁물을 너는 것인지 막대기와 막대기 끝을 끈으로 연결해 놓은 무언가가 몇 개나 세워져 있기도 하고, 작은 직사각형 건물이 세워져 있기도 했다.

"저건 목욕탕. 이건 수건. 난 에코나의 옷을 준비해 올 테니까 깨끗하게 씻겨 줘."

"어, 내 옷은?"

시로는 "후후" 하고 미소만 짓고는 이내 사라져 버렸다. 뭐, 그녀니까 준비해 줄 것이다.

이번의 코우스케만큼은 아니겠지만, 공략자와 더러움의 연은 떼려야 뗄 수 없다는 건 이해가 된다. 따라서 그러한 사람이 모이는 술집 뒤쪽에 간이 샤워실이 준비되어 있어도 이상하지는 않았다.

들어가고 나서, 코우스케는 조금 놀랐다. 코우스케가 아는 샤워실처럼 칸막이 판자가 있고, 작은 건물 맨 안쪽에는 욕조가 하나 설치되어 있기는 하지만, 정작 중요한 뜨거운 물을 뿜어내는 호스도 수도꼭지도 없었다.

"저기, 주인님."

"응? 아, 그래. 쿠로면 돼. 노예를 갖고 싶어서 구한 게 아니야."

"그, 그런, 송구스러워요."

"아니……. 뭐, 지금은 됐나. 그것보다 무슨 말을 하려고 했어?"

"아, 네. 저기, 마법을 사용하는 걸 전제로 하는 게 아닐까, 하고요."

코우스케의 의문을 알아차리고 거기에 답을 내준 모양이다.

"아아, 그렇구나."

평범한 욕실이 아니라 내방자가 많이 모이는 술집이니까 그런 것도 있는 건가.

"에코나는 머리가 잘 돌아가는구나."

별 뜻 없이 말한 거였는데, 등에서 전해지는 체온이 조금 높아진 것처럼 느껴졌다.

욕조까지 가서 청결한 걸 확인하면서도 『수』 마법으로 가볍게 씻어냈다.

"으음~. 스스로 할 수 있겠어? 알몸 같은 건 그다지 보이고 싶지 않을 테고."

"하, 할 수 있어요. 혼자서!"

코우스케는 뜨거운 물을 받아 주고, 그리고 자기도 더러워져 있기에 샤워를 하기로 했다.

원래 있던 세계에서 입고 왔던 바지도 너덜너덜하게 찢어져 있었기에 이참에 버리기로 했다.

준비된 비누는 장소가 장소이니만큼 핏자국이나 냄새를 매우 깔끔하게 씻어내 주었다.

대충 씻을 뿐이었던지라 5분도 채 걸리지 않았을까.

에코나가 있는 쪽에서도 "끄, 끝났어요"라는 목소리가 들려왔기에 코우스케는 허리에 수건을 감고 다가갔다.

가 봤더니, 흠뻑 젖은 그녀에게선 때가 거의 지워지지 않은 상태였다.

아무래도 사양하여 비누를 적게 쓴 모양이다. 거기에 이르러 시로의 '깨끗하게 씻겨 줘'라는 말의 의미를 깨달았다. 노예였던 그녀에게 코우스케가 가르쳐 줘야만 하는 것이다. 쓸데없는 사양이나 마음 씀씀이가 존재한다는 것을.

"……불합격."

코우스케는 욕조의 마개를 빼고 뜨거운 물을 계속해서 만들어 냈다.

적신 수건으로 비누 거품을 내어 그녀의 때가 씻기도록 조금 강하게 닦았다.

"으응."

에코나가 애달픈 목소리를 냈다.

"조금 아파도 참아 줘."

"네, 네. 아, 아뇨, 그런, 주인님께서 씻겨 주시다니……! 반대라면 또 모를까!"

그렇게 사양하는 에코나였으나, 코우스케가 "눈 따가워진다.

감고 있어"라든가 "씻어낸다"라며 솜씨 좋게 씻겨 나가는 사이에 "웃"이라거나 "하앙" 하는 소리를 내면서 코우스케의 손에 몸을 맡기고 있었다.

세 번 씻어냈을 즈음에는 그녀의 머리카락이 푸른 얼음 같은 반짝임을 발하게 되었다.

상처다운 상처도 사전에 시로가 치유한 덕인지, 보기 안쓰러운 노예에서 건강하지 못하게 여윈 여자아이 정도로는 되었다고 코우스케는 생각했다. 그리고 그것도 앞으로의 생활로 개선될 것이다.

에코나는 머리를 도리도리 흔들면서 머리카락을 적신 물방울을 털어냈는데, 그게 코우스케한테 튄 걸 보고 낯빛이 창백해졌다.

"죄, 죄죄죄, 죄송합─"

"아니, 괜찮아. 어디 보자, 조금만 기다려 봐…… 이렇게, 일까."

드라이어 대신에 마법으로 따뜻한 바람을 불었다.

"오, 됐다. 머리 말려 줄게. 이리 와."

"그, 그런! 괜찮, 아요. 저기, 이런 건, 내버려 두면."

"괜찮으니까."

코우스케는 쓴웃음을 지으면서 문제의 뿌리가 깊다는 것도 깨달았다. 몸의 상처를 치유했다고 해서 마음까지도 치유된 거라고는 할 수 없다. 앞으로 자신과의 생활을 통해 어떻게든 되면 좋겠는데…….

제 3 장

청명한 복으로 어두운 하늘과
새까만 대지를 정화하다

내방자에게 이루어지는 스테이터스 보정에는
여전히 불투명한 부분이 많다.
하지만 근래에 경향을 통해 어떤 가설이 세워져 있다.
전생했을 때 손에 넣는 힘은 과거의 생에서 유래한 결핍과 욕구에 의한다. 고.
예를 들어 자신의 지력이나 신체 능력에 열등감을 품고 있었던 자라면.
그것들에 대한 보정이 강하게 나타나는 경향이 있다.
부족했던 것. 강하게 바라고 있던 것을
전생을 통해 획득하는 경우가 많다는 것이다.
그러면 모든 수치가 뛰어나고.
『집어삼키는』 힘을 얻은 소년의 결핍과 욕구란 무엇인가.
과거의 생에 있어 자신의 무력함을 저주하고.
다른 이에게 기대지 않고. 그러면서도 이용하는 것은 망설이지 않는다.
그렇게 목적 달성을 추구한 자이기에.
『무력에서의 해방』과 『집어삼키는』 힘을 얻을 수 있었다.
가령 가설이 진실이라고 치고.
신이 불행한 인간을 건져 올려서는 아클레어에 전생시키고 있는 것이라고 한다면.
부족한 것이 메워지고. 갈구하던 것을 손에 넣은 인간들에게.
대체 무엇을 바라는 것일까.

아침에 눈을 뜨고 가정 먼저 알아차린 건 따뜻하고 달콤한 냄새가 감돌고 있다는 것이었다. 가까이서 새근새근, 하는 누군가의 잠든 숨소리도 들려온다. 잠에서 깨어 멍한 머리로 어찌어찌 생각했다. 여긴 어디지?

낯선 천장. 아무래도 코우스케는 목조 침대에 누워 있는 모양이다. 움직였더니 바스락바스락하는 소리가 났다. 삼베나 다른 뭔가가 전체에 깔린 건가. 베개는 딱딱하고 이불은 얇다. 고급 여관이 아니라는 걸 알 수 있다.

"으응…… 인님."

매우 달콤한 목소리와 함께 벌꿀을 섞은 핫 밀크같은 향기가 한순간 강해졌다.

소리가 난 쪽으로 시선을 향하자 앳된 몸뚱어리가 바로 옆에 있었다. 얼음처럼 투명하게 반짝이는 머리카락과 눈동자. 눈 쪽은 꿈나라로 여행 중인 관계로 감겨 있다. 어제 알게 된 여자아이— 에코나였다.

"아~……, 으응?"

에코나를 목욕시킨 뒤, '내일 보상금으로 낼 테니까'라며 외상으로 식사한 건 기억한다.

에코나는 처음에는 '저 같은 게 주인님과 같은 식탁에 앉는 건……'이라든가 '노예를 사람과 대등하게 취급하는 건 다른 분에 대한 모욕이 되고 말아요……'라며 과거에 철저하게 주입되었을 구실을 들어 사양하고 있었으나, 코우스케는 그것들 하나하나를 정성스레 부정해 나갔다.

술집의 손님들은 시로가 말했듯이 마음씨 좋은 녀석들뿐이라 에코나의 처지를 듣고 눈물을 흘리는 사람이나, 먹을 것을 사 주려 하는 사람이 속출했다.

후자는 시로한테 "단번에 너무 많이 먹이면 오히려 몸에 안 좋으니까!"라며 꾸지람을 들어 수습되는 모양새를 보였지만, 에코나의 이야기에 코우스케가 크레센메메오스를 토벌한 내용이 나오자 다른 의미로 들끓는 광경이 재연되었다.

냠냠거리며 급히 밥을 먹고는 눈동자를 반짝이며 뺨을 누르는 에코나 옆에서 코우스케도 느긋하게 술잔을 기울이고 있었다. 하지만 차츰 페이스가 올라 이것 또한 외상으로 주위에 술을 사고…… 그 후로는 기억이 없다.

심하게 술주정을 부리지는 않았겠지만, 아마 스스로도 깨닫지 못하고 있을 뿐 들떠 있었던 것이리라.

훨씬 더 시간이 걸렸을 터였던 마법구 회수를 하루 만에 해낸 것이다.

첫 번째에 대박을 터뜨릴 수 있을 거라고는 생각하지 않지만, 이걸로 여동생일지도 모르는 첫 인물과 만날 수 있다.

아마도 그렇게 술에 취해 곤드라진 코우스케를 시로가 술집 2층의 숙박 구역에 대충 옮겨 둔 것이다.

스테이터스 보정은 간 기능에는 영향을 미치지 않는 것일까……. 그렇지는 않을 테니 아마도 향상된 기능조차도 먹통으로 만들어 버릴 정도로 마시고 만 것이리라.

벽에 끼워진 형태의 창문에서는 부드러운 햇살이 비치고 있었다.

에코나를 깨우지 않도록 몸을 일으키려 했지만, 그녀의 머리 아래에 자신의 팔이 있는 걸 알아차렸다.

살짝 빼려고 했으나 "으음" 하고 그녀가 눈꺼풀을 찡그렸고, 눈을 뜨고 말았다.

"미안. 깨워 버렸네."

그녀는 눈을 문지르며 멍한 모습으로 머리를 꾸벅꾸벅하면서도 주위로 시선을 옮겼다. 그리고 코우스케와 눈이 마주쳤다. 그 순간, 그녀는 "꺄앗" 하고 놀란 듯한 소리를 내고는 침대에서 굴러떨어졌다.

"에코나?!"

"죄, 죄죄죄죄, 죄송합, 그게, 저 따위가, 저기."

아무래도 코우스케의 옆에서 자고 있었던 건 그녀의 의사는 아닌 모양이다. 이것 역시 시로의 짓이리라.

에코나는 무릎을 꿇고 엎드리는 자세를 취하려다가 상대가 코우스케라는 걸 떠올린 것 같다.

무릎만 꿇고 선 채 얼굴이 새빨개져 있다.

"저기, 나는 신경 쓰지 않아. 에코나야말로 불쾌했다면 미안해."

"다, 당치도 않아요!"

"그러냐……. 엄청난 기세로 떨어졌는데, 상처는 없어?"

그녀는 "괜찮아요!"라고 기운 좋게 대답하고는 벌떡 일어서서 문제없다는 것을 어필했다.

그런 그녀는 하얀 원피스를 입고 있다. 시로가 옛날에 입었던 것이라고 했는데, 낡은 느낌도 없다.

"저, 저기……!"

에코나가 결심을 굳힌 듯이 말했기에 뭔가 싶어 긴장한 채 다음 말을 기다렸다.

"아, 아아. 뭔데?"

그러자 그녀는 용기를 쥐어짜 내는 것처럼 희미한 목소리로 말했다. "안녕, 하세요"라고.

당연한 아침의 인사도 그녀에게는 아직 긴장되는 일인 것이리라.

코우스케는 농담으로 얼버무리지 않고, "그래, 안녕" 하고 미소 지었다.

쿠로노 코우스케, 이세계 인생 2일차.

아래층으로 내려가자 이미 시로를 포함한 급사 여자들은 일을 시작하고 있었다. 마스터의 모습은 없다.

아침부터 술집에 있는 손님과 인사를 나눴다. 에코나도 "안녕하세요……!"라며 한 사람 한 사람에게 머리를 꾸벅 숙이고 있었다. 두 사람 다 하룻밤 사이에 아는 사람이 꽤 늘어났다.

술집의 뜰에서 얼굴을 씻고, 그 후 돌아와 아침이라도 먹고자 카운터에 앉았다. 그러자 뒤에서 시로가 어깨를 덥석 붙잡았다. 그 얼굴에는 만면 가득한 미소가 떠올라 있는데, 어째서인지 공포를 부채질했다.

"아아. 안녕, 시로. 오늘도…… 크네."

"날마다 사이즈가 변하면 그게 더 이상해! 아니, 그보다 아침 인사가 성희롱이야? 고소할 거다?"

"아니, 뭔가 네가 무서우니까 센스 있는 농담으로 분위기를 누그러뜨리려고……."

"흐응."

절묘한 각도로 고개를 까딱 기울이는 모습은 그녀의 뛰어난 용모를 더할 나위 없이 돋보이게 하는데……그럼에도 불구하고 코우스케는 공포가 커진 것처럼 느꼈다. 망설임. 두 손을 들어 항복의 뜻을 나타냈다.

"죄송합니다. 앞으로는 조심하겠습니다."

"좋아." 그녀는 그렇게 말하며 끄덕였지만, 태도에서 험악한 느낌이 사라지지 않았다.

글쎄, 취한 사이에 뭔가 저질러 버린 걸까. 가슴을 주물렀다든가. 자신의 이성을 믿고 싶지만, 여하간 기억이 없다. 하지만 그걸 이유로 뻔뻔한 태도로 나가서는 안 될 것이다.

코우스케는 성의껏 대응할 생각으로 그녀의 말을 기다렸다.

"지금부터 같이 판단국에 가서, 빌려줬던 돈이랑 어제 야단법석 피운 것의 대금이랑 숙박비를 확실하게 내주겠어?"

아무래도 사람 좋은 그녀라도 이건 좀 아니다 싶을 정도로 외상이 쌓여 있는 모양이다.

"물론. 제대로 낼게. 다만…… 아침 식사 후라도 괜찮을까?"

시로는 어이가 없다는 듯 코우스케를 바라봤지만, 그 옆에서 꼬르륵~, 하고 배에서 애달픈 소리를 내고 있는 에코나를 보고 한숨을 쉬었다. 에코나는 얼굴이 새빨개졌다.

"알았어. 괜찮아. 에코나, 뭐 먹고 싶어?"

"어, 나는?"

시로는 화려하게 무시하면서도 코우스케 몫의 아침도 제대로 준비해 주었다.

그건 그렇고 그녀의 기분이 좋지 않은 것 같다.

에코나한테 자기가 무슨 짓이라도 한 걸까 물어보자, 그녀는 무척 어렵게 이야기를 꺼냈다.

주위 손님한테 공략할 때의 일을 이야기하는 과정에서, 제 기스트에게 습격당한 시로를 구한 장면에 관해 이야기할 때 코우스케는 마치 재현이라도 하는 것처럼 근처를 지나가던 시로를 확 끌어안았다는 것이다.

시로 입장에서는 단골손님들뿐인 데서 코우스케한테 그런 짓을 당하는 건 무척이나 부끄러웠을 것이다.

요리를 날라 온 시로한테 "어제는 미안"이라고 하자 "후후"라는 냉소가 돌아왔다.

아무래도 상당히 대미지가 깊었던 모양이다.

아침 식사를 끝낸 코우스케와 에코나는 시로의 안내 하에 판단국으로 향했다.

판단국은 왕도에 세 곳 있는 모양으로, 술집에서 그리 멀지 않은 석조 건물이 그중 하나라고 한다.

마물 토벌 영상을 제출함으로써 보상금을 얻을 수 있는 장소다.

창구가 몇 개나 늘어서 있는 모습은 은행이나 동사무소를 연상케 했다. 당연히 실내장식은 전혀 다르지만.

같은 영상을 두 번 제출하는 등의 부정행위를 할 수 없도록 처리하기 때문에 절차에는 다소 시간이 걸렸다.

받은 돈은 시로가 15이루미 93우르스 4에일. 에코나가 40우르스 7에일.

그리고 코우스케가 40아르크 80이루미 63우르스 15에일.

1아르크가 100이루미고 1이루미가 100우르스이며, 1우르스가 100에일, 에일이 최소단위라는 모양이다.

고맙게도 가치가 높은 순서부터 '아이우에'로 이어지기에 기억하는 건 편했다.

금화, 은화, 동화, 석회인 깃도 알기 쉬운 데 박차를 가하고 있다. 우유 한 잔이 15에일이라는 것 같다.

코우스케만 보상금이 월등히 높은 건 크레센메메오스를 거의 단신으로 토벌했기 때문이다.

코우스케 입장에서는 시로의 도움이 있었기에 가능했던 신승(辛勝)이라고 생각하고 있기에 받은 몫을 절반 주겠다고 했지만, 시로는 콧방귀를 끼었다.

"공로를 주장할 수 있을 만한 건 하지 않았으니까, 그만둬."

영상을 확인한 담당자가 마법구는 어떻게 할 거냐고 물어봤다. 검은 테 안경을 쓴, 일을 잘 할 것 같은 20대 후반 정도의 여성이다. 영상으로『흑』속성 마법을 봤을 텐데 낯빛 하나 바뀌지 않는다니, 철저하다.

코우스케는 망설이지 않고 왕실에 봉납하는 것을 선택. 그 후 특전이나 보상 및 식전 개최 등에 관한 설명을 들었다.

마지막으로 다시 한번, 정말로 괜찮겠냐는 확인을 받았다.

그렇게 확인하는 것은 그만큼 마법구로써 얻을 수 있는 은혜가 크기 때문이다.

물건에 따라서는 아클레어 사람을 내방자조차 뛰어넘는 스테이터스로 만드는 것도 가능하다.

선천 스킬은 가지고 태어난 재능.

후천 스킬 I은 통상적인 절차로 노력함으로써 손에 넣은 것.

후천 스킬 II는 마술적 개발에 의해 손에 넣은 것.

후천 스킬 III은 마법구 장비에 의해 발현되는 것.

스테이터스 보정 효과를 지닌 마법구를 장비하면 후천 스킬Ⅲ이 늘어나게 된다.

『크레센메메오스의 반지』의 경우에는 코우스케가 『집어삼켜』입수한 네 가지 스킬이 추가된다.

누구라도 『마력 재생』 『대 자연 속성』 『대 충격』 『대 관통』을 얻을 수 있다는 뜻이다.

반지를 끼고 있는 것, 단지 그것만으로.

국가 아래에 수집된 오리지널 마법구는 연구·해석되어 나라의 번영을 위해 사용된다고 한다.

약간 열화되기는 해도 모조품 역시 제조된다고 하니, 신창 마법구·악신창 마법구 회수는 코우스케가 생각하는 것보다도 훨씬 나라에 영향을 끼치는 공적인 것 같았다.

그래도, 코우스케한테는 여동생으로 짐작되는 인물과 만날 수단에 불과하다.

재차 의사를 전달하고 그 후 판단국을 뒤로했다.

"다음은 옷이려나."

코우스케 것뿐만 아니라 에코나에게도 몇 벌 정도 필요할 것이다.

에코나는 송구스러워했지만, 시로는 이의를 제기하지 않았다. 코우스케는 원래 있던 세계에서도 패션 감각이 있다고는 할 수 없었고, 이 세계에 이르러서는 판단조차 할 수 없었기에 전부 시로에게 맡겼다.

계산을 마치자 에코나가 "돈은 반드시 갚을게요……!"라고 강하게 말하기에, "천천히 갚아도 돼"라며 웃었다. 여기서 갚지 않아도 된다고 하는 건 쉽지만, 그래서는 동냥을 주는 것과 다름없다.

코우스케는 그녀를 도와주겠다고 했고, 에코나도 그걸 받아들였다.

노예와 주인이 아니라 대등한 관계로 있고자 한다면, 여기서는 그녀의 의사를 헤아려야만 하리라.

"이 뒤에는 어쩔 거야?"

가게를 나오자 시로가 그렇게 물었다.

"조금 알아보고 싶은 게 있어."

"알아보고 싶은 거?"

"그래. 이 세계에 관한 것과 『흑』에 대해서."

『붉은 영웅』이 여동생이 아니라면 코우스케는 달트라에서 나와 다른 나라로 향해야만 한다.

시간이 있을 때 조사해 두고 싶었다.

그리고 『흑』에 관해서. 원래 어제는 마법구 보유 마물이 나오는 심층까지 내려갈 예정은 아니었고, 예정대로였다면 아무런 문제도 없었겠지만, 결과적으로 『흑』이 없었다면 죽었을 것이다.

그건 바꿔 말하면, 사전에 자세히 조사해 뒀다면 위기에 빠질 일도 없었다는 뜻이다.

이후를 위해서도 정보를 한번 제대로 확인해 두고 싶었다.

"음~, 그런 거라면……."

글래스가 무언가를 수신했다. 보낸 사람은 시로. 펼쳐 봤더니, 그것은 지도인 것 같았다.

현재 위치라 짐작되는 지점에 빨간 점이 있다. 이것이 코우스케이리라. 그리고 파란 점. 어떠한 건축물을 가리키고 있는 것 같다.

"일단 도서관에 갔다 오면 될 거야. 그 밖에 자세히 알 것 같은 지인이 있는데, 그쪽에는 예정을 물어봐 둘게."

에코나는 오늘부터 곧바로 여종업원 연수 기간이라기에 시로와 함께 술집으로 돌아갔다.

아쉬운 듯이 몇 번이고 돌아보고서는 코우스케를 확인하기에, 모습이 보이지 않게 될 때까지 손을 흔들어 줬다.

코우스케의 옷도 시로가 가지고 가준 덕에 허리에 매단 천 주머니 외에는 움직임을 저해하는 것은 없다. 동전뿐이라면 거금을 가지고 다닐 때 어려움이 생길 텐데, 달트라에 지폐는 존재하지 않는 듯하다.

글래스 덕에 지폐보다도 먼저 전자화폐라는 형태가 생겨난 것과 연관이 있는 것일까.

이 세계에서는 마소(魔素) 화폐라고 부르는 것 같다.

특정한 시설에서 금전을 마소 화폐로 변환하면 그것이 글래스에 기록된다.

그것으로 코우스케가 원래 있던 세계처럼 간편하게 결제하는 것이 가능하다.

글래스는 타인의 것을 훔쳐도 기능하지 않기에 현금을 가지고 있는 것보다 훨씬 안전하다고 할 수 있다.

다만 현상(現狀) 한도액이 정해져 있거나 마소 화폐로 결제할 수 없는 점포 등도 있다고 한다.

코우스케의 경우에는 마소 화폐로 만드는 것보다 맡아 준다면 은행이 좋을 것이다. 그것 또한 이 나라에서는 단순하게 은행이라고는 부르지 않는 모양이다. 간가레인 대차상회라는 곳이 담당하고 있다던가.

짤랑짤랑하는 게 조금 성가신 데다 주위의 시선도 나름 따갑지만, 코우스케는 우선 도서관으로 향했다.

◇

술집 주변을 포함해 코우스케가 알고 있는 길티어스는 대체로 소란과 연이 깊은 지역이라는 인상이었지만, 도서관이 세워져 있는 구역은 대척점에 위치하는 것처럼 조용한 주택가에 있었다.

몇 명의 아이들이 뛰놀고 있거나 우물 옆에서 주부들이 잡담을 나누고 있는 등, 소리가 전혀 나지 않는 건 아니다.

그래도 역시 공기 속에 부드럽게 녹아드는 듯한 일상의 소리는 소란스러움과는 거리가 멀게 느껴졌다.

주택과의 차별화를 도모하기 위해서인지 도서관은 원형 탑이었다. 하늘을 찌를 정도까지는 아니지만, 주위의 건조물보다도 두어 배는 높다. 코우스케는 그걸 한 번 올려다본 뒤, 시선을 되돌렸다.

안에 들어가자 실온이 바깥 공기보다 약간 낮은 걸 알 수 있었다. 습기가 배제된 것 같은 공기에 희미하게 섞여 있는 건 책 특유의 냄새였다. 당연할지도 모르지만, 이세계에서도 종이 향기는 다르지 않은 것 같다.

"호오……."

코우스케는 재미있는 도서관이네, 라고 생각했다. 벽이 책장으로 되어 있고 거기에 나선형 계단이 뻗어 있는 것이다.

계단을 오르지 않으면 책에 손이 닿지 않는다. 층간이 뚫린 구조로 되어 있어 1층에서 아득히 먼 천장을 올려다볼 수 있었다. 책이 매우 높은 곳까지 쭉 늘어선 모습은 책에 흥미가 없는 사람이라도 장관이라고 생각할 것이다.

1층 부분에만 나무로 된 긴 책상이나 의자가 몇 개 나란히 놓여 있는데, 계단을 포함해서 이용자는 없었다.

그런 정적에 둘러싸인 도서관에 아삭아삭, 하는 소리가 새겨졌다.

아삭아삭, 우물우물, 꿀꺽. 마치 과자 종류라도 입에 넣고 씹어삼키는 듯한…….

"거기 있는 표정이 시원찮은 소년."

그건 카운터로 짐작되는 장소에서 들려왔다. 코우스케가 있던 세계의 도서관으로 말하자면, 책을 대출하거나 반납하는 장소다.

사서……라고 하면 될까. 확실히 그곳에는 여성이 한 명 있었다.

입 주변이 쿠키 부스러기로 더러워진 여성은 손짓을 휙휙 했다.

오라, 는 것이리라. 대단히 유감이지만 표정이 시원찮은 소년
이라는 것도 실상에 부합했다.

여자는 카운터 너머 의자에 앉아 있다.

20대 초반에서 후반으로 접어드는 즈음의 나이라고 생각됐다.

갈색 머리카락을 뒤에서 한데 묶었다. 앞머리는 비대칭이라고
할까. 그녀 쪽에서 봤을 때 오른쪽에 있는 한 뭉치만이 길다. 반
대쪽, 즉 왼쪽 눈에는 외눈 안경을 착용하고 있었다. 가늘고 긴
눈은 모발과 같은 색깔. 눈매가 부드럽게 풀려 있기 때문인지 차
갑다는 인상은 느껴지지 않는다. 매끈한 피부는 하얗지만 건강하
지 못한 느낌은 아니다.

탁상에 올려놓은 팔꿈치에서 뻗은 팔 앞부분의 손가락을 요염
하게 턱에 대고 있는 모습은 고혹적이기까지 했다. 코우스케를
부른 목소리도 허스키하다고 하면 좋을까, 멋있게 걸걸한 느낌이
라 동성에게 인기가 많을 것 같은 여성이라는 인상을 품게 했다.

만약 쿠키 부스러기가 입 주위에 붙어 있지 않았다면, 말이
지만.

"여어, 표정이 시원찮은 소년. 본 도서관에 와 줘서 고마워. 나
는 페퍼. 페퍼 마크. 친근함을 담아 마 군이라고 불러 줘도 괜찮
아."

"저기, 페퍼 씨." "마 군." "페퍼 씨, 입 말입니다만." "마 군."

불러 줘도 괜찮다는 것 치고는 거의 강제에 가깝게 추천하는 사
서였다.

"……그럼, 마 군."

"훗, 설마 정말로 부를 줄이야……."

—이, 이 자식……!

"아니, 미안. 조금 전에 시로한테서 글래스로 연락이 와서 말이
야. 네가 오는 건 알고 있었어. 그녀가 보낼 정도니까 하늘처럼
마음이 넓고 바닷속처럼 품이 깊은 인물일 거라고 판단하고 농담
을 해봤을 따름이야."

"그러면 이름도 알고 있었을 거 아닌가요. 뭡니까, 표정이 시원
찮은 소년이라니."

"응, 아아. 시로에게서 온 메시지에는『표정이 시원찮은 소년이
그쪽에 갈 거야』라고만 쓰여 있어서 말이지. 아아, 이 소년은 시
로를 화나게 한 건가, 하고 웃고 있었어."

공주님 안기를 한 것으로 아직도 꽁해 있는 모양이다.

"화가 나 있으면서도 협력은 아끼지 않는 부분이 시로의 귀여
운 점이지?"

페퍼는 고개를 까딱거리면서 놀리는 것처럼 이쪽을 올려다봤다.

"그럴지도 모르겠군요."

아침 식사도 내어 줬고, 판단국까지 안내해 줄 뿐만 아니라 옷
을 고르는 데도 어울려 주었다. 거기다 도서관 사서에게 미리 이
야기까지 해 줬는데, 그런데도 화가 나 있는 기리고 하니 사람이

지나치게 좋다.

"그래서, 네 이름을 알려 줄 수 있을까."

"쿠로입니다."

"이름까지 시원찮네."

"무척 귀여운 안내인이 지어 줬습니다."

"시로의 센스였나. 그러면 태도를 바꾸지. 좋은 이름이야, 쿠로."

코우스케는 쓴웃음을 지으면서, 생각났다는 듯이 그걸 지적했다.

"저기, 페퍼 씨."

"이제 마 군이라고는 불러 주지 않는 건가? 쓸쓸하네."

"입가에 쿠키 부스러기가 붙어 있습니다."

여유로운 미소가 굳고, 사서는 얼굴을 붉혔다.

"그런 건 먼저 말해 줘야 하지 않을까, 쿠로."

"말하려고 했습니다. 페퍼 씨가 듣지 않았던 것뿐이지 않습니까."

그녀는 아직 붉은 기가 가시지 않은 얼굴을 이거야 원, 하고 한탄하듯이 도리질했다.

"처음 보는 여성에게 갑자기 창피한 꼴을 겪게 하다니, 쿠로도 꽤 나쁜 남자네."

그녀는 그렇게 말했지만, 그 이후로 그 화제를 질질 끌지는 않았다.

"그럼 자기소개도 끝났고. 오늘은 알아볼 게 있다고 했었나?"

"네, 뭐. 그건 그렇고 이용자가 없군요. 언제나 이런 느낌입니까?"

"이곳은 도서관이라기보다 실질적으로 자료관이니까. 서민이 기뻐하는 읽을거리는 거의 들어와 있지 않아. 게다가 최근에는 마소 서적이 유행하기도 해서 일부러 종이책을 빌리러 오는 사람은 줄었지."

아무래도 서적 쪽도 전자, 아니 마소화 기술이 확립되어 있는 모양이다.

"저기, 조금 신경 쓰였습니다만."

"뭐든 물어보도록 해. 연인이라면 없어."

"마소화된 건 어디에 보존됩니까? 원래 있던 세계에도 비슷한 기술은 있었는데, 이 세계에서는 무엇이 기억장치에 해당하는 걸까 싶어서요."

페퍼는 "뇌야"라고 간결하게 대답했다. 코우스케가 그녀의 조크를 무시했기 때문인지 삐친 듯한 울림을 느꼈다.

"뇌라니," 코우스케가 자신의 머리를 가리키며 "이 뇌 말입니까?"라고 묻자 그녀는 작게 끄덕였다.

"글래스는 눈에 착용하잖아. 그렇긴 해도 물론 안구에 직접 붙어 있는 건 아니지만, 어쨌든 그에 의해 눈의 마경절(魔經節)을 지나 뇌에 접근할 수 있어."

마력을 가지지 않은 생물은 없다. 인간의 경우 살아가는 데 필요한 최소한의 마력은 호흡을 통해 얻을 수 있지만, 생물 중에서도 특히 인간과 마물은 마력기관이라는 것이 발달해 있다.

그것은 1200년 전에 일어났다고 전해지는 인마대전이 계기라는 설이 있다.

코우스케가 원래 있던 세계에서 말하는 정향진화설이다. 종의 존속에 마력을 공격 수단으로 변화시키는 능력이 필수였기 때문에 그렇게 진화했다는 설.

마력기관은 모든 장기 중에서 유일하게 임의로 조종할 수 있는 부분이다.

마력기관이 뛰어나면 뛰어날수록 단시간에 많은 마력을 연성할 수 있다.

그리고 생물에는 마력을 전달시키는, 소위 마력용 혈관이라는 게 있고 그걸 마경절이라 부른다.

그러고 보니, 하고 코우스케는 제스트에 있었던 외눈 털뭉치 마물인 모르모르를 떠올렸다.

녀석은 '3초 주시한 것을 발화시키는' 마법을 사용했는데, 그것도 '눈'과 '마력기관'이 연결되어 있는 증거가 아닐까. 접속되어 있으니까 시각을 마법에 짜 넣을 수 있다는 것이다.

연결되어 있다는 사실을 최신 기술로 이용하고 있는 것이 글래스 등의 마법구다.

"인간의 기억 용량이라는 건 뭐, 우수한 것이라서 말이야. 집어넣는 방식과 꺼내는 방식이 다를 뿐, 천재도 범재도 용량 자체는 다르지 않다고 하지. 물론 완전히 다 쓰는 건 어지간한 경우가 아닌 한 불가능하니까 방대한 잉여 분량이 생겨나. 그곳을 이용하고 있는 거야."

"그렇군요……."

"그렇긴 해도"라고 말한 뒤 그녀는 코우스케에게 왼손을 보여줬다. 그 새끼손가락에는 작은 보석이 박힌 반지가 끼워져 있다. "뇌에 무언가를 기록하는 게 불안하다는 사람도 있으니까, 이런 외부 기억 장치도 팔리고 있어. 나름 비싸지만 말이야"라며 살며시 웃었다.

보석 부분은 마법구로 되어 있고, 글래스와 링크됨으로써 외부 기억 장치로서 기능한다고 한다.

코우스케는 "아아"하며 손뼉을 짝 쳤다. "혹시 조금 전까지 마소 서적을 읽고 있었던 겁니까?"

"네가 올 때까지라는 말이야? 그렇다면 네 말이 맞아. 그런데 어째서?"

"그도 그럴 게, 책과 관련된 일에 종사하는 사람이 부스러기가 부스스 떨어지는 쿠키를, 그것도 도서관에서 먹다니 이상하다고 생각했거든요. 마소 서적이라면 페이지 사이에 부스러기가 끼지는 않겠죠."

코우스케의 말에 그녀는 씨익, 하고 이딘가 기쁜 듯이 웃었다.

"과연. 명추리군. 정답이야, 쿠로. 덧붙여서 읽고 있던 건 남자와 남자의 뜨거운 우정 이야기다."

감이지만, 단순한 우정을 그린 이야기는 아닌 것처럼 느껴졌다.

취미는 사람마다 제각각이기에 깊게 파고들지는 않고 이야기를 되돌렸다.

"그래서, 이제야 본론입니다만."

"원하는 만큼 탈선해도 상관없다고? 어째서냐면 나는 한가하니까."

코우스케도 딱히 바쁜 건 아니었지만, 한담에 시간을 빼앗겨 본론으로 들어가지 못하는 우는 범하고 싶지 않았다. 애매한 쓴웃음만을 지어 보이고, 먼저 이야기를 끝내 두기로 했다.

"달트라를 포함한 아클레어 대륙 전 국가에 관해서랑, 나머지는 『검은 영웅』에 관해서."

그녀는 흠? 하고 고개를 갸웃하면서 아랫입술을 손가락으로 쓸었다.

"전자는 차치하고, 후자는 왜? ……아니, 조금 전의 답례는 아니지만, 이번에는 내가 추리를 피로하지. 우선 네가 허리에 찬 주머니. 엄청 부풀어 있군. 요 2개월간 시로가 담당하는 신전에 내방자는 나타나지 않았다고 했으니까, 너는 며칠 이내에 나타난 자라는 걸 알 수 있어. 그 넉넉해진 품으로 짐작건대, 그런 신분이면서 큰돈을 벌었다는 게 되는데, 그런 건 공략자라도 되지 않

는 한 불가능해. 우수한 공략자가 핀포인트로 『흑』을 조사하는 이
유 같은 건 달리 거의 생각하기 힘들지."

"아아, 네. 『흑』 적성 보유자입니다."

"호오, 호오." 페퍼는 몸을 내밀며 외눈 안경에 손을 댔다. "아
니, 이건 대단한 거야. 쿠로. 너는 그 영웅과 같은 마술 속성을 가
지고 내방했다는 것이니까. 실로 신화 이래의 관측이자 전설이
허구가 아니었다는 증명이지. 그리 머지않아 여덟 명째 영웅으로
꼽힐 거야."

"여덟 명째……."

"곧바로 탈선해 버렸지만, 달트라에는 현재 일곱 명의 영웅이
있어. 『하얀 영웅』『붉은 영웅』『푸른 영웅』『벽력의 영웅』『작단(斫
斷)의 영웅』『신유(神癒)의 영웅』『새벽의 영웅』이렇게 말이야. 3년
전까지는 더 많이 있었는데, 어떤 사건으로 인해 많은 영웅을 잃
고 말았어."

"영웅이라는 건 규격 외의 스테이터스를 가진 인간이지요. 그
리 간단히 죽는 겁니까?"

크레센메메오스를 상대로 죽을 뻔했던 코우스케가 할 말은 아
닐지도 모르지만, 의문이었다.

"으음~, 이야기가 길어지니까 짧게 정리하겠는데, 간단히 말
하면 초난도 미궁에서 많은 마물과 마법구 보유 마물이 유출되고
말았어. 그때 마침 현장에 있던 영웅들은 동료를 지키고 도망치
게 하려고 마물과 상대했고, 결과적으로 여섯 명의 영웅이 목숨

을 잃었지. 그래서 그런 건 아니지만, 지금 이 나라는 영웅을 원하고 있어. 너를 제외하면 최신의 영웅이 5년 전에 인정된 『붉은 영웅』이니까."

5년 전, 이라는 단어에 가슴이 옥죄이는 듯이 아팠다.

"……그 『붉은 영웅』은 어떤 녀석입니까?"

"신센텐스드아서 경 말이야? 그게, 그녀는 노출을 싫어해서 말이지. 좀처럼 공적인 자리에는 모습을 드러내지 않아. 알고 있는 건 나이가 18세라는 것과 머리카락이랑 눈동자가 검다는 것 정도야. 나머지는 진위가 확실하지 않은 소문들이지."

"소문이라니, 어떤."

페퍼는 코우스케의 여유 없는 표정에 의아한 얼굴을 하면서도 대답해주었다.

"유명한 건, 남자를 엄청나게 싫어한다는 거야. 듣기로는 끈질기게 접근하는 남자를 불태웠다던가."

코우스케가 아는 여동생은 딱히 남자를 꺼리지 않았다. 하지만 죽음에 이른 이유를 생각하면 남자를 혐오하게 되어도 이상하지 않다. 오히려 자연스러운 일이리라. 『붉은 영웅』이 코우스케의 여동생인 걸까.

코우스케가 잠자코 입을 다물자, 무슨 생각에서인지 페퍼가 말했다.

"쿠로도 검은 머리에 검은 눈동자군. 뭐, 대부분의 일본에서는 일반적인 색깔인 것 같지만."

"검은 머리와 눈동자가 일반적이지 않은 일본이 있습니까?"

"그야 있지. ……어이쿠, 탈선에 탈선을 거듭하는 건 좋지 못하지. 여담은 이쯤 해둘까."

코우스케로서도 고마운 제안이었다.

"어디 보자, 나라였던가. 특색을 곁들여 가볍게 설명하고자 하니 주의 깊게 듣도록 해."

아클레어 대륙에는 11개의 국가가 있다.

폐쇄 국가— 헤케로메탄.

대륙 남단에 위치하고, 쇄국 상태에 있어서 정보가 들어오지 않는 수수께끼의 국가. 극히 드물게 유출되는 무구의 품질이 너무나도 높기 때문에 일부에서는 단련(鍛鍊) 국가라고도 불린다. 그 중에서도 고스트 시미터라 불리는 곡도는 사용자의 기량이 요구되기는 하지만, 베지 못하는 것은 없다고 칭송받을 정도다.

국장은 검은 정사각형에 교차하는 칼자국이 새겨진 것.

정보 국가— 라르크요르드.

식자라 불리는 현자들에 의한 최고 회의가 나라의 행방을 결정짓는 의회제 국가.

온 대륙의 정보가 축적되고, 국민 또한 지식욕이 강한 자가 많다고 전해진다.

국장은 우물에서 서적이 넘쳐흐르는 모양의 것.

중립 국가— 로엘비나프.

아크스바오나에서 독립한 지 40년으로, 나라로서는 가장 젊다.

달트라와 아크스바오나의 중간에 위치하고, 근래 아크스바오나의 확대정책의 여파를 가장 많이 받고 있는 국가. 달트라의 도움을 받아 나라의 체제를 유지하고 있지만, 아크스바오나와 달트라의 전장이 되어 있기도 하다.

국장은 손바닥 위에 꽃이 흐드러지게 핀 정원.

종교 국가— 게둔드라.

국가 규모는 가장 작지만 아클레어 신화교회가 시작한 땅이며, 여전히 강한 권위를 가진다. 신화 시대의 일을 기록한 성전이라 불리는 것을 정전(正典)으로 삼고 있다. 기보르네를 제외한 국가는 기본적으로 아클레어 신교를 국교로 하고 있다. 근년, 아크스바오나는 그것을 철회했다.

국장은 기도를 바치는 성녀.

민족 국가— 기보르네.

북방 산악 지대에 자리 잡고, 수에서 밀리지만 달트라의 침공을 버텨 내고 있다. 현재는 적대 관계에 있지만, 그들이 만드는 직물이나 수렵으로 손에 넣은 모피는 품질이 좋아 한때는 교역이 성행했다.

국장은 없다.

환상 국가— 파카르네.

어떠한 마법에 의한 것이라고 추측되는데, 그곳에 있다고 인식할 수는 있지만 도달할 수는 없는 수수께끼의 영토를 지녔다. 300년 전부터 그 상태로, 그 이전의 문헌에 의하면 악령을 포함하지 않는 안전한 토지를 찾던 자들의 집단이 외부에서의 간섭을 받지 않는 안전지대를 실현하는 것을 시도했었다고 한다.

국장은 샘과 거목이 흠집 하나 없는 구체 속에 담겨 있는 모양의 것.

군사 국가— 아크스바오나.

달트라 다음가는 전력을 가진 국가. 황제를 정점으로 한 군인에 의한 통치가 이루어지고, 근년 확대정책을 취했다. 세계정복을 표방하고 타국을 침공한다. 악령 이외에 새롭게 나타난 인류의 위협.

국장은 하늘을 찌르는 하얀 대검.

상업 국가— 파르드.

분산된 영토를 지니고 교역을 통해 막대한 국익을 올리는 국가. 그들의 독자적인 루트에 기대는 국가도 많아 안이하게 침공하지 못하고 있다고 한다. 전 국가에서 유일하게 대규모 카지노 시설을 경영하고 있다.

마술 국가— 엘소드샤랄.

마술 적성을 지닌 자와 그렇지 않은 자를 명확히 차별한다. 마법제라 불리는 국가 원수가 치세하는 제국. 국정에 관련된 자는 전부 마술 적성이 높은 자로, 마법 연구라는 점에 한해서는 타국의 추종을 불허한다고 전해진다. 현재 아크스바오나의 침공에 대항하는 중이다.

국장은 정사각형에 십자선을 넣고, 그것 하나하나에 '타오르는 불꽃', '거칠게 부는 바람', '솟아오르는 대지', '흔들리는 해수면'을 그리고, 그 옆에 자못 마법사가 가지고 있을 것 같은 지팡이가 배치된 것.

기술 국가— 메레크트.

인공 마법구 개발의 성지라 불린다. 뛰어난 기술자가 많이 있고, 발명을 통한 특허료로 국가 운영 재원을 조달할 정도. 많은 발명은 이 국가에 의해 생겨났다고까지 전해진다.

국장은 복잡하게 맞물리는 톱니바퀴 무리.

영웅 국가— 달트라.

가장 많은 영웅, 내방자, 병사를 품은 평지에 세워진 국가. 동시에 가장 많은 악령, 신역을 품은 국가이기도 하다.

국장은 대지에 꽂힌 검은 곡도.

"뭐, 이런 느낌으로 되어 있어. 뭔가 질문은 있나?"

"국가 간을 건너는 건 어렵습니까."

"쿠로는 일본 출신이 맞지?"

코우스케가 끄덕이자 페퍼는 "그러면 시대를 알 수 있는 숫자를 가르쳐 주겠어? 서력이든 연호든 상관없어"라고 했다. 코우스케는 망설이지 않고 대답했다.

"오오, 나름 풍요로운 시대잖아. 그렇군, 비행기나 신칸센 같은 편리한 수단은 유감이지만 없으니까, 네 주관으로는 어렵다는 게 될 거야. 마차로 덜컹덜컹 흔들리면서 며칠에서부터 몇 주 또는 몇 달에 걸쳐 엉덩이 피부가 벗겨질 무렵에 겨우 도착하는 상태를 간단하다고 하는 게 아니라면 말이지."

"하지만 불가능하지는 않다?"

"그건 물론이야. 단지 헤케로메탄은 쇄국 상태고, 파카르네는 물리적으로 떨어져 있고, 로엘비나프는 정세가 험하고, 아크스바오나에 이르러서는 완전히 적국이니까, 그런 점은 고려해야만 할 거야. 타국으로 가는 용건이 무엇이든지 간에 말이지."

"……주의하겠습니다."

만약 여동생이 전생했다고 해도, 그곳이 파카르네였다면 현재 상황에서는 손을 쓸 방도가 없다는 건가.

"그리고, 대륙 국가에 대해서 알려 주셨는데, 그 바깥쪽은 어떻게 되어 있습니까?"

그 질문에 페퍼는 잘 물어 주었다는 것처럼 눈동자를 빛냈다.

"그건 말이야, 신화시대부터의 수수께끼야."

"수수께끼?"

"그래, 수수께끼. 대륙 바깥이라 하면, 뭐 당연히 바다로 되어 있지만, 어느 정도 나아가면 안개가 자욱이 낀 구역이 있어. 대륙이 안개로 둘러싸여 있다고 해도 과언이 아니야. 심해에서 천공의 아득한 저편까지 빽빽하게 말이지. 그 너머로 향한 자는 수없이 많지만, 돌아온 자는— 없어."

"그래서 수수께끼라는 건가……."

"여러 설이 있지. 예를 들면 폭포설. 안개 너머는 폭포로, 그곳으로 향한 인간은 전부 빠졌다는 설이야. 그리고 악령설. 바다에 사는 마물의 서식지로, 그곳으로 향한 인간은 잡아먹혔다는 설. 희망이 있는 것으로서는 낙원설. 너무나도 살기 좋아 누구도 돌아오지 않는다는 거지. 개중에는 이계설 같은 것도 있어. 내방자라는 존재가 있을 정도니까, 안개 저편이 다른 세계라고 해도 이상하지는 않다는 발상이야."

페퍼는 그것들을 무척 즐거운 듯이 이야기했다.

"……너는 어떤 설을 지지하지?"

"……낙원설, 일까요. 누군가가 안개 저편으로 사라졌다면, 하다못해 행복했으면 하니까요."

"……너는 얼굴에 어울리지 않게 상냥한 말을 하는구나."

"페퍼 씨는 엄청 실례되는 말을 자연스럽게 하네요."

페퍼는 후후후, 하고 주눅이 들지도 않고 미소 지었다.

"그러면, 그러면. 다음은 『흑』에 관해서 이야기할까. 아, 그래. 네가 쓸 의자를 갖고 오도록 하지."

명안이라는 것처럼 페퍼가 일어섰다.

결국, 코우스케는 그 후 몇 시간 동안 잡담을 포함한 그녀의 이야기에 구속당했다.

◇

그렇게 점심을 함께 먹었을 뿐만 아니라 폐관할 때까지 이야기에 어울리게 된 코우스케가 술집으로 돌아온 것은 저녁 등불이

꺼지고 한참이 지나서였다. 돌아오자마자 푸른 얼음 같은 눈동자를 지닌 여자아이가 맞이해 주었다.

"다, 다녀오셨어요, 주인님!"

원래 있던 세계에서도 이러한 인사로 맞이해 주는 음식점이 있었던 것 같은……

실제로 간 적은 없지만, 왠지 모를 불편한 느낌을 받는 코우스케였다.

주위의 놀리는 듯한 시선 때문일까. 어쨌든 발언자는 아무 잘못이 없다.

에코나는 시로나 비네가 착용하고 있는 것과 같은 급사복으로 몸을 감싸고 있었다.

어린 소녀가 몸에 걸치기에는 노출이 많다는 점이 신경 쓰였지만, 무언가를 기대하는 것처럼 얼음 빛깔 눈동자를 향하는 에코나에게 부정적인 말은 할 수 없다.

"아아, 다녀왔어. 그거 잘 어울리네. 귀여워."

양손을 배 앞에서 모으고 꼼지락꼼지락하고 있던 에코나의 표정이 확 밝아졌다.

그것만으로도 익숙지 않은 칭찬의 말을 입에 담은 보람이 있다고 생각할 정도로 갸륵한 모습이었다.

이쪽으로 스스슥 다가오기에, 쭈뼛쭈뼛 머리를 쓰다듬자 헤벌쭉한 표정으로 미소 지었다.

그 모습은 존재하지 않는 부성을 흰기할 정도로 보호 욕구를 자극했다. 너무나도 가련하고, 사랑스럽다.

코우스케가 "그렇지" 하고 겨드랑이에 끼고 있던 종이봉투에서 코트를 한 벌 꺼냈다.

그걸 보고 에코나가 "후와아" 하고 기쁜 듯이 눈을 반짝였다.

"오는 길에 들렀더니 이미 다 되었다고 해서, 받아 왔어."

그건 어제 코우스케가 에코나에게 준 코트였다. 판단국으로 갈 때부터 에코나가 그길 입고 있어서, 양복점에 들렀을 때 고칠 수 있는지 어떤지 물었다. 너무나도 엉망진창이고 피도 묻어 있어 거절당하기 일쑤였으나 시로가 잘 아는 가게에서 어떻게든 받아 준 것이다.

시로의 지인이기 때문인지, 아니면 부탁했을 때의 에코나의 슬퍼 보이는 표정 때문인지 일은 신속하게 처리됐다. 신품과 똑같은 정도까지는 아니어도, 꼼꼼하게 수선되어 있다.

"저, 저기……! 새, 새삼스럽지만, 정말로 받아도 되는 건가요?"

받아든 코트를 보물처럼 품에 안으면서, 에코나는 상기된 얼굴로 코우스케를 올려다봤다.

"물론이야."

"그런, 가요……. 그, 그러면 이 대금도, 언젠가 반드시……!"

"아니, 그건 필요 없어."

빌린 걸 갚겠다고 한다면야 받겠지만, 이건 뭔가 좀 아닌 것 같다는 생각이 들었다.

관계가 대등하기에 스스럼없이 무언가를 주고받는 게 있어도 이상하지는 않으리라.

성실한 것은 좋은 점이겠지만, '신경 쓸 것 없는' 것을 주고받는 게 있어도 좋을 터다.

코우스케는 조금 생각하고 나서, 그녀의 앞에 쪼그려 앉아 시선을 맞췄다.

"갚는다는가 그런 건 됐어. 이건…… 그래, 프레젠트니까."

"프레젠트……? 선물, 이라는 건가요? 하, 하지만 받을 이유가 없어요."

"으음~, 만난 기념, 이라든가?"

"만난, 기념."

에코나는 잠시 고개를 숙이고 있었으나, 이윽고 다시 한번 코트를 꼭 끌어안고는 미소 지었다.

"저도, 주인님께 프레젠트, 드릴래요."

"아니, 그러니까……."

"만난, 기념, 이니까요……!"

그런 말을 들어서야, 필요 없다고도 할 수 없다.

코우스케는 그녀의 머리를 쓰다듬고 "그래, 그럼 기대하고 있을게"라며 미소 지어 줬다.

"잠깐, 돌아오자마자 미래의 우리 가게 간판 여종업원을 독점하지 말아 주시겠나요, 손님?"

그렇게 말하며 온화한 분위기를 깬 것은 시로였다. 봤더니, 눈

을 가늘게 뜨고 코우스케를 내려다보고 있다.

"아아, 시로. 다녀왔어. 배고프네."

"······어서 와. 에코나, 휴식 시간 줄 테니까 쿠로랑 같이 저녁 먹어."

에코나는 기쁜 듯이 "네······!"라고 대답한 뒤 앞치마를 잡고, 방에 코트를 두고 오겠다고 말하고 나서 계단을 올라갔다.

"늦었네."

"어. 페퍼 씨 좋은 사람이지만 이야기가 길지 않아?"

"듣고 싶은 건 들었어?"

"대강은. 나머지는 시로가 남자랑 사귄 적 없는 순정 소녀라는 것도 들었어."

"그, 그 사람은······!"

시로는 주먹을 꽉 쥐고 어깨를 부르르 떨었다. 뺨도 붉어져 있다.

"딱히 신경 쓸 거 없잖아. 10대라면 드문 것도 아니야."

"마, 말은 그렇게 하면서 속으로는 비웃고 있을 게 틀림없어······."

"비뚤어져 있네. 뭐, 그건 제쳐 두고."

코우스케는 주머니에서 작은 종이봉투를 꺼냈다.

"받아 주십시오"라며 코우스케가 과장되게 내밀자 시로는 의아하다는 듯이 쳐다봤다.

"뭐야, 이거." 그녀는 눈을 끔뻑기리며 그걸 받아들었다.

얇은 천으로 고무를 감싼 고리 모양 머리 장식이다. 코우스케가 원래 있던 세계에서는 곱창밴드라고 했던가.

수선한 코트를 받을 때, 가게에서 눈에 들어왔던 것이다.

검은 원단에 네 장의 꽃잎으로 된 붉은 꽃이 몇 송이 피어 있다.

"아니, 너 머리 길잖아? 음식을 취급하는 가게니까 일하는 중에는 묶는 편이 위생적? 이라고 생각하고."

"그래서 준 거야? 밥에 머리카락이 섞이는 게 싫으니까?"

"······아뇨. 어제 일을 용서해 주면 좋겠네, 라고 비위를 맞추려는 측면이 큽니다."

자백하자 시로가 피식 웃었다.

"흐음. 그래서 준 게 검은 스크런치구나?"

듣고 나서 코우스케는 알아차렸다. 원래 있던 세계에서는 검은 머리카락에 검은 눈동자 같은 건 드문 것도 뭣도 아니었지만, 이 세계에서는 일반적이지 않다. 가게 안으로 한하면 검은 머리카락도 나름 있지만, 코우스케는 거기다 한층 이름이 '쿠로'다. 원래의 성씨도 쿠로노이고, 무엇보다 적성 마술 속성이 『흑』이다.

그런데 여성에게 검은 머리 장식을 선물했다면, 묘한 오해를 받아도 이상하지는 않다.

순간 창피함이 몰려왔다. 그런 의도가 있었던 건 아니지만, 그건 상관없다.

"······아, 아니, 미안. 거기까지는 생각하지 않았어. 다음에 다시 다른 걸—"

코우스케가 말을 끝내기 전에, 그녀는 그걸로 머리카락을 묶었다. 한데 묶인 은발 머리카락이 말 꼬리처럼 흔들렸다.

"어때!"

코우스케는 칭찬하라는 것처럼 가슴을 펴는 그녀를 어째서인지 직시할 수가 없었다.

"……뭐, 어울리는 거 아닌가?"

그런 센스 없는 말밖에 건넬 수 없었다.

코우스케도 이제 슬슬 깨닫고 있었다.

아무래도 자신의 고동은 드물긴 해도 시로랑 있을 때 한해 이상해진다.

가슴이 뛴다든가 아파진다니, 사랑을 하는 소녀도 아니……고?!

코우스케는 항상 냉정하게 사고하는 데 유의하고 있다. 철저하게 그러고 있는지는 별개로 치고, 명심은 하고 있는 것이다.

자살하려던 것을 제지해 주고, 살아갈 희망을 제시해 주고, 그걸 실현하기 위한 갖가지 도움을 받고, 그 선량함을 바로 가까이에서 몇 번이나 목도하고, 한순간이기는 해도 궁지에서 구해 주었다.

그것 중 어느 하나, 혹은 여러 개, 어쩌면 전부일까. 이유는 모르고, 알았다 한들 이미 늦다.

코우스케는 자각하고 말았다.

"어~이, 쿠로. 얼굴이 빨갛다고. 시로 씨가 너무 귀여워서 직시할 수 없는 걸까나?"

질리지도 않고 코우스케를 놀리는 그녀의 표정은 어린이이가

짓는 것 같은 장난기 가득한 미소였다.

그것마저 매력적이라고 느낄 정도로 자신은 이미 그녀에게 빠져 있는 모양이다.

아니지, 아니야, 하고 코우스케는 고개를 저었다.

자신은 여동생을 찾아야만 한다. 그것이야말로 두 번째 인생에서의 최우선사항이다.

여동생의 원수를 갚을 때까지는 그런 생각은 추호도 해본 적이 없다.

사랑이니 연애니 하는 것에 빠져 있을 틈도, 여유도, 의사도 없었다.

죽은 여동생의 원수를 갚는다는 부정적인 목적이랑, 살아 있는 여동생과의 재회는 임할 때의 마음가짐이 다르다는 것인가.

증오만으로 살아가던 때는 생각도 하지 않았던 것. 그것이, 조금 희망이 보인 정도로.

그런 일이, 있는 것일까.

"어~이, 쿠로~?"

코우스케는 히죽히죽 웃는 시로에게 잠시 대답다운 대답을 할 수 없었다.

다음날. 눈을 뜨는 것과 동시에 코우스케는 인제 그만 다른 숙소를 잡아야겠다고 생각했다.

술집으로서는 최고지만, 숙소로 삼기에는 다소 변변찮은 것이 생명의 우정의 결점이리라.

에코나는 오늘도 옆에서 자고 있다. 다른 방을 잡겠다고 하면 송구스러워하고, 코우스케가 바닥에서 자겠다고 하면 송구스러워하고, 그럼 같이 자도 괜찮겠냐고 물으니 이 또한 송구스러워하면서도 끄덕였다.

코우스케는 멍하니 천장을 쳐다보는 도중, 글래스에 메시지가 온 것을 알아차렸다.

글래스는 콘택트렌즈와 결정적으로 다르게 눈이 건조해지지도 않고, 계속된 사용으로 열화되지도 않으며, 충격으로 빠지지도 않는 뛰어난 물건으로, 한 번 끼면 기본적으로 그대로 내버려 둬도 상관없다고 한다.

메시지는 판단국 여성에게서 온 것이었다. 결론부터 말하자면 달트라 관공서의 일 처리는 너무나도 신속했다.

마법구 『크레센메메오스의 반지』 봉납에 관한 속보(續報)였다.

마법구 회수를 기념하여 일주일 뒤에 식전이 열린다는 것. 국왕은 지극히 바쁘므로 제3왕녀가 대신 참가한다고도 적혀 있었다. 바라는 것이 있으면 가능한 한 들어준다고도.

큰일이라는 걸 새삼 이해했다.

신창·악신창 마법구는 오리지널이라고도 불리고, 그에 관한 연구가 진행됨으로써 만들어지는 것이 인공 미법구다.

번역 마법구, 태반의 신민이나 내방자가 착용하는 글래스, 간이 마법 습득에 도움이 되는 시트, 어제까지 걸쳤던 코트에 짜여 있던 대 마법 섬유 등도 그러하다.

이것들은 마녀라 불리는 연구자들에 의해 개발되고, 마술사라 불리는 자들에 의해 만들어진다.

달트라 국내에서 마녀나 마술사를 육성하는 기관이 예전에 시로한테서 들은 학원이라고 한다.

인간은 신의 창조물을 연구하고 어느 정도 자신들의 입맛에 맞는 모조품을 만드는 기능을 지니고 있었다.

여기까지 말하면 오리지널 마법구의 가치는 충분히 알 수 있을 것이다.

새로운 오리지널의 기적은 몇천, 몇만이나 되는 모조 기적의 토대가 되는 것이다.

크레센메메오스의 반지의 경우에는 원본으로부터 상당히 열화된 형태이기는 해도, 누구든 금전과 맞바꾸어 『마력 재생』『대 자연 속성』『대 충격』『대 관통』이라는 스테이터스 보정을 손에 넣을 수 있게 된다.

이건 냉정하게 생각하면 큰일이기도 하다.

인간은 누구나 마력을 가지고 있으니까, 작은 베인 상처 정도라면 자신이 가진 마력으로 재생할 수 있게 된다.

강에 빠지거나, 폭풍을 만나거나, 벼락을 맞거나, 화재를 당하거나, 산사태에 휩쓸리는 등의 경우에도 대 자연 속성의 가호로 피해는 억제된다.

대 충격이나 대 관통 같은 건 험한 일에 종사하는 인간은 누구든 갖고 싶어 할 것이다.

신민을 구하고, 국가에 막대한 부를 가져다주는 것이 오리지널 마법구 회수 행위다.

거기에 신과 악신의 차이는 없다.

그렇기 때문이라고 말하는 건 조금 잘못일지도 모르지만, 오리지널 마법구를 입수하는 건 지극히 어렵다.

확실히 이건 칭송받아 마땅한 위업이라고 할 수 있을지도 모른다.

그 청년 귀족이 일발 역전의 수단으로 선택한 것도 이해가 된다.

『크레센메메오스의 반지』 모조품이 올릴 이익을 생각하면 식전이나 보상 같은 건 싼 것이리라.

어쨌든 일주일 뒤에는 『붉은 영웅』이 여동생인지 어떤지를 확인할 수 있다.

유력 귀족이나 군인뿐만 아니라, 어지간한 일이 없는 한 영웅도 참석한다고 했으니까.

후아암, 하고 참지 않고 하품을 한 뒤, 코우스케는 생각했다. 일주일 동안 무엇을 할까, 하고.

잠시 후 에코나가 일어났고, 아침 인사 후에 어째서인지 얼굴을 붉힌 채 꼼지락거리기 시작했다.

코우스케는 몇 초 뒤에야 거우 그녀가 옷을 갈아입으려는 것임을 알아차렸다.

하지만 코우스케 앞에서는 부끄럽다는 것이리라. 예전에 목욕탕에서 목격하는 걸 넘어서 손수 몸을 씻겨 준 적도 있지만, 그렇다고 하여 이후로도 수치심이 사라지는 건 아니다.

배려가 부족했던 것을 창피해하듯이 사죄한 뒤, 코우스케는 방을 뒤로했다.

생명의 우정은 2층 건물이지만 다락방이 있는 모양이라, 2층에서 한층 위로 올라가기 위한 사다리가 있다.

그곳이 시로의 거주 공간이라는 것 같다. 가 본 적은 없다.

복도로 내려가자 그곳에 있던 면면도 요 며칠과 그리 변함이 없다. 적당히 인사를 나누고 카운터에 앉았다.

아클레어에서도 하루는 24시간이고, 1년은 365일.

일본만큼 색이 다채롭지는 않은 모양이지만, 사계는 마찬가지로 존재한다.

술집은 24시간 영업하는 것처럼 열려 있지만, 엄밀하게는 다른 것 같다.

마스터라 불리는 조용한 주인은 날짜나 시간대에 따라서는 없을 때도 있다.

그가 있는지 어떤지와 상관없이, 대체로 새벽 두 시에 폐점하고 아침 여덟 시에 개점하는 모양이다.

하지만 내방자 손님은 그 이전부터 있다. 내방자, 정확하게는 공략자에 한해서는 아침 식사를 내어주는 서비스를 실시하고 있다고 한다. 너나 할 것 없이 낯이 익은 손님이기에, 시간에 따라서는 개점 준비를 돕기도 한다.

매일 아침 다섯 시에 시로가 신전에 내방자가 오지 않았는지 확인하러 가는 건 주지의 사실인 모양이라, 다들 그걸 기준으로 가게에 모인다. 아침 식사는 마스터가 있으면 그 사람이, 그렇지 않으면 여종업원 중 누군가가 만드는 모양이지만 사람에 따라서 맛에 차이가 나는 듯하다.

마스터의 요리를 일품이라 치면, 비네의 요리는 능숙하고, 시로는 보통이라던가.

오늘은 마스터가 있는 날이었기에 자연히 기대가 높아졌다.

"안녕하세요" 하고 코우스케가 눈짓으로 인사하며 말하자, 그는 조용히 끄덕였다.

과묵한 걸 넘어서 말이 없는 영역에 도달해 있지만, 에코나를 고용해 준 것만 봐도 깊은 도량을 엿볼 수 있다.

키는 180을 훌쩍 넘고, 체격은 다부지다. 내방자이며 전 공략자라는 모양이다.

눈앞에 나무로 된 맥주잔이 턱 놓였다. 내용물은 우유다. 잘 알고 있네, 라고 코우스케는 생각했다.

옷을 다 갈아입고 앞치마를 걸친 에코나가 내려와 함께 식사했다.

그녀의 일은 아침 식사 이후부터인 모양이다.

코우스케는 실로 5년 만의 '여유'를 앞에 두고 뭘 하면 좋을지 생각나지 않고 있었다.

여동생의 원수를 갚을 때까지는 하루하루가 가해자 녀석들에게 접근하기 위해 사용되고 있었고, 전생 후에는 여동생일지도 모르는『붉은 영웅』과 만나기 위해 움직이고 있었다. 그러고 보니 코우스케가 알고 싶어 하는 것에 관해 자세히 알고 있을 거라는 인물의 예정을 시로가 물어봐 두겠다고 했으니, 시간이 되면 오늘 얼굴을 내비칠까.

그런 걸 생각하면서 우유를 홀짝홀짝 마시고 있었더니,

"쿠로. 옆자리, 괜찮냐."

나무 맥주잔을 든 갑옷 차림의 거한이 말을 걸었다.

요전에 연회로 떠들썩했을 때 알게 된 내방자 중 한 명이다.

어깨가 넓고 근육질이라 그 풍모는 럭비나 유도 선수 같다.

윤곽이 뚜렷한 얼굴에 나이는 26살이라고 했던가. 확실히 타이가라고 했었을 터다.

"거절할 이유를 못 찾겠는데. 보는 바와 같이 한가해."

타이가는 훗, 하고 웃으며 옆자리에 앉았다.

"그저께는 네 돈으로 꽤 마셨어."

"그런 것 치고는 질리지도 않고 아침부터 술을 들이켜고 있는 것 같은데."

"에클은 물 같은 거야."

에클이라는 건 맥주와 비슷한 술이다.

번역 마술은 매우 우수하지만, 너무 우수한 탓에 이런 변환이 일어난다.

요컨대 의역이 아니라 직역이 이루어지기 때문에 명사 등에 관해서는 아클레어 고유의 것은 그대로의 발음으로 전해지는 것 같다. 내방자 세계 고유의 것도 마찬가지다.

예를 들어 '물고기'나 '개'와 같이 어느 쪽에든 존재하는 것은 문제없지만, 그것이 '연어'나 '치와와' 등이라면 사정이 다르다. 동종의 것이 존재하지 않는 한, 단순한 소리의 나열로서 고막을 흔드는 것이다.

에클이 맥주 같은 맛의 술이라는 건 번역 결과가 아니라 지식으로서 얻은 것이다.

"부러울 따름이야. 나는 그렇게 술이 세지 않으니까."

"마지막에는 테이블에 엎어져서 정신을 잃고 있었지."

"아~, 거기서부터는 더 기억이 안 나. 추태를 보이지는 않았어?"

"괜찮아. 시로의 건을 제외하면, 말이지만."

훗, 하고 웃으며 에클을 들이켜는 타이가. 날숨이 새는 듯한 그 웃는 방식은 아무래도 버릇인 것 같다.

"아하하……. 어찌어찌 용서는 받을 수 있었어. 그래서? 잡담 파트너라도 모집하고 있었던 거야?"

또 훗, 하고 숨을 내쉬는 것 같은 웃음을 보인 뒤, 타이가는 "아니" 하고 고개를 가로저었다.

"부탁이 있어."

그는 맥주잔을 탁상에 놓고, 거기서 손을 뗐다. 시선도 어딘가 진지한 기색을 띠기 시작했다.

"부탁, 이라. 내용 여하이려나."

본래라면 내방한 지 얼마 되지 않은 코우스케는 부탁할 상대로는 적합하지 않을 터다.

그런데도 그가 말을 걸었다는 것에서, 자연히 코우스케의 무엇에 기댈 생각인지도 짐작이 샀나.

"아직 제스트에 대해 흥미를 지니고 있어?"

아니나 다를까, 원하는 것은 규격 외의 '무력'이었던 모양이다.

"미궁 공략이라는 거라면 무관심한 건 아니지만, 적극적으로 관여할 이유는 없어진 참이지."

코우스케는 차갑게는 들리지 않을 정도로, 하지만 열심이라고는 할 수 없는 태도로 대답했다.

"그, 냐……."

고개를 숙이는 것처럼 머리를 기울인 그를 보고, "일단"이라며 말을 계속했다.

"이야기를 들려줘. 그에 따라서는 적극적으로 관여할 이유가 생길지도 모르잖아?"

코우스케는 애초 술집 손님들에게도 경어를 쓰고 있었지만, 딱딱한 건 그만두라는 말을 들었기에 그렇게 하고 있었다. 사소한 것은 신경 쓰지 않는 인간이 진지하게 고뇌한다는 것은 상당히 중요한 일인 것이리라.

강하다는 것만으로 코우스케한테 기댈 수밖에 없을 정도로. 귀를 기울인다 해서 나쁠 건 없으리라.

타이가는 다시 훗, 하고 웃었지만, 그 웃음은 조금 전까지와는 달리 무력해 보이는 것이었다.

그는 관자놀이에 손을 대고 눈을 한 번 감고는, 그러고 나서 마음속에서 어떤 응어리를 뱉어내는 것처럼 말했다.

"한 달 정도 전에, 동료가 죽었어."

한순간 술집의 소란이 사라진 것 같은 느낌을 받았다.

물론 그것은 착각이었지만, 전부는 아니어도 대화가 멈추는 테이블은 있었다.

내방자는 각종 스테이터스에 보정을 받고 있다. 강화된 청각은 때때로 예상 밖의 소리를 듣고 만다.

그래서 타이가의 말을 듣게 된 사람도 있어서, 그들은 한결같이 마른침을 삼키며 지켜보는 자세가 되었다.

"그건 미궁에서, 라는 말이지."

타이가는 무겁게 끄덕였다. 그것조차도 고통이 따른다는 것처럼.

내방자가 나타나는 빈도는 부정기적이고, 아클레어 전체에 흩어져 있는 신전별로 관련성이 있는 것도 아니다.

사흘 연속으로 온 적도, 코우스케 때처럼 2개월 동안 무소식이었던 적도 있는 모양이고, 더 나아가서 인원수에 관해서도 그때그때 차이가 있는 모양이다. 코우스케 때는 한 명이었지만, 재해

나 사고로 한 번에 많은 사람이 죽었을 때, 그중에서 불행한 자가 어느 정도 모여서 전생하는 경우도 있다고 한다.

그런 사람들은 자연스럽게 함께 파티를 짠 채, 질긴 인연으로 함께 있는 경우도 많다던가.

이 생명의 우정에도 그런 파티는 나름 있는 모양이다.

"제스트에서, 다. 우리는 5인조 파티였어. 중난도 미궁을 사냥터로 삼고 있었는데, 어느 날 제스트의 수호자를 쓰러뜨리자는 이야기가 나왔지."

마법구 보유 마물과 미궁 최심부에 있는 수호자만은 미궁의 난도와 상관없이 강력하다.

저난도인 제스트에 있던 크레센메메오스가 좋은 예다.

파티로서 성장한 것을 느꼈다면 수호자를 쓰러뜨려 보고 싶다고 생각하는 것은 자연스러운 일이라 생각됐다.

그들의 당시 레벨은 평균 15였다고 한다.

기본적으로 아클레어에서는 내방자가 아닌 일반인의 태반이 레벨 10에 도달하지 못하고 생애를 끝냈다.

귀족이라도 지금 시대는 20에 도달하면 우수하다고 보는 모양이다.

애초에 같은 레벨이어도 스테이터스가 비슷하다는 것은 아니기에 비교해도 무의미하다.

예를 들어 코우스케는 레벨 3이지만, 일반인의 레벨 3과 같냐고 물으면 전혀 다르다.

레벨은 어디까지나 '본인의 성장 한계를 100으로 쳤을 때'의 수치에 불과하기 때문이다.

그래도 내방자의 경우에는 개개인이 그렇게까지 차이가 벌어지지는 않는다. 정확하게는 적다.

같은 레벨이었다면 대체로 실력도 같은 정도라고 생각할 수 있다.

내방자의 레벨 15가 어느 정도인지는 잘 상상이 되지 않지만, 다섯 명이 있으면 상당한 전력일 것이다.

"하지만 우리는 어리석었어. 미오와 쿠르스, 하나가 죽었어. 나랑 클라라라는 여자만이 꼴사납게 패주했고, 살아남았지."

그 시점에서 그의 부탁이라는 것의 내용도 파악이 됐지만, 코우스케는 조용히 다음 말을 재촉했다.

"클라라는 여기서 일하고 있어. 오늘은 없지만. 나는 혼자서 공략을 하게 됐어. 하지만 그건 문제가 아니야."

"……뭐가 문제지?"

"동료들은 아직, 제스트에 붙잡혀 있어."

저난도 『화』속성 미궁 제스트. 11층으로 되어 있고, 『화』속성 마법을 사용하는 마물이 배회한다.

그곳의 수호자의 이름은 소그르스 두에 누메오라르트.

아클레어에서는 '하늘에서 작열을 불러와 도시를 초토화한 자'라는 의미라는 모양이다.

그렇게 번역되지 않았던 것은 고대어에 해당하기 때문이라는 것 같다.

그러고 보니 마법명도 독특한 음의 나열로서 받아들여지고 있었으니, 그것도 고대어일지도 모른다.

소그르스 두에 누메오라르트—약칭 소그르스—는 인간형 마물이라고 한다.

인간형이라기보다 인간 크기라고 하는 편이 정확한가.

불로 만들어진 인간. 그리고 인간의 말을 이해한다. 크레센메메오스와 달리 대화가 가능하다는 것이다.

그리고, 살인광. 목숨을 구걸하는 걸 감상하고, 그런 상황에서 목숨을 빼앗는 것에 쾌락을 느낀다.

타이가가 실제 체험과 정보 수집을 통해 얻은 특성은 이하와 같다.

- 자연 속성 무효
- 사상 속성 내성 극대
- 죽인 자를 꼭두각시로 만듦
- 제스트 안의 마물이 쓰는 마법 전부를 사용
- 매우 높은 생명력

확실히 이건 다른 사람에게는 부탁할 수 없다. 제스트는 과거에 몇 번이나 수호자가 토벌되었다.

그리고 3개월 전에 구조 변화가 일어나 새로이 소그르스가 출현했다.

예전의 수호자는 이야기를 듣는 한 소그르스보다도 꽤 격이 떨어지는 마물이었다는 것 같다.

그래서 타이가 파티는 당시 이렇다 할 정보도 수집되지 않았던 소그르스에게 도전했다.

전 수호자 이야기는 들었고, 비슷한 수준이라면 토벌할 수 있다는 자신이 있었으니까.

그리고, 세 명의 동료를 잃었다. 그저 잃기만 한 게 아니다. 소그르스가 조종하는 인형이 된 것이다.

죽은 세 명의 동료 중 미오와 쿠르스는 사귀고 있었다고 한다.

쿠르스는 미오를 감싸다 최초의 희생자가 되었다. 쿠르스였던 시체는 불꽃에 휩싸여 꼭두각시가 되었다.

그리고 소그르스는 쿠르스에게 미오를 범하게 했다. 미오는 불타면서 능욕당해, 죽었다.

소그르스는 그 정도로는 조금도 즐거워하지 않았다.

하나를 붙잡아 불에 구우며 범했다. 죽지 않을 정도로 불의 세기를 조절하면서.

타이가와 클라라가 도망칠 수 있었던 건 그런 희롱에 가까운 잔학행위 덕이다.

녀석이 눈앞의 살육을 즐기고 있었던 덕에, 아슬아슬하게 시야에서 벗어난 두 사람은 도망칠 수 있었다.

가슴에 껄끄러운 것이 섞이는 걸 느꼈다.

억지로 여성을 범한다는 행위 그 자체에 코우스케는 제어할 수 없는 분노를 품었다.

매정하게 말하자면, 그들의 패인은 방심이다.

사전 정보 수집을 게을리하고, 예전과 같은 정도의 위협일 거라고 단정 짓고, 그렇다면 괜찮을 거라고 도전했다.

게다가 상대를 죽이러 향한 결과로서 살해당한 거라면, 그건 싸움의 전말에 불과하다.

그래도 소중한 사람을 잃는 고통도, 빼앗은 자를 향한 이루 말하기 힘든 증오도 이해할 수 있다.

"부탁이 있다."

그리고, 그는 다시 그 말을 입에 담았다.

"그래. 말해 봐."

"제스트의 수호자를 죽이고 싶어."

의외로 눈동자 속에서 타오르고 있던 것은 사납게 날뛰는 복수심이 아니라, 뜨겁게 끓는 의분의 불꽃이었다.

아무래도 그는 코우스케보다 훨씬 올바름을 버리지 못하는 인간인 모양이다. 그건 미덕이리라.

"아아. 그래서?"

타이가는 자리에서 일어나 두 무릎에 손을 대고 머리를 숙였다.

"부탁한다. 쿠로. 도와줬으면 좋겠어. 만난 지 얼마 되지 않은 너에게 부탁할 내용이 아니라는 것은 잘 알고 있어. 나 혼자서는,

녀석을 이길 수 없어. 하지만 녀석을 쓰러뜨리지 않으면, 나는 앞으로 나아갈 수 없어. 클라라에게 드리워진 그늘도 지워지지 않아. ……이렇게 부탁한다………… 쿠로, 부탁이야…… 부탁해…….”

허리를 굽히는 그 모습은, 올려다볼 정도의 거한을 작아 보이게 했다.

코우스케는 목덜미를 쓸었다. 여기서는 거절해야만 한다. 타이가와의 인연은 같은 술집의 손님 사이라는 것뿐이고, 그 관계성은 얼마나 과장되게 말한들 갓 생긴 친구라는 게 고작이다.

크레센메메오스보다 토벌 난도가 높을지도 모르는 상대와 싸울 이유로서는 너무 박약하다.

코우스케는 신도 아니고, 정의의 아군도 아니거니와 선인도 아니다. 이 사람 저 사람 가리지 않고 눈에 비치는 전부를 구할 생각 따위 추호도 없다.

죽을 수는 없는 노릇이다. 크레센메메오스 전투와 같은 위험은 무릅쓸 수 없다.

그러니 답은 정해져 있었다.

“술, 사라.”

이번에야말로 술집의 소란이 잠잠해졌다.

시로나 에코나를 포함한 여종업원이나 마스터, 어느 미궁에 갈까 하고 이야기를 나누고 있던 파티부터 혼자 아침을 먹고 있는 공략자까지 거의 전원. 코우스케를 보고 있다.

타이가는 천천히 고개를 들었다. "무슨, 말이지" 하고 중얼거린 그 얼굴에는 곤혹스러움이 떠올라 있다.

코우스케는 가렵지도 않은데 머리를 긁적이며 조금 투박하게 행동했다.

"오늘 공략 보상금으로 나한테 술을 사라는 거다. 협력하는 조건이야. 그 정도는 알아먹어라."

타이가는 잠시 얼이 빠진 듯한 표정을 짓고 나서, 어찌어찌 "……괜찮은 거냐"라고 말했다.

"지금 이야기를 듣고 나서, 앞으로 상쾌한 기분으로 있을 수 있을 정도로 신경이 굵지 않아서 말이지. 그러니 널 위해서라기보다는 내 정신건강을 위해서다."

후회는 오래 남는다. 어떻게든 할 수 있었는데 아무것도 하지 않은 기억은 진저리가 날 정도로 뇌에 들러붙는다.

자신에 대해서만 생각하는 게 나쁘다고는 보지 않는다. 코우스케도 마찬가지나 다름없다.

결단코 선한 본성에서 나오는 행위가 아니다. 자신이 후회하고 싶지 않아서 돕는 것뿐이니까.

"……고맙다. 쿠로."

타이가의 어깨가 희미하게 떨리고 있다. 코우스케는 쓴웃음을 짓고, 잔을 손에 쥐었다.

"울기에는 아직 이르잖냐."

◇

어느 정도 대화를 나눈 뒤, 코우스케는 일단 자리에서 일어나 방으로 돌아갔다. 갈아입기 위해서였다.

어제 구입한 의류 중에 미궁 공략용 옷도 포함되어 있었다. 장비를 포함한 스테이터스 상황은,

【이　　름】쿠로

【레　　벨】3

【클 래 스】공략자

【스테이터스】생명력:305 마력:917 여력:329 체력:352

　　　　　　지구력:122 기력:490 속력:318 지력:336

　　　　　　운명력:Unknown 천품:Unknown

【상　　태】정상

【경 험 치】256

【스　　킬】선천 스킬:10 후천 스킬Ⅰ:20 후천 스킬Ⅱ:4 후천 스킬Ⅲ:3

【마　　법】▷적성 마술 속성『흑』

【가　　호】▷『영원의 기도』─생존율 극도 상승

【저　　주】▷『죄과의 업』─정신 오염 진행률 극도 상승

【공　　상】▷『인과응보의 이치, 현실』─실행자 보정(전 스테이터스
　　　　　　소량 상승)

```
            ▷『크레센메메오스, 토벌』─실행자 보정(대 『화』 속성 S)
【장      비】▷『푸른 등화의 외투』─장비자 보정(대 마법 A+)
            ▷『덧없는 벽력의 흑의』─장비자 보정(속력 소량·지구력
            중(中) 정도 상승)
            ▷『어두운 달빛의 성화』─장비자 보정(속력 중 정도 상승)
```

이처럼 되어 있다.

크레센메메오스를 『집어삼킴』으로써 후천 스킬Ⅱ가, 장비품에 의해 후천 스킬Ⅲ이 늘어나 있다.

클래스 난은 판단국에 갔을 때 갱신했다. 공략자로 등록하지 않으면 보상금이 나오지 않는다고 하니 거절할 수 없었다.

걸치고 있는 코트는 연한 청색에 하얀 선이 뻗어 있는 것. 튼튼하고 가벼운 원단이 사용되어 있을 뿐만 아니라, 대 마법 소재라서 마법 공격을 받았을 때 어느 정도 위력을 감쇠시켜 준다고 한다.

속옷 상·하의는 검은색으로 통일. 몸에 딱 달라붙어 위화감도 없다.

신발도 검지만 밑창만이 희다. 어느 것이건 보정 효과를 지닌 인공 마법구다.

검은 『토』나 『흑』 속성 마법으로 준비할 수 있으므로 필요 없다고 판단했다.

타이가는 투구를 장착하고 배틀 액스를 장비한 정도로, 겉모습에 큰 변화는 없다.

생명력 회복이나 상처 치유 등의 효과를 지닌 묘약이 존재하는지 타이가에게 물어봤지만, 존재하기는 해도 매우 희소하며 고가라 일반 가게에서는 판매되지 않는다고 한다.

귀족들이 사는 곳이라면 있겠지만, 출입 제한이 엄격하여 두 사람에게는 자격이 없다고 했다.

어릴 적에 즐겼던 게임 등에서는 초반부터 입수 가능했던 것들도 이곳에서는 고급품인 모양이다.

"그럼 갈까."

입구 부근에서 기다리고 있던 타이가에게 말을 걸자, 끄덕임만이 되돌아왔다.

"저, 저기……!"

그와 함께 출발하려 했을 때, 코우스케에게 말을 거는 사람이 있었다. 에코나다.

"다, 다녀오세요."

양손의 손가락과 손가락을 마주 대고, 그녀는 뺨을 붉게 물들이며 말했다.

자연히 풀어지는 표정을 그대로 그녀에게 향하고, 코우스케는 "그래, 다녀올게"라고 대답했다.

하지만 그녀는 미소 짓지 않고, 기분 탓인지 죄송하다는 듯이 눈을 내리떴다.

"저도 뭔가, 도움을 드릴 수 있다면 좋겠는데……. 정말로, 도움을 받기만 할 뿐이라……."

조금 생각한 뒤에야 생각이 미쳤다.

코우스케는 에코나에게 동료가 되어 달라는 말을 썼다. 노예와 주인이 아니라, 어디까지나 대등한 사이로서 그녀를 돕기 위해 고른 표현이지만, 그것이 그녀의 부담이 되고 있기도 한 모양이다.

동료라면 코우스케에게 도움을 받고 있기만 할 뿐인 자신은 더더욱 글렀다, 라고.

에코나는 각종 마법을 쓸 수 있다고 했지만, 미궁 같은 위험한 장소에 데리고 가겠다는 생각은 하지 않는다.

애초에 그녀의 스테이터스는 성장도를 고려해도 미궁 공략에 버틸 수 있는 게 아니다.

외눈 털뭉치인 모르모르나 리자드맨인 드라고니크 정도라면 어떻게든 될 것이다.

하지만 거기까지다. 그 이상의 적이라면 힘겹다. 그녀 외의 많은 노예가 목숨을 잃었듯이.

그래서 전투 측면에서의 도움은 애초에 바라지 않았다. 하지만 그녀는 무언가를 하고 싶은 모양이다…….

"그럼, 요리를 만들어 줘."

예상치 못한 코우스케의 말에 에코나는 "후에" 하고 당황한 듯한 목소리를 냈다.

"에코나, 생선 요리는 만들 수 있어? 굽거나 찌는 식의."

달트라, 특히 길티어스에서는 생선을 먹는 관습이 거의 없다고 한다.

내륙 국가라 바다가 멀다는 점도 크게 관련 있을 것이다. 지금까지 접한 아클레어 요리는 코우스케의 입에 맞는 것뿐이지만, 일본 출신자로서는 벌써 생선 요리가 그리웠다.

"아, 저기. 네, 만들 수 있을 거라 생각해요. 저기, 기보르네는 강이 잔뜩 흐르고, 생선도 잡혀, 서요."

에코나가 쭈뼛쭈뼛 긍정하자, 코우스케는 "오오" 하고 기쁨에 찬 목소리를 냈다.

"생선 요리는 왕도에서 접하기 힘든 모양이라, 에코나한테밖에 부탁할 수가 없어. 괜찮을까?"

몸을 굽혀 그녀의 눈을 들여다보다시피 하며 부탁했다.

그러자 그 눈동자가 금세 반짝임으로 가득 차는 것을 알 수 있었다.

"네, 네……! 반드시, 맛있는 생선 요리를 만들어 보일게요……!"

에코나가 작은 손을 꼭 쥐고 결의를 표명하자, 코우스케는 다시금 미소를 띠었다.

그러자, 그때 은백색 안내인이 나타났다.

"아. 크레센메메오스에게 죽을 뻔했던 주제에 질리지도 않고 수호자를 퇴치하러 가려는 바보다."

말투에는 가시가 돋쳐 있지만, 그것도 코우스케를 염려하는 마음에서 나온 말이리라.

"그거, 곧바로 쓰고 있네."

어제 선물한 곱창밴드는 그녀의 머리카락을 묶는 데 일조하고 있다.

"응. 요리에 머리카락이 섞여 들어가면 안 되니까."

아무래도 별로 기분이 좋지 않은 모양이다.

"아, 그렇지. 지금 에코나랑 이야기하고 있었는데—."

"생선이지? 좋아. 나중에 장 보러 가는 김에 사 놔 줄게."

"마음씨 좋은 안내인님을 만나서 정말로 행운이야."

코우스케는 괜찮다고 안심했다. 얼굴을 보고 대화해도 문제없을 정도로 침착하다.

의외로 감정이라는 것은 이름만 붙이지 않으면 애매한 채로 있어 주는 것일지도 모른다.

인식은 하고 있지만, 명칭을 설정하지 않은 덕에 정확하게 분류되지 않고 그친다.

혹은 코우스케 자신이 그렇게 바라고 있으니까, 그런 식으로 느끼는 것뿐일지도 모르지만.

"이번에는 구해 주러 안 갈 거니까 말이야."

다소 질렸다는 듯한 시선을 코우스케와 타이가에게 향하면서도, 시로는 가지 말라고는 하지 않았다.

그녀도 타이가의 사정을 충분히 이해하고 있기 때문이리라.

"미소녀 안내인님을 말려들게 하지 않고 끝나는 만큼, 요전번보다는 마음이 편해."

타이가는 훗, 하고 살짝 웃었지만, 시로는 기분 나쁘다는 듯이 맵시 좋은 눈을 찡그렸다.

에코나의 어깨에 손을 올리고, 우선 코우스케를 노려봤다.

"네가 뭘 할지는 최종적으로 네가 정할 일이야. 하지만 네가 죽으면 눈물을 흘릴 사람이 있다는 걸 이해하고나서 그 호인 기질을 발동시키도록 해."

시선을 내리자 에코나가 불안하다는 듯이 코우스케를 올려다보고 있다.

"……알고 있어."

코우스케 역시 죽을 생각은 없다.

"꼭 돌아올게. 생선 요리를 위해서라도 말이야."

에코나는 몇 번이고 고개를 끄덕끄덕했고, 시로는 한숨을 내쉬었다. 이어서 타이가에게 날카로운 시선을 향했다.

"타이가도 일부러 클라라가 없는 날을 노린 모양이지만, 그런 건 남자답지 않아."

봤더니 타이가는 겸연쩍은 듯한 표정을 짓고 있었다. 아무래도 정곡인 것 같다.

"가는 이상에야 돌아오도록 해. 그리고 클라라한테 혼나지 않으면 안 돼. 알겠어?"

시로의 말에 그는 "……선처, 하지"라고 대답했지만, 시로는 그걸로 용납하지 않았다.

"선처하는 것만으로는 안 되잖아. 자, 다시 한번. 알겠어?"

공포를 부추기는 예의 미소를 앞에 두고, 타이가는 몇 초 만에 굴복했다.

"······알았다."

"그래, 오케이. 그럼 두 사람 다 일에 방해되니까 가버려, 가버려."

쉭쉭, 하고 벌레라도 내쫓는 듯한 몸짓에 쓴웃음을 지으며 두 사람은 가게를 나섰다.

기분 좋은 가을바람이 두 사람을 맞이하는 것처럼 불었다.

◇

타이가의 이야기를 들었을 때 떠오른 가장 큰 의문은 '꼭 지금이어야만 하는 건가?'일 것이다.

크레센메메오스를 타도했다고는 해도, 코우스케는 내방 3일째인 새내기다. 예를 들어 더욱 확실하게, 코우스케가 강해지는 걸 기다린다는 선택지도 있었을 터. 반드시 죽이고 싶다면 더더욱, 조급해지는 마음을 억누르고 확실성을 취해야만 할 터. 그러면 어째서 타이가는 서둘러야만 했는가. 답은 단순하다.

그렇다— 구조 변화다. 미궁은 부정기적으로 그 구조를 바꾼다.

어느 정도 규칙은 있는 모양이라 층수라든지, 어떤 속성이라든지, 어떠한 몬스터가 배회하는지 등의 기본적인 부분에 변경은 없는 것 같지만, 그 모습을 싹 바꾸는 것이다.

그리고 출현하는 몬스터 중에서 변하는 것이 두 종류 있다. 혹은 한 종류라고 해야 할까.

배회형 마법구 보유 마물과, 대기형 마법구 보유 마물이다. 후자를 특히 수호자라고 한다.

구조 변화가 시작되면 악령을 구성하는 마술 공간과 현실 공간의 연결이 끊어진다. 변화 중에는 악령에 들어갈 수 없다는 뜻이다. 이유는 불명이지만, 공략 중에 구조 변화가 일어나는 경우는 없다고 한다.

그걸 듣고 코우스케는 타이가가 품고 있는 심정과 공포를 자신의 것처럼 이해했다.

만약 지금이라도 구조 변화가 시작된다면. 그로 인해 수호자가 소그르스가 아니게 된다면.

원수는 사라진다. 동료의 유해를 되찾을 수도 없다.

코우스케로 말할 것 같으면 과거의 생에서 여동생의 복수를 달성할 수 없는 상태에 빠진 것과 마찬가지다.

그런 건, 참을 수 없다. 그렇지만 그에게 단신으로 소그르스를 토벌할 힘은 없었다. 술집에 모이는 다른 내방자의 스테이터스로는 소그르스와의 싸움은 힘들다. 초조해하면서, 타이가는 주변 도시로 실력자를 찾으러 가거나 했던 모양이다. 하지만 결과는 좋지 못했다.

실제로 마법구 보유 마물을 노리는 공략자는 그리 많지 않다고 한다.

상층 쪽이 위험도가 낮은 건 물론이고, 얻을 수 있는 보상금은 지상에 나오려 하는 마물이 더 높다.

물론 마법구 보유 마물을 쓰러뜨릴 수 있으면 그 공적은 이루 헤아릴 수 없지만, 그 위험도도 차원이 다르다.

리스크와 리턴을 천칭에 달며 사는 것은 아무것도 잘못되지 않았다.

정교한 시스템이군, 히고 코우스케는 생각했다.

국가가 우선해야 하는 것은 마물을 악령 내에 붙잡아 두는 것이다. 그렇기에 같은 마물이라도 상층, 출입구 부근에 나타나는 마물을 토벌했을 때의 보상금은 높게 설정되어 있다.

이것은 동시에 공략자의 무계획적이고 무모한 공략 행위를 억제하는 것도 된다.

상층에서 돈을 버는 게 현명한 선택이라면, 일부러 멍청한 짓을 하는 자가 줄어드는 건 자명한 이치다.

까닭에 심층으로 들어가는 건 '그걸 선택하는 편이 돈이 될' 정도의 실력자가 주가 된다.

심층의 마물을 상대하는 전투가 위험하다고도 할 수 없는 강자라면 그쪽을 다수 사냥하는 편이 벌이는 크다.

그러한 자들이 심층의 마물이 상층에 도달하기 전에 구축하고, 상층의 약한 마물은 신인 등이 담당한다.

최우선사항은 물론이거니와, 쓸데없는 사망자를 줄이고 공략자 사이의 공존도 실현된다.

물론 그것도 완전한 것은 아니다. 청년 귀족이나 코우스케처럼 무모한 공략에 나서는 자도 있으니까. 그리고 타이가 파티도 또한 그렇게 판단되었다.

공략자 경력이 오래된 사람일수록 자신의 실력을 파악하는 능력이 뛰어나다.

아무래도 타이가 파티는 그러한 자들에게 어리석다는 낙인이 찍힌 모양이었다.

마법구 보유 마물을 쓰러뜨릴 수 있는 개인이나 파티는 내방자라고 해도 드물다.

자신들이 그렇게 특별하게 분류될 거라는 착각을 했으니까, 당연한 응보를 받은 거다―라고.

타이가는 대놓고 말하지 않았지만, 필시 조롱도 받았으리라.

코우스케 주변이 기적적으로 좋은 사람이 많을 뿐이고, 배려심으로 가득한 인간뿐인 세계 따위 존재하지 않는다.

남이 상처 입거나 죽어도 그걸 자업자득이라고 비웃는 인간은 얼마든지 있다.

그런 것에 하나하나 상처 받으면 마음이 버티지 못하지만, 애초에 강인한 마음을 가지는 것은 어렵다.

직접적으로 관계가 있는 것도 아닌 코우스케조차 기분 나빠질 정도이니 타이가의 고통은 이루 헤아릴 수 없다.

하지만 안이하게 위로의 말을 내뱉지는 않았다. 그런 거로 치유되지 않는다는 것을 알고 있으니까.

상처를 그대로 품든지, 어떠한 방법을 통해 상흔으로 바꾸든지. 손상된 마음에 할 수 있는 것은 둘 중 어느 하나다.

타이가는 후자를 선택했다. 코우스케는 그걸 돕겠다고 결정했다. 그렇다면 지금, 쓸데없는 말은 필요 없으리라.

다행히도 제스트의 구조 변화는 아직 일어나지 않았다.

주둔 부대의 대장인 레이스와 어느 정도 말을 나눈 뒤, 두 사람은 최심부를 향해 나아갔다.

요전에 많은 마물을 쓰러뜨린 덕인지 3층까지는 마물의 모습이 거의 없었다.

마물은 악령 내에서 솟아난다. 악신의 마법식에 의해 창조된다는 설이 유력하지만 자세한 것은 모른다. 그러나 만약 그렇다면 납득되는 점도 있었다.

출현하는 마물은 코우스케가 원래 있던 세계에서 공상의 존재로 여겨지던 생물들과 비슷하게 생긴 것이 많다.

이계를 포함한 세계 그 자체를 신이 만들어 냈다고 하면, 다른 세계에서 마물의 생태나 디자인이 유사해지는 것도 부자연스럽지는 않으리라. 악신이라고 해도 신이라는 것은 틀림없다.

저난도라는 것도 관련이 있는지, 마물의 리젠이라고 할 수 있을 용출 빈도는 적은 모양이었다.

어려움 없이 9층까지 도달했다. 여기까지 코우스케는 『흑』을 사용하지 않았다.

9층에서 새로이 나타난 것은 대형 악어로 오인할 정도의— 붉은 도마뱀이었다.

혀를 쉭쉭 꺼냈다가는 집어넣기를 반복한다. 도마뱀이 냄새를 맡을 때의 동작인데, 역시나 마물이어도 마찬가지인가. 짧은 다리를 뒤뚱뒤뚱 움직이면서 이쪽으로 가까이 왔다.

─자, 그럼. 본 싸움 전에 한 번도 시험하지 않는 것도 불안하고 말이지.

「흑장」을 영창하는 것과 동시에. 붉은 도마뱀의 발치에 그림자를 연상케 하는『흑』이 퍼지고, 거기서 칼날이 튀어나왔다.

몸이 상하로 반씩 갈라진 붉은 도마뱀은 일격에 목숨이 끊어졌고, 『흑』에 가라앉았다.

《도모라스를 『집어삼킨』 것을 확인. 마력 해석─성공. 특성 변환과 획득을 개시.》

그리고 도모라스라고 하는 모양인 붉은 도마뱀이 사용하는 마법이 코우스케의 【마법】에 추가되었다.

도모라스가 보유하고 있던 마력은 남김없이 코우스케 것이 되었지만, 그의 표정은 좋지 못했다.

『흑』에 의한 마력 소비와 획득 마력의 균형이 맞지 않기 때문이다. 총합으로는 약간 감소했다.

어쩔 수 없다고 생각할 수도 있지만, 마물의 보유 마력에 따라서는 회복도 가능하다.

저난도 미궁 정도의 마물로는 『흑』을 사용하는 건 연비가 나쁘다고 할 수 있었다.

게임으로 말하자면 강력한 만큼 소비 MP가 방대한 마법.

"그게 『흑』인가."

타이가의 말에 코우스케는 의식하여 표정을 웃는 얼굴에 가깝게 바꿨다. 걱정 따위 없다는 것처럼.

"이이. 그레센메메오스와 싸운 영상은 보여줬었지?"

"취기가 돌았을 즈음에 자랑스럽게 내보이고 있었어."

"아하하……. 뭐, 상태는 나쁘지 않은 것 같아. 생각한 대로 움직여."

【흑전】【흑식】【흑장】이 세 개는 각각 『흑을 걸치고』『흑을 날리고』『흑을 설치하는』것으로 대략적인 효과가 나누어져 있고, 그 용도에서 벗어나지 않는 한 범용성도 나름 높다.

다른 속성을 조합하거나 다소 복잡한 마법을 짜는 게 아니라면 세 개로 충분할 정도로.

한적한 도서관의 사서, 페퍼에게서 들었던 이야기를 떠올렸다.

신화시대에 관한 서적 중 서민이라도 알고 있을 정도로 유명한 것은 두 가지.

하나는 아클레어 신교의 정전. 이건 소위 말하는 성전(聖傳)으로, 확인 가능한 것만 해도 60명의 필자에 의해 세계의 시작부터 인마대전 종결까지가 48권에 걸쳐 기록되어 있다. 정전에서 영웅은 『성자』로 기술되어 있어, 아클레어 신교 신자는 이쪽 표현을 사용하는 경우가 많다.

다른 하나는 인마대전 영웅담. 근대 아클레어에서 적힌 것으로, 인마대전에만 초점을 맞추어 그려진 읽을거리다. 이것이 폭발적으로 퍼져 남녀노소를 불문하고 매료시켰다.

페퍼는 사서이지 종교가는 아니고 또한 경건한 신자인 것도 아니기에, 얻을 수 있었던 정보는 주로 영웅담에 기록된 것이다.

영웅담은 7권으로 구성된 장편이지만, 본편에서는 실로 72명이나 되는 영웅이 등장한다.

그중에서도 7영웅이라 칭해지는『검은 영웅』『하얀 영웅』『붉은 영웅』『푸른 영웅』『녹색 영웅』『빛의 영웅』『어둠의 영웅』은 인기가 높다던가.

이중『검은 영웅』과『어둠의 영웅』은 동일시되는 때도 있다고 한다.

원래 있던 세계에서도 그러한 논쟁은 자주 봤기에 드물지는 않다.

그러면 어째서 다른 영웅이라고 보는 자가 있는 것인가.

『검은 영웅』은 처음에는 정의를 신봉하는 젊은이였다고 한다.

누구에게나 공평하고, 의리가 두텁고, 백성을 위해 마족을 물리치고, 악신의 일부마저 먹었다.

하지만 어느 시점부터 정전에서『정의를 신봉하는 젊은이』라는 기술이 극단적으로 적어진다.

거기서부터 마치 교대하는 것처럼『지비와 용서 없는 젊은이』

가 등장한다.

영웅담에서는 『검은 영웅』의 활약을 창작으로 추가하고, 『어둠의 영웅』을 뒤늦게 내방한 자로 묘사함으로써 양자를 다른 인물로 구별했다. 7영웅이라는 칭호가 퍼진 것도 영웅담이 계기다.

그와는 반대로 정전에서는—정확히는 성자로 기록되어 있지만—『흑』과 『어둠』이 별개의 인물이라는 명확한 기술은 찾아볼 수 없다.

『흑』의 능력은 『집어삼킴』. 대상을 집어삼켜 그 힘을 자신의 것으로 만든다.

하지만 그것뿐만 아닌가?

『집어삼킨』 것에 정신적 영향을 받는 듯한 감각은 현재로서는 없다.

본연의 상태가 변용되고 마는 것 같은 부작용이 있는 것인지, 아니면 단순히 생각이 지나친 것인지.

『흑』과 『어둠』이 별개 인물이라고 하면 문제는 없지만, 아무래도 그렇게는 생각되지 않았다.

『흑』은 무한한 성장을 가능케 하는 속성이다. 『집어삼킬』 수록 강해질 수 있다.

그 영웅이 악신의 일부를 먹었다면, 악신의 특성이나 사용 마법을 손에 넣었을 터다.

그때 어떠한 영향을 받았다고도 생각할 수 있다.

결국, 손에 넣은 것은 약간의 지식과 불안의 씨앗. 다만 그것이 쓸데없었다고는 생각하지 않는다.

"그『흑』으로 소그르스를 집어삼킬 수 있는 건가."

묵묵히 생각을 계속하고 있는 중에도 두 사람의 공략은 끊임없이 이어졌다.

타이가가 도모라스의 구강에서 내뿜어지는 화염을 피하고, 도끼를 한 번 휘둘러 녀석의 두부를 절단했다.

코우스케는『토』속성 창조 마법으로 만들어 낸 한손검을 내리찔러 뇌를 꼬치로 만든 참이다.

시체는 두고 갔다. 마물은 동족을 거의 먹지 않지만, 마력 덩어리로 변한 시체에 한해서는 동족이라도 먹어서 양식으로 삼는 모양이다.『흑』으로 집어삼키기에도 조금 전처럼 마력량이 감소할 뿐이기에 방치하는 걸 선택했다.

"통하지 않는 건 아니겠지만, 일격에 끝낼 수는 없겠지."

"크레센메메오스는 거의 일격에 끝낸 것 같았는데."

"그건 그 녀석이 냉정하지 않았기 때문이야. 내가 빈사 상태에 반격할 수단 따위 없다고 생각했던 거겠지. 손쉽게 끝내는 전개를 기대하고 있다면, 유감이지만 그리 간단히는 풀리지 않을 거라고 생각해."

투구 속에서 내비치는 눈빛은 그런 무른 기대 따위 처음부터 가지고 있지 않았다는 것처럼 날카롭다.

"처음부터 그런 생각은 하고 있지 않았어."

타이가이 현재 레벨은 21. 동료를 잃은 후에도 단련을 빼먹지 않았다는 걸 엿볼 수 있다.

코우스케한테 의지했다고는 해도 전부를 맡길 생각은 없는 모양이다.

그리고 두 사람은 10층에 도달했다. 타이가에게서 들은 바에 의하면 10층에 있는 마물은 한 종류.

사간데스토이. 겉모습은 케케라와 매우 흡사한, 가면을 쓴 인간형. 하지만 싸움 방식이 다르다.

녀석들은 원래 있던 세계로 말할 것 같으면— 저격수다.

사간데스토이는 두 마리가 한 조로, 한 마리가 『풍』속성 마법으로 탄도를 조정하고, 한 마리가 착탄과 동시에 폭발을 일으키는 『폭』속성 마법을 사용한다. 정확히는 탄환이 아니라 돌인가 뭔가지만 효과는 같다.

게다가 녀석들은 벽면에 구멍을 뚫고, 거기에서 죽치고 앉아 적을 기다린다. 마법구 보유 마물이나 수호자와는 다른, 단순한 무력이 아니라 지략에 의한 위협. 수호자에게 가기 전에 먼저 녀석들의 무리를 돌파해야만 한다.

기본은 사선이 지나지 않는 길을 골라 걷고, 신중히 우회하면서 진행하는 것이라고 한다.

약간 고민되지만 이런 데서 어물쩍거리는 건 시간 낭비라고 판단. 코우스케와 타이가를 감싸듯이 반구형의【흑전】을 전개했다. 그리고 그대로 최심부까지 가는 최단거리를 달려 빠져나갔다.

도중에 탄환이 몇십, 몇백 발이나 박혔지만, 『흑』은 그것들 전부를 『집어삼켰』다.

"너, 굉장하구만."

투구 너머로 들려오는 목소리에는 쓴웃음이 섞여 있다.

"전생에서는 하고 싶은 걸 하는 데 5년이나 썼어. 이쪽에서는 시간을 헛되게 쓰고 싶지 않아."

타이가는 아무 말도 하지 않았다. 캐물어서는 안 되는 거라고 판단한 걸지도 모른다.

답파하는 데는 5분도 걸리지 않았다. 그래도 역시 다른 마법에 비해 마력 소비가 심하다. 그렇긴 해도 정공법으로 10층을 공략하는 수고나 귀찮음과 비교하면 미미한 손실이라고 할 수 있는 정도다.

다른 층과 달리 최심부로 이어지는 길은 하나밖에 존재하지 않는다.

그곳에만 마치 인공물 같은 계단이 설치되어 있었다. 다 내려가자 약간의 여유 면적과 올려다볼 정도의 문밖에 없는 공간으로 나왔다. 좌우로 여닫는 거대한 문이다. 진한 회색으로 겉보기에는 금속을 연상케 했다.

"열어도 되겠냐?"라고 타이가가 말하기에, "언제든지"라고 대답했다.

그는 끄덕이고 문을 밀었다. 원리는 알 수 없지만, 그에 반응하는 것처럼 문이 묵직하게 열렸다.

침입하는 데 완력은 필요로 하지 않는 모양이다. 시야가 트임과 동시에 광량이 늘었다. 코우스케는 신경 쓰이지 않는 정도였지만, 타이가는 눈을 가늘게 떴다. 관객석이 없는 콜로세움이라고나 하면 좋을까. 원형 필드다.

천장은 1층 부근까지 있는 게 아닐까 싶을 정도로 높고, 어째서인지 태양 같은 광구가 떠 있다.

필드 중심에 불이 피어오르고 있었다.

인간의 형태를 한 그것이 바로, 저난도 『화』 속성 미궁 제스트의 수호자.

하늘에서 작열을 불러와 도시를 초토화한 자.

그 주위에서 꼭두각시가 된 사람들이 춤추고 있다.

소그르스는 온몸이 불로 이루어져 있고, 얼굴 부분은 검은 어둠으로 그려져 있다. 하지만 꼭두각시들은 달랐다.

몸은 불꽃이지만, 얼굴은— 인간의 그것이다. 공허한 표정으로 쾌활하게 난무하고 있다.

죽은 인간의 것을 그대로 사용하고 있는 것이리라.

어찌 이리도, 모독적인가.

"……아, 아" 하고 당장에라도 무너져 내릴 것만 같은 목소리가 타이가의 입에서 새어 나왔다.

"쿠르스…… 미오………… 하나."

꼭두각시는 20개 정도. 정확히는 23개. 맞이하는 것처럼 이쪽을 보고 있던 소그르스가 검은 입가를 치켜세우다시피 하여 웃었다. 팔을 벌려 환영한다는 뜻을 표시했다.

"이야~, 이야~, 이야~, 손님! 잘 와 주었어! 두 사람 다 환영한다네! 나 참, 요 한 달간 너무 한가해서 죽는 줄 알았어. 자네들은 이른바 구세주야, 구세주. 내게 있어서 말이지. 어라어라어라? 거기 있는 거한, 너, 본 적이 있는데? 처음 보는 거, 아니지?"

어디서 목소리를 내고 있는 건지는 알 수 없지만, 듣는 사람을 불쾌하게 만드는 고음이다.

소그르스는 잠시 고개를 갸웃하면서 타이가를 보고 있었지만, 곧바로 과장되게 손을 마주쳤다.

"아아, 기억났어! 저번에 온 손님 중에 있었지? 또 만나서 기쁘군! 아니, 그런데 말이야? 그 숙녀는 어쩌고? 나로서도 역시 손님은 레이디 쪽이 좋은데 말이지!"

그렇게 말하고는 낄낄 웃으며 허리를 흔드는 동작을 보였다. 추악하고 저열한 도발이었다.

타이가에게서 표정이 사라졌다.

소그르스의 신호로 꼭두각시가 댄스를 멈췄다. 녀석의 손짓에 응해 꼭두각시 하나가 앞으로 나왔다.

눈동자에 빛이 없고 표정도 없지만, 웃으면 매력적일 것 같은 여성. 얼굴에 주근깨가 있고, 머리카락은 어깨 길이에서 가지런히 잘려져 있다. 절망적으로 생기를 느낄 수 없는 얼굴은 주인의 죽음을 강하게 인상 지었다.

"……하나…………."

"너는 확실히 이걸 신경 쓰고 있었지? 어때? 숙녀를 한 마리 더 주면 이걸 빌려줄 수 있다고? 마음껏 쓰도록 해. 너무 타버리지 않도록 주의해. 화상으로는 그치지 않으니까 말이야."

한때 하나였던 꼭두각시가 지면에 드러누워 다리를 벌렸다. 소그르스의 뜻에 따라서이리라.

"…………네, 놈."

살의가 솟구치는 타이가의 시선을 받고, 소그르스는 만족스럽다는 듯 크게 웃었다.

"그거야, 인간! 나는 네 녀석들 내방자 때문에 이런 숨 막히는 장소에 있어야만 한다고. 그 심정을 알겠냐! 진짜, 진짜진짜진짜! 지루해서 죽어버릴 것만 같단 말이다! 네 녀석들을 괴롭히고 있는 동안만큼은 그걸 잊을 수 있어. 그러니까, 사랑한다, 인간. 언젠가 이곳을 나갈 때까지, 꼭두각시로 바꿔서 사랑해 주마, 인간. 안심해라. 사랑하는 암컷과 똑바로 교미하게 해줄 테니까, 말이야!"

"시끄러워."

그건 순식간에 일어난 일이었다.

"………………뭣, 이?"

하나를 제외한 모든 꼭두각시가 탁류처럼 필드를 가득 채운 『흑』에 집어 삼켜져, 사라졌다. 마력 소비 따위 일절 고려하지 않고 시전한 【흑식】이었다. 아연해하는 소그르스를 내버려 두고, 타이가에게 말을 걸었다.

273

"미안하다, 타이가. 쿠르스랑 미오는 내가 처리해 버렸어. 누가 누구인지 알 수 없어서 말이야. 나중에 때려도 상관없어. 그러니 그 전에 하나의 꼭두각시는 네가 해방하는 거다."

"……………………쿠, 로."

소그르스의 흥미가 그때 비로소 코우스케에게 옮아갔다.

"네 녀석은, 뭐지?"

"『검은 영웅』이야. 거, 뭐라더라? 마물을 악령으로 내쫓고 인류를 평화로 이끌었다고 하는. 그 후계자. 너, 따분해서 죽을 것 같은 거지? 그럼 죽어. 못 죽겠다고 하면, 내가 죽여주지."

"후후후, 인간. 큰소리치는 건 좋지 않아. 할 수 있다면 진즉 했겠지?"

"아니. 너, 죄를 범한 녀석에게 안겨줘야만 하는 건 뭐라고 생각하냐."

"우리가 네 녀석들을 죽이는 걸, 네 녀석들의 척도로 죄로 분류해도 곤란하다만?"

"그렇군. 그러면 넌 어째서 사람을 죽이지. 정당방위냐?"

"무슨 바보 같은 소리를. 그런 것— 쾌락 외에 뭐가 있다는 거냐!"

녀석은 자랑스럽게, 마치 세계의 진리를 말하는 것만 같은 거만한 태도로 단언했다.

그 대답에 코우스케는 안도마저 느끼고 있었다. 아아, 그래. 그거면 돼. 그래야 악이지.

"그러냐. 그러면 그 죄를— 후회하고 나서 죽어라."

녀석의 감정에 호응하는 것처럼, 신체를 구성하는 불꽃이 거세졌다.

"나와는 연이 없는 말인데."

"곧 연을 맺게 될 거다."

《스킬 『세미 사이코패스』 발동—성공.

고유 신탁 열쇠 확인—완료.

하늘의 실마리 접속이 허가되었습니다.

정신 진폭치 조율 개시—성공.

정신 오염 가속과 맞바꾸어 감정 기능을 일정 시간 강제로 유지합니다.》

핏기가 가시는 것처럼, 거세게 불타오르고 있던 분노가 차분히 가라앉는 걸 알 수 있었다.

정신 오염이라는 말의 의미는 불명이지만, 스킬의 효과 자체는 이해했다.

분노나 초조함으로 냉정한 판단을 내릴 수 없는 건 인간인 이상 일어날 수 있는 일이다.

그걸 억제하는 스킬이 있어도 전혀 이상하지 않았다.

꼭두각시는 마물로 취급되지는 않는 듯, 불꽃 부분의 마력을 제외한 원래 머리 부분은 격납 상태를 유지했다.

《【상태】가 『정신 오염 0.016』이 되었습니다.》

진행되어서는 안 되는 무언가가 코우스케 안에서 시작되고 만 것을 느꼈다.

하지만 그것에 의식을 할애하려는 생각은 들지 않았고.

코우스케는 그저 눈앞의 괴물을 괴롭히고, 죽이는 것에만 집중하고 있었다.

"재미있구나, 인간! 특히 그 눈이다! 우리의 왕이신 악신님과 쏙 빼닮았는데! 죽이는 게 아까워질 정도로 어둠이 가득해!"

"꽥꽥 시끄럽다고. 귀에 울리니까 닥치고 있어."

『검은』 칼을 창조하여 오른손에 들었다. 코트에 『흑』을 두르고, 땅을 박찼다.

단지 그것만으로 7미터는 되었던 거리가 제로가 되었다. 하지만 그에 놀라지도 않고, 녀석은 몇 걸음 뒤로 물러설 뿐. 그와 교대하다시피 하나가 코우스케의 진행 경로를 막아섰다.

"정말로 침묵을 바라는 건가? 원래 싸움이라는 건 말이야, 소란스러운 것 아닐까. 함성을 지르고, 노호가 오가고, 단말마가 울려 퍼지지! 전장을 광분시키는 것은 언제든지 소리, 소리, 소리! 외침이지 않겠어?!"

"그러냐. 그러면 할 수 있는 데까지 재잘거리고나 있어."

그녀를 집어삼킬 수도 없는 노릇이라, 코우스케는 급정지를 걸었다.

그에 맞춰, 하나가 코우스케를 향해 불꽃으로 만들어 낸 만도를 휘둘렀다.

"흐으으읍!!"

세로로 강하게 내리쳐진 일격을 배틀 액스로 막아 낸 자가 있었다. 타이가다.

"⋯⋯고맙다, 쿠로. 녀석을, 부탁할 수 있겠냐."

동료에게 무기를 향하는 심정은 코우스케가 알 도리가 없다. 하지만 그 자신이 맡겠다고 한다면.

"그래, 내가 맡도록 하지."

코우스케는 시선도 향하지 않고 지나쳐 갔다.

《【상태】가 『정신 오염 0.049』가 되었습니다.》

"뭘 그리 화낼 게 있지? 네 녀석도 마물을 죽이잖아? 생존경쟁에 불과한 것 아닌가. 그쪽이 일방적으로 정의인 척하는 건 심히 불쾌해."

"너는 죽이는 걸 즐기고 있잖냐."

소그르스는 전혀 의미를 알 수 없다는 표정을 지었다. 고개까지 갸웃거리며 말했다.

"그래서?"

"열 받는다고."

"야만적인 동기군. 품성을 의심하게 돼."

"너의 광기만큼은 아니야."

소그르스가 어깨를 으쓱이며 불꽃이 섞인 한숨을 내쉬었다.

"흠. 기대가 어긋났군. 네 녀석과의 대화는 들뜨지 않아. 얼른 꼭두각시로 만들어 버려야겠어―【작열의 세례를 받아라】."

영창에 응해 마법이 발현되었다. 댐의 방수와도 같은 거센 열화의 분류(奔流)가 코우스케에게 닥쳤다.

회피하면, 그것은 타이가와 하나를 집어삼키고 말리라.

즉시 결단을 내려【흑전】과【흑장】을 동시에 발동했다. 자신의 온몸을『검은』갑주로 뒤덮고 돌진.

한층 뒤쪽에 설치한『흑』을 입체적으로 전개하여 마법·물리 모두를 차단하는 방벽으로 삼았다.

방벽은 터진 둑을 막는 것처럼 불꽃의 무리를 막아냈다.

불꽃으로 파고들어 빠져나갈 때, 물이 증발하는 것 같은 치익, 하는 소리가 귓전을 때렸다. 이 경우,『흑』이 마법에 반응하는 소리이리라. 표면에 닿는『불』을『집어삼키』고 있는 것이다.

곧바로 시야가 트였다.

"불 세기가 약한 것 아니냐? 이래서야 종이 한 장 못 태운다고."

"거창하게 지껄이는군. 허무한 인생을 되찾고자 필사적이라도 되어 있는 걸까나?"

소그르스는 그렇게 말하고 마법을 연발했다.

《【상태】가『정신 오염 0.113』이 되었습니다.》

하지만 코우스케의 마음은 완전히 차가워져 있었다. 크레센메메오스와 비교해도 뒤떨어지지 않기는커녕 더욱 흉악하다고 할 수 있다. 단순히 마법이 강력하다고 해서 이것이 본령이지는 않을 터.

소그르스의 진가는 본래 꼭두각시를 다루는 기술에서 발휘되는 것이리라. 마법으로 공략자를 죽이고, 그걸 꼭두각시로 만들이 조종한다. 파티로 공략하러 간 사람들에 대해서는 타이가 때처럼 정신 공격으로서도 기능한다.

하지만 그건 이제 없다.

소르그스는 확실히 강적이다. 자연 속성 무효에 더해 사상 속성에 대한 내성도 지니고 있다.

즉― 색채 속성에 대해서는 아무런 대책을 가지고 있지 않다.

무엇보다 코우스케는 크레센메메오스와의 싸움을 통해 대『화』 속성 보정을 받았다.

그 때문에 뜨겁지도 않고 아프지도 않으며, 그리고 당연히 무섭지도 않다.

"이봐, 이봐. 남자가 달라붙어도 기쁘지 않은데 말이지!"

표정은 미소를 유지하고 있지만, 그 목소리에는 초조함이 배어 나오고 있는 것처럼 들렸다.

"그거 좋네. 싫어하는 표정을 꼭 보여 달라고."

"성격 한번 참 좋구만……!"

반복해서 발사되는 불꽃 공격 전부를 『집어삼켜』 간다. 고맙게도 소비 마력과 획득 마력은 거의 균형이 맞고 있었다. 수호자 클래스 정도 되면 얻을 수 있는 마력도 그만큼 많아진다.

적이 빠르게 피폐해져 가는 와중에 코우스케만이 만전으로 있을 수 있게 되니, 이미 승부는 난 셈이었다.

"야, 네 마음에 후회는 생겨났냐?"

"누가 할까 보냐! 몇천, 몇만을 죽이든 그런 건 심심풀이 정도의 가치밖에 없는데 말이다!"

"그러냐. 그런데 너, 이름이 뭐였지? 그게 그러니까, 풍전등화?"

자신이 불꽃이라는 것과 현 상황을 한꺼번에 비꼰 데 소그르스는 격노했다.

"이 무슨 불손함! 이 무슨 오만함! 열등한 인간종이 날 업신여기다니, 용서받을 수 없는 죄!!"

"내가 널 업신여기는 걸, 너의 척도로 죄로 분류해도 곤란한데 말이지?"

"잘 놀리는 그 혀를 뽑아서 불에 구워 먹어 주마!"

코우스케의 발치가 폭발했다. 하지만 폭발이 일어날 때쯤에는 코우스케의 모습은 이미 그곳에 없었다.

"인, 간, 따위가!"

회피 행동을 취하면서, 코우스케는【흑전】과【흑장】으로 공격했다.

녀석은 위태롭기는 해도 그것을 피하고 있었지만, 그것도 금방 끝을 맞이했다.

코우스케는 그 회피 루트를 유도하는 것처럼 공격하고 있었다.

그리고 소그르스는 멈춰 섰다. 정확히는 후퇴를 시도하다가, 실패했다.

벽이다.

"뭣—" 그제야 비로소 벽의 존재를 의식한 건지, 녀석은 놀라면서 돌아봐 그걸 확인했다.

눈앞의 석에서, 눈을 돌린 것이다.

"아뿔싸!" 깨달았다 한들, 이미 늦다.

녀석과 시선이 교차할 즈음에는 그 오른팔을 어깨에서 완전히 절단하고 있었다. 선혈 대신 불꽃이 뿜어져 나왔다.

"아, 아아아아악?! 무, 무무무, 무슨, 무슨 짓이냐!"

아무래도 불꽃의 형상을 본뜨고는 있어도, 인간의 모습을 무너뜨리는 공격은 타격으로서 통하는 모양이다.

손목을 비틀자 칼날이 번쩍였다. 내리치는 공격에서 곧바로 이어지는 올려 베기로 왼팔도 절단.

"자, 자자잠깐, 잠깐만!"

지근거리에서 시전한 【흑식】을 맞고 상반신과 하반신이 분리되었다. 양팔과 하반신이 『흑』에 가라앉았다.

《【상태】가 『정신 오염 0.178』이 되었습니다.》

《레벨 4가 되었습니다.》

다리를 잃은 상체는 땅에 떨어졌고, 벽에 기댐으로써 간신히 쓰러지지 않고 그쳤다.

"쿨럭! 어이, 이봐, 말로, 말로 하자고!"

목덜미에 검을 갖다 댔다.

"후회는?"

"아, 아아! 내가 잘못되었고말고! 인정하겠어! 적대하는 게 숙명이라 해도, 내 방식은 좀 나빴던 취미일지도 몰라! 성심성의껏, 사과하마!"

마치 용서를 구하는 것처럼 소그르스는 계속해서 말했다.

"두 번 다시 하지 않겠어. 맹세할게, 맹세하고말고. 그러니 부디, 날 눈감아 주지 않겠어?!"

필사적인 목숨 구걸. 그것만은 빼앗지 말아 달라고 슬피 하소연하는 모습을 봐도, 코우스케의 마음은 흔들리지 않는다.

"그 말을 믿는 것보다, 널 죽이는 게 더 확실하잖아?"

《〔상태〕가 『정신 오염 0.220』이 되었습니다.》

엷은 미소를 띤 코우스케를 보고 무슨 생각을 한 것인지, 소그르스는 갑자기 큰 소리로 외쳤다.

"우리의 식량에 불과한 인간 나부랭이가, 뭐라도 되는 듯이 지껄이기는! 죽어라! 속히 죽는 거다! —【불꽃의 창으로 화장을 집행한다】!"

그건 아마도 생명을 불태워 발동하는 마법이었던 것이리라. 녀석의 동체 크기가 순식간에 축소되어 어린아이의 상반신 정도로 변했다. 대신에 동체에서 작열하는 창이 튀어나와, 코우스케의 복부를 꿰뚫었다.

"방심했구나, 인간! 끝이라고? 네 녀석의 육체는 나약하니까 말이야— 어?"

표면석인 반성도 코우스케의 빙심을 꾀이내기 위해서였던 모양이다. 그렇다면 그건 성공했다고 할 수 있으리라.

동시에, 무의미하게 끝났다. 소그르스의 미소는 몇 초도 채 유지되지 못했던 것이다.

【흑전】이 창을 감싸고, 집어삼키는 것까지는 그나마 상상할 수 있었으리라.

하지만 그 상처가 순식간에 가까운 속도로 치유된 것을 보고, 소그르스의 입이 쩍 벌어졌다.

"아, 아아…… 그런가. 『흑』…… 네 녀석, 크레센메메오스를, 그 마력 치유 특성을 먹은 거냐."

《【상태】가 『정신 오염 0.459』가 되었습니다.》

격통에 표정이 일그러진 것도 한순간. 고통마저도 곧바로 제거되고 치유와 함께 사라졌다.

"맞아. 지금부터 너도 소화해 주지."

《【상태】가 『정신 오염 0.666』이 되었습니다.》

시끄럽네, 하고 성가심을 느꼈다. 통지에도, 소그르스에도. 하지만 그런 흔들림도 눈 깜박할 정도의 극히 짧은 시간에 진정되었다. 그리고 또다시 정신 오염이라는 것이 진행되었다. 이유도 알지 못한 채 꺼림칙한 숫자만이 상승한다. 그걸 꺼림칙하다고 여기는 마음조차 곧바로 진정되어 유지할 수 없게 되어버리지만.

"후, 후하핫! 이야~, 내 패배다. 놀랐어, 인간. ─하지만 말이지? 네 녀석도 여기서 죽는다─【하늘에서 작열을 불러와, 도시마저도 초토화하라】."

순식간에 필드 내의 온도가 폭발적으로 상승했다.

원인은 단순하다. 천장의 태양이 낙하하기 시작한 것이다.

"저번의 수호자는 한심하게도 마법구를 빼앗겼지. 그러니까 그렇게는 못 하도록 마법구조차도 완전히 녹여버리는 자폭 마법이 준비되어 있었다는─ 것, 이"

그 목소리는 도중에 쉬었다.

『검은』 칼날이 그의 가슴을 파고들었기 때문이다.

"그러면 죽기 전에 널 죽여버려야겠네."

부드러운 미소와 함께 내뱉어진 코우스케의 말에, 소그르스의 표정이 공포로 일그러졌다.

《【상태】가 『정신 오염 0.794』가 되었습니다.》

"아아, 그게 보고 싶었어. 자신이 한 짓이 자신을 죽일 거라고 이해했을 때의, 그 표정이."

소그르스는 당장이라도 울기 시작할 것만 같은 쉰 목소리로 이렇게 중얼거렸다.

"…………제정신이, 아니군."

"그래서?"

머리까지 칼날을 올려 베어 그 생명을 끊었다. 그리고 그대로『흑』으로 집어삼켰다.

무언가를 얻은 모양이라 글래스에 문자가 지나갔지만, 그건 눈에 들어오지 않았다.

《【상태】가 『정신 오염 1.004』가 되었습니다.》

《【마법】에 【흑도야(黑逃夜)】가 추가됩니다.》

코우스케는 무심코 얼굴을 찌푸렸다. 어느새 이렇게나 진행되었지?

이 수치 상승은 코우스케에게 대체 무엇을 초래하는 걸까.

알 수 없다. 알 수 없고, 생각하고 있을 여유도 그다지 없어 보였다.

"쿠로!"

외치는 소리. 들은 적은 있지만, 누구의 것이었을까. 뒤돌아서 얼굴을 봤다.

"·········타이가?"

그렇다. 타이가다. 사람의 머리를 안고 있다. 그의 동료인······ 확실히 이름은 하나. 그래. 그의 부탁을 듣고 둘이서 수호자를 토벌하러 오지 않았던가. 방금 막 죽인, 소그르스를.

그런 걸, 잊고 있었다?

『세미 사이코패스』의 효과가 다한 것인지, 코우스케를 엄습하는 공포는 걷잡을 수 없이 커졌다.

이것이 정신 오염? 그렇다고 하면―.

"쿠로, 도망쳐!"

타이가가 소리 지르고 있다. 먼저 도망치지 않고 코우스케를 기다리고 있는 모양이다.

위를 올려다보니, 이미 코우스케마저 직시할 수 없을 정도로 광량이 늘어나 있었다. 아니, 접근하고 있는 것이다. 【흑식】을 날리고, 말을 잃었다.

『흑』이 튕겨 나가 사라졌다.

전혀 『집어삼킬』 수 없었던 건 아니지만, 아무래도 허용량이 정해져 있는 모양이다.

그걸 초과하는 마력에 『흑』이 버틸 수 없게 되었다는 것이다.

봤더니 어느샌가 문이 닫혀 있다. 지금부터 달려서 문을 파괴하고 도망친다. 제시간에 맞춰 그렇게 할 수 있을 상황이 아니었다. 이대로는 코우스케도 타이가도 불꽃 덩어리에 집어 삼켜져 재가 된다.

코우스케의 마법으로는 궁지를 벗어나는 건— 아니.

바로 조금 전에 새로운 마법을 습득했다. 마치 시트를 사용했을 때처럼 마법식이 머리에 떠오른다. 【흑도야】, 그 효과는.

—정신 오염치 상승과 맞바꾸어 숙련도를 무시하고 『집어삼킬』수 있게 된다.

지금 실력으로는 태양을 집어삼키지 못하고, 또한 도망치는 것도 불가능하다. 그렇다면, 먹을 수밖에 없지 않은가.

"쿠로!"

타이가가 아직 외치고 있다. 그러고 보니 하나는 그 자신의 손으로 해방해줄 수 있었던 걸까.

아니면 코우스케가 소그르스를 죽임으로써 꼭두각시화에서 해제된 것일까.

나중에 물어보고, 경우에 따라서는 사과하자. 쿠르스와 미오를 되찾았다는 것도 전하지 않으면.

코우스케는 타이가에게 미소를 지었다.

공포는 있다. 또 뭔가를 망각하고 마는 건 아닐까. 자신의 죄나 여동생에 관한 것마저. 그렇게 생각하면 떨림이 멎지 않는다. 하지만 지금 여기서 죽는 것만은 할 수 없다. 그것만은 안 되는 것이다. 그러니까.

"【흑도야】."

《【상태】가 『정신 오염 3.004』가 되었습니다.》

"아무래도 좋으니까, 저걸 집어삼켜."

어둠이 솟구친다. 심연에서 퍼 올린 것만 같은 억수의 칠흑이 소나기를 되감는 것처럼 하늘로 향한다. 그것은 한없이, 빈틈없이, 끊임없이, 그치지 않고, 무한을 주장하는 것처럼 계속되었다.

처음 10초 만에 이미 코우스케의 마력 잔량을 넘는 마법이 발동되었을 터다.

이건 대체 어떻게 된 것인가. 부족한 마력을 누가 보충하고 있는 것인가.

대답하는 자는 없고, 그저 흑이 코우스케 주위에서 분출해서는, 태양을 잡아먹으려는 것처럼 상공으로 헤엄쳐 갔다.

급속하게, 신속하게, 신속(神速)이라고 할 수 있는 속도로 태양은 흑으로 물들었다.

열은 전해지지 않는다. 빛은 이미 없다. 태양은 코우스케와 타이가를 집어삼키기 직전에 흑으로 물들었고.

사라졌다.

흑도 동시에, 사라진다.

"…………뭘 한 거냐, 쿠로."

타이가가 현실을 의심하는 듯한 눈으로 이쪽을 보고 있다.

"그런 눈으로 보지 말라고. 살아났으니까 말이야."

코우스케는 웃었다. 웃으려고 했다. 하지만 어째서일까. 그럴 수 있었던 것 같지가 않다. 아아, 그런가. 나는.

웃는 법을, 알지 못한다.

◇

"······괜찮냐, 쿠로."

쿠로. 흑. 팔에 여성의 머리를 안고 있는 체구가 큰 남자가 걱정스러운 기색으로 이쪽을 보고 있다. 투구 너머로 확인할 수 있는 건 두 눈뿐이지만, 적의는 느껴지지 않는다. 그건 그렇다 쳐도 섬뜩한 구도였다. 어떻게 하면 여자의 머리를 안고 다른 사람을 걱정하는 상황에 부닥치는 걸까. 그걸 보고 태연한 자신도 자신이지만······.

애초에 그는 대체 누구지?

"왜 그래, 쿠로. 역시 조금 전의 마법으로 뭔가 악영향이."

조금 전의 마법?

마법. 그렇다. 갑자기 떠올렸다. 자신은 검은 마법을 썼다. 자신은 검은 마법을 쓸 수 있다. 확실히 그걸로 뭔가를 집어삼켰다. 어째서인지는 떠올릴 수가 없다. 뚜껑을 꽉 닫은 것처럼, 기억을 끄집어내는 게 지독히 어려워져 있다. 그도 그럴 것이, 그래. 무슨 이유에서인지, 자신의 이름조차 알 수가 없다.

"너, 뭔데 친한 척하냐. ……누구야."

남자는 놀란 듯한 표정을 지었다.

그리고 잠시 후 괴로워 보이는 표정을 지은 뒤, 이름을 댔다.

"타이가다. 친구야."

타이가. 왠지 모르게 들은 적은 있는 울림 같았다. 일일이 기억을 검색하는 건 내키지 않았다. 귀찮다. 딱히 기억해낼 수 없다고 해서 뭔가 문제가 있는 것도 아니다. 망각을 한탄할 의사조차 솟지 않는다.

"색채 마법, 역시 힘에 걸맞은 만큼의 대가를 요구하는 건가. 미안하다, 쿠로. 나는 그 가능성을 눈치채고 있었어.『하얀 영웅』은 싸울 때마다 과거를 망각한다는 이야기를 들었었다. 너의『흑』에도 폐해가 따를지도 모른다는 걸, 알고 있었어. 미안하다…….
나는 너를, 이용했어…………."

남자는 그 자리에 무릎을 꿇고 참회하는 것처럼 말했다. 몇 번이고 사죄를 되풀이했다.

문을 두드리는 소리가 났다. 순간적으로 시선을 돌렸지만, 아무래도 지금 있는 공간에서 생겨나는 소리는 아닌 모양이다.

그래도 소리가 난다. 문을 두드리는 소리. 주먹을 쥐고 필사적으로 호소하는 것처럼 문을 내리치는 소리.

그건 가슴속에서 울리고 있는 것 같았다. 눈앞의 남자에게는 들리지 않는 모양이다.

자신에게만 들리는 소리. 누가 내고 있지? 아니, 그것보다도.

"이용? 이용했다고? 이상한 착각 하지 말라고. 나는 내 의지로만 움직여."

자신의 이름도 모르는 주제에, 반사적으로 단언하고 말았다.

"미안하다, 쿠로……. 시로나, 에코나라는 이름의 여자아이에게 뭐라고 말하면 좋을지."

시로. 에코나.

그 이름에 어째서인지 가슴이 따뜻해진다.

쩌억, 하고 무언가에 금이 갔다. 노크라고 하기에는 다소 지나치게 난폭한 소리가 차츰 커졌다.

그건 머릿속에서 종이라고 울리고 있는 듯한 소음으로까지 발전했고, 두통을 수반하게 됐다.

쿠로. 타이가. 시로. 에코나. 알고 있을 터다. 전부, 알고 있는 이름이다.

떠올릴 필요가 있나? 떠올리지 않으면 안 된다. 아무래도 좋은 일이다. 아니, 소중한―.

《상태》가 『정신 오염 2.468』가 되었습니다.》

순간, 찌르는 듯한 두통이 지나갔다.

그리고 코우스케는 지면에 무릎을 꿇었다. 그뿐만 아니라, 팔까지 짚으며 고통에 표정을 일그러뜨렸다.

"쿠로……!"

타이가가 외쳤다. 소그르스를 쓰러뜨렸을 때부터 헤아려서, 이름만 불린 건 벌써 몇 번째일까.

코우스케는 조금 우스워져서 쓴웃음을 지었다. 뺨을 경련시키는 듯한 볼품없는 그 쓴웃음마저 그립다.

"야, 시끄러워. 타이가. 지금 머리가 좀 아프다고. 소리 낮춰 줘."

"…………쿠로?"

"아, 그러고 보니 타이가. 하나는 어떻게 됐어. 네가 한 거냐."

코우스케의 말에 타이가의 눈이 휘둥그레졌다.

"괜찮은, 거냐."

"괜찮냐니, 뭐가? 아니, 확실히 지금 머리는 엄청 아프지만 말이야."

분위기를 누그러뜨리다시피 웃어보였지만 가슴속에는 한 가지 가설이 세워졌다.

기억은 없지만, 아마도 자신은 타이가를 비통한 표정으로 만들 정도의 상태에 빠져 있었던 것이리라.

한 번, 타이가에 관해 떠올리지 못했던 건 기억하고 있다. 그것이 경도의 정신 오염에 의한 영향이라고 한다면, 그 수치가 몇 배로 뛰어오르면 어떻게 될지는 쉽게 상상이 된다.

즉 자신은 태양 같은 화염을 집어삼킨 뒤 지면에 무릎을 꿇기까지, 그사이에 말 그대로 얼이 빠져 있었다.

완전히 자아를 잃고 있었기에 그사이의 기억이 없는 것이리라. 어떻게 돌아온 것인지 도무지 알 수 없다. 그 사실에 소름이 끼쳤다. 동시에 코우스케는 『검은 영웅』과 『어둠의 영웅』은 동일인물이었다고 확신했다. 지금에 와서는 이미 그렇다고밖에 생각할 수 없다.

돌아올 수 있었다는 시점에서 코우스케의 정신 오염치는 아직 그 정도 수준의 것이리라.

신화시대의 『검은 영웅』은 돌아올 수 없었던 것이다.

오염이라고 부르는 이상, 기억 상실과 자아의 요동에 머무르지 않고 그 이상 더러움으로 물드는 단계가 있을 것이다.

거기까지 가서는 안 된다.

『흑』그 자체는 차치하고, 스킬『세미 사이코패스』나 마법【흑도야】발동은 삼가야만 한다.

후자는 임의지만 전자가 자동발동이라는 게 문제였다. 이래서야 『흑』운운의 문제가 아니다. 억제할 수 없는 살의나 증오가 발동 조건이라고 생각되는데, 그것들과는 연이 없는 생활이 필요해진다.

가능한가? 그것만을 양식으로 5년의 세월을 보내온 자신이. 이 세계에서는 그것과 연관을 맺지 않는다는 게.

자기도 모르는 사이에 이를 빠득거리는 자신이 있었다. 아무래도 스테이터스 보정은 과거의 생을 불쌍히 여긴 신이 주는 선물이라는 것만은 아닌 모양이다. 그렇다고 한다면, 신의 성격은 실로 비뚤어져 있다.

독이 든 미주(美酒). 부작용이 너무 강한 영약. 광기를 품은 선녀. 이 천혜는 그러한 부류의 것이다.

이유나 사정은 있다 해도, 자아 상실을 대가로 하는 힘 같은 건 무턱대고 기뻐할 수 있는 게 아니다.

하지만 그것 덕분에 목숨을 건진 것 또한 사실이었다.

"…………미안하다. 쿠로. 나는—."

하고, 타이가는 말하기 시작했다.

그저께 코우스케와 알게 된 뒤, 타이가는 생각했다. 이 녀석이라면 소그르스를 쓰러뜨릴 수 있을지도 모른다고. 하지만『흑』같은 건 영웅담에서밖에 본 적 없는 것이고 간단히 신용할 수는 없다. 그래서 알게 된 다음 날에 조사해 봤다고 한다. 코우스케가 도서관에 간 날에 그 또한 다른 장소에서『흑』에 관한 지식을 얻은 것이다.

그가 들른 곳은 교회. 거기서 사제에게『검은 성자』에 관한 정보를 물어봤다.

『검은 성자』는 처음에는 정의를 신봉하는 젊은이였다고 한다.

누구에게도 공평하고 의리가 두터우며, 백성을 위해 마족을 물리치고 악신의 일부마저 먹었다.

하지만 어느 시점부터 정전에『정의를 신봉하는 젊은이』라는 기술이 극단적으로 적어지게 된다.

여기까지는 코우스케도 들었던 이야기다. 그렇다. 그리고 극단적으로 적어졌다는 것뿐이지, 없어진 것은 아니다. 그래서 다른 인물이라는 설 또한 주장되고 있는 것이리라. 코우스케 처지에서 보면 자아의 상실과 재획득을 반복하고 있었던 것뿐이라는 걸 알수 있지만, 『흑』을 지니지 않는 인간은 추측도 불가능할 것이다.

매우 드물게 다시 등장하는 『검은 성자』는 어느 때 이런 말을 남겼다.

—'자신이 자신으로 있기 위해서도 함께 싸우는 동료와 사랑하는 사람은 필요하다'라고.

단순히 '이웃을 사랑하라'라는 종류의 말로도 받아들일 수 있지만, 아마도 다를 것이다.

정신 오염을 아는 사람의 입장에서 보면 그것들 없이는 자아를 유지할 수 없게 된다는 걸 알 수 있다.

'돌아올 수 있는' 데 필요한 것은 소중하다고 생각할 수 있는 사람의 존재를 의식하는 것, 이라는 게 되는 건가.

타이가가 전부를 이해할 수 있었다고는 생각하지 않는다. 어쨌든 그는 『흑』이 위태로운 것일지도 모른다는 점을 알고 있었다. 같은 색채 속성인 『백』의 소유자 또한 대규모 마법 발동 후에 기억 결락이 보인다는 정보가 있어, 색채 속성은 강력하기만 할 뿐인 마술 속성은 아니라는 걸 알고 있었다.

그리고 그것을 코우스케한테는 전하지 않았다. 코우스케가 그걸 알아버리면 협력을 망설일지도 모른다.

그렇게 되면 동료를 되찾을 수 없게 되고 마니까.

그는 거구를 희미하게 떨면서 계속 사과하고 있다. 이용해 버린 것을 뉘우치는 것처럼.

하지만 정작 코우스케 본인은 태연했다.

"어? 딱히 신경 안 써."

타이가는 순간적으로 고개를 들고 눈을 크게 떴다.

"하, 하지만."

"선택한 건 나야. 손해 봤다고 해서 제안한 사람 탓으로는 할 수 없지."

어느새 두통도 잦아들었다. 코우스케는 미소를 띠고 있었지만, 타이가는 그러지도 못하는 모양이다.

"하지만 나는 너의 선의를, 이용했다……."

애초에 결코 선의 같은 게 아니지만, 말해 본들 쓸데없을 테니까 그만뒀다.

코우스케로서는 그를 책망하려는 생각은 티끌만큼도 하고 있지 않았다. 오히려 공감하고 있다고 해도 좋다.

"그만큼 동료가 소중했다는 거잖아."

"──."

코우스케의 말에 타이가는 고개를 푹 숙였고, 그의 어깨가 떨렸다.

"죽었으니까 그걸로 끝이라는 말로는 납득할 수 없을 만큼, 소중했다는 거잖아."

그렇다면 그건 코우스케와 마찬가지다.

여동생이 죽었다. 살해당했다고 해도 좋다. 무엇을 해도 돌아오지 않는다는 건, 말하지 않아도 알고 있다.

그래도 아무것도 하지 않을 수는 없었다. 무의미한 복수에 인생을 쏟고, 그걸 위해 온갖 것을 이용했다. 길게 이어지는 후회도, 고통을 호소하는 죄악감도 가슴속에 남아 있다.

그렇다고 해서 하지 말 걸 그랬다는 생각만큼은 하지 않는다. 필요했다. 자신에게는, 복수가.

타이가에게 있어 동료의 유해를 되찾는 것이 그에 해당한다면, 어느 입장에서 규탄할 수 있을까.

그런 짓을 해 봤자, 과거의 자신을 비난하는 거나 다름없는데.

"게다가 처음부터 거래라는 걸로 이야기가 됐잖아. 소그르스는 쓰러뜨렸어. 너도 술 사라."

잘 생각해 보니 코우스케에게도 이번 건은 어느 의미로 다행이기도 했다.

만약 혼자서 싸울 때 【흑도야】를 발동하게 되었더라면? 그대로 돌아오지 못하는 경우도 있을 수 있다. 타이가의 말로는 시로와 에코나의 이름을 꺼냈을 때 제정신으로 돌아왔다고 했는데, 그 이름을 말해 준 동료가 있었던 걸 요행이라고 하지 않을 수 없다.

그건 그렇고, 하며 코우스케는 복잡한 기분이 들었다.

에코나의 이름에 반응하는 건 그나마 이해가 된다. 손을 내민 이상 무책임하게 있을 수는 없으니까.

그런데, 시로는? 딱히 코우스케가 없어도 그녀의 생활에 영향은 없을 텐데…….

과연 코우스케에게 있어 그녀는 함께 싸우는 동료인 것인지,

그게 아니면―.

어쨌든 간접적이기는 해도 또다시 그녀가 구해 준 거라 볼 수 있다. 이번에는 그에 더해 에코나도다.

뚝, 하고 무언가가 지면에 닿았다. 검은 얼룩을 만들면서 물방울은 몇 번이고 몇 번이고 떨어졌다.

눈물이다. 타이가가 울고 있는 것이었다.

"…………미안하다 ……미안해, 쿠로…………. 아무리 감사해도, 사죄해도 모자라."

그의 눈물을 보는 건 두 번째지만 이번에는 멈출 필요도 없으리라.

"그래, 그래. 원하는 만큼 울어. 그것보다 하나야, 하나. 어떻게 됐어."

몇 분 동안 울먹이는 소리를 듣고 있었을까. 겨우 눈물을 그친 타이가가 말했다.

"내 손으로 해방해 줬어. 이 머리는 가지고 돌아갈 거야. 쿠르스나 미오도 가능하다면 되찾고 싶었지만."

타이가는 그렇게 말하고 나서 아차 싶은 표정을 지었다. 그것만으로도 코우스케를 책망하는 말이 아님을 알 수 있다.

"아아, 그거 말인데. 모두의 것을 제대로 남겨 뒀어."

타이가는 무슨 의미인지 모르겠다는 표정을 지었다.

"『흑』으로 집어삼킨 것은 전부 흡수하는 게 아니라, 추려낼 수 있어. 드라고니크의 육체는 마력으로 바꾸지만, 만도는 남겨 둔다는 식으로 말이야. 그래서 꼭두각시의 머리는 모두 그대로 남겨 뒀어. 그러니까 여길 나가면 머리를 어떻게든 해야만 해. 쿠르스와 미오의 것은 너한테 맡긴다 치고, 나머지는…… 어쩌지."

코우스케로서는 꽤 절실한 문제였다. 그들의 유해를 마물과 마찬가지로 흡수하면 생전에 사용했던 마법이나 그 밖의 특성을 획득할 수 있겠지만, 그런 도굴꾼 같은 짓은 하고 싶지 않다. 죽은 자에게도 표해야 할 예가 있다.

"……수호자의 방에 도달할 수 있는 공략자의 태반은 내방자야. 그리고 이 도시에 찾아온 내방자는 모두 생명의 우정과 연줄이 있어. 그 외의 사람들도 이웃 도시 사람들이겠지. 수색은 가능해."

"그러냐. 다행이네……. 그럼 모두의 도움을 받으면서 처리해 나가자."

"쿠로."

팔에 하나의 머리를 안은 타이가가 일어서서 진지한 표정으로 이쪽을 봤다.

"이번에는 너에게 의리 없는 짓을 저지르고 말았다. 나는 이걸 영원히 죄로서 짊어지게 되겠지."

"호들갑스러운 녀석이네."

코우스케는 쓴웃음을 지었지만, 타이가 자신은 웃지 말라는 것만 같이 진지한 음색으로 계속해서 말했다.

"들어줘. 너는 영웅이야. 세계에 있어서기 이니디라도, 내게 있어서. 너는 속죄 따위 바라지 않겠지. 그러니 부디 앞으로도 오로지 우의를 다하는 자로서, 나를 기억하고 있어 줘."

코우스케는 그 말에 코웃음을 쳤다. 그의 흉내를 내어 훗, 하고 웃었다.

"그런 건 됐으니까, 술이나 사."

타이가의 눈이 휘둥그레졌다. 코우스케의 말은 그의 의표만을 찌르는 모양이다. 그것이 재미있어서 코우스케는 한층 웃었다. 그런 코우스케를 보고 타이가도 웃었다. 훗, 이 아니라 활짝 웃는 듯한 미소다.

"알았어. 통째로 주문하도록 해."

"못 마신다고."

"괜찮아. 내가 마시지."

"뭐야, 그게. 사준다는 건 어디로 갔냐."

두 사람은 잠시 소소한 대화를 나누며 웃었다.

◇

소그르스의 마법구는 팔찌였다.

『소그르스 두에 누메오라르트의 팔찌』의 주된 효과는 두 가지.

하나, 제스트에 서식하는 마물이 사용하는 마법 전부를 착용자의 【마법】에 추가한다.

둘, 소그르스의 특성을 【후천 스킬Ⅲ】에 추가한다.

후자의 상세는,

『소그르스 두에 누메오라르트의 항체』 자연 속성 무효—모든 스테이터스 극대 저하. 사상 속성 내성 극대—사상 속성 발동 불가(일부 예외 존재).

『소그르스 두에 누메오라르트의 꼭두각시 조종술』 시체의 꼭두각시화—꼭두각시의 활동 에너지를 부담.

『소그르스 두에 누메오라르트의 자식(自食)』—생명력을 마력으로, 마력을 생명력으로 변환할 수 있게 된다. 변환 비율은 쌍방이 영구히 1=1.

이런 식으로 이번에는 보정에 마이너스 효과도 수반하는 마법구였다.

코우스케는 『집어삼킴』으로써 똑같은 스킬을 얻었지만, 거기에는 마이너스 표기가 없다.

이유는 명확하지 않지만, 코우스케는 리스크 없이 자연 속성 무효를 손에 넣었다.

꼭두각시 조종술의 '활동 에너지를 부담'은 마이너스 표기 취급이 아닌 모양이라 남아 있지만.

그나저나 이 '무효'는 글자의 뜻 그대로라고 한다면 너무나도 반칙급인 스킬 아닐까.

하지만 역시나 그런 형편 좋은 이야기는 아닌 모양이다.

스킬에서의 '무효'라는 건 이른바 '절연체'와 마찬가지인 표현에 불과하다던가.

그것도 또한 글자의 임팩트로 마치 아무것도 통하지 않을 것만 같지만, 실제로는 다르다.

전기 혹은 열이 통하기 어렵다는 것뿐이다.

즉 이 '무효'도 또한 '극단적으로 강한 저항력을 가진다'라는 의미인 모양이다.

단지 '극대 상승'보다 한층 위의 보정이기에, 그 효과는 역시 매우 크다.

마물이라면 마법구 보유 마물, 인간이라면 영웅이나 그에 준하는 힘을 가진 자. 그런 상대가 아닌 한에야 무효라는 말이 부끄럽지 않을 활약을 해준다고 한다. 그렇다면 그것은 대다수 인간에게는 무효인 게 틀림없다.

두 사람은 올 때보다도 시간을 들여 신중하게 제스트를 빠져나갔다.

경비대장 레이스는 웃는 얼굴로 두 사람을 맞이해 주었다.

다른 병사들도 존경 어린 시선을 향했다.

하나의 머리에 흠칫하는 자도 많았지만, 설명하니 눈물을 흘리는 자가 속출했다. 얼추 설명을 끝내고 이야기가 정리되자 레이스가 코우스케 근처로 와서 작은 목소리로 말했다. 공략을 축하하여 환락가에 가지 않겠냐고.

아무래도 왕도에는 창관이 줄지어 선 구획이 있는 모양이다. 코우스케도 타이가도 완전히 지친 표정을 짓고 있었던 모양이라, 그 나름대로 신경을 써준 것일지도 몰랐다.

코우스케도 남자다. 흥미가 조금도 없다고 하면 거짓말이 되겠지만, 신약이 있기에 정중하게 사절했다.

이미 날이 저물어 가고 있었기에 판단국에는 내일 가기로 했다.

그렇긴 해도 하나의 머리를 가지고 다닐 수도 없는 노릇이라, 타이가의 의향도 받아들여 묘지로 향했다.

아클레어에도 매장 개념은 있는 모양이다.

이 세계의 신이 아클레어에서 본 이계, 즉 코우스케나 다른 내방자가 원래 있던 세계를 창조했다고 하면, 인류가 비슷한 길을 걸어도 이상하지는 않다. 마법과 과학이라는 생활 기반의 차이는 있어도.

일본인으로서는 화장이 가장 먼저 떠오르지만 달트라에서는 토장이 일반적이라고 한다.

과학은 숨을 쉬고 있지 않은데 종교는 뿌리내리고 있다. 아클레어 신교는 정전의 기술이 그대로 인류의 정사라고 신봉하는 종교로, 종도 전원이 그렇게 생각하고 있는 건 아니겠지만 상당수의 신민이 신앙하고 있다고 한다. 그 대부분은 부모가 교도라서 입신한다던가.

코우스케가 원래 있던 세계에도 비슷한 케이스는 있었다.

정전에는 딱히 역사만이 기술되어 있는 건 아니지만, 그 부분을 가리켜 아클레어 신화라고 한다.

정전에서도 내방자가 인류의 승리에 크게 기여했다는 건 기술되어 있다.

즉 아클레어 종도에게 있어 내방자는 현대의 성자, 혹은 영웅인 것이다.

그러면 어떻게 되는가. 평범한 인간과 내방자 간에 묘지의 구획이 바뀐다.

신원 불명자인데 내방자 전용 묘지가 만들어진다는 좋은 대우다.

죽은 자 입장에서 보면 대우고 뭐고 그런 게 어디 있냐 싶겠지만, 남겨진 자에게는 의미가 있는 것이다.

자신의 지기가 적절히, 그리고 소중히 매장되는데 불쾌해질 사람은 없으리라.

왕도 바깥. 그것은 견고한 방벽을 바라볼 수 있는 약간 높은 언덕 위에 있었다.

묘지 운영은 교회가 담당하고 있지만, 실제로 매장 작업을 하는 건 위탁업자다.

그렇기에 묘를 파내어 빈 관에 머리를 넣는 건 불가능하다고 타이가는 말했다.

내일 이후가 아니면, 이라는 말이다. 하지만 하나의 머리를 안고 밤을 보낼 수도 없는 노릇이다.

코우스케는 교회 사제에게 이야기하여 허가를 받은 뒤 그걸 실행에 옮겼다. 물론 타이가의 동의도 얻었다.

즉흥적으로 마법식을 구축. 『지』 속성을 발동. 흙이 솟아올라 저절로 빠졌다.

모습을 드러낸 관을 『풍』 마법으로 끌어올렸다. 뚜껑을 열고 머리를 넣은 뒤, 신중하게 원래대로 되돌렸다.

그 후, 『흑』 내부에 격납해 뒀던 머리를 한번에 전부 꺼냈다.

쿠르스와 미오의 것을 타이가가 찾아서 하나에게 한 것과 같은 순서로 관에 넣었다.

그러고 나서 30분 정도, 타이가는 기도를 올렸다.

코우스케는 그것을 보고 있었다.

"지금까지 이곳에 온 적은 없었어. 동료가 잠들어 있지 않다는 걸 알고 있었기 때문이지."

"이제부터는 마음껏 오게 되겠군. 모두들 분명 이곳에 들를 테고 말이야."

이미 투구를 올린 그는 복잡해 보이는 표정을 지었지만, 그래도 곧바로 훗, 하고 미소 지었다.

"……오래 기다리게 했군. 가자. 에코나라는 이름의 여자아이가 만든 요리가 식겠어."

"아무래도 좋다만, 에코나라는 이름의 여자아이라는 건 길잖아. 에코나라고 불러. 싫어하지는 않을 거다."

코우스케의 말에 타이가는 으음, 하고 난처한 듯한 표정을 지었다.

"…………나는 어린애들에게 인기 있었던 적이 없어."

코우스케는 폭소했다.

"와하하! 얼굴이네, 얼굴이 무시우니까 그런 거야."

밤으로 접어들고 있는 하늘에 코우스케의 웃음소리가 울려 퍼졌다.

"……자각은 하고 있어."

"아니, 진짜로…… 예상치 못한 곳에서 빵 터지네…… 큭, 크큭! 확실히 듣고 보니 어린애가 봤다간 울 것 같은 얼굴…… 풉, 이잖아…… 크하하하……!"

배를 움켜잡고 웃는 코우스케를 보고, 제아무리 타이가라도 얼굴을 찌푸렸다.

"그렇게, 웃기냐."

"그도 그럴 게…… 끅!"

"목소리가 뒤집힐 정도냐."

"잠깐, 좀만 조용히 해줘…… 크큭…… 엄청 웃긴다고…….""

그로부터 5분 정도, 코우스케는 계속해서 웃었다.

타이가는 난감한 표정을 지으면서도, 기분이 상하지는 않았다.

그렇게 두 사람은 귀갓길에 올랐다. 라고는 해도, 향한 곳은 집이 아니라— 생명의 우정이다.

문을 열자, 기다리고 있었던 건 환성이었다. 이미 취해 있는 손님들이 뭔가를 외치고 있다.

어쨌든 분위기는 밝다.

"쿠로!"

갑자기 일어난 일이었다. 시로가 안겨 온 것이다. 피할 수도 있었지만 그러지는 않았다.

큰 가슴이 밀어 붙여지고, 들이쉬는 공기에 그녀의 냄새가 섞인다.

"미안, 쿠로!"

"뭐, 뭐가……?"

여자에게 안긴 정도로 동요할 만큼 순진하지는 않다고 생각했지만, 아무래도 그녀만은 예외인 듯 심장이 쿵쾅쿵쾅 뛰었다.

"나, 신화의 마법에는 자세하지 않아서, 그렇지만 오늘 들었어. 『하얀 영웅』은 기억을 잃고, 『검은 영웅』은 자아를 잃는다고. 저기, 괜찮았어?! 쿠로는 쿠로지?!"

아무래도 그녀도 그녀 나름대로 『흑』에 관해 정보를 얻고 있었던 모양이다. 코우스케와 타이가가 나간 후에 그걸 알게 되어 단번에 불안해지긴 했지만, 안이한 메시지 송신이 전투를 방해할지도 모른다고 생각한 결과, 안달복달하면서 계속 기다리고 있었다던가.

크레센메메오스 때는 필요한 정보니까 송신했지만, 자기가 걱정하고 있다는 걸 전한다 한들 도움이 되지 않을 거라고 생각한 건가. 게다가 경고를 받아 봤자 코우스케는 무시할 필요가 있으면 그걸 무시하고 만다. 어느 쪽이 좋다기보다 어느 쪽이든 마찬가지였다.

코우스케는 주저하는 기색으로 그녀의 등에 팔을 두르고, 다독이듯이 툭툭 두드렸다.

"……아아, 물론 쿠로아. 네가 그렇게 이름을 내라고 했을 때부터, 나는 쿠로야."

미궁 안에서의 일을 이야기한다 쳐도, 나중에 하는 것이 좋으리라.

그것보다 눈에 눈물이 가득한 시로가 너무나도 가련한 게 문제였다.

《【상태】가 『정신 오염 2.122』가 되었습니다.》

그 통지를 보고 코우스케는 자신의 단순함에 쓴웃음을 지었다.

자신이 자신이 아니게 되는 걸 막으려면, 자신이 무엇을 소중하게 여기는지 자각하는 게 필요한 모양이다.

여동생과 만나고 싶은 것도, 사과하고 싶은 것도, 이번에야말로 오빠의 책무를 다하고 싶은 것도 진짜다.

하지만 그건 여동생 외의 전부를 저버리는 것과 결코 같은 의미가 아니다.

여동생과의 재회를 바라는 마음과 이 세계에서 만난 사람들을 소중히 여기는 마음은 동시에 품어도 괜찮은 것이다.

자신은 더는 복수자가 아니고, 이곳은 원래 있던 세계가 아니다.

잊어서는 안 되는 것도, 잊을 수 없는 것도 있지만. 새롭게 생긴 소중한 사람에게도 시선을 향하자.

"시로."

"뭐야."

"서비스 정신이 왕성한 건 좋은데, 다들 보고 있다고?"

"와앗."

시로는 마치 완전히 까먹고 있었다는 것처럼 펄쩍 뛰어 멀어졌다. 조금 더 만끽하고 싶기도 했지만, 그 이상은 평상심을 유지하는 게 힘들었기에 어쩔 수 없나, 하고 포기했다.

"아, 아니니까! 지금 건 단순히 생환을 기뻐해 준 거고— 잠깐, 거기! 웃지 마!"

시로가 노려본 취객들은 한층 들떠서 놀리는 듯한 말을 건넸다.

그녀의 얼굴은 새빨갛다. 부끄러워할 바에야 안 하면 좋았을 것을, 하고 한순간 생각했지만 그런 걸 신경 쓰고 있을 수 없을 정도로 코우스케와 타이가를 걱정해 주었다는 것이리라.

"흠. 이대로라면 불평등하네. 타이가한테도 껴안아 주는 게 필요하지 않겠어?"

손님들한테 편승하듯이 농담을 하자, 시로가 코우스케를 책망하듯이 짜릿, 하고 매섭게 노려봤다.

"그쪽 편에 붙는구나, 쿠로…… 배신자 녀석……."

코우스케 옆에 선 타이가가 훗, 하고 웃고는 코우스케의 어깨에 손을 올렸다.

"쿠로. 너는 모르겠지만 이 가게에 그런 서비스는 없어."

의식하지 않도록 하고 있었는데, 타이가의 쓸데없는 한마디에 코우스케의 얼굴도 열을 띠기 시작했다.

젊은 남녀가 둘이서 얼굴을 붉히고 있으니, 가게 손님들은 좋은 안주를 찾았다는 것처럼 떠들었다.

"주인님……!"

그러자 그때 주방에서 에코나가 나타났다. 쟁반을 겨드랑이에 끼고 작게 종종걸음으로 달려왔다.

"어서 오세요……!"

가슴이 따뜻해지는 걸 느끼고, 자연히 표정이 풀어졌다. 그건 시로나 타이가를 포함한 주위 사람들도 마찬가지였다.

눈의 결정을 아로새긴 듯한 그녀의 머리카락을 빗겨주는 것처럼 쓰다듬고는 "다녀왔어"라고 말하자, 여자아이의 얼굴에 웃음꽃이 피었다.

"저, 저기……! 저녁, 지금부터 만들어도 괜찮을까요!"

"응, 부탁해. 계속 그걸 기대하고 있었어."

그녀는 네! 하고 기운차게 대답하고는, 주방으로 사라졌다.

《【상태】가 『정신 오염 1.998』이 되었습니다.》

자세한 건 아직 모르지만, 정신 오염도 완전히 돌이킬 수 없는 건 아닌 모양이다. 그렇다면 한동안은 미궁 공략을 하지 않고 정보 수집이나 휴양에 힘써야만 하리라.

생각에 잠기는 코우스케를 보고, 시로는 고개를 갸웃했다. 타이가는 짐작이 간 듯, 표정이 흐려져 있다.

그의 성격상 또 죄악감에라도 시달리고 있는 것이리라.

"괜찮아, 타이가. 그렇게 간단히 사라지지는 않아. 고맙게도 양쪽 다 갖추어져 있어."

코우스케가 하려는 말을 이해한 모양인 타이가가 괴로워 보이기는 해도 미소 지었다.

"그러, 냐."

『검은 성자』는 함께 싸울 동료와 사랑하는 사람이 필요하다고 했다.

정확히는 자신의 가슴을 따뜻하게 해줄 소중한 존재를 가지는 게 필요한 것이리라.

그렇다면 타이가에게 말했던 것처럼, 자신은 그리 간단히는 사라지지 않을 것이다.

"잠깐, 무슨 이야기를 하는 거야?"

자기만 소외되었다고 생각한 건지, 시로는 탄력이 넘치는 뺨을 볼록하게 부풀렸다.

제 4 장

유전(流轉)과 윤회(輪回)는 흑으로써

색채 속성의 강력함을 단적으로 나타내는 표현에,
'신의 위업에 한없이 가깝다'는 것이 있다.
그렇다. 색채 속성 등이라고 하고는 있지만,
그 상세는 신에게만 허용된 힘과 매우 흡사한 것이다.
『흑』은 『집어삼킴』.
『백』은 『부정』.
『홍』은 『진행』.
『창』은 『두절』.
『취』는 『생명』.
신이 다루는 개념 속성 그 자체이다.
색채 속성 보유자는 사람의 몸이면서 신의 권능 일부를 받은 자.
그러면 어째서 색채 속성과 개념 속성의 두 가지가 구별되어 있는 것인가.
그 이유를 아는 자는 적다.
일부 진실을 아는 자들도 완강히 입을 다물 것이다.
그래도 하나를 말한다고 한다면,
색채 속성 보유자가 신이 되는 것을 저지하기 위해, 라는 것이 되리라.

그로부터 식전이 열릴 때까지, 그동안 코우스케가 미궁 공략을 하러 가는 일은 없었다.

코우스케 자신의 판단이기도 하고 주위 사람의 판단이기도 하다.

정신 오염에 의해 자아를 잃은 상태의 자신에 관해서는 자신과 타이가의 글래스에 기록된 영상을 재생하여 확인할 수 있었다. 시간으로 몇 분 정도였지만, 그동안의 기억은 코우스케에게는 없다.

그에 대해 시로는 야단치는 것처럼, 에코나는 매달리는 것처럼 미궁 공략을 자숙하도록 말했다.

코우스케도 같은 의견이었고, 가령 그렇지 않았다 해도 반발하지는 않았을 것이다.

논리적인 이유를 어떻게든 해 버리고 마는 강한 감정을 앞에 두고, 저항할 생각 따위 솟아날 리도 없다.

걱정시키고 있으니까, 걱정할 거 없다고 말할 수 있는 걸 하고 싶다고 생각했다. 그뿐이다.

그 후 일주일 동안, 코우스케가 무엇을 하고 있었는가. 주된 일을 발췌한다. 우선, 소그르스 건의 전말.

타이가는 동료 세 명의 몸 일부를 되찾을 수 있었지만, 동료는 그를 포함해 다섯 명이다. 그 밖의 살아 있는 자—생명의 우정에서 일하고 있고, 클라리라는 이름이라고 이전에 들었다—에게도 보고하는 것이 도리.

생명의 우정은 마스터를 제외한 점원이 전부 여성이라는 것 같다.

내방자가 아클레어 사람과 비교하면 강하다고는 해도, 여성이 여성이 아니게 되는 건 아니다.

싸움을 좋아하지 않는 자, 싸움에서 물러난 자, 싸움과는 다른 길을 선택한 자 등, 싸움과 거리를 두고 싶은 내방자를 받아들이는 자리인 것이다. 마스터는. 거기다 에코나까지 고용해 주었다. 그런 데다 선선대 안내인이라고 하니, 지금까지 얼마나 많은 사람이 도움을 받아 왔을까.

안내인이라는 건 자칭한다고 해서 되는 게 아니라, 그러한 자격이 있는 것이라고 하던가.

참고로 생명의 우정에 경호원 같은 존재는 없다.

발칙한 짓을 하려는 어리석은 놈이 나타나면, 다른 손님들이 솔선하여 퇴치하기 때문이다.

참으로 가정적인 술집이다.

철석같이 타이가랑 같은 20대라고 생각했는데, 클라라는 10대 소녀였다.

길고 검은 머리를 사이드 테일로 묶고 있다. 묶은 곳은 그녀 입장에서 봤을 때 오른쪽. 눈초리가 치켜 올라가 있기 때문인지 성격이 드센 인상을 받았다. 말할 때 가끔 송곳니가 보인다. 그녀의 성격을 한마디로 나타낸다면, 츤데레였다.

"뭘 멋대로 소그르스한테 도전하는 거야? 난 못 들었는데? 너 말했어? 말 안 했지? 그래서? 그랬다가 만약 네가 죽으면 어떻게 할 건데? 응? 그 부분 생각하고 있어? 덩치에 비해 맷집이 약한 네가 소그르스한테 이길 수 있을 거라고 조금이라도 생각한 거야? 바보 아니야?"

라는 식으로 말 그 자체는 날이 서 있지만, 거기에 걱정하는 마음이 담겨 있는 건 명백하다.

허리에 손을 대고 기분이 상해 있는 소녀에게 타이가는 그저 쩔쩔맬 뿐이라, 코우스케는 웃었다.

하지만 그걸 본 클라라의 화살 끝이 코우스케한테까지 향했다.

"하? 뭘 웃는 거야, 너. 내방 사흘째에 수호자한테 도전하다니, 머리가 좀 어떻게 된 거 아냐? 제정신이야? 괜찮은 정신 조율 마법의를 알고 있으니까 가르쳐 줄까? 너 때문에 시로랑 에코나가 울고 있었거든? 남자는 좋겠어, 제멋대로 행동—"

코우스케는 귀가 따가워서, 막았다.

그 후, 결국 코우스케와 타이가를 호되게 힐책한 뒤, 클라라는 성묘를 하러 가겠다고 말했다.

타이가가 그녀를 따라, 가게를 나갔다.

소그르스의 꼭두각시 중 타이가의 동료 것이 세 구. 전부 23구였기에 이름도 알지 못하는 것이 20구. 술집 사람들에게 협력을 받은 결과 금방 전원의 신원이 판명되었다.

각자의 묘에 머리를 매장했다.

붐빈다는 말은 부적절하겠지만, 묘지에는 한때 많은 사람이 모였다.

내방자뿐만 아니라, 죽은 자와 교류가 있었던 아클레어 사람도 기도를 올리러 잔뜩 왔다.

언젠가 자신이 죽었을 때도 이곳에 묻히는 걸까, 하고 멍하니 그런 생각도 했다.

어쨌든, 죽은 자에 관한 이야기는 여기까지.

다음으로 생각해야만 하는 것은 소그르스의 보상금과 마법구.

보상금은 타이가가 '받을 수 없다'며 시끄러웠기에, 어쩔 수 없이 코우스케가 전액을 받았다.

크레센메메오스의 세 배 정도 되는 금액이었다. 같은 마법구 보유 마물이라도 여러 평가 항목에 의해 보상금에 차이가 나는 모양이다. 마법구에 관해서는 타이가의 동의를 얻어 봉납했다.

마법구 봉납으로 식전이 개최되는 거라면, 두 번은 불필요하니 한 번으로 끝내줘.

코우스케가 그렇게 말하자 판단국 여성은 난처한 듯한 표정을 지었다. 그런 말을 한 사람은 코우스케가 처음이라는 모양이다. 그래도 달트라는 일 처리가 빠르니 어떻게든 될 것이다.

그 이후에도 특별히 큰 사건 같은 건 일어나지 않고 평온하게 하루하루를 보냈다. 물론 미궁 공략 이외로 말이다.

시로의 안내 하에 에코나와 함께 왕도를 관광하거나. 달트라에서는 일반적이라는 공중목욕탕에 들르거나. 생명의 우정 이외의 술집이나 식당을 이용해 보는 등. 나머지는 역시 정보 수집일까.

달트라는 아클레어 대륙 중앙에 위치하는 광대한 평지에 열린 국가다.

안정적인 기후와 녹음이 풍부한 토지 특성상 방목지나 농지가 많다.

그렇기에 기근과는 연이 없어 그 점에 관해서 민중으로부터 불만에 찬 목소리가 나온 적도 없다.

왕도 길티어스는 건국할 때의 출발점이라고 한다.

중심의, 한층 중심. 5중 방벽은 다시 말해 인구 증대에 따른 거리 확장의 역사이기도 한 것이다.

왕성이 있고, 그곳과 구별하기 위해 첫 번째 성벽이 생겼다. 그 바깥에 신민이 살고, 신민을 외적으로부터 지키기 위한 벽도 만들었다. 너무나도 풍족한 환경과 많은 영웅을 가진 달트라는 번영 일로를 걷게 된다.

언제부터인가 영웅은 귀족으로 이름을 바꾸고, 벽이 늘어남에 따라 귀족들이 사는 거리가 생겨나 있었다.

당연하지만 외적이 쳐들어왔을 때, 더욱 내부에 있는 쪽이 안전하다.

따라서 땅값도 내지에 더욱 가까워질수록 비싸진다.

아무리 돈이 많아도 귀족의 저택이 늘어선 제1외주(外周)나 귀족가라 불리는 제2외주에는 살 수 없다.

그렇지만 이러한 구별도 귀족이 확실히 책임을 다하고 있어서 불만이라고 할 정도에는 달하지 않았다. 여하간 길티어스가 공격받은 적은 역사상 한 번도 없으니까 말이다.

평지라서 공격받으면 취약하다고 생각하는 사람도 있겠지만, 이 세계에는 마법이 있다. 내방자가 있다.

그렇게 지켜지고, 오랜 시간을 들여 방대한 정규군을 정비한 달트라는 열강국이었다.

내륙 국가이기 때문에 생선을 먹는 문화는 그다지 찾아볼 수 없다. 있다 해도, 민물고기를 고급 요리로써 내놓는 가게가 있는 정도라고 들었다. 다만 찾아보면 『빙』마법으로 냉동된 수입산 생선은 발견할 수 있다.

하지만 비싸다. 에코나의 생선 요리는 일품이었지만 다른 요리에 비하면 가격이 비쌌다.

덧붙여 가도도 확실히 정비되어 있기에 육로를 통한 교역은 활발하다.

그러면 이 세계가 평화롭냐고 하면, 꼭 그렇다고는 단언할 수 없다.

예전에 도서관에서 각국에 관해 설명해 줄 때도 들었지만, 달트라는 전시 중인 것이다.

이 세계의 인류가 싸우는 이유는 주로 두 가지. 신역·악령의 확보. 그리고 신전의 확보다.

자국의 백성을 더욱 만족시키기 위해 타국으로부터 마법구가 있는 미궁과 영웅을 데리고 오는 신전을 빼앗는다.

아크스바오나라는 군사 국가는 달트라에 버금가는 군사력을 배경으로 타국을 침공하고 있다.

그에 대항·저항하는 형태로 달트라도 군비 확장을 하지 않을 수 없어, 결과적으로 전쟁으로 발전했다.

양국의 충돌은 주로 로엘비나프령에서 일어나고 있고, 전선에 투입되는 영웅도 있다던가.

이 나라에서 말하는 영웅은 특권을 부여받은 군인이고 귀족이자 공략자다.

왕실에 의해 영웅으로 인정받은 인간은 한 세대에 한해서이기는 하지만 작위를 얻는다. 동시에 명예 장군직을 받고 초난도 미궁의 탐색 허가도 내려진다. 말하자면 비위를 맞추기 위한 먹이를 받고, 그 대가로 국가의 감시하에 놓인다는 것이다. 하지만 그것도 국가 측에서 보면 당연한 조치다.

강대한 힘을 가진 마법 전사를 어찌 내버려 둘 수 있을까. 생각할 것도 없이 당연한 것이다.

그리고 요전에 글래스로 들어온 연락에 의하면 아무래도 코우스케는 국내에서 여덟 명째의 영웅으로 인정받은 듯하다.

신화시대 영웅의 선조가 지금의 귀족이라면, 현대의 영웅이 그렇게 되는 것도 어떤 의미로는 자연스러운 일인가.

이건 유감이지만 사퇴할 수 없는 것 같았다. 영예이면서도 강제.

그렇게 되면 만약 『붉은 영웅』이 여동생이 아니었을 때의 수색

계획이 어떻게 될는지…….

자유가 일절 없어지는 건 아니지만, 완전히 자유냐고 하면 결코 그렇지는 않을 것이다.

특권 같은 건 필요 없으니까 구속도 받아들이지 않는다는 이유는 통하지 않으리라.

원래 있던 세계로 말하자면 '절대로 발사 안 할 테니까 핵무기 가지고 세계여행 시켜줘'라고 하는 거나 마찬가지다.

남의 일이었다면 코우스케도 미친 짓이라며 아연실색했을 것이다.

『흑』의 힘은 아마도 그 정도로 위험한 것이다.

어쨌든 코우스케는 이걸로 레벨 4다. 정상적인 판단능력을 갖추고 있다면 그 시점에서 마법구 보유 마물을 단기간에 두 마리 토벌하는 인간을 내버려 두지는 못한다. 충분히 이해 가능한 이야기였다.

하지만 그렇다 할지라도, 어떻게 해서든 그래야만 한다면 코우스케는 나라에서 나와 여동생을 찾으러 갈 것이다.

그때는 하다못해 자신에게 잘 대해준 사람들에게 폐를 끼치지 않도록 해야 할 것이다.

그 얘기는 이쯤 하고, 코우스케는『흑』에 관해 더욱 자세히 조사하기 위해 교회나 역사가를 방문하며 다녔다.

『어둠의 성자』등장 시기는『검은 성자』가 악신의 일부를『집어 삼킨』싸움 이후라는 것 같다.

이건 예상이지만, 거기서『검은 성자』의 정신 오염치가 자아를
유지할 수 없는 수치까지 상승했다.

예전에 시트를 구입한 마법구 가게의 점주인 길이 말했었는데,
신만이 사용할 수 있는 마술 속성에 개념 속성이라는 것이 존재
한다고 한다. 악신을 먹었다면 그것이【마법】에 추가되어도 이상
하지는 않다. 즉, 자아를 잃고 그때까지 사용했던 것보다 한층 강
력한 개념 속성 마법을 이용하게 됨으로써 '검은 성자와의 공통
점이 없는 건 아니지만 별개의 인물이라고밖에 생각할 수 없는'
성자가 나타난 것 아닐까. 그것이 어떻게 전해졌는지,『어둠의 성
자』로 기술된 것은 아닐까.

『검은 성자』도『어둠의 성자』도 어디서 죽었는지 등에 관한 정
보는 일절 불명이다. 영웅담의 등장인물로서는 좋은 결말을 맞이
한 모양이지만, 그래 봤자 창작이다.

코우스케는 그들의 전철을 밟을 생각은 없었다.

며칠 뒤 찾아간 곳은 클라라가 말했던 '괜찮은 정신 조율 마법
의'의 진료소다.

그녀는 농담으로 말한 거겠지만, 코우스케로서는 정신 오염을
해결할 실마리가 될지도 모르는 장소였다. 어째서 클라라가 그것
을 알고 있었는지에 관해서는 쉽게 짐작이 갔지만, 캐묻는 짓 따
위는 하지 않았다.

마법의라는 건 마법으로 환자를 치료하는 의사를 가리킨다.

엘리피나페라는 여의사로, 분홍색 머리카락과 눈동자를 지니

고 있었다.

셔츠의 단추는 풍만한 가슴의 존재감을 주장하는 것만 같이 몇 개나 열려 있다. 타이트한 스커트에서 뻗어 나온 다리는 검은 스타킹으로 둘러싸여 코우스케 앞에서 요염하게 꼬여 있었다. 여의사다운 백의를 걸치고는 있지만, 테가 가느다란 안경에서 엿보이는 요염한 시선이나 오른쪽의 눈물점 등이 하나하나 섹시하여 정말로 평범한 의사인가 하고 수상쩍게 여기고 싶어진다.

엘피라고 불러도 되는 모양이라, 그렇게 부르기로 했다.

코우스케는 정보를 자신이 아는 한 제출했다.

엘피는 안경 너머로 눈을 가늘게 뜨고는, 펜을 요염한 입술에 대면서 신음했다.

"으음, 비슷한 증상에 '혼란'이라든가 '착란'이 있는데, 이건 성질이 다른 거란 말이지."

"성질이, 다르다?"

엘피는 종이를 꺼내, 펜과는 따로 연필도 필통에서 꺼냈다.

제지 기술은 불명이지만, 만듦새에 조악한 부분은 보이지 않기에 마법으로 어떻게든 하고 있는 걸지도 모른다.

"예를 들어서야? '혼란', '착란'은 이런 것."

막대기 인간 두 명이 그려졌다. 한쪽 머리에 연필로, 다른 한쪽 머리에 펜으로 묘한 마크가 추가되었다.

"겉보기는 같지? 아, 한쪽이 '혼란' 혹은 '착란' 환자고, 다른 한쪽은 '정신 오염' 환자야. 그, 래, 서. 이 두 사람한테 조율 마법을 걸어서 치료한다고 치잖아?"

엘피는 그렇게 말하고는—지우개일까—모래 덩어리 같은 것을 종이에 대고 문질렀다.

그러자 연필로 쓴 쪽의 마크만이 사라졌다.

"이렇게 되어 버려. 무슨 말인지 알겠어?"

"……아아. 표면적인 증상이 같아도 근원적인 원인이 다르니까, 같은 방법으로는 치료할 수 없다는 건가."

"참 잘했어요."

어린아이라도 칭찬하는 것처럼 그녀는 미소 지었다. 그러고 나서 한순간에 께느른한 표정을 띠고는 계속해서 말했다.

"하지만 완전히 다른 치료법은 있을 거야. 그도 그럴 게, 여자애랑 살을 맞대서 개선된 거지?"

"그 표현에는 어폐가 있어."

엘피는 일어서서 코우스케의 목에 팔을 감았다.

어른의 향기라고나 할까. 아마도 향수이리라. 흥분을 불러일으키는 듯한 냄새가 강해졌다.

"저기, 어때?"

"당신은 충분하고도 넘칠 정도로 매력적이지만, 방금 말했던 것처럼 중요한 건 여자와의 접촉이 아니야."

엘피는 "어머, 유감이네" 하고, 정말로 조금 아쉬운 듯한 표정으로 물러났다.

"'소중한 사람을 의식한다'는 건 틀리지는 않았지만 정확한 것

도 아니라고 생각해."

"그렇다는 건?"

"문명이 발달한 지구, 그것도 일본 출신이라면 알 거라고 생각하지만, 이 세계의 마법은 감각적인 것이 아니라 훨씬 더 이론적인 거란 말이지."

"그 생각은 했어. 마력만 있으면 나머지는 이미지로 발동할 수 있다는 단순한 것이 아니라, '어떤 때에 어떻게 움직일 것인가'라는 식으로 세세하게 짜야만 해서 마치 프로그램 같더군."

아클레어가 신화시대부터 온갖 세계에서, 하지만 어떤 기준 아래에 내방자를 불러들이고 있다면, 이 시대에 이계의 정보가 어느 정도 알려진 것 또한 상정할 수 있는 것이리라.

특히 길티어스에서 가장 가까운 『숲의 신전』은 일본인이 많이 내방하는 경우도 있어, 일본에 관한 이야기가 나름 통하는 사람도 있다. 그렇다고는 해도 전부 같은 일본이냐고 하면 그건 아니라서, 고개를 갸웃할 때도 간간이 있었다.

그래도 대부분의 경우, 코우스케가 있던 시대는 '풍족하고 발달한' 것이라는 모양이다.

"물론 마력은 발동에 필수불가결해. 하지만 마법을 짤 때 중요한 건 머리 쪽이지. 정신 오염도 또한 너의 뇌에 작용하고 있는 '무언가'야."

그러고 보니, 하고 코우스케는 신경 쓰였던 것을 물어봤다.

"……조건 발동형 스킬이 발동했을 때, 하늘의 실마리와의 접속인지 뭔지 하는 표시가 나왔는데."

그때 한순간, 정말로 한순간만, 엘피의 눈이 광적으로 번쩍인 것처럼 느껴졌다.

헤에, 하고 내뱉어지는 말은 교태가 어려 있어, 그녀의 흥미를 돋우었다는 걸 알 수 있었다.

"그거, 엄청 희귀한 거야. ……그러네, 애초에 스킬이라는 게 어떤 건지 알아?"

대답하기까지 약간 시간이 걸렸다.

"으음, 그게 그러니까, 원래 있던 세계에서는 기능이라든가 능력, 그런 뉘앙스로 사용되는 거였어."

"그래. 그렇겠지. 이 세계에서도 대체로 그래. 단지 거기에 '자질', '자격'이 더해져."

예전에 스킬에는 상시 발동형, 임의 발동형, 조건 발동형이 있다고 들었다.

상시 발동형은 예를 들면 '사고 속도'나 '순발력' 등 본인의 '자질'과 비슷한 것.

가지고 태어난 재능 그 자체를 가리킨다.

임의 발동형은 '조리'나 '검기' 등 특정한 행위를 할 때 발휘되는 '기능'과 유사한 것.

훈련이나 수련을 통해 몸에 익힌 능력을 가리킨다.

조건 발동형은 『히어로 신드롬』이나 『세미 사이코패스』 등, 특수한 상황에서나 강한 감정의 동요로 인해 신의 힘을 빌리는 '자격'과 흡사한 것.

신도 악신도 사라지지는 않았고, 단지 휴식하고 있다. 소그르스는 코우스케가 악신과 닮았다고 지껄였는데, 그건 다시 말해 악신이 실재한다는 것이다. 마찬가지로 신 또한 실재하는 것이리라.

마력은 하늘에서 내리고, 땅에서 솟아난다. 전자를 신이, 후자를 악신이 장악하고 있다.

극히 드물게 내방자가 지닌 조건 발동형 스킬은 하늘의 마력을 이용할 수 있게 하는 자격이라고 한다.

요컨대 신의 마법식. '이럴 때 이런 효과를 부여한다'는 신의 편애. 접속하는 곳은 『하늘의 실마리』『허공의 계단』『바람의 복도』. 이렇게 세 가지로 나누어져 있고, 이 순서가 그대로 받는 영향력 순이다. 엘피가 희귀하다고 한 건 하늘의 실마리와 접속할 수 있는 인간이 극히 드물기 때문이라고.

정신 오염치 상승에 따라 발현한 마법【흑도야】도 또한 『하늘의 실마리』 접속으로 코우스케의 한계를 넘어 『집어삼킬』 수 있게 만드는 것이었다.

가호가 상시 발동형처럼 항상 효과가 발휘되는 것에 반해, 조건 발동형은 상황이 한정된다.

참고로 마법구 장비로 얻게 되는 스킬을 전술한 분류에 따르자면 일시 발동형이 된다던가.

"잠깐만. 그러면 이째서 정신 오염 같은 마이너스 효과가 나오지?"

"곧바로 떠오르는 건, 부작용일까. 착각하고 있는 사람도 많지만, 약과 독은 근원이 같아. 용법과 용량에 따라서는 약도 되고 독도 돼. 이야기를 듣는 한, 네 경우는 과다 사용이야."

예를 들면 모르핀. 코우스케가 원래 있던 세계에서는 마약으로 지정되어 있지만, 동시에 완화 치료에도 이용된다.

마약과 의약품이라는 두 개의 얼굴을 가지고 있는 것이다.

"정신 오염은 어디까지나 부차적인 효과에 불과한 것 아닐까? 『히어로 신드롬』에서 부작용이 없었던 건 네가 육체 강화를 버틸 수 있었던 것뿐이라고 생각해. 하지만 『세미 사이코패스』는 아마도 너의 냉정한 사고 판단을 어떻게 해서든 유지하는 스킬이겠지. 네가 수호자에게 품고 있던 감정의 동요는 모조리 조율되었지만, 그 빈도가 너무 높았던 거야. 조금 생각하면 알 수 있을 법한 거잖아. 감정에 억지로 손을 대다니, 악영향이 나오는 게 당연해."

너무나도 타당한 말이라, 코우스케는 말이 나오지 않았다.

마법이라는 판타지 같은 단어에 코우스케도 속고 있었던 모양이다.

"짧은 시간 동안 거듭된 조율의 폐해가 '기억 영역과의 접속 절단'이라는 게 되는 걸까. 이야기를 듣는 한에서는 지성은 잃지 않은 모양이니 그런 거겠지. 그걸 참작해서 치료법을 모색한다 치고, 중요한 건 네가 말하는 '돌아오는' 방법이겠네. 소중한 사람을 의식한다는 표층에서 그치지 말고, 그건 즉 뇌가 무엇을 느끼고 있을 때인지를 생각해 보자."

코우스케는 정신과 의사에게 진료를 받아본 적은 없지만, 그녀의 말은 지당하게 느껴졌다.

기억상실증에 걸린 사람이 타인을 보고 사소한 자극을 받아 기억을 되찾는 경우가 있듯이. 코우스케의 정신 오염도 또한 코우스케 본인에게만 중요한 요소가 회복의 계기가 되는 것이다. 그것이 구체적으로 어떤 것인가를 언어화하는 것은 추후를 위해 필요한 것이리라. 잠시 생각한 뒤, 코우스케의 입에서 나온 말은.

"…………행복?"

이라는 참으로 진부한 말이었다. 말해 놓고 부끄러워진 코우스케였으나, 그걸 들은 엘피 쪽은 과연, 하고 진지한 표정으로 끄덕이고 있다.

"『세미 사이코패스』발동 조건이 살의나 증오와 같은 부정적인 감정이라고 한다면, 자애나 사랑 같은 긍정적인 감정은 조율 대상에 포함되어 있지 않은 걸지도 모르겠네. 물론, 행복도."

"아, 그런가. 부정적인 감정이 상황 판단에 악영향을 미치지 않도록 억제하는 것이 조율의 역할이라고 치면, 긍정적인 감정은 애초에 조율 대상으로 상정되지 않는 거군."

"긍정적인 감정을 품는다는 자극이 재접속의 열쇠라고 생각해도 좋겠지. 다만, 방심은 금물이야."

못을 박는 것처럼, 엘피는 손가락으로 코우스케를 가리켰다.

"복수불반. 엎지른 물은 잔에 도로 담을 수 없어. 돌이킬 수 있다는 착각은 하지 않도록 해."

그건 다시 말해, 긍정적인 감정만으로 정상을 유지하는 것에도 한도가 있다는 것인가.

여하간 이해는 진척됐다.

『세미 사이코패스』에 의한 정신 오염은 감정을 무리하게 억제하는 폐해.

【흑도아】에 의한 정신 오염은 통상적으로 필요한 마법식 구축마저도 대행하는 대가.

어느 쪽이건 요컨대 뇌에 과부하를 가함으로써 발생하는 이상 상태인 것이다.

하지만, 하고 코우스케는 생각했다. 그걸로 전부일까?

만약 그렇다면 어째서 오염이라는 표현을 사용한 걸까.

"그런데, 쿠로."

사색에 잠겨 있던 코우스케를 현실로 끌어올리듯이, 엘피가 말을 걸었다.

무슨 이유에서인지 그녀는 흥분한 기색으로 얼굴이 달아올라 있다.

"나 조금 시험해 보고 싶은 치료법이 있는데."

달칵, 하는 소리가 났다. 봤더니 문의 자물쇠가 저절로 잠겨― 아니, 마법이리라.

시선을 엘피한테 되돌리자, 이미 그녀는 눈앞에까지 다가와 있었다. 뇌를 녹일 듯한 달콤한 냄새가 강해진다.

"엘피……?"

"후, 후훗. 나는 이래 보여도 우수한 정신 마법의니까, 특정한 신경 전달 물질 생성을 촉진하는 것도 가능하단 말이지. 알기 쉽게 말하자면, 마법으로 살짝쿵 해피한 기분으로 만들어 줄 수 있는 거야. 그래서, 신경 쓰이지 않아? 외부에서의 마법 간섭을 통해 인위적으로 발생시킨 긍정적인 감정은 과연 정신 오염치를 낮출 수 있는가, 가 말이야."

그녀의 눈동자는 반짝이고 있다. 환자의 몸을 노린다기보다는 학술적 호기심으로 행동하는 것처럼.

"……어, 어쩌려나. 그거랑 문을 잠그는 것 사이에 어떤 관계가 있지?"

목에 감긴 그녀의 팔이 의자 채로 후퇴하려는 코우스케를 멈춰 세웠다.

시선을 내리면 그녀의 풍만한 가슴이 있다. 올리면 어딘가 황홀해 보이는 엘피의 얼굴이 있다.

"시험하고 싶은 건 하나 더 있어. 예를 들면 '쾌락'은 긍정과 부정으로 말하자면 긍정적인 쪽이지. 비뚤어진 감정이라고는 하지만, 본인으로서는 즐거울 게 틀림없어. 그래서, 나는 신경 쓰였던 거야. 쾌락은 정신 오염치를 내릴 수 있는가, 하고 말이지. 아아, 걱정할 필요는 없어. 나는 기꺼이 치료에 몸을 대어 줄 테니까."

"……인폼드 콘센트(사전 동의)라는 말을 알아?"

"의미는 알아. 니는 지금 설명했으니까, 나머지는 네가 고개를 끄덕이는 것뿐이지."

"······너와는 처음 보는 사이인데."

"그런 거, 상관있어?"

코우스케의 말에 그녀는 그렇게 말하고는 자신의 입술을 핥았다.

"··········이건 순수한 의료 행위인가?"

"그거랑, 약간의 지적 호기심. 약간이야. 아주 약간에 불과해. 정말로."

거짓말이군, 하고 코우스케는 생각했다.

◇

그리고 식전 당일.

'1.998'이었던 정신 오염치는 '0.336'까지 낮아져 있었다.

단지 무슨 이유에서인지 이 이하로 내려가지는 않았고, 엘피가 했던 말이 몸을 무겁게 짓눌렀다.

돌이킬 수 없는 오염 축적.

그렇지만 오늘까지 기억이 혼탁해지는 경우도 없이 보낼 수 있었고, 체감으로는 건강 그 자체다.

방심은 금물이지만 과도하게 걱정하는 쪽이 훨씬 마음에 나쁘다.

침대 위에서 눈을 뜬 코우스케는 인제 와서는 익숙해졌다고 해도 좋을 천장을 일별하고, 옆을 봤다.

생명의 우정의 2층 부분에는 개인실이 여섯 방 있다.

시로는 다락방을 사용하고 있고, 코우스케와 에코나 외에는 하룻밤 머무는 손님뿐이라고 한다.

방은 엄청 작다. 다다미 세 장을 깔 수 있을 정도밖에 되지 않고, 낡아 빠진 침대와 작은 책상이 놓여 있으며, 나머지는 설 공간이 어찌어찌 확보된 상태라고 할 수 있다. 코우스케와 에코나는 그곳에 머물고 있다.

여관을 찾아도 괜찮았겠지만, 에코나의 희망과 코우스케 자신이 술집의 소란스러움을 마음에 들어 했던 것도 있어서 그대로 남기로 했다. 같은 방에서 잔다는 부분이 에코나의 희망이다.

옛날에는 추위를 견디기 위해 노예끼리 모여 잤었고, 그 이전에는 부모와 함께 잤었기에 혼자 자는 건 외롭다, 물론 민폐라면 혼자서도……라는 말을 들어 버리면 거절할 수 없다.

아침 식사를 마치고 이제는 습관이 되어 버린 우유를 한 잔 마신 뒤, 방으로 돌아갔다.

어제 짐이 와 있었다. 식전에 참가할 때 착용해야만 하는 의상이라고 한다.

예장이라고도 하는 모양이다. 귀족들이 입는 것 같은 정장이나 드레스가 아니라, 싸우는 직업에 종사하는 사람용이라던가. 정장이라도 상관없다는 것 같지만, 오늘은 코우스케가 주역이라 달트라 측이 준비해 준 것이있다. 열어 보니 검은 군복풍 의상에, 몹시 고급스러워 보이는 칠흑 망토였다.

코우스케가『흑』을 쓰기 때문, 일까.

그렇다고 한다면 그 안이한 센스에 쓴웃음을 짓고 만다. 도리어 알기 쉽다고 칭찬해야만 할까.

그나저나 꽤 질이 좋은 원단이 사용되어 있다. 군복 단추는 순은이고, 망토에 놓인 붉은 자수—이것은『화』미궁 공략자이기 때문이리라—의장도 공들여져 있다.

예복에 불과한데『검은 월광』이라 불리는 최고급 마법 소재가 포함되어 있는 등, 여하튼 돈을 들이자는 자세가 엿보였다. 장식이 과다하긴 하지만, 실제 사용에도 버틸 수 있는 만듦새다.

원래 있던 세계로 말하자면 고급 승용차나 어느 정도 되는 단독주택을 살 수 있지 않을까 싶은 물건이다.

식전은 많은 유력자가 모이는 자리이기에, 거기서 코우스케가 튀지 않도록 하려는 배려일지도 모른다.

좁은 방에서 다소 고생하면서 옷을 다 갈아입자, 에코나가 다가왔다.

코우스케를 보더니 "……후와아"라며, 과자로 만들어진 집을 발견한 어린애 같은 표정을 지었다.

간지러운 그 시선을 직시할 수 없어 눈을 돌리고 말았다. 뺨을 긁적이며 그녀에게 물었다.

"……이상하지 않나? 이런 걸 입는 건 처음이라서 말이야."

기우라는 것처럼 에코나가 고개를 붕붕 저었다. 그에 따라 그녀의 머리카락이 흔들렸다.

"무척, 잘 어울리세요……!"

작은 양손을 세게 꼭 쥐면서 말하는 모습은, 거짓 없는 칭찬이라는 걸 엿볼 수 있어서 쑥스럽다.

"고마워. 에코나가 그렇게 말해 주니까 자신감이 솟네."

그렇게 말하며 머리를 쓰다듬었다. 그녀는 얌전히, 라기보다 자진해서 그걸 받아들이며 싱글벙글 미소 지었다.

"그러고 보니 뭘 하러 방에?"

"아, 주인님과 이야기를 하고 싶어서, 마스터한테 휴식을 받았어요."

에코나는 열심히 일하는 아이고, 마스터는 사정을 잘 아는 사람이기에 그 정도의 융통성은 있는 것이리라.

어린 여자아이가 기색을 살피듯이 눈을 올려 뜨고 이쪽을 바라보기에, 코우스케는 끄덕여서 대답했다.

"아아, 괜찮아."

에코나는 말했다. 지금의 생활은 무척 안정적이라 그걸 안겨 준 코우스케에게 감사하고 있다.

이대로 가면 확실히 돈을 모아, 언젠가 뭔가 할 수 있을지도 모른다.

"그, 그래도, ……그, 만약, 제가, ……주, 주인님이랑…… 가, 같이 있고 싶다고 생각하는 건, 안 될, 까요?"

에코나는 불안한 것이다. 동료가 되겠다고는 했지만, 함께 지

내고는 있지만, 자신은 코우스케에게 아무것도 주지 못하고 있다고. 그러니까, 어쩌면 돈이 모였을 때쯤 책임은 다했다고 코우스케가 작별을 고하는 건 아닐까, 하고.

코우스케는 그녀 앞에 쪼그려 앉아, 청옥 같은 그 눈동자에 시선을 맞추고 말했다.

"나는 언젠가 에코나를 기보르네에 보내 주고 싶어. 이 나라에서는 노예인 채니까, 그런 대우보다 조국 쪽이 좋을 거라고. 적어도, 교육에는 그쪽이 더 좋아."

코우스케는 아직 18살 아이다. 이 세계의 기준으로 성인이라 할지라도, 그 정신성은 미숙하다는 걸 자각하고 있다.

지금 코우스케가 하고 있는 건 원조일지도 모르지만, 아이가 아이를 돌봐주고 있는 것뿐이다.

보호자인 척할 수는 있어도, 그녀를 올바르게 키울 수 있을지 코우스케는 알 수 없다.

단지 자신에게 봉사시키기 위해 그녀를 소유하려고도 생각하지 않는다. 그렇기에 조국에 돌려보내는 게 그녀의 장래를 위한 일이 될 거라고 생각하고 있었다. 코우스케의 말에 그녀는 눈물을 머금고, 급사복을 꽉 쥐면서 눈물을 참았다.

"그, 그렇죠. 저, 저 같은 거, 전혀, 도움도 못 되고, 있고요……."

"아니, 잠깐만. 이야기 아직 안 끝났어."

물기를 띤 얼음 같은 눈동자가 불안한 빛을 띠며 코우스케를 향했다.

"방금 한 말은 어디까지나 그렇게 하는 게 최선이라고 생각했었다는 이야기야. 에코나, 나는 너의 부모는 될 수 없어. 이 나라를 고르겠다는 건, 여러 선택지를 빼앗긴다는 거야. 그건 아마 많은 사람에게 있어 불행한 삶의 방식이라고 생각해."

에코나는 코우스케의 이야기를 가만히 듣고 있다.

"조국에 돌려보내는 게 너의 행복을 위한 거라고 생각했었어. 지금도 굳이 말하자면 그렇게 생각해. 자신이 없어. 너의 인생을 짊어지는 게, 무서워. 간단히 목숨을 품을 수 있을 정도로 강하지 않으니까."

그녀의 눈을 똑바로 보고, 말에 거짓이 없다는 게 전해지도록.

"어떻게 해서든 만나고 싶은 사람이 있어. 그 녀석을 찾기 위해 이 세계에서 살고 있어. 이 나라에 없다는 걸 알게 되면, 도망쳐서라도 다른 나라로 찾으러 갈 거야. 그런 무모한 행동에 다른 사람을 말려들게 할 수는 없잖아?"

하지만, 하고 코우스케는 말을 이었다.

"그래도 네가 그런 무모한 행동에 따라와 주겠다고 한다면, 나도 똑바로 답할게."

그녀의 눈동자에서 눈물이 뚝뚝 떨어졌다. 코우스케가 그걸 닦아 주고자 그녀의 눈가에 손가락을 대자, 살결의 탄력으로 눈물방울 하나가 톡, 하고 터져 튀었다. 그걸로 그치지 않고, 눈물은 계속해서 흘렀다.

그녀는 흑흑 흐느끼면서, 그래도 웃으려 했다.

"손길을, 뻗어 주실 수, 있을까요."

울먹이느라 쉰 목소리로 내뱉은 말을, 코우스케는 납득한 것으로 받아들이고 "아아, 얼마든지"라며 웃어 줬다.

하지만 그녀는 그에 난처한 듯한 표정을 지었다.

"아…… 그게 아니라, 진짜, 손을."

코우스케는 얼굴이 빨개졌다. 얼버무리듯이 헛기침을 하고는 오른손을 내밀었다.

에코나는 그걸 들어 올리고는, 손등에— 입맞춤을 했다.

"저 에코나 노이지 월엘레인은 이윽고 어머니 대지에 둘러싸여, 하늘의 정원으로 부름을 받게 되는 그때까지, 함께 있을 것을 모든 존재를 걸고 맹세합니다."

그건, 선언이다. 마치 혼례 의식에라도 쓰일 것 같은 대사였다.

"기보르네에서는 충성이나 사랑을 맹세하는 의식에서, 이 말을 하는 관습이 있어요."

"괜찮겠어? 만난 지 일주일 남짓 된 남자한테 그런 맹세를 해 버려도."

그녀의 신뢰가 기쁘기도 하고, 이해할 수 없기도 했다.

기댈 곳 없는 여자아이에게 있어 생명의 은인이기도 한 자신의 존재가 크다는 건 알고 있을 셈이었다.

하지만 그에 파고드는 짓은 하고 싶지 않았다. 그래서 코우스케가 원하는 건 냉정한 판단이다.

에코나는 그대로 코우케의 손을 자신의 뺨에 대고, 그 열을 느끼는 것처럼 눈을 감은 뒤 말했다.

"이제 앞으로 영원히 괴로운 일밖에 없겠지, 하고 생각하고 있었어요. 아프고, 괴롭고, 창피하고, 슬퍼서, 마음이 꾸욱 옥죄이는 듯한 기분만을 맛보고, 언젠가 죽고 말 때까지 그게 계속되겠지, 하고요. 마물에게 먹혀 버린 그 사람이 절 산 날에, 악령에 간다는 말을 듣고 '아아, 죽는 거구나'하고 생각했어요. 하지만 저는 운이 좋아서, 모두가 죽어 가는 와중에 살아남아 버렸어요. 저만이, 주인님께 구원받고 말았어요."

"……응."

"전, 나쁜 아이예요. 자기만 살아남은 게 기뻐서, 구해 주신 것이 기뻐서, 손을 내밀어 주신 것이 기뻐서. 모두가 죽어 버린 게 슬픈데, 그래도 이렇게도 생각하고 말아요. '주인님이 상냥하게 대해주시는 게, 나쁜이어서 다행이야'라고."

"……그건."

코우스케의 표정이 흐려지는 가운데, 그녀는 망설임을 떨쳐 내듯이 결연한 표정을 짓고 있었다.

"하지만, 그게 저예요. 스스로는 도망칠 수 없고, 좋지 못한 생각을 하고 마는 자신을 없었던 거로도 하지 못해요. 그러니까, 그만큼, 누군가의 도움이 되는 걸 하고 싶다고 생각했어요. 특히, 주인님의 도움이 될 수 있다면, 하고요. 그, 그래서……."

그녀는 도중까지의 확고한 말투를 잃고, 잠깐 마음을 다지는 것처럼 고개를 숙이고 있었다.

이윽고 코우스케를 올려다보고, 그 말을 입에 담았다.

"여행하는 도중에, 맛있는 요리는 어떠세요?"

그 제안에 코우스케는 한순간 눈이 휘둥그레졌다가, 금세 미소 지었다.

"괜찮겠어? 급료는 안 나온다고?"

농담처럼 던진 코우스케의 말에 그녀는 "네!"하고 눈부시게 빛나는 미소를 향했다.

에코나는 코우스케가 생각하고 있는 것보다 훨씬 여러 가지를 스스로 생각하고, 결정한 모양이다.

그렇다면 자신은 그 결단을 존중하자. 언젠가 그녀의 마음속 어둠이 걷히기를 빌면서.

그녀가 코우스케의 손을 놓았다. 코우스케는 떨어지는 그녀의 손을 붙잡고, 자신의 입가로 가지고 갔다.

"나 쿠로노 코우스케는 이윽고 어머니 대지에 둘러싸여, 하늘의 정원으로 부름을 받게 되는 그때까지, 함께 있을 것을 모든 존재를 걸고 맹세한다."

"……후, 에."

당혹스러워하는 그녀를 정면에서 바라보고, 웃었다.

"이게 맞으려나."

물어봤지만 대답은 돌아오지 않는다. 그녀의 얼굴은 푹 삶은 것처럼 홍조를 띠고 있고, 그 열로 푸른 얼음 같은 눈동자가 녹는 것 아닐까 하고 걱정될 정도였다. 눈동자에서 녹아내린 것처럼,

에코나는 눈물을 떨궜다.

"……괘, 괜찮으신가요. 만난 지 일주일 남짓 된 어린애한테, 그런 맹세를 하셔도."

어린 그녀가 심정을 토로한 것이다. 자신도 대답하지 않으면.

전생이라고 하면 좋을까. 코우스케는 원래 있던 세계에서 있었던 일을 이야기하여 들려줬다. 어린아이에게는 자극이 강한 내용이겠지만, 그녀는 이미 처참한 꼴을 겪었다. 이해하지 못하지는 않을 것이다.

"에코나가 나쁜 아이라면, 나는 극악한 인간이야. 의미 없는 목적을 위해, 5년이나 걸려 여러 사람에게 민폐를 끼쳤어. 잔뜩 불행하게 만들고, 마지막에는 사람을 죽였지."

이런 말을 들어도 곤란할 것이다. 그러기는커녕 위험한 인간이었다고 실망할지도 모른다.

그래도, 이렇게까지 자신을 흠모해 주는 사람에게 거짓말은 하고 싶지 않았다.

"의미가 없는 건, 아니라고 생각해요."

그 목소리는 그녀치고는 매우 명료했다.

"주인님의 심정을 이해하지 못하는 사람은, 분명 없을 거예요. 누구든 소중한 사람을 빼앗기면 슬퍼서, 빼앗은 사람이 밉다고 생각할 거예요. ……저도 마찬가지예요. 사람을 죽이는 건 나빠요. 하지만 잘못하지 않으면 고칠 수 없는 과오라는 건, 있다고 생각해요. 저는 나쁜 아이니까, 주인님이 한 잘못에 구원받은 인간이니까, 주인님이 극악한 사람이라도…… 괘, 괜찮, 아요.”

그러고 보니, 노예인 에코나를 멋대로 구하는 것도 죄가 되는 행동일지도 모르는 거였다.

어쩌면 에코나는 그에 관해 시로한테 물었던 걸지도 모른다.

그렇지 않고서야 자신이 코우스케가 저지른 잘못에 구원받았다고는 말하지 않으리라.

그걸 알고서, 그에 구원받은 자신이니까 코우스케를 부정하지 않고 함께 있을 수 있다고 그녀는 말하고 있다.

어느샌가 그녀가 자신한테 마음을 써주고 있다는 걸 깨닫고, 코우스케는 쓴웃음을 짓고 말았다.

“고마워. ……응, 에코나가 그렇게 말해 준다면, 나로서는 아무 것도 말할 게 없어. 이런 나쁜 녀석 편을 들어 준다는 것만으로도 에코나는 얻기 어려운 존재야.”

그녀는 간지러운 것처럼 입술 모양을 꼬물꼬물 바꾸고 있었지만, 이윽고 기쁜 듯이 미소 지었다.

그러자 그때, “쿠로! 마중하는 사람이 왔어!”라며 아래층에서 시로의 목소리가 들렸다.

그녀의 손을 한 번 꼭 잡고, 그러고 나서 놓았다.

“그럼 갔다 올게.”

이어진 손에서 전해지는 열이 사라진 걸 슬퍼하는 것처럼, 에코나가 “앗”하고 애달픈 소리를 냈다.

“저, 저기……!”

에코나는 자신의 오른손을 왼손으로 잡았다. 마치 열을 놓치지 않도록 하는 것 같은 동작이다.

코우스케가 "왜 그래?"라며 고개를 갸웃하자, 침을 꼴깍 삼키는 소리가 들렸다. 말은 그 뒤였다.

"생면부지의, 그것도 노예를 구하기 위해 위험을 돌아보지 않고 구하러 뛰어든 당신의 마음씨는, 만난 기간 같은 건 가볍게 뛰어넘을 정도로 빛나고 있다고, 저는 생각해요."

그건 그녀의 대답이었다.

"그런, 가……. 그러면, 기쁘겠네."

"제, 제가 보증할게요……! 저, 저의 보증 같은 건 아무런 소용도 없겠지만."

"그렇지 않아. 고마워."

"아, 아뇨. 그러면, 저기, 다녀오세요………… 코, 코우스케, 님."

그녀가 그렇게 불러 줄 거라고는 생각지 않았던 코우스케는 눈을 크게 떴다. 그리고 곧바로 깨달았다. 조금 전에 자신이 이름을 말하지 않았던가, 하고. 하지만 그녀는 코우스케의 기분을 해친 거라고 생각한 것이리라. 눈물이 그렁그렁해졌다.

"죄, 죄송합니다."

"아니, 조금 놀란 것뿐이야. 그러게. 차라리 주인님은 인제 그만두고, 코우스케라고 불러 주지 않겠어? 본명이고, 그게 편하니까."

"네? 하, 하지만."

"우선은 시험 삼아서. 자, 이 방에는 나랑 에코나밖에 없으니까 말이야."

우으…… 하고 고민하는 듯한 소리를 내던 그녀였으나, 몇 초 지난 뒤 각오를 굳힌 것처럼 그 이름을 입에 담았다.

"코, 코우스케, 님."

"님은 필요 없어."

"코우스케…… 씨."

"뭐, 됐나. 역시 주인님보다는 확 와 닿네."

"그, 그러면……! 저, 저기, 만약, 괜찮으시다면 말인데요……."

그녀가 말하려는 걸 눈치채고, 코우스케는 끄덕였다.

"응, 앞으로도 둘이서 있을 때는 이름으로 부탁할 수 있을까. 물론 남들 앞에서 불러도 괜찮지만 말이야."

하지만 그녀는 자신의 신분을 생각하여, 남들 앞에서는 계속해서 주인님이라고 부르리라.

그래도 에코나는 마치 보물이라도 받은 것 같은 표정으로 끄덕였다.

"네! 다시금, 잘 다녀오세요…… 코우스케 씨."

"응, 다녀올게."

자신이 돌아오는 걸 기다려 주는 사람이 있다는 건, 무척이나 행복한 일이다.

코우스케는 그걸 깊이 실감했다.

◇

"오, 잘 어울리잖아~."

아래층으로 내려가자마자, 코우스케를 발견한 시로가 말했다.

"그래? 내가 일본인이기 때문일까. 아무리 봐도 코스프레 느낌이 나는 것 같은데 말이지."

"그건…… 확실히?"

그녀는 눈을 피하면서 쓴웃음을 지었다.

"결국 어느 쪽이야."

코우스케는 마주 웃어 주고, 출구로 걸어갔다. 폴짝폴짝하는 익살스러운 움직임으로 그녀가 따라왔다.

"다녀와. 실수하지 않도록 해."

"보호자 같은 말 하지 마."

"오늘은 비네가 아니라 클라라가 담당하는 날인 모양이라 손을 들었지만, 무시당했다."

마스터는 '너라면 괜찮아'라고 말하는 것처럼 마주 끄덕여 주었다. 함께 마시는 친구가 된 내방자들이 말을 걸었기에 적당히 답해주고 바깥으로 나갔다. 에코나가 배웅해 주었다.

가게 앞에는 마차 같은 무언가와 예장으로 짐작되는 군복을 기조로 한 흰색 장속(裝束)을 껴입은 여성이 있었다.

"쿠로 공 되십니까."

"응? 아아, 이 옷으로 안 건가. 당신과는 처음 만나는 거죠?"

엄지손가락을 굽히고, 약지를 뻗은 상태인 오른손을 가슴에 대는 달트라식 경례를 하고, 그녀는 이름을 댔다.

"플라스 라프라틱스 간오르게류즈 특무중위입니다. 소문으로 유명한『검은 영웅』공을 만날 수 있어 지극한 영광입니다. 오늘은 소관이 마동마차로 식전회장까지 안내해 드리겠습니다. 부디 협력을 부탁드립니다."

별들의 반짝임을 흩뿌린 듯한 금발에, 눈동자까지 황금색이다. 검은 테 안경을 쓰고 있고, 고지식할 것 같다. 카츄샤나 앨리스 밴드라고도 하던가. C자형의 금속제 머리띠를 착용하고 있다. 앞머리가 눈에 들어가지 않도록 하기 위해서이리라. 날씬한 체형이지만 가냘프다는 인상은 없고, 단련되어 있다는 걸 알 수 있다.

기동성을 중시해서인지 예장 아래는 미니스커트로, 거기서 뻗어 나온 다리의 태반은 하얀 니삭스 같은 양말에 덮여 있었다. 군화까지도 더러움이 없는 순백으로 철저하다. 덧붙여 가슴은 평탄했다.

태도에서 쿨한 성격이라는 걸 엿볼 수 있다.

"아아, 잘 부탁드립니다. 그런데 하나 괜찮습니까?"

"옙! 소관의 권한으로 대응 가능한 것이라면 몸과 목숨을 바쳐 수행토록 하겠습니다. 그리고 가능하시다면, 부디 예의를 차리시는 태도를 취하지 말아 주셨으면, 하고."

과장된 표현에 쓴웃음을 지으며, 그녀의 제안은 고맙게 받아들이기로 했다.

"아아, 그럼. 마동마차라고 했는데, 그거 마차 아니지?"

애초에 말이 들어가는 부분에 아무것도 없었다. 실제 상태에 맞게 표현한다면— 바퀴가 달린 바구니다.

"마력으로 움직이는 마차에 해당하는 이동수단이라서 차자(借字)한 것이라고 생각합니다만……. 꼭 원하신다면 시급히 자세히 알고 있는 사람을 불러서 올바른 지식을—"

"아아. 아니, 괜찮아. 알았으니까."

전자담배도 엄밀하게는 담배가 아닌 것과 마찬가지인 이유이리라.

원래 있던 것에 비교하여 기능이나 효능 혹은 사용자의 기분을 만족시키기 위해 만들어진 후발 물건이니까 먼저 있던 것에서 이름을 일부 계승하는 건, 생각해 보면 흔히 있는 일이다.

"시시한 걸 물었네. 마차라기보다 원래 있던 세계의 자동차라는 탈것에 가깝다고 생각해서 말이야."

"자동차……. 마공기술 국가 메레크트에서 내방자의 지식을 토대로 마동차라는 것을 개발하고 있다고 들었습니다만, 그것에 가까운 이동수단이라고 인식하면 괜찮을는지요."

"오, 아마도 그거야. 자동차를 재현할 셈인 거겠지."

내방자한테서 얻은 지식의 환원은 과학을 마법으로 재현하는 형태로 일어나고 있는 것 같다.

이 세계도 머잖아 철로 된 바구니가 돌아다니게 되는 걸까.

코우스케는 어째서인지 그 미래를 환영할 수 있을 것 같지가 않았다.

"괜찮으시다면 슬슬 탑승해 주시면 기쁘겠습니다."

"응? 아아."

그녀의 재촉으로 어딘가 관람차 박스를 연상케 하는 디자인의 마동마차에 올라탔다. 목제이지만 돈이 들었을 것 같은 장식이 달려 있었다. 안은 안대로, 그곳도 또한 무턱대고 거주성을 추구한 것 같은 만듦새다.

세 명은 앉을 수 있을 것 같은 좌석이 마주 보는 형태로 두 개.

마차 진행 정방향으로 코우스케가 앉고, 뒤따라 탑승한 플라스가 반대편에 앉았다.

그녀가 문을 닫고 잠시 후에 소리도 없이 마차가 나아가기 시작했다.

"운전하는 건 당신이야?"

"아뇨, 운전수가 있습니다."

마차에서 고삐를 잡는 사람이 앉는 위치에 마력 주입구가 있다고 한다.

"이거 처음 보는데."

"일반에는 유통도 보급도 되어 있지 않으니까요. 이 규모의 물질을 장시간 움직이는 마력을 대다수 신민은 가지고 있지 않기도 하고, 애초에 수요가 없습니다."

"그럼 운전수는 내방자인가?"

"……귀족입니다. 한마디로 귀족이라고 해도, 국가에 공헌하는 수단은 여러 가지가 있으니까요. 군속 신분이 되면 다른 병사와 마찬가지로 명령에 거역할 수 없습니다."

확실히 귀족이 운전수라는 건 위화감이 있다. 하지만 한번 군인이 된 이상은 귀족이라 할지라도 자기에게 돌아온 일을 해야만 한다는 건 매우 공평하고 호감이 느껴지는 이야기였다.

"당신은?"

플라스는 의식적으로 그렇게 짓고 있다는 걸 알 수 있는 무표정으로, 말했다.

"저희 간오르게류즈 가문은 선조가 『빛의 영웅』인 귀족 가문입니다. 『검은 영웅』 공."

목소리는 평탄하고, 변함없는 무표정이다. 하지만 그 눈 속에는 강한 감정이 맺혀 있다.

식전회장에 도착하기까지 조금 더 걸릴 것 같았다.

◇

마물이 있고 신과 악신이 있다면, 신화의 영웅 또한 실재했던 것이리라.

즉, 정전은 기술되어 있는 전부가 진실인가는 제쳐 두고, 일단은 인류의 정사인 것이다. 관측자의 주관이 섞인 이상 완전한 진실이라는 건 존재할 수 없다. 원래 있던 세계에서도 그때까지 올바르다고 믿어졌던 것이 잘못이었다고 판명되는 경우는 흔히 있었다.

그러니까 세세한 부분의 정확성 같은 건 제쳐 둔다. 어쨌든 신화는 어느 정도 역사 그 자체로 봐도 좋다.

이 달트라는 인마대전이 종결된 뒤에 건국된 국가다.

당시 신에게는 반신반인인 아이가 있었다고 전해진다. 신이 잠들어 불안에 시달리는 많은 힘없는 백성을, 신의 아이와 그의 곁에 모인 성자들이 하나로 모았다고 한다.

『검은 성자』『어둠의 성자』등은 어디서 죽었는지도 기록되어 있지 않지만, 그렇지 않은 성자도 있다.

유명한 것으로는『붉은 성자』『푸른 성자』『빛의 성자』등이 건국에 협력했다고 되어 있다.

그 핏줄이 끊어지지 않고 현대까지 이어졌다 한들 아무런 이상한 점은 없다.

"『빛의 영웅』은 확실히『광』속성 마법을 썼었지?"

너무나도 강력한 그 위력에 특별히『빛』속성이라 부르는 걸 신이 허락했다고 들었다.

하지만 그건 본인의 이야기다. 세대를 거듭함에 따라 희석된 영웅의 피는 자손에게 커다란 힘을 안겨주지 않았다.

평범한 부모에게서 비범한 자식이 나오는 예는 있지만, 부모가 비범하다고 해서 그 자식도 꼭 비범하리라는 법은 없다.

코우스케의 말에 그녀의 아름다운 눈썹이 살짝 찌푸려진 것처럼 보였다.

"예. 그렇지만 영웅의 혈족도 이제는 이름뿐입니다. 소관이 쓰는 마법도 내방자에 비하면 어린애 장난이나 마찬가지인 위력이지요. 저희 가문도 그걸 깨닫고 3대 전에 장사에 손을 대는 형편에 이르렀습니다. 뒤에서는 조롱받고 있습니다. '빛의 영웅의 후예가 돈의 반짝임에 눈이 멀다니, 한탄스럽군'이라며 말이죠."

스커트 타입의 예복에서 뻗은 무릎에 그녀 자신의 손이 파고들었다.

아무래도 생각하는 바가 있는 모양이다.

"수준 낮은 비꼬기야. 그런 한가한 녀석은 내버려 두면 돼."

"본래 조롱할 여지 자체가 있어서는 안 되는 겁니다."

이 세계의 귀족이란 건 어떤 것일까. 원래 있던 세계에서 말하는 봉건 귀족인 걸까, 아니면 궁정 귀족인 걸까.

답은 일부가 봉건 귀족이고, 대다수가 궁정 귀족이라는 게 된다.

영웅담에 등장하는 영웅은 72명이지만, 인마대전에 참여한 내방자 자체는 훨씬 많을 것이다.

모든 내방자가 귀족이 된 건 아니라 해도, 나름 다수의 사람이 작위를 얻었을 터다.

달트라에는 귀족원이라는 기관이 있고, 국정에 관한 의논을 나누고 이를 왕실에 상주(上奏)한다.

정원은 89명으로 고정이며, 칙임도 파면도 왕실만이 행한다.

가문의 사람이 6년 연속으로 귀족원의 자리를 맡지 못한 상태에 빠진 귀족가는 몰락─ 직위를 잃게 된다.

추방에 가깝지만, 그들을 받아들이는 자리 자체는 몇 개나 존재했다. 군인이나 공략자, 마녀나 마술사. 통상적인 아클레어 사람보다 스테이터스 측면에서 뛰어난 인간이 작위를 상실한 정도로 굶어 죽는 일은 없다.

코우스케는 귀족이라는 신분에 고집하는 이유를 잘 이해할 수 없었다.

"선조의 이름을 지키는 것이 그렇게나 중요한 건가?"

무심코 입 밖으로 나온 의문은 아무래도 훌륭하게 그녀의 역린을 건드리고 만 모양이었다.

플라스는 분노한 형상을 띠고 일어났지만, 어찌어찌 참은 듯한 느낌으로 엉거주춤한 자세에서 도로 자리에 앉았다.

쿨한 군인이라는 인상이 잘못되어 있었던 건지, 아니면 화제 때문인지― 코우스케 때문인지.

"일찍이 악신이 하늘을 암운으로 뒤덮는 마법을 발동시켰을 때, 『빛의 영웅』 로우라이트 간오르게류즈가 어둠을 걷어내고, 사람들의 희망의 등불이 되었습니다. 영웅이라는 건, 상징입니다. 살아 있는 희망인 겁니다. 그렇지 않으면 안 됩니다. 소관은 그 뜻을 잇는 자로서, 지금의 상황을 우려하고 있는 것에 지나지 않습니다."

"영웅은 있잖아. 단지 당신이 아닐 뿐이야."

플라스의 눈에 명확하게 적의가 떠올랐다.

"그게 아니면, '자기야말로 영웅이어야만 한다'는 건지? 그렇다면 그건 영웅이 되고자 하는 당신 개인의 열망이잖아. 선조는 상관없어."

"귀공은 모르시겠지요……. 힘을 원하지만, 그걸 손에 넣을 수 없는 자의 고뇌 따위."

"부럽다고 생각한다면 대신해 줘. 나는 불행을 대가로 얻은 힘보다, 힘이 필요 없는 행복을 훨씬 더 갖고 싶었어. 영웅을 목표로 하는 귀족님의 이해를 받으려고는 생각하지 않지만 말이야."

그건 비꼬는 게 아니라 단순한 본심이었다.

복수를 완수하는 힘보다, 『흑』보다, 여동생이 죽지 않는 미래를 훨씬 더 원했다.

내방자는 대개 불행을 경험한 자. 그걸 떠올린 것인지, 그녀의 표정에서 분노가 사라지고 죄악감이 배어 나왔다.

"……시, 실례했습니다."

그뿐이랴, 맥없이 고개를 떨구기까지 하니 코우스케도 가슴이 따끔하니 아팠다.

"……아니, 나도 미안했어. 사정도 모르는데 잘난 듯이 말해 버렸군."

그렇게 차내에 침묵이 흘렀다.

그리고 한동안 코우스케는 차창으로 보이는 거리의 풍경을 바라보고 있었다.

문득 플라스 쪽으로 시선을 주자, 그녀는 거북한 것처럼 고개를 숙이고 자신의 손등을 보고 있었다.

망설임. 말해야 할지 망설였지만, 결국 코우스케는 그 말을 입에 담았다. "조금 전 이야기 말인데"라고 운을 떼고, 말했다.

"3대 전이었던가. 당신의 조부모가 맞으려나. 나는 그 사람들이 잘못되었다고는 생각하지 않아. 자신들의 현재 상황을 받아들이고, 다른 방법으로 국가에 공헌하려고 했어. 잘못된 건 그 강인함을 바보 취급하는 녀석들이지. 창피해하는 것이야말로 선조에 대한 모욕이야. 그도 그럴 게 방법을 바꿨다뿐이지, 귀족이 만들어 낸 돈은 신민의 생활을 풍족하게 만들잖아. 그건 신화 영웅에 뒤처지지 않는 훌륭한 행동이라고, 나는 생각해.

설마 긍정 받을 거라고는 생각하지 않았던 것인지, 그녀는 입을 반쯤 쩍 벌렸다.

"방법을 바꾼 것뿐이고, 간오르게류즈 가문의 반짝임은 조금도 쇠하지 않았다고, 저는 생각합니다만?"

다소 젠체하는 듯이 코우스케가 말하자, 그제야 그녀는 작게 웃어 주었다. 입가에 손을 대고, 미소 지었따.

"격려의 말씀, 감사합니다."

그리고 다시 침묵이 찾아왔지만, 이번에는 그녀 쪽에서 금방 그것을 깼다.

"……쿠로 공은 영웅담을 읽으신 적이 있습니까?"

"읽지는 못했어. 어떤 영웅이 나오는가 정도는 알고 있지만."

"소관은 일곱 살 때 그것을 읽었습니다. 신화를 바탕으로 했을 뿐인 창작이라는 걸 안 지금도, 처음 읽었을 때의 감동이 사라지지 않습니다. 이 가슴에 밝혀진 빛이, 언제까지고."

그렇게 말하는 그녀는 꿈을 이야기하는 어린애 같기도 하고, 애타게 사랑하는 소녀 같기도 했다.

"그곳에 있다는 것만으로 병사를 고무하고, 백성을 안심시킨다. 그 영웅의 피가 소관에게 한 방울만큼이라도 흐르고 있다면, 그 반짝임을 가문의 이름과 함께 계승하고 싶다. 그렇게 생각하고 있었습니다. 소관 역시 돈을 다루는 일이 도리에 어긋나는 것이라고는 생각하지 않습니다. 하지만 그렇다 하더라도 소관은 간오르게류즈 가문의 인간입니다. 그 사람의 반짝임을 지워버리는 존재만큼은 되고 싶지 않습니다. 자손인 저희의 무능으로 인해 빛의 영웅의 광휘에 그늘이 져 버리면, 그건 동경하는 것에 자신의 손으로 진흙을 칠하는 것과 마찬가지이니까요."

그 말을 듣고 코우스케는 자신이 그녀에 대해 오해하고 있었다는 걸 깨달았다.

그녀가 고집하고 있는 건 체면을 지키는 것이 아니라, 동경을 더럽히지 않는 것이다. 그녀의 영웅 열망은 싸구려 승인 욕구에서 오는 것이 아니라, 부모를 바보 취급당한 아이가 화를 내는 것 같은 순진한 마음에 의한 것.

그렇다면 필사적으로 되는 것도 과연 수긍이 간다.

불투명했던 그녀의 고민이 이때 코우스케에게 있어서도 친숙한 것이 되었다.

이상과 현실의 차이에 괴로워한다. 그고 작은 차이는 있겠지만, 누구나가 경험한 적 있는 것 아닐까.

"그럼, 되어야겠지."

"—네?"

당연한 것을 말한 셈이었지만, 플라스는 마치 환청을 의심하는
듯한 표정을 짓고 코우스케를 쳐다봤다.

"아, 저기. 뭔가 이상한 말을 한 건가……?"

자신의 얼굴을 빤히 쳐다보는 플라스의 시선이 낯간지러워서
코우스케는 뺨을 긁적이며 얼버무렸다.

그녀는 "아, 아뇨……" 하고 고개를 가로저었지만, 자세히 보니
눈시울이 젖어 있었다.

"또 무신경한 말이라도 해버렸다면, 정말 미안해. 사과할게."

플라스는 안경을 벗지 않은 채 손가락만으로 요령 좋게 눈가를
닦은 뒤, "아닙니다"라며 약간 쓴웃음을 지었다.

"설마, 등을 밀어주시리라고는 생각하지 않았기에. 지금까지
그런 적이 없었으니까요."

그건 조금 생각하면 알 수 있는 것이었다. 누군가가 긍정해주
는 무언가가 있다면, 그녀는 진즉에 그걸 살려 영웅에 이르렀으
리라. 그렇지 않았으니까, 지금이 있는 것이다.

순간적으로 사죄의 말을 하려던 입을, 코우스케는 아슬아슬하
게 닫았다.

다시 입을 열고 꺼낸 것은, 다른 말.

"이 세상에 불가능은 있지만, 그건 많은 사람이 생각하는 것보

다 훨씬 적다고 생각해. 명확한 목표가 있다면 그걸 달성하는 데 필요한 수단은 반드시 있고, 선택할 수 없는 경우는 없어."

"하, 하지만, 우선 무엇보다 가지고 태어난 스테이터스의 벽이라는 것이⋯⋯."

"마법구는 어때? 귀족 가문이라면 일반인보다는 융통할 수 있을 것 같은데."

"시험해 봤지만, 도저히 영웅이라고 할 수 있는 정도에는⋯⋯. 오리지널이 여러 개라면 모르겠습니다만, 저희 가문이 소유하고 있는 오리지널을 빌릴 수도 없습니다. ⋯⋯소관은 그래 봤자 차녀이니까요."

"그럼 다른 방법으로 오리지널을 여러 개 손에 넣자. 본가의 연줄을 쓰는 것도 좋고, 마법구 보유 마물을 토벌할 수 있을 정도의 파티에 낀다는 방법도 있어."

"설령 그것이 이루어져도, 소관이 마법구를 손에 넣을 수 있다고는⋯⋯."

"설득해. 안 그러면 사. 그것도 무리라면 양보하고 싶어지도록 만들어 봐. 포기할 수 없다면 무엇이든 해야만 할 테고, 아무것도 하지 않는다면 포기해야만 하는 거야."

"⋯⋯포기할 수 없다면, 무엇이든 해야만 한다."

플라스는 코우스케의 말을 반복하면서 턱에 손을 대고, 생각에 잠기는 것처럼 시선을 비스듬히 아래로 내렸다.

거기서 마차가 멈췄다.

잠깐 정차하는 경우는 몇 번이고 있었지만, 마차 바깥의 모습으로 보건대 도착한 모양이다.

"플라스? 도착한 것 같은데."

"네? 아, 넵! 실례했습니다."

그녀는 황급히 마차에서 내리고는, 문을 잡고 코우스케의 하차를 재촉했다.

화려한 건조물의 입구 앞이다. 그 밖에도 많은 마차나 마동마차가 서 있었고, 눈부신 의상을 입은 사람들이 입구로 향하고 있다.

코우스케는 운전석에 얼굴을 내밀고, 청년 병사에게 데려다주어 고맙다고 말했다.

"그럼, 안내해줘서 고마웠어. 아, 그 차림으로 보면 플라스도 참가하는 건가?"

"네, 넵! 방해되실지도 모르겠습니다만, 오늘은 소관을 측근이라고 생각해 주셨으면 합니다."

아무래도 식전에서도 코우스케의 보좌역을 담당해 주는 모양이다.

"그럼 잘 부탁해. 일단—"

"쿠로 공!"

그녀가 갑자기 소리를 질러, 코우스케 자신은 물론이거니와 주위 사람까지도 놀랐다.

"소관을 귀공의 파티에 넣어 주셨으면 합니다!"

무슨 일인가 하고 주목을 받는 가운데, 그녀는 철저하게 진지한 표정으로 코우스케만을 똑바로 보고 있었다.

"……아, 응. 과연. 그렇게 나오는 건가."

마법구 보유 마물을 토벌할 수 있는 파티—정확하게는 개인이지만—가 그녀의 눈앞에 있지 않은가.

플라스는 코우스케의 말을 받아들이고, 그에 따른 것이다.

그녀의 심정에는 공감했고, 코우스케 역시 건성으로 대하고 싶지도 않았지만 문제가 있었다.

"미안하지만 그건 어려워."

코우스케는 애초에 여동생을 만나기 위해 이 세계에서 활동하고 있다. 소중한 사람이나 지인은 나날이 늘고 있지만, 애초의 목적을 착각할 생각은 없다. 그렇다. 따라서 만에 하나 『붉은 영웅』이 여동생이 아니라면 나라를 떠난다.

그렇게 되면 당연히 플라스와 파티를 짜는 건 불가능하다.

지키지 못할지도 모르는 약속은 할 수 없다.

하지만 그녀는 포기하지 않았다. 그리고 포기할 수 없다는 것은…….

"소관이 할 수 있는 게 있다면, 어떤 것이든 할 생각입니다! 부디, 부디!"

라고 말하며 무릎을 꿇고 빌기 시작했다.

많은 사람의 시선이 모였다. 그중에는 그녀를 아는 사람도 많이 있으리라.

아마도 소문은 금방 여러 곳에 나돌 것이다. 영웅의 후예가 새로운 영웅에게 아첨했다고.

그것을 이해하지 못하는 그녀는 아니리라. 그러니까 이건 증명이기도 했다.

자기 자신의 자존심보다도, 언젠가 영웅이 되어 그 빛으로 신민을 구하는 것이야말로 중요한 것임을.

"소관의— 저의 소원은! 병시를 고무하고, 백성을 안도시키는 존재가 되는 것! 그걸 위해 할 수 있는 게 있다면, 그것 말고는 전부 사소한 것입니다! 이 마음에 거짓은 없습니다!"

거절하면 된다. 애초에 방금 만났을 뿐인 인간이다. 그 정도의 연으로 조력할 의리는 없다.

하지만 그녀를 부채질한 건 자신이다. 지금 그 열의에 흔들리고 있는 것 또한 코우스케 자신의 거짓 없는 마음이다. 그렇기에 거짓말은 할 수 없다고 생각했다.

"약속은 할 수 없어." 그렇게 말하면서 그녀의 곁에 무릎을 꿇었다. "지금 이 자리에서 답을 낼 수는 없어. 하지만 힘을 빌려주고 싶다는 마음은 있어. 지금은 부디, 그걸로 참아줄 수 없을까."

"……그, 그 말은?"

쭈뼛쭈뼛하며 고개를 든 그녀에게 "긍정적인 보류이려나" 하고 대답했다.

만면에 희색이 가득한 정도까지는 아니었지만, 그녀의 표정이 밝아지는 걸 확실히 알 수 있었다.

"괜찮다면 일어나 주면 기쁘겠는데."

코우스케가 난처하다는 듯이 웃고 있는 걸 깨달은 그녀는 벌떡 일어섰다.

"긍정적인 검토, 감사드립니다. 쿠로 공."

"아직 승낙한 건 아니니까 말이다."

다짐하는 듯한 코우스케의 말에도 그녀는 후훗, 하며 기뻐 보이는 웃음을 멈추지 않았다.

"문제없습니다. 설령 쿠로 공이 모습을 감춘다 한들, 온갖 어둠을 걷어내고 찾아낼 뿐입니다!"

플라스의 지금 표정을 예를 들어 말한다면, 계속 갖고 싶었으나 손에 넣지 못했던 것을 손에 넣은 어린아이, 일까.

들떠 있다고 말해도 좋을지도 모른다.

그 금색 눈동자는 확실히 밤마저도 비출 수 있을 정도로 찬연히 빛나고 있었다.

"……조금 전까지와는 엄청난 차이네."

"그치만요!" 그렇게 말하고 난 뒤, 어린애 같은 말투였다고 부끄러워하는 것처럼 얼굴을 붉혔다. 헛기침하고, "처음이었다고요"라며 계속해서 말했다. "꿈을 비웃지 않은 것도, 등을 밀어준 것도."

플라스는 어딘가 도취한 것 같은 표정으로 코우스케를 바라보고 있다.

지금까지 줄곧, 일곱 살 때부터 그녀의 꿈을 아무도 긍정해주지 않았다고 한다면.

코우스케의 존재는 예상치 못하게 생겨난 행복처럼 느껴지는 것일지도 모른다.

마음은 이해 못 하는 것도 아니었다.

코우스케는 내방 당초, 과거의 생의 종점을 따라 하는 것처럼 자살을 시도했다. 하지만 결과적으로 그만두었다.

여동생과의 재회가 이뤄질지도 모른다고 생각했기 때문이다. 자살을 멈춰 준 시로 덕분에 그걸 알 수 있었다.

만약 그녀가 없었다면 그대로 두 번째의 인생을 헛되이 했을 것이다.

여동생과 다시 만나는 길을 알아차리지 못한 채 기회를 놓쳤으리라.

이 세계에는 인생을 좌우하는 만남이, 말이 있다.

그녀에게 있어 코우스케의 별 뜻 없는 한마디가 그렇다고 한다면, 이렇게 기뻐하는 것도 어쩔 수 없는 것이리라.

참으로 낯간지럽기는 하지만, 코우스케는 어찌어찌 그녀에게 마주 미소 지었다.

"그럼 슬슬 안내를 부탁할 수 있을까. 이런 격식 있는 자리는 처음이라, 어떻게 해야 할지 모르겠어."

"말씀대로 하겠습니다."

주위의 시선을 모으며, 두 사람은 당당히 걸어 나아갔다.

◇

들어올 때의 인상은 '길다'였다. 강당을 더욱 직사각형으로 늘린 모양을 연상하면 알기 쉽다.

물론 내부 장식은 비할 데 없이 화려하고 아름다웠으며, 우아했다.

대리석을 연상케 하는 광택을 내뿜는 바닥재. 진홍색 융단이 그 중앙 부분에 끝에서 끝까지 놓여 있다.

코우스케는 학교 졸업식을 떠올렸다. 의자가 늘어서지 않고 그 대신 많은 원탁이 배치되고, 그 위에는 요리.

붉은 융단은 그것 자체가 경계선 역할도 하는 모양이었다. 그곳을 경계로 사람이 둘로 나누어져 있다.

한쪽은 드레스나 정장을 입은 '싸우지 않는 귀족 · 유력자'.

다른 한쪽은 군복풍 예복을 입은 '싸우는 귀족 · 상위군인'.

군인과 귀족이 사이가 좋지 않다는 건 이 세계에서도 마찬가지인 듯했다.

플라스가 떫은 표정으로 설명하고 있는 점으로부터 그 사실을 엿볼 수 있었다.

그래도 같은 회장에 모이는 것 정도는 허용할 수 있는 사이, 라고도 할 수 있다.

입구 반대편 끝, 그곳에는 단이 만들어져 있었다.

아마도 저기서 제3왕녀한테 어떠한 의례적인 것을 받는 것이리라.

그것보다도 코우스케는 신경 쓰인 것이 있었다.

회장에 들어온 순간, 많은 이들로부터의 시선이 일거에 집중된 것도 그렇지만, 그것보다도다.

"……이봐, 플라스. 어째서 아무도 검은 옷을 안 입고 있는 거지."

검은색이 가장 무난한 색 아닌가. 드레스는 그나마 괜찮을 것이다. 종류가 풍부한 것도 수긍이 간다.

하지만 남자까지 흰색이나 푸른색, 밝은 남색 같은 걸 골라 입고 있는 건 조금 묘하다.

"……아아, 쿠로 공이 『검은 영웅』과 같은 힘을 가지고 있기에, 오늘의 드레스 코드로 지정된 겁니다. 누구도 검은색을 걸쳐서는 안 된다, 고 말이지요."

……전혀 의미를 알 수 없었다.

차라리 괴롭히는 거라는 말을 듣는 게 그나마 마음이 편해질 정도의 소외감이었다.

"어쩌면 좋지. 나는 가진 재주 같은 것도 딱히 없는데."

"『흑』을 보여 드리면 되지 않을까요?"

그 정도의 서비스 정신은 보여도 되는 걸까. 『세미 사이코패스』가 발동할 만한 상황은 아니다. 단순히 『흑』을 쓸 뿐이라면 문제없으리라. 코우스케는 생각을 정리하고, 그러고 난 뒤 마법을 발동했다.

"『검은』 힘의 일부를 보여 드리겠습니다."

과장스런 어조로 말하며 걸어 나갔다.

【흑장】을 융단을 뒤덮듯이 설치. 진홍 융단을 몇 초 만에 칠흑으로 물들였다.

환성이 일었다. 놀라서 물러나는 사람까지 있다.

짝, 짝, 하고 플라스가 손뼉을 쳐 주었다. 그것이 파급되어 코우스케는 한순간에 갈채를 받았다.

『흑』이 소문이 아니라 진짜였다는 사실은 박수를 치기에 충분한 것이리라.

거북한 느낌을 받으면서도 미소를 유지. 잠시 후에 융단의 『흑』을 지웠다.

그러자 그곳에 한 명의 청년이 발을 내디뎠다. 그것만으로도 주위가 술렁였다.

"멋지군! 그 위대한 힘이 우리나라에 안겨진 것을, 참으로 요행이라고 하지 않을 수 없어!"

손뼉을 치면서 다가오는 것은 마른 체구의 청년이었다. 저녁노을 같은 색조의 머리카락은 짧고, 눈동자는 태양을 밀어 넣은 것처럼 빛나고 있다. 복장 자체는 코우스케와 거의 같지만, 색깔이 머리카락과 같은 노을 빛깔.

그가 누구인지 묻고자 플라스를 봤다. 그녀는 복잡한 표정을 짓고 있었지만, 시선을 알아차리고 입을 열었다.

"현대의 7영웅 중 일각입니다. 내빙자로, 『새벽의 영웅』이라 불리고 있습니다."

"아아…… 『화』와 『광』 복합 속성을 사용한다던."

"별명은 광열 마법. 그 마법 규모는 『빛의 영웅』에 필적한다고…… 전해지고 있습니다."

과연. 플라스가 거북한 느낌을 가질 만하다. 자신의 이상을 힘의 측면에서 체현하는 타인이니까.

"처음 뵙네, 『검은 영웅』공! 나는 스트라이크 스트라노스 킬파로미데스라는 자다. 달트라군에서 장군을 맡고 있는 내방자이며, 귀공과 마찬가지로 영웅으로 인정받고 있지! 괜찮다면 친근함을 담아서 라이크라 불러 주게!"

"저야말로, 잘 부탁드립니다."

"이래 보여도 나는 벌써 27살이라 말이야. 귀공과 같은 젊은 재능이 도래하는 걸 기대하고 있었어. 그런데 귀공은 몇 살이지? 보는 바로는 갓 12, 13세가 된 정도라고 생각되는데."

"……이래 보여도 18살입니다."

"이 무슨! 이건 실례했군. 거참, 아직 젊은데도 훌륭한 공적이네! 그것도 내방 첫날에 단신으로 마법구 보유 마물을 격파하다니, 그야말로 전대미문, 경천동지의 사건이야!"

그의 목소리는 몹시 커서 구내에 울려 퍼지고 있었다. 플라스가 코우스케에게 얼굴을 가까이 대고 귀엣말을 했다.

"킬파로미데스 경은 내방 나흘째에 마법구 보유 마물을 토벌한 기록을 가진 영웅입니다. 싸움을 좋아하고, 단신으로 전장에 향해서는 적을 그림자 하나 남기지 않고 '증발'시키는 방식을 특히 선호합니다. 그 방식은 동경보다도 공포를 불러일으켜 군부에서의 평판도 좋지 않습니다. 여하간, 획득하는 적의 영지가 초토화된 상태이니까요."

과연. 강하기는 하지만 국익이라는 면에서는 결점도 있는 장기짝, 이라는 건가.

"하나 시험해 보고 싶은 것이 있네만, 괜찮을까. 『검은 영웅』 공."

"쿠로라고 부르시면 됩니다. 라이크 공."

"그러면 쿠로! 자네의 마법으로 나의 작광(灼光)을 집어삼키는 건 가능한가?!"

코우스케는 처음에 그가 무슨 말을 하는 건지 잘 이해할 수 없었다.

말의 의미가 아니라, 말의 진의를 헤아리기 힘들었다.

"아니, 뭐라고 할까. 약간의 흥미 본위야. 『흑』의 힘을 이 몸으로 느껴 보고 싶어서 말이지!"

그 눈을 보고 코우스케는 겨우 깨달았다.

얼굴은 웃는 표정으로 고정되어 있기는 하지만, 그 눈동자로 이렇게 말하고 있다.

마음에 안 든다, 고. 아무래도 코우스케의 존재는 그의 자존심에 거슬리는 모양이다.

그러니, 어느 쪽이 위인지를 명확히 함으로써 속을 후련히 하고 싶은 것이리라.

"사양하고 싶습니다. 영웅끼리 맞부딪치면 주위에 쓸데없는 피해가 나오겠지요."

"하하하! 그 정도의 힘 조절은 내게는 별것 아니네. 아니면 쿠로, 설마 겁을 먹은 건가?"

과연. 큰소리를 낸 것도 그건가. 코우스케가 승부를 받아들이면 이길 수 있다고 생각하고 있다. 받아들이지 않아도 주변은 코우스케가 승부에서 도망쳤다. 즉 라이크가 위라고 생각한다.

"돌려드릴 말씀이 없군요. 라이크 공과 달리 미숙한 몸이기 때문에 모쪼록 너그러이 봐주시길."

라이크는 시시하다는 듯이 콧방귀를 꼈다. 아무래도 코우스케를 격이 아래라고 판단한 모양이다. 아무래도 좋은 일이다.

기대받으면 답하려고는 생각하지만, 사소한 자존심을 채우기 위한 도구 역할 따위 사절이다.

조마조마한 기색이었던 플라스가 안도한 듯이 가슴을 쓸어내리고 있었다.

"그럼"이라며 가볍게 인사한 뒤 그 자리를 떠나려 했던 코우스케였으나, 그걸 제지하듯이 라이크가 말했다.

"그런데 귀공, 험담은 상대가 없는 곳에서 해야만 하지 않겠나."

비난하는 듯한 그 말에 플라스는 위축된 것처럼 몸을 부르르 떨었다.

"아, 아닙니다. 그러한 의도는 없었……."

조금 전의 귀엣말 정도의 작은 목소리라도 영웅의 청각이라면 들을 수 있다. 귀를 기울이는 정도의 집중은 필요하지만.

"이름과 계급을."

변명을 허용하지 않는 압력에 굴하는 것처럼, 플라스는 대답했다.

그걸 들은 라이크는 자신의 우위성을 나타내기 위한 공격 대상을 발견했다는 것처럼 가학적으로 웃었다.

"간오르게류즈 가! 명예 드높은 『빛의 영웅』의 가문 아닌가! 흐음, 쿠로는 거들떠보지 않았지만, 그 영웅의 후예라면 상대로서 부족함이 없지. 귀공이 대신 상대를 맡아 주지는 않겠나?"

코우스케가 노골적으로 표정을 찌푸리자, 라이크는 그걸 즐거운 듯이 받아들이고는 계속했다.

"영웅담의 『빛』과 현대의 『새벽』, 어느 쪽이 위일지 시험해 보자고!"

……이 자식.

영웅의 피가 세대를 거치며 옅어진 걸 모를 리가 없다.

그러니까 이건 단순한 분풀이다. 자신의 기분을 개운하게 만들고자, 플라스에게 창피를 주려 하고 있다.

"어이어이, 왜 그래. 설마 귀공도 겁을 먹은 건가? 영웅담의 7영웅은 어느 쪽이건 긍지가 부족하군. 이렇게 되면 영웅담은커녕 정전마저도 윤색투성이가 아닌지 의심하고 싶어지는데!"

플라스는 아무 말도 하지 못하고 있다. 자신의 말이 힘을 가지지 않는다는 걸 알고 있기 때문이리라.

바보 취급하지 말라고 한들, 비웃음당하고 끝이라는 걸 알고 있기 때문일 것이다.

그녀는 그저 입술을 깨물고 괴롭힘이 끝나는 걸 꾹 참고 있었다. 그건 그녀의 슬픈 처세술.

"왜 그러지? 받아들일 건지, 받아들이지 않을 건지. 빨리 대답도록 하게."

불쾌하게도 그의 행동을 웃으며 조용히 지켜보는 자도 있었다.

"자아!"

"저기 말이야."

플라스 앞에 서서 라이크를 노려봤다.

"오오, 쿠로. 아직 있었나. 꼬리를 말고 도망친 줄 알았네."

"아무래도 좋은데 말이지, 장군이 중위를 괴롭혀서 즐거워? 아니면, 언제나 고독하게 혼자 결정하면서 살고 있으니까 자각이 부족한 걸까?"

"뭣이?"

불쾌한 듯이 눈살을 찌푸리는 그를 보고, 코우스케는 도로 한 방 먹여주는 것처럼 만면에 미소를 띠었다.

"저도 그녀도, 귀공의 사소한 긍지라는 녀석을 채우는 장난감이 아닙니다. 모르시는 모양이라면 부디 지금 여기서 그 머리에 새겨 주시지요. 그만한 용량이 있다면, 말입니다만."

"―네놈, 나를 우롱한 건가?"

"그거, 일부러 말하지 않으면 모르는 걸까나?"

그 순간, 라이크가 코우스케의 가슴팍을 움켜쥐고자 손을 뻗었다.

하지만 엄청난 속도로 다가온 그것은 목표에 도달하기 전에 코우스케에 의해 저지당했다.

"이 자식, 그 더러운 손을 떼라."

"그쪽이 먼저 뻗어 놓고선, 그런 말투는 좀 아니지."

이미 여유는 역전되어 있었다. 코우스케는 미소를 띠고 있지만, 라이크는 얼굴에 힘줄이 돋아 있다.

그래도 역시나 영웅이라고 해야 할까. 천천히 숨을 내뱉음으로써 표면을 걷꾸렸다. 그리고 나직이 내뱉었다.

"…………이봐, 쿠로. 귀공은 숲의 신전에 나타났지. 틀림없나?"

"응? 그러면 뭐 어쨌는데."

"그러면 안내인은 시로인가 하는 계집인가."

"……알고 있는 거냐."

"아시고 자시고, 내가 전생했을 때 이미 있었으니까 말이지. 그때는 녀석의 모친이 안내인을 하고 있었지. 뭐, 내 공략에 어울린 날에 죽었지만 말이야."

코우스케의 미소가 굳었다.

그걸 확인하고 라이크는 웃음을 되찾았다. 조금 전까지와는 돌

변하여 조용한 목소리로 계속했다.

"'엄마를 돌려줘'라며 시끄러웠으니까, 조금 찔러 줬더니 손님 녀석들이 화내기 시작해서 말이야. 가게 주인을 포함한 전원을 조금 교육해 줬더니 출입 금지를 당해 버렸어. 그 이후로 나는 혼자 쓸쓸하게 공략자 일을 했고, 이윽고 군으로 들어간 거야. 귀공은 어떻지? 그 시끄러운 꼬맹이, 불쾌했지?"

"…………너, 열 받는데."

녀석의 손목을 잡은 팔에 힘을 줬다. 라이크는 그걸 금방 쳐 내고, 더욱 깊게 웃었다.

"첫 공략 때, 따라왔던가? 내 때도 녀석의 엄마가 말이야, 필요 없다고 하는데도 따라오니까, 마법구 보유 마물이 나타났을 때 잡아먹히는 걸 바라만 봐 줬어. 그때 마법구 보유 마물의 움직임을 기억하고, 그걸 살려 전생 나흘째만에 토벌에 성공했지. 귀공은 어떻게 했나? 잘 사용했나? 아니면 설마 친구 놀이를 즐긴 건 아니겠지?"

"저기 말이다. 이 개자식아. 너는 무슨 말을 하고 싶은 거냐?"

라이크는 다시 성량을 올렸다.

"이야~! 미안하군, 쿠로! 레벨 56인 내가 아직 10에도 도달하지 못한 귀공에게 승부를 도전하다니, 조금 염치가 없었군! 언젠가 또 때가 올 때까지 기다리도록 하지."

과연. 무시당한 만큼 코우스케를 불쾌하게 만들고 싶었던 것뿐인가.

그러니 방금 말한 것도 거짓말일지도 모른다. 질 나쁜 농담일지도 모른다.

"저기, 하나 괜찮겠어?"

"아아, 뭐든?"

"네가 시로를 때렸다는 건 정말이냐?"

"때리다니, 실례로군. 조금 교육을 해준 것뿐이야. 본인은 코피를 뿜으면서 꼴사납게 뒹굴었지만 말이지."

세미 사이코패스 발동을 억제할 수 있었던 건 기적에 가깝다.

다른 누구도 아닌 시로와 에코나가 그걸 바라지 않으리라고 강하게 생각하고 있지 않았다면, 위험했다.

"쿠로 공, 심정은 충분히 짐작하고도 남지만, 부디 참아주십시오. 곧 왕녀님이 나오실 것이기 때문입니다."

플라스가 얼굴이 파랗게 질린 채, 코우스케의 소매를 끌어당겼다. 다부지게도 파래진 얼굴에 억지로 미소를 띠고 있다.

"오기 전에 끝내면 되잖아."

"……쿠로 공, 여기서는 부디."

"그렇지, 플라스. 저 개자식, 나중에 너한테 똑바로 사과시킬 테니까 말이야."

"소관이라면 괜찮습니다. 저런 건 한참 옛날에 익숙해졌으니까요."

"그러냐. 네가 그래도 나는 마음에 안 들어. 내 멋대로 하겠어."

그렇게 말하고는 살짝 뿌리쳤다. 물러나 있으라고 말하자, 그녀는 갈등을 보인 뒤, 조용히 이동했다.

이쪽에 등을 향하고 있는 라이크에게 말을 걸었다.

"라이크 장군. 조금 전의 제안, 역시 받아들이도록 하지요.『흑』을 보여 드리는 정도의 퍼포먼스로는 제 실력을 모두에게 인정받기에는 조금 부족하다고 재차 생각했습니다."

씨익, 하고 마치 생각대로 일이 풀린 것을 기뻐하는 듯한 악랄한 미소를 띤 라이크에게 말했다.

"그런데 알고 계십니까?『검은 영웅』은 일찍이 신의 불구대천의 적인 악신의 일부를 먹었습니다. 제 마법은 신조차도 먹지요. 반대로『새벽의 영웅』은 일찍이 뭘 했을까요. 아아, 실례! 영웅담에도 정전에도,『새벽』따위 등장하지 않았지요. 글쎄요,『새벽』속성 같은 평범한 속성을 아무도 쓸 수 없었다고 생각하기는 어렵고. 그렇다면 즉, 사용자는 있었으나 후세에 남을 정도는 아니었던 것이겠지요. 자, 보여주십시오. 신화에 이름을 새기지도 못했던, 그 강대한 힘을."

"…………죽는다, 네놈."

"까고 있네, 쓰레기가. 너야말로 코피 정도로는 안 끝날 거다."

라이크에게서 살기가 솟구쳤다. 동시에 열을 수반한 빛이 녀석에게서 뿜어져 나왔다.

"내 작광 앞에서, 흔적도 없이 사라져라."

"그거 필살기 대사냐? 그 나이 먹고 안 부끄러워?"

"불손한 자에게, 필멸의 빛을―【효광(曉光)】."

그야말로 사람이라도 죽일 것 같은 눈의 라이크에게, 코우스케는 미소 지었다.

"짜증 나는 아저씨에게, 벌을— 【흑전】."

【흑전】으로 갑주를 두른 직검을 창조한 코우스케를 보고, 라이크가 비웃는 것처럼 콧방귀를 꼈다.

"방어 자세. 겁먹었다는 걸 드러내는 거냐? 나는 맨몸이라고? 벌을 주는 것— 아니었나?!"

녀석의 뒤에서 복수의 빛줄기가 발사되었다. 복잡한 곡선을 그리는 그 모습은 낙뢰를 연상케 했다.

다른 것은, 하늘에서 땅으로가 아니라 공중에서 코우스케를 향하고 있다는 것.

그에 답하듯 【흑식】을 날렸다.

하지만 그 전부가 빛줄기에 닿으면서 튕겨 사라졌다.

"—칫."

하나하나가 소그르스의 최종수단이었던 태양을 본뜬 화염구에 가까운 『용량』을 갖추고 있는 모양이다.

성가시지만 결코 상정하지 못했던 것은 아니다. 그의 레벨이 신고대로 56이라면 당연한 위력.

코우스케는 순간적으로 【흑장】을 발동했다. 방벽을 가능한 한—제때 맞춘 것은 일곱 장—전개했다.

쉭, 쉭 하는 소리가 찰나에 겹쳐 일곱 장째에 멈췄다.

즉, 【흑식】에 더해 『흑』을 일곱 번 먹임으로씨 겨우 『집어삼킬』

수 있는 공격이라는 것.

그것을 견제구로 던지는 것이니 영웅의 칭호도 겉멋은 아닌 모양이다.

"하핫, 자, 왜 그러냐! 영웅담에서 이야기되는『검은』힘을 보여 주지 않는 거냐!"

목소리는 지근거리에서 울렸다. 최후의 방벽이 얇은 종이처럼 찢어지고, 가학적인 기쁨에 찬 웃음이 보였다.

라이크가 휘두르는 것은 그 마른 체구에 어울리지 않는 주황색 대검. 마법으로 만들어 낸 것이 아니라, 원래부터 허리에 차고 있던 것이다. 영웅 클래스 내방자가 레벨 50이나 되면 여력은 엄청날 것이다. 대검을 휘두르는 것 따위 나무 막대기를 휘두르는 것과 다름없는 난도일 것이 틀림없다.

"자아, 사내라면 받아보아라!"

올려 베기로 방벽을 찢어 가르고, 거기서 코우스케를 향해 내려 베기를 가하는 연격.

영웅의 동체 시력을 가지고서도 눈으로 좇지 못할 그 속도에, 코우스케의 본능은 회피 불능을 호소했다.

즉각적으로 결단. 통상보다도 많은 마력을 담아 방어 자세를 시도했다. 방어와 돌격은 거의 동시.

다행히 방벽처럼 날이 끊어지지는 않았으나, 엄청난 위력에 코우스케의 몸이 날아갔다.

폭풍을 맞은 나뭇잎처럼 허공을 날아, 낭떠러지를 굴러떨어지는 낙석처럼 융단 위에서 튀었다.

　기세를 거스르지 않고 몸을 회전시키며 몇 번인가 손에 땅을 짚음으로써 감속. 대미지 자체는 거의 없다.

　그걸 깨달은 건지, 깨닫지 못한 건지 라이크는 만족스러운 기색으로 소리 내어 크게 웃었다.

　"하하핫! 잘 뛰는구만, 잘 뛰어! 미안하군! 이래 보여도 많이 봐준 건데, 부족했던 모양이다. 조금 전에 너무나도 큰소리를 치기에 이렇게까지 약할 거라고는 손톱만큼도 생각지 못해서 말이야!"

　여력뿐만이 아니다. 속력도 기력도 코우스케보다 단연 위다. 물론 파라미터는 전부. 알고 있다.

　그래서 뭐 어쨌다는 건가.

　"자, 이 정도까지로 해 둘까, 쿠로! 귀공의 마법은 작광으로 꿰뚫을 수 있다는 게 판명되었으니 말이야!"

　순간, 라이크의 예장이 불타올랐다.

　"뭣─?!"

　【클라레스 피르노
　내 눈동자에 불타라】.

　저난도 『화』 속성 미궁 제스트에 서식하는 마물, 모르모르의 마법이다.

　그 마법식은─ 3초 주시한 것을 발화시킨다.

　모르모르는 근시였기 때문에 초근거리가 아니면 발동할 수 없었지만, 코우스케는 다르다.

『흑』만을 상대하고 있다고 생각했던 라이크는 당당히 모습을 드러내고 있었다. 불태우는 건 간단하다.

"아아, 미안하네. 그 옷 비싸던가? 설마 『새벽의 영웅』이나 되는 분이 저난도 미궁에 사는 마물의 마법 따위에 걸릴 거라고는 생각지도 못해서 말이야. 변상해 줄게. 얼마지?"

원래 주인이 저난도 미궁 상층에 출현하는 마물이라 할지라도, 사용자가 영웅으로 변하면 위력도 나름 커진다. 적어도 대 마법 소재를 뛰어넘어 섬유를 불태울 정도로는.

"…………네놈의 목숨으로 갚아라."

"사람의 생명과 맞먹을 만한 가치가 있는 것처럼은 보이지 않는데 말이야."

녀석은 대답하지 않고 땅을 박찼다. 잔재주를 부리지 않는다기보다는 감정에 맡긴 직선적인 질주. 하지만 속도는 차원이 다르다.

그래도, 차원이 다르게 빠른 것은 이미 알고 있다. 알고 있다면 대응도 가능하다.

"【내 손바닥이 흑을 낳는다】."

케케라가 쓰는 '손바닥으로 닿은 부분에서 불기둥을 낳는' 마법의 '불기둥'을 『흑』으로 바꿔 넣은 것이었다.

라이크와 코우스케를 연결하는 직선상에는 조금 전 그의 검극을 받고 굴렀을 때의 손의 흔적이 남아 있다.

거기서 『검은』 기둥이 뿜어 올라와 라이크를 덮쳤다.

"칫!"

순간적으로 물러나려 했으나, 스테이터스가 너무 높은 탓에 스스로가 만들어 낸 에너지를 상쇄할 수 없다.

그 약간의 지연 때문에 흑기둥은 라이크의 왼팔 팔꿈치부터 끝부분까지를 집어삼켰다.

어디선가 비명이 일었다. 시연 행위 같은 게 아니라는 걸 이제야 깨달은 모양이다.

"네노오오오오옴!"

"미안하군. 이래 보여도 많이 봐 준 건데, 아무래도 부족했던 모양이야."

"주, 죽여, 죽여 주마, 네놈!"

녀석의 얼굴에는 혈관이 몇 줄기나 떠올라 파열할 것만 같이 융기해 있다.

안면은 귀신 같은 형상에 당장에라도 불을 뿜을 것 같을 정도로 붉게 물들어 있었다.

"……나를 우롱한 죄, 지옥에 떨어져서 속죄토록 해라―【새벽의 이별】!"

그걸 듣고 우왕좌왕하며 도망치는 사람까지 나타났다.

라이크의 눈앞에 작은 광구가 출현했다. 그건 마치 무리한 압축에 거스르는 것처럼 미세하게 부풀어 올라서는, 곧바로 그 자신의 마력에 의해 억눌리는 과정을 초 단위로 반복하고 있었다.

"쿠로 공! 도망치십시오! 도시 하나를 파괴할 수 있는 전략급 마법입니다!"

인파에 휩쓸리면서 플라스가 외쳤다.

"아무래도 보기보다 훨씬 바보인 모양이군. 이거야 원숭이가 더 영리할지도 모르겠어."

"내게 창피를 준 네놈도, 그 목격자도, 전원 죽인다! 네놈의 폭주를 막았다고 보고하면 돼! 살아 있는 게 나 혼자라면 어떻게든 된다!"

극도의 분노로 인한 흥분이 냉정함을 빼앗고 있는 것이라 쳐도, 너무나 경솔하고 어리석은 선택이다.

"그런 게 통할 리 없잖냐."

"최악의 경우 이 나라에서 떠나면 돼! 이 힘만 있으면, 나는 몇 번이든, 무엇을 해도 다시 일어설 수 있다!"

영웅·성자라고 불리는 자의 거의 전부가 내방자다. 그렇게 되면 결정적으로 결여된 것이 있다.

국가에 대한 충성심. 애국심. 까닭에 나라는 영웅에게 특전을 주어 붙잡아 두는 걸 시도한다.

하지만 그것도 완전하지는 않다. 영웅의 힘은 그야말로 일기당천, 진심으로 저항하면 대처하는 건 지극히 곤란하다.

코우스케도 이 나라에 여동생이 없다면 나갈 생각이었다. 정신성은 라이크와 그리 다를 바 없다.

단 한 가지. 자기현시욕에 지배당한 그와 달리, 무관계한 타인을 자진하여 해하는 행동은 하지 않을 뿐.

"아니, 그 썩어빠진 근성만은 어떻게 해도 고칠 수 없겠어."

그래도 코우스케는 자신의 행동을 부끄러워했다. 분노에 맡겨 싸운 탓에 결국 많은 사람을 위험한 상황에 부닥치게 했다. 상대를 잘못 본 것은 양자 공통. 어쨌든 하다못해 그 책임은 져야만 한다.

—【흑도야】를, 써서라도.

노을 색깔 구체는 해방의 때를 이제나저제나 하고 고대하고 있는 것 같았다.

소그르스의 태양 낙하 때와 상황은 같다. 도시 하나를 파괴할 수 있다고 한다면 회피는 불가능하다.

선택지는 대처하는 것 단 하나로 한정되고, 실패는 죽음으로 이어진다. 망설일 여지 따위 처음부터 없는 것이다.

"【흑도—"

마법은, 발동할 수 없었다.

아니, 발동할 필요가 없어졌다고 해야만 할 것이다.

"쌍방 거기까지."

홀연히 나타난 난입자는 두 명.

그중 목소리의 주인이 라이크의 전략 마법을 봤다. 단지 그것만으로.

"—【청에 굴복하라】."

도시 하나를 괴멸시킬 수 있다는 마법이, 사라졌다.

코우스케의 눈으로도 한순간밖에 좇을 수 없었다.

그 구체를 감싸듯이 파란 역장이 발생했나 싶더니만, 마법이 소멸한 것이다.

"장난이 지나치군요, 킬파로미데스 경."

몸에 걸친 것은 푸른 예장. 덧붙여 푸른 머리카락에 푸른 눈동자. 얼음이라기보다 심해를 연상케 하는 깊은 푸른색.

머리카락은 허리 정도까지 뻗어 있다. 선이 가느다란 미형으로, 목소리도 중성적이라 착각할 뻔했지만, 남자인 모양이다.

"그람류네이트 경! 무슨 짓인가! 먼저 죽이겠다고 덤벼든 것은 그 꼬맹이 쪽이다!"

확실히 그의 가해 행위에 살의는 없었다. 죽음에 이르는 손상을 먼저 입힌 것은 분명 코우스케다.

"7영웅씩이나 되는 분이, 이런 자리에서 승부를 받아들이는 것 자체가 당신의 잘못이라고 말하고 있는 겁니다. 덧붙여 조금 전의 발언, 제3왕녀 전하가 말려드시는 걸 고려하고도 그런 발언을 한 것이라면, 왕실에 대한 반역죄를 추궁당해도 이상하지 않습니다."

"…………그러면, 이 녀석은 어떻지! 내 왼팔을 빼앗았다고! 이건 국가의 지보(至寶)인 영웅을 해하는 행위다! 즉, 왕실에 대한 반역이나 다름없어!"

생떼라고 쳐도 수준 낮은 반론이었지만, 그것도 봉쇄당했다.

다른 한 명의 난입자─ 크윈이 거기서 처음으로 말을 내뱉었다.

"……그래. 그러면─【백】."

순식간에 일어난 일이었다. 영창에 응해 녀석의 왼팔과 불탄 예장이 원래대로 돌아왔다.

그녀는 처음 만났을 때와 변함없는 평탄한 목소리로 계속했다.

"당신이 입은 피해를 '없었던 일로' 했어. 이래도 불만이 있다면 말해. 나는 당신들 내방자 영웅보다 큰 권한을 가지고 있어. 지금 이 자리에서 당신에게 반역죄를 묻고 그 존재를 '없었던' 것으로도 할 수 있어. 저기, 10초, 기다릴게. 대답, 해."

코우스케 쪽에서 크윈의 표정은 보이지 않았지만, 그녀의 시선을 받고 있을 라이크는 보였다.

코우스케를 깔보던 그가, 코우스케와 그리 나이 차이가 나지 않는 크윈을 앞에 두고 떨고 있었던 것이다.

"아…… 알았어! 하, 하지만 쿠로! 네놈과 그람류네이트 경에게는 사죄를 요구한다!"

"나, 당신이 나쁘다고, 했어. 그렇게 들리지 않았다면, 말해 줄게. 당신이, 나빠. 그러니까, 쿠로도, 루키우스도, 당신에게 사과하지 않아. 사과할 필요, 없어. 다시 한번, 10초, 필요해?"

"………………………~~~~큭! ─아니, 알았다. 물러나지."

크윈에게는 자존심 덩어리 같은 남자의 입을 다물게 할 정도의 힘이 있다는 것이다.

영웅을 그만두고 싶어 하던 소녀가, 영웅인 것을 자랑삼는 청년을 말만으로 제압했다.

그리고 놀랍게도 다른 참가객들이 돌아왔다. 그것도 누구나가 태연한 얼굴로.

그 안에서 한 사람이 이쪽으로 나왔다.

"루키우스~. 하객『조율』, 끝났어."

코우스케는 그 인물을 알고 있었다. 복장은 분홍색 예장으로 바뀌어 있었지만, 안경과 미모는 그대로다.

"엘피……?"

마법의, 엘리피나페다.

놀란 코우스케를 앞에 두고서도, 엘피는 자연스러운 태도가 무너지지 않고 태연했다.

"어머, 쿠로. 그 예장 잘 어울려. 내 건 어때?"

"어째서 당신이 여기에."

엘피는 미소 지을 뿐 아무 말도 하지 않았다.

"쿠로."

쑥, 하고 크윈이 시야상에 몸을 내밀었다.

"아, 아아. 오랜만, 도 아니구나."

"또 만나서, 기뻐. 쿠로는? 날 만나서, 기쁘, 려나……?"

"응, 기뻐. ……아니, 솔직히 말하면 여러 가지 일이 너무 많아서 잘 모르겠어."

"……아무래도 이 자리에서는 저만이 당신과 초면인 것 같군요."

그람류네이트 경이나, 루키우스라고 불렸던 미청년이 달트라 군식 경례를 했다.

"루키우세우스 루키우스리파이카 그람류네이트라고 합니다. 앞으로 잘 부탁드립니다. 계급은 장군입니다만, 군속 영웅은 원칙적으로 명예 장군직을 받기에 이름뿐입니다. 『푸른 영웅』의 자리를 맡고 있습니다만, 다른 사람처럼 루키우스라고 불러 주셨으면 합니다. 쿠로 님."

"그럼 나는 쿠로라고 불러 줘. 루키우스."

"그러면, 그렇게."

루키우스는 그렇게 말한 뒤, 해맑은 미소를 띠었다.

"나는 엘리피나페 포르반테드 로젠글라이스. 어떤 때는 마을 의사, 또 어떤 때는 술꾼, 그리고 또 어떤 때는 『신유(神癒)의 영웅』이라고 불리는 미녀야."

새삼 그 말을 들으니 말도 나오지 않는 코우스케였다.

그런 코우스케 앞에서 자신의 차례라는 것처럼 크윈이 이름을 댔다.

"나, 크윈티 세레스티스 클리어베디비어. 루키우스나 엘피보다도 빨리 쿠로, 알고 있었고, 두 사람보다, 훨씬, 강해. 최강의, 『하얀 영웅』."

뭘 주장하고 싶은 건지 잘 알 수 없는 자기소개다.

"별일이네요. 크윈이 누군가에게 흥미를 느끼다니."

"어머어머~, 나도 쿠로한테는 흥미진진해~. 쿠로도 그렇지?"

어째 귀찮아질 것 같았기에 코우스케는 화제를 돌렸다.

"아니, 그것보다도 라이크를—"

시선을 향하니, 이미 그곳에는 없었다.

"그라면 이미 건물 밖으로 나갔습니다. 무슨 일이 있었던 건가요?"

사정을 간추려 설명했다. 루키우스는 머리가 아프다는 듯이 이마를 눌렀고, 엘피도 미소를 지우고 떫은 표정을 지었다.

"이야기는 잘 알았습니다. 제 쪽에서 조사대를 조직하여 사실을 확인한 뒤, 반드시 합당한 벌을 내릴 것을 약속합니다. 그러니 개인적으로 움직이는 건 삼가 주신다면 감사하겠습니다만."

"……아아, 알았어. 크윈은 나쁘지 않다고 말해 주었지만, 이번 건은 나도 생각이 부족했어. 그 때문에 하마터면 타인을 말려들게 할뻔했으니 말이야. 미안해. 이후로는 조심하지."

"하지만 그 녀석이 쿠로한테 보복할 가능성은 있지?"

"예. 그러니 부하를 생명의 우정과 쿠로의 호위로 붙이고 싶습니다만, 괜찮겠습니까?"

"……고마워. 부탁할 수 있을까."

어느샌가 주위가 술렁이기 시작했다.

영웅이 네 명이나 얼굴을 맞대고 대화하고 있는 것이다. 신경도 쓰이리라.

"저기, 쿠로."

"뭔데?"

"시로, 그렇게나 소중해?"

"아아, 은인이야."

"내가 맞으면, 쿠로, 화낼 거야?"

"그야 물론. 멋대로 친구라고 생각하고 있으니까 말이지."

크윈은 몇 밀리미터 단위로 입꼬리를 올렸다. 아무래도 기뻐한 모양이다.

"저기저기, 쿠로~, 나라면~?"

엘피가 무척이나 성가시게 끼어들었다. 그걸 본 크윈에게서 표정이 사라졌다.

"엘피. 쿠로한테, 너무 가까이 붙지 말아 줘."

"어째서~? 난 쿠로의 주치의고? 촉진 정도 하는 건 전혀 문제없는데?"

"정신과 의사한테, 촉진? 엘피의 취미에, 쿠로, 말려들게 하지 마."

"무슨 말을 하는 걸까? 합의는 확실히 얻었어. 인⋯⋯어쩌고라는 거 몰라?"

너야말로 잊어버렸잖냐! 라고 마음속으로만 지적했다. 도무지 끼어들 분위기가 아니었다.

"엘피가 주치의라면, 난, 친구, 니까. 친구라면, 손이라든가, 잡아. 만지기도 해, 아마도."

두 사람 사이에서 불꽃 같은 게 튀었다.

"어라어라. 여성에게 꽤 인기가 많네요. 쿠로."

"사근사근하고, 미청년이고, 루키우스가 더 인기가 많을 것 같은데."

그는 그 말에 대답하지 않고, 투명도가 높은 웃음을 유지하고 있다.

"그건 그렇고 영웅이 꽤 잘 모이네. 네 명이나 오다니."

그중 라이크는 이미 없다. 거기서 코우스케는 플라스한테 사죄를 시키지 않았다는 걸 깨달았지만, 이미 늦다.

"공교롭게도 많이 바쁜 사람도 있어서 전원은 아니지만, 새로운 영웅의 출발을 축하하는 장소이니 다소는 무리해서라도 참가하는 가치는 있습니다."

"나머지 세 명이 불참가라는 건가?"

어디까지나 『붉은 영웅』의 출결석 정보를 알고 싶었던 코우스케지만, 그걸 간파당하지 않도록 말했다.

"아뇨. 불참가는 두 명입니다. 아마 마지막 한 명도 곧─ 아아, 왔습니다. 그녀입니다."

루키우스에게 재촉받다시피 하여 입구 쪽으로 시선을 옮겼다.

거기서 이쪽으로 가까이 오는 사람이 있었다.

코우스케는 말을 잃었다. 정확히는 "아"라든가 "으" 하는 칠칠치 못한 신음 같은 소리를 내고 있었지만, 그건 말을 형성하지 않고 그저 공기에 녹아 사라져 갔다. 루키우스가 의아한 듯한 표정을 지었다.

폭포처럼 흐르는 윤기 있는 검은 머리카락을 나부끼며, 그녀는 공기를 갈랐다.

감정을 읽을 수 없는 길고 날렵한 눈. 굳게 다물어진 입가. 항상 삐쳐 있는 듯한 얼굴이지만, 웃으면 보조개가 생겨 그건 조금 귀염성이 있다는 것을 코우스케는 알고 있다. 키는 조금 커졌을까. 그래도 코우스케만큼은 아니다. 심홍색 예장은 신기할 정도로 그녀에게 잘 어울렸다. 어딘가 아이러니한 아름다움이다.

옆에서 루키우스가 그녀의 사전 정보를 주었다.

"조금 까다로운 성격이지만, 부디 양해를.

그녀가 『붉은 영웅』— 트와일라이트 쿠로이시스 신센텐스드아서입니다."

그런 녀석은 모른다. 하지만 코우스케는 눈앞의 소녀를 알고 있다. 분명 이 자리에 있는 누구보다도.

그도 그럴 것이, 그녀는—.

".........................토와."

원래 있던 세계에서, 능욕당한 끝에 동사한— 여동생이니까.

쿠로노 토와는 오빠인 코우스케를 '코우'라고 부르고 있었다.

쌍둥이 여동생과의 관계는 양호하여, 굳이 말하자면 친구에 가까운 사이였다고 생각한다.

쌍둥이라고는 해도 이란성으로, 닮기는 했지만 그건 평범한 남매로도 보이는 수준.

장을 보러 가는 데 함께한 적도 있었고, 둘이서 영화를 보러 간 때도 있었다.

학교에서는 서로 시스콘·브라콘이라 불리기도 했지만, 사이가 좋다는 건 사실이었다.

중학생이 되자 어머니의 의향도 있어서 두 사람은 학원에 다니게 된다.

고등학교 수험을 보고, 좋은 대학에 가 줬으면 한다고. 두 사람은 딱히 반발하지도 않고, 주 3일, 방과 후에 학원으로 가는 생활을 보냈다. 끝나면 퇴근길인 아버지가 데리러 와 주는 때도 있었다.

어느 날의 일이다.

코우스케는 학원에 가야 하는 날인데, 친구에게서 놀자는 말을 들었다.

동아리에 들지 않은 애들 사이에서 일주일에 3일이나 놀지 못하는 코우스케는 애들이랑 잘 놀 수 없는 부류에 들어간다.

친구의 빈축을 사는 건 가능한 한 피하고 싶기도 하여 코우스케는 학원을 빼먹기로 했다.

약간의 죄악감과 함께 향한 오락실이나 노래방은 평소보다도 즐겁게 느껴졌다.

모든 것의 톱니바퀴가 어긋난 날이었다. 혹은 악의의 입장에서는 모든 톱니바퀴가 잘 맞물린 날, 일까.

그날, 아버지에게서 '일이 바빠 데리러 갈 수가 없다'는 문자가 와 있었다.

어머니는 여동생이 밤에 돌아다니는 걸 극단적으로 두려워하고 있었지만, 코우스케가 함께 있다면 안심일 거라며 학원에 보내는 걸 결의했다고 예전에 말했었다.

조금 빨리 태어났을 뿐이지만 코우스케는 오빠고, 남자다. 운동부에서 스카우트를 받을 정도로 신체적인 능력도 좋았기에 동년배 양아치 정도라면 시비를 걸어 온다 한들 격퇴할 수 있다.

그 자리에, 같이 있었다면.

그렇다. 코우스케는 학원을 빼먹었다.

혼이 날 것을 각오하며 집으로 돌아가자, 이미 귀가해도 이상하지 않을 텐데, 여동생이, 토와가 없었다. 어머니에게 질책을 듣고, 뺨을 맞았다. 후회하는 심정에 시달리며 집을 뛰쳐나가, 찾아다녔다.

폐를 찌르는 냉기 속에서 몇 시간이나 여동생을 찾아다녔지만, 찾을 수가 없었다. 일을 끝내고 돌아온 아버지가 숨을 헐떡이며 여동생을 찾고 있던 코우스케를 데리러 와 주어도, 순순히 집으로 돌아갈 수는 없었다.

코우스케의 몸을 걱정한 아버지가 질질 끌다시피 하여 귀가한 다음 날.

경찰이 집에 왔다.

목격자가 근처의 주민, 이라기보다 아버지의 지인이라 덕분에 금방 연락할 수 있었다고 한다.

여동생은 능욕당해, 전라 상태로 동사해 있었다고 한다.

소지품은 전부 불태워져 있었기 때문에 경우에 따라서는 신원 확인까지 시간이 걸릴지도 모른다고, 경찰이 냉정하게 말하는 걸 보고 불합리하게도 힘껏 후려갈기고 싶어졌다.

거기서부터 쿠로노 가는 와해되어 갔다.

어머니는 코우스케를 비난하고, 아버지는 그걸 감싸고, 두 사람의 싸움은 이혼까지 발전했다.

어머니가 친정에 돌아간다고 하고, 아버지는 일 관계로 남는다고 했기에, 코우스케는 아버지 쪽을 따라가기로 했다.

아버지가 그걸 받아들여 준 것은 사랑인가, 부채 의식인가.

자신이 마중하러 갔더라면. 그런 후회가 아버지에게는 있는 것이리라.

자신이 학원에 다니라고 하지 않았더라면. 그런 후회가 어머니에게는 있는 것이리라.

자신이 학원을 빼먹지 않았더라면!!

그런 후회가, 코우스케에게는 있었다.

자살도 생각했다. 하지만 그저 도망칠 수는 없었다. 해야만 하는 일이 있었으니까.

그로부터 거의 학교에 다니지 않게 되었다. 그리고 불량배라 불리는 인종의 그룹에 자진하여 어울렸다.

어둠은 한번 발을 들이면 끝이 없다. 점점 수렁으로 빠져든다. 코우스케의 경우는 자진하여 빠져 갔다.

바보보다는 머리가 좋았고, 평범한 사람보다는 싸움을 잘했다.

바보의 습성을 고려하고, 처신을 생각하여 움직이면 안정된 입장을 쌓는 건 그리 어렵지 않았다.

떨어진 곳에서 편린을 붙잡았다.

혼자서 다니는 여성을 납치하여 윤간하는 패거리가 있다고. 그것만이라면 드물지 않다.

강간 피해는 매일 무수히 일어난다.

게다가 피해 여성은 그 치욕이 드러나는 걸 두려워하기 때문에, 입건되지 않는 경우마저 있다.

코우스케는 착착 기반을 굳건히 다지고, 후보를 좁혀 갔다. 긴 세월이 필요했다. 13살에서부터 18살까지의 5년이다.

범인은 7인조. 놀랍게도 나이는 코우스케와 그리 차이 나지 않는 녀석들.

즉, 중학생이 중학생을 범한 뒤 버리고, 급기야 죽게 만든 것이다.

어린애 일곱 명의 성욕에 쿠로노 가는 엉망진창이 되었다.

아클레어에 전생하기 직전의 살인, 그 대상이 녀석들이다. 웃기는 건, 누구 하나 토와를 범한 사건을 기억하고 있지 않았다는 것. 너무 많이 강간하고 다녀 일일이 기억하고 있을 수도 없었던 것이리라.

만족, 이라는 것과는 결정적으로 달랐다. 그곳에 충족은 없고, 공허만이 남아 있었다.

끝내는 방법은 하나. 죽여야 할 마지막 한 사람을 죽이는 것.

대상은— 자신이다.

비극은 자신이 당연하다는 듯이 학원에 다니는 것만으로 회피할 수 있었다. 어머니는 아들을 믿고, 집에서 저녁을 만들고 있었다. 아버지는 가족을 위해 열심히 일하고 있었다. 여동생은 성실하게 면학에 힘쓰고 있었다. 하지만 코우스케는?

—나만이, 쓰레기였다.

그러니 자신을 죽여 버리고 싶었다.

이 세계에서 지워 버리고 싶었다. 비극의 발단을. 악몽의 근원을.

이 세계에서, 가장 용서할 수 없는 존재를.

◇

눈앞에, 여동생이 있다.

5년만큼의 성장이 보인다고는 해도, 쿠로노 토와가 틀림없다.

누가 친여동생을 타인으로 잘못 볼 수 있을까.

만나고 싶었다. 만나기 위해 여기까지 왔다. 설마 첫 번째 만에 다다르다니, 이것이야말로 요행이 아닌가.

하지만 거기서 코우스케는 깨닫고 말았다.

그녀 쪽은, 어떨까. 자신을 죽음에 이르게 한 요인 중 하나가 나타났는데, 어찌 기뻐할 수 있으리.

간접적으로 그녀를 죽인 자신에게, 오빠 행세를 할 권리가 손톱만큼이라도 남아 있는가?

토와가 코우스케 앞에 섰다.

묘하게도 오빠를 봐도 아무런 반응을 보이지 않는다.

5년의 세월이다. 키와 몸집도 변했다. 그녀 쪽은 오빠라는 걸 알아채지 못한 걸지도 모른다.

뭔가. 뭔가, 말하지 않으면. 그렇게 생각할수록 목이 메말라 발성을 방해했다.

"토와, 이쪽이—"

두 사람이 조용히 있는 것에 어색함을 느꼈는지, 루키우스가 코우스케를 소개하고자 입을 열었다.

하지만 토와가 시선으로 그것을 제지했다.

"이 사람이, 가장 신인. 가장, 아랫사람. 인사는 아랫사람부터. 토와는, 그렇게 생각하는데?"

그녀는 불쾌한 듯이 옆머리를 손가락으로 빙글빙글 꼬고 있다.

조금 시건방진 점도, 1인칭이 자신의 이름인 점도, 변하지 않았다.

그건 그렇고, 신인에 아랫사람이라. 그 신인에 아랫사람인 남자가 오빠라는 걸 알면 어떻게 반응할까.

울까. 화낼까. 원망하는 건 그나마 나은 편이고, 살의를 향해도 어쩔 수 없다. 하지만 분명 그렇지 않을 것이다.

내방 첫날, 스테이터스를 확인할 때 가호를 발견하고, 눈물이 나올 뻔한 것을 기억하고 있다.

영이 존재한다는 건 믿지 않았지만, 그래도 혼이 있어 사후에도 계속해서 의식이 남는다면 분명 자신을 원망하고 있을 거라고 생각했다. 토와 입장에서 보면 오빠가 친구를 우선한 탓에 자신이 죽은 거니까.

줄곧, 그것이 무서웠다. 무서워서 어쩔 수 없었다. 그래서 원수를 갚고, 자살을 시도했다.

용서받고 싶었기 때문이 아니다. 속죄? 죄를 갚는다? 그런 걸 바란 적은 없다.

용서할 수 없었으니까 복수했다. 범인들이 당연하다는 듯이 행하는 부조리한 행위를, 무엇보다도 자기 자신을.

그리고 무엇보다도 살인과 자살은 지옥으로 가는 죄라고 들었기 때문이다.

선량한 여동생은 분명 천국으로 갔을 것이다. 자진하여 죄를 범하고, 스스로 목숨을 끊은 어리석은 오빠는 지옥행.

그렇게 되면 여동생과 얼굴을 마주하지 않고 그친다. 사후에 책망받지 않고 그친다.

즉, 도망친 것이다.

가장 사랑하는 여동생에게 비난받을지도 모른다는, 공포에서.

"빨리 인사해. 토와는 그리 성미가 느긋한 편이 아니니까, 기다리게 하지 않는 게 좋아. 신인."

발뒤꿈치를 들어서는 땅에 붙이기를 반복하고, 안달이 난 듯 재촉했다.

언제나 그랬다. 자기는 몇 시간이나 쇼핑하는 주제에, 오빠가 화장실에 가는 몇 분조차도 '왜 이렇게 오래 걸려!'라며 화내는, 제멋대로인 여동생이었다.

그런 주제에 주위에는 착한 모습을 보이려고 겉꾸리는 부분이 있어서.

여동생이 아니었다면 좀 친해지기 힘들겠는데, 하고 생각한 적이 몇 번이나 있다.

하지만, 여동생이다. 가족이다. 그러니 허용할 수 있었고, 귀찮게는 여겨도 싫다고는 생각하지 않았다.

한 번은 도망쳐 버렸지만. 그 끝에서 토와를 만날 가능성을 보고, 망설이지 않고 달려든 자신이 있었다.

도망치고 싶다는 것과 만나고 싶다는 것은 하나의 마음에 동시에 존재하고, 어느 쪽도 본심이었다.

그리고 지금, 토와가 눈앞에 있다. 만나는 걸 선택하여, 만날 수 있었다. 도망치지 않는다면, 마주 보고 시야만 한다.

각오를 굳히고, 입을 열었다.

"…………토, 와."

너의 이름을, 부른다.

토와는 그 말을 듣고— 불쾌하다는 듯이 눈살을 찌푸렸다.

"토와는 확실히 토와지만, 내가 인정한 사람 외에는 그렇게 부르는 건 허용하고 있지 않아. 루키우스가 그렇게 부른 탓에 따라 부른 걸 테니까 첫 번째는 용서할게. 그것보다 슬슬 이름을 대면 어떨까나."

심장이 뛰었다. 아아, 그렇다. 목소리도 바뀌어 버렸다. 더는 13살 때의 자신이 아니라는 데 생각이 미쳤다.

"토와, 나야— 코우스케다."

아무리 그래도 이름을 대면 오빠라는 걸 알 것이다. 하지만 토와는 어찌 된 영문인지 고개를 갸웃했다.

"나야라니, 뭐야?"

의아하다는 듯이 이쪽을 노려보고는, 말했다.

"처음 보는 거지? 너 말이야, 인사도 제대로 못 해?"

머리가 새하얘졌다.

하지만 그것은 금방, 또한 강제적으로 차단되었다.

"쿠로! 넌 주빈이니까 즐기도록 해. 술이라든가, 술이라든가,

술이라든가! 봐, 저기에 웨이터가 있어. 낚아채러 가자, 몽땅 마시러 가자구."

엘피가 그렇게 말하고는 코우스케의 팔을 잡았다.

"엘피. 토와는 지금부터 그 신인에게 설교를 할 거야. 방해하지 않는 게 현명할 거라고 생각하는데."

"어머, 내가 너보다 윗사람이지? 주치의고. 그런 이유니까, 이거 받아간다."

토와는 한순간 떱은 표정을 지었지만, 금방 고개를 돌렸다.

"……뭐, 멋대로 해. 설교는 나중에 또 할 수 있고."

"자, 잠깐 기다려. 엘피—"

저항하려는 코우스케의 귓가에 그녀의 고혹적인 입술이 가까이 다가와, 한숨 같은 목소리로 간질였다.

"설마 네가 '코우'였을 줄이야."

"—너, 어디서 그걸."

아니. 지금 대화로 예상할 수 있다. 반쯤 강제적으로 끼어든 덕분에 반대로 냉정함을 되찾을 수 있었다. 토와, 이 경우, 트와일라이트로서의 토와인가. 그녀는 아무래도 코우스케를 기억하고 있지 않은 모양이다. 그건 조금 전의 반응을 봐도 명백했다. 코우스케라는 걸 알아차린 상태에서 타인인 척하고 있을 가능성도 없지는 않지만, 낮으리라.

무엇보다도 엘피는 토와의 주치의라고 했었다.

즉, 토와는 엘피의 『조율』이 필요한 환자라는 것.

그리고 그 엘피가 코우스케의 애칭을 알고 있다. 여기서는 그녀의 말대로 하는 편이 현명하리라.

코우스케가 진정될 때를 가늠하여, 팔을 감은 엘피가 유도하는 것처럼 걸어 나갔다. 이번에는 저항하지 않는다.

"······뭐야, 저 신인. 토와가 오기 전에 루키우스가 교육해 뒀다면, 토와, 이렇게 불쾌해지지 않았을 건데. 사죄를 요구해도 될까나?"

"저도 놀랐습니다. 조금 전까지의 그와는 완전히 다른 사람입니다. 그거랑 제가 머리를 한 번 숙이는 거로 당신의 기분이 풀린다면, 얼마든지 숙이도록 하지요. 레이디."

"역시 됐어. 그것보다 주스. 카람 짜낸 거로 찾아서 가져와."

"그걸로 상태가 좋아지신다면야."

멀어져 가는 와중에 루키우스와 토와의 대화가 들려왔다.

군인 측 사람들로 파고들어, 엘피는 억지로 장소를 확보했다.

웨이터에게서 샴페인 잔을 두 개 낚아채듯이 받고는 하나를 코우스케에게 건넸다.

잔의 중간 정도까지를 채운 액체는 호박색을 띠고 있었다. 기포가 부글부글하며 수면으로 올라와서는, 터졌다.

도저히 마실 생각이 들지 않는 코우스케와는 대조적으로, 엘피는 그걸 단숨에 다 마셨다.

탄산의 자극에 눈을 감고, 으응~, 하며 몸을 떨면서도 그 후에는 황홀한 표정을 띠고 있었다.

"후우~. 그런데— 크윈? 왜 따라와 있는 걸까?"

그렇다. 코우스케가 엘피한테 끌려가고, 토와가 루키우스와 대화를 시작하는 가운데.

크윈은 코우스케를 따라온 것이다.

"딱히. 친구라면, 같이 있는 거, 별로 이상하지, 않잖아?"

"친구라는 건 그런 만능의 말이 아니라구~?"

"엘피야말로, 쿠로한테, 좀, 허물없이 구는데."

"그야, 친한 사이인걸~."

"나도, 친해. 그렇, 지? 쿠로?"

"지금부터 난 엄청 중요한 이야기를 할 테니까, 자, 어디 딴 데로 가 있으렴."

"지시하지 마. 엘피한테, 그런 권리, 없어."

크윈의 눈동자에 광적인 빛이 깃들었다. 하지만 어딘가 위태로운 그 반짝임은 오래 이어지지는 않았다.

"그럴지도 모르겠네. 하지만 지금부터 하는 건 남한테 들려주고 싶지 않은 이야기야. 물론, 쿠로에게 있어서. 이대로 눌러앉아있으면 너, 친구인 쿠로한테 미움받을지도."

광기는 그 순간 안개처럼 흩어지고, 그녀는 불안한 듯이 코우스케를 올려다봤다.

"정말……? 나, 쿠로한테, 미움받아? ……그건, 싫어."

엘피가 코우스케에게 흥미를 느낀 건 그녀의 지적 호기심 때문이라는 걸 알고 있다.

그래서 숨김없는 호의도 적당히 받아넘기는 식으로 대응할 수 있었다. 하지만 크윈의 것은 뭔가.

짐작이 가는 것은 하나밖에 없다. 처음 만났을 때의 대화다. 크윈은 영웅을 그만두고 싶다고 말했다.

코우스케는 별 뜻 없이 그걸 긍정했지만, 그녀가 놓인 환경을 고려하면 그건 불가능에 가까운 곤란이다.

공감도 긍정도 받을 수 없는 고민이라는 것이다. 하지만 인간은 누구나 이해받고 싶어 한다.

더욱 정확하게는, 이해한 후에 자기가 원하는 대응을 타인이 취해 줬으면 한다고 생각하고 있다.

당연히 그런 것은 주위와는 상관없기에 진정한 이해자를 얻는 건 어렵다.

어렵기 때문에야말로, 손에 넣었을 때 그건 매우 커다란 가치를 지닌다.

크윈에게 있어서는 코우스케야말로, 아니, 코우스케만이 자신의 소망을 긍정해 준 사람.

처음 생긴 이해자 후보쯤 되면, 집착이나 호의를 품는 것도 어느 의미로는 자연스러운가.

"……아니, 괜찮아. 그것보다 빨리 들려줘."

그러자 크윈은 아주 약간이지만 우쭐한 표정을 짓고는 엘피를 바라봤다.

"내, 승리."

"딱히 승부 같은 건 하지 않았거든~."

엘피는 쓴웃음을 짓고 난 뒤, 180도 바뀌어 진지한 표정을 지었다.

"본래라면 환자의 정보를 나불나불 누설하면 안 되지만."

이 세계에도 수비 의무라는 개념은 있는 모양이다. 법으로 엄격하게 정해져 있는지까지는 알 수 없지만. 어쨌든 규칙 위반, 매너 위반을 범하고 있다는 인식이 있는 것이리라. 기분 탓인지 그녀는 목소리를 줄이고는 이야기하기 시작했다. 토와에 대해서.

그녀가 출현한 것은 5년 전의 일. 나타난 것은 왕도 길티어스의 『숲의 신전』이 아니라, 거기서 북쪽으로 나아간 곳에 위치하는 자인캠파스라는 도시의 『언덕의 신전』이라고 한다.

나타났을 때, 토와는 공황 상태였다고 한다.

당연하다. 손상이나 더러워진 건 제거되기는 해도 내방자는 사후에 아클레어로 온다.

그러니 토와는 욕보이고, 전라로 벗겨져, 몸이 완전히 식은 상태로 이 세계에 출현했다.

평정을 유지하라는 편이 무리인 이야기다.

보호받은 그녀를 진찰하게 된 것이 엘피라고 한다.

그것도 타당한 일이리라. 영웅에 이르는 높은 스테이터스를 가진 인간의 정신에 이상 증세가 나타나 있다면, 그걸 치료하는 건 일류 마법의가 아니면 안 된다. 『치유』속성의 전문가.

즉 엘피다.

그녀는 오랜 시간을 들여 토와를 치료했다. 그 과정에서 과거의 생의 기억에 접할 기회가 있었다.

코우라는 이름도 거기서 들었다. 오빠를 그렇게 부르고 있었다고.

그리고 토와는 어느 때 엘피에게 부탁했다. 과거를 잊고 싶다, 고.

그런 건 당연하다. 같은 꼴을 겪으면 누구나 그렇게 생각한다. 아무도 기억하고 싶지 않으리라.

"기억은 말이야, 인간의 마법으로는 지울 수 없어. 그렇다기보다, 기억을 지운다는 마법이 없어. 『백』의 대가로『기억 낙장』, 『흑』의 대가로『정신 오염』이라는 게 있는데, 그것들은 어디까지나 특정 행위의 반동이고 마법 효과와는 성질이 달라. 내 마법으로 할 수 있는 건, 자물쇠를 채우는 것."

찰나, 크윈이 이곳에 없는 어딘가를 보는 듯이 눈을 가늘게 떴지만, 그것도 금방 원래대로 돌아왔다.

『흑』과 『백』 한정이라기보다는, 색채 속성 보유자에게 대가가 따르는 스킬이나 마법이 갖추어져 있는 것인가.

확실하지는 않지만, 답을 구하는 욕구는 생겨나지 않았다. 지금 코우스케의 의식을 차지하고 있는 건 여동생에 관한 것이었다.

"자물쇠?"

"그래. 기억이라는 건 정보에 불과해. 인간은 그걸 뇌의 어느 부위에서 분류별로 나누며 보관하고 있어. 나는 그 하나하나에

'떠올린다'라는 선택지를 봉하는 자물쇠를 채웠어. 그러니까 기억은 그녀의 뇌에 전부 남아 있지만, 그녀의 표층 의식에 그것들이 떠오르는 일은 없다는 거야."

예를 들면 금고다. 큰돈이 든 금고. 그 금고를 훔쳤다고 치자.

하지만 여는 방법을 모른다면? 비밀번호나 열쇠를 준비할 수 없다면 금고는 열리지 않는다.

돈은 확실히 존재하는데, 쓸 수 없다. 요컨대 그런 것이다. 있지만, 쓸 수 없다.

"열쇠를 가지고 있는 건 나야. 그렇다고 해서 완벽하지는 않아. 크윈이 그럴 마음이 들면 자물쇠쯤『없었던 것』으로 해버릴 수 있고, 이 세계에는 자물쇠가 채워진 문을 빠져나가 침입하는 도둑도 있는걸."

말하고 싶은 바는 잘 이해할 수 있었다.

금고를 여는 번호를 알고 있는 건 엘피뿐.

하지만 코우스케와 같이 그녀의 과거를 아는 자와의 접촉으로 그것이 느슨해질지도 모른다.

자물쇠에 정면으로 도전하지 않고, 드릴 따위를 사용하여 억지로 여는 방법이 있듯이.

오빠의 부주의한 발언이 그녀가 상자에 가둬 뒀던 모든 것을 들추어버릴지도 모른다.

조금 전에 엘피가 코우스케를 데리고 나온 건 코우스케를 위해서가 아니라 토와를 위해서였던 것이다.

"……의사의 귀감이군."

그걸 비꼬는 것으로 받아들인 건지, 엘피는 빈 잔을 허무하게 흔들었다.

코우스케는 다시 자신을 죽이고 싶어졌다. 엘피의 이야기를 듣고— 안도하고 만 것이다.

여동생이 고통으로부터 도망치고 있다는 것에, 가 아니다. 그것도 없는 건 아니지만, 대부분을 차지한 것은.

만에 하나라도 여동생에게 비난받을 일이 없어서 다행이라는, 비열한 것이었다.

어찌 인간이 이리도 최악일 수 있을까. 정말로, 너무나도, 구제할 도리가 없을 정도로, 자신은— 최악이다.

자기혐오에 빠지는 코우스케에게, 크윈이 나지막이 말했다.

"……즉, 토와는, 쿠로의, 여동생, 이었다?"

"이었다, 가 아니야. 여동생이다."

스스로도 의외일 정도로 말투가 거칠어졌다. 크윈이 눈을 살짝 크게 뜨는 걸 보고, 황급히 사죄했다.

"……아니, 미안. 너는 아무 잘못이 없는데."

"딱히, 괜찮아. 그래서, 쿠로는, 어떻게 하고 싶어?"

"어떻게 하고 싶냐니."

어떻게 하고 싶은 걸까. ……아니, 그렇다. 플라스에게 말했던 참이 아니던가.

포기할 수 없다면 무엇이든 해야만 하고, 아무것도 하지 않는다면 포기해야만 한다.

　복수를 완수하고, 재회는 이뤘다. 그럼 다음은? 포기할 수 없고 양보할 수 없는, 코우스케의 다음 목적은?

　바라는 건 무엇이지. 토와가 자신을 떠올려 주는 것인가— 아니다. 토와가 비극을 떠올리는 것인가— 아니다. 비난받고 싶지 않은 것인가— 그렇다. 비난받고 싶지 않은 것뿐인가— 아니다.

　자신은 오빠다. 예전에는 쑥스러워서 도저히 말할 수 없었지만, 토와는 가장 사랑하는 여동생이다.

　사랑받고 싶으니까 사랑하는 것이 아니다. 사랑하니까 소중히 여기는 것이다.

　자신의 약함을 인정하고 마주 보자. 그녀에게 비난받지 않아서 안도하고 있다. 무척 최악인 짓이다.

　그렇다고 해서 여동생을 소중히 생각하는 마음이 거짓이 되는 건 아니다.

　그녀에게 있어서의 최선을 생각해라.

　전생을 잊은 채 행복해지는 건 불행인가— 아니다. 불필요한 기억은, 있다.

　그러면 기억을 잃은 그녀는 타인인가— 아니다. 변함없이 여동생이다.

　그렇다면 자신이 바라는 것은 무엇이지. 간단하다.

　코우로서가 아니라, 쿠로로서 그녀와 다시 관계를 구축하는 것.

할 수 있는 한의 힘을 다해, 이 세계에서야말로 그녀를 행복하게 만드는 것.

정해졌더니, 어찌 이리 간단한 것이던지. 망설일 필요 따위 처음부터 없었다. 여동생이 살아 있는 것이다. 성장하고, 늙을 수 있다. 결혼하여 아이를 낳을 수도 있다. 남을 사랑하고 남에게 사랑받을 수 있다.

과거의 생에서 비운의 죽음을 겪었던 쿠로노 토와는 아클레어에서야말로— 행복해질 수 있는 것이다.

그러면, 그걸로 충분하지 않은가.

"고마워, 크원. 이제 괜찮아."

"……그래. 그러면, 괜찮, 지만. 나, 쿠로의, 도움이 됐을, 까나?"

"아아. 무척 도움이 됐어."

"그럼, 쿠로도, 나, 도와줄 거야?"

그건 영웅을 그만두는 걸 도와 달라는 건가.

"스스로 생각하는 것 아니었어?"

"……생각하는 거, 잘, 못해…………."

풀이 죽은 것처럼 고개를 숙이고 만다. 그녀 나름대로 진지하게 생각한 결과, 대답을 내지 못했던 걸지도 모른다.

"뭐든, 은 어려워. 내 손으로 구할 수 있는 것에는 한도가 있어."

"그렇, 구나."

"하지만, 친구로서 가능한 거라면 도와줄게. 네 말에 도움을 받았으니까, 나도 너를 도울게."

크윈은 고개를 들고, 어째서인지, 쿠로의 뺨에 손을 뻗었다.

"어, 저기. 왜 그래?"

"……모르겠. 지만. 갑자기, 만지고 싶어졌어."

그녀는 손을 떼더니 가슴 근처를 쓰다듬었다.

"이상한 느낌이 들어, 쿠로, 때문이야?"

"………………그건, 어쩌려나."

"뜨겁네~."

엘피는 이미 웃음이 돌아와 있었다. 새로운 술을 손에 쥐고, 잔을 기울이고 있다.

"이야기는 끝나셨습니까?"

거기에 루키우스가 다가왔다. 투철한 미소에는 어딘가 피로가 배어 나오는 것처럼 느껴졌다.

집안사람에게만 유달리 태도가 드셌던 토와는 아무래도 영웅들을 '집안사람'으로 인정하고 있는 모양이다.

그렇다고 한다면 그 고생은 짐작하고도 남는다. 루키우스가 질려 버리는 것도 필연이었다.

"쿠로, 만약 괜찮으시다면 토와에게 조금 전의 일을 사죄해 주실 수 있나요? 사죄까지는 아니더라도, 인사 정도는 하는 편이 좋다고 저도 생각합니다. 주제넘은 주장이라 매우 송구합니다만."

"아니, 루키우스는 옳아. 사과하러 갈게. 따라와 주겠어?"

루키우스는 여성 열 명 중 이홉 멍이 그것만으로 사랑에 빠질 것 같은 미소를 띠고 끄덕였다.

"물론입니다. 자, 이쪽으로. 안내해 드리지요."

그러자 거기에 플라스까지 다가왔다.

"쿠로 공! 겨우 찾았습니다."

"플라스, 어디 갔었어. 파티에서 아는 사람이랑 떨어졌을 때의 불안함을 생각해 주지 않겠어?"

"무슨 부조리한 말씀을……. 소관은 귀공의 명령에 따라 물러나지 않았습니까."

그 말대로였다.

"슬슬 여왕 전하께서 드실 때입니다. 너무 이곳저곳 돌아다니지 마시고—"

플라스의 말이 멈췄다.

루키우스와 크윈, 그리고 엘피가 그 자리에서 무릎을 꿇은 것이다.

엘피가 끌어당겨 코우스케도 어찌어찌 그걸 따라 했다.

왼쪽 무릎을 꿇고, 오른쪽 무릎은 세우고, 오른손은 경례하는 위치, 왼손을 등 뒤로 돌리고 머리를 숙인다.

달트라의 최고의 경례. 그런 자세를 취해야만 하는 상대는 왕족에 해당하는 자뿐.

혼자서만 그쪽에 등을 향하고 있던 플라스가 쭈뼛쭈뼛 뒤돌아봤다.

"이미 이곳에 있다네. 간오르게류즈 경."

깨닫고 보니 건물 안의 전원이 같은 자세, 같은 동작을 취하고 있었다. 약간 뒤늦게 플라스도 그에 따랐다.

제3왕녀가, 나타났다.

◇

신은 잠들기 전에 인간과의 사이에 아이를 낳았다.

성자들은 반신반인인 그 아이를 왕으로 삼아, 인류와 함께 국가를 형성하였다고 전해진다. 그리고 11개국 중 달트라와 아크스바오나가, 자신들이야말로 신화시대에 세워진 국가라고 주장하고 있다.

우리의 왕이야말로 신의 자식의 후예라고. 유감스럽게도 정전에는 '신이 일으킨 국가'라고밖에 기술되어 있지 않았다. 그 밖의 기술로부터 자국이야말로 신이 일으킨 국가라는 주장은 옛날부터 서로 해 왔으며, 평행선을 그리는 논쟁에 결론은 나지 않았다. 그리고 쌍방이 주장을 굽히지 않는 데도 이유가 있었다.

달트라 왕가, 아크스바오나 황가 각각이 그걸 증명하는 힘을 가지고 있었던 것이다.

신업이라 불리는 신의 힘의 일부다.

평범하게 생각하면 어디선가 핏줄이 나누어진 것이리라. 하지만 그런 간단한 결론에는 이르지 않았다.

한쪽이 악신의 힘을 잇는 자이다. 한쪽이 신의 혈족을 참칭하고 있는 것이다.

그런 어린애 말싸움 같은 다툼이 시작되었다.

그리고 지금, 달트라도 아크스바오나도 국토를 넓히기 위한 전쟁을 하고 있다.

즉, 코우스케는 국력의 일종으로서, 군사력 덩어리로서 인정받은 것이다.

제3왕녀 아인 티파인 마니폴 피프누스 오 플로트세피. 귀인이 사람들 앞에 얼굴이나 살결, 옷차림을 드러내지 않는 건 코우스케가 원래 있던 세계에서도 고래로 각처에서 볼 수 있었던, 흔히 있는 일이다.

그들의 성성(聖性), 혹은 신성은 속인의 눈에 닿음으로써 더러워지고, 손상된다고 생각되었기 때문이다.

실제로는 개인으로서가 아니라 상징으로서 군림하기 위해 형편이 좋았다, 고도 할 수 있다.

초연한 존재라고 생각하게 만들려면 인간다움이라는 건 불순물에 불과하다.

제3왕녀도 그에 따른 모습을 하고 있었다.

"고개를 들라, 쿠로."

제3왕녀가 그렇게 말하자 양옆에 대기하던 종자가 목소리를 겹쳐 말했다. 여성 둘에, 양자 모두 군인용 예장 차림.

"배알하는 영광에 낙루하라, 내방자."

살짝 고개를 들자, 로브를 걸친 작은 몸집의 소녀가 그곳에 있었나.

로브뿐만은 아니다. 팔꿈치까지 덮는 장갑을 끼고, 긴 양말—스타킹 같은 구조일지도 모른다—을 신고 있다. 정점은 착용한 가면.

그나저나 묘했다. 아무래도 초점이 맞지 않는 것이다.

어떤 형태인지는 보이는데, 잘 모르겠다는 결론에 반드시 이르고 만다.

인식 저해 마법이라도 걸려 있는 것이리라. 혹은 좀 더 상위의 신업에 의한 것인가.

코우스케는 귀인과 대화를 할 때의 법도 같은 건 모른다.

말투 같은 건 하루아침에 몸에 배는 건 아니지만, 조금이라도 공부해 뒀어야만 했나.

눈앞에 서 있는 건 틀림없는 왕족. 자칫 잘못하면 불경죄, 같은 것도 충분히 있을 수 있는 일이다.

모처럼 여동생과의 재회가 이루어진 지금, 쓸데없는 문제를 일으키고 싶지는 않았다. 입향순속이라는 말도 있다.

어쨌든 최대한 사고를 회전시키며 어떻게든 말을 짜냈다.

"전하를 뵙습니다."

조금 늦었나 싶었지만, 아무래도 문제없는 모양이었다.

"그대의 무공을 기리는 자리이거늘, 부왕이 아닌 나 같은 젊은 이를 보내는 무례, 왕실을 대표하여 사과하노라."

"저야말로 이러한 자리를 마련해 주신 점, 감사하기 그지없습니다."

"그렇게 긴장하지 않아도 되네. 딱히 그대를 잡아먹으려는 게 아니야. 이번에 악신창 마법구를 봉납한 공은 매우 훌륭했다. 칭찬하노라."

"지극한 영광입니다."

슬슬 정중한 말투의 레퍼토리가 다 떨어질 것 같다며 코우스케는 내심 초조해했다.

"흠. 나도 딱딱한 건 좋아하지 않아. 우이."

제3왕녀 오른쪽 옆에 대기하고 있던 우이라 불린 종자가 뭔가 장식이 과다한 검을 바치는 것처럼 제3왕녀에게 내밀었다.

"쿠로를 제외한 모든 이는 편하게 있도록 하라."

전원이 곧바로 일어섰다.

"나, 아인 티파인 마나폴 피프누스 오 플로트세피의 이름으로, 그대에게 두 개의 물건을 수여한다.

하나, 이름.

그대는 이제부터 달트라의 신민이 된다. 그에 따라 이름을 준비하였다.

이후 그대는 쿠로노 쿠로우리스 나노란슬롯이라 칭하라."

신민으로 인정받았다고 하니, 그 나라의 이름을 받는 건 생각해 보면 이상한 것도 뭣도 아니다.

"둘, 보검.

신업으로 불괴(不壞)를 얻은 국보를, 그대에게 하사한다.

이름은…… 이국어이기에 발음이 약간 어설프지만 용서하라―
『흑사무쌍(黑士無雙)』."

제3왕녀가 검의 자루와 배면에 손을 대고 코우스케에게 내밀
었다.

"쿠로노 쿠로우리스 나노란슬롯, 삼가 받들겠습니다."

검을 받아듦과 동시에 우레와 같은 박수가 건물 안을 가득 채
웠다.

이리하여 쿠로노 코우스케는 명실공히― 영웅이 되었다.

◇

"신센텐스드아서 경, 조금 전에는 실례를 저질렀습니다. 삼가
사죄드립니다."

본래라면 시간을 들여 구내의 단상에서 보검이 하사된다는 절
차였으나, 제3왕녀는 기분 내키는 대로 그 자리에서 건네고, 자
신이 있으면 모두가 마음 편히 있지 못할 것이라는 말을 남기고
재빨리 가버렸다.

실제로 단숨에 분위기가 이완되었고, 파티다운 느낌이 구내에
돌아왔기에 뭐라 말할 수가 없다.

아니, 그만큼 왕족에게 외경을 느끼고 있다는 것이다.

지금은 일부의 귀족들이 댄스 등을 시작하고 있었다.

제3왕녀의 종자에게 검대도 받았기에 보검은 허리에 자고 있는

상태다.

다 기억할 수 없을 정도의 사람에게 인사를 받고, 지금까지의 인생에서 받았던 분량을 다 합쳐도 비교가 되지 않을 정도의 축사를 받았다.

그 후의 일이다.

벽에 기대어 주스를 홀짝홀짝 마시고 있던 토와를 발견하고, 말을 걸었던 것은.

그녀는 코우스케를 보더니 알기 쉬울 정도로 기분 나빠 보이는 표정을 짓고 있었지만, 사죄를 받자 한숨을 쉬었다.

진짜 그렇다니까, 라며 어깨를 으쓱이는 그녀한테서는 코우스케를 보고 무언가를 떠올린 것 같은 기색은 없다.

코우스케 쪽은 그저 눈앞에 여동생이 있다는 것만으로 눈물이 가득해질 정도인데.

"뭐, 반성했다면 괜찮으려나. 토와, 딱히 꽁해지는 타입은 아니니까 말이야."

"……감사합니다."

"코우스케."

"?! ……그러고 보니, 조금 전에 제가 먼저 이름을 댔었지요."

"일본 이름 같네. 일본이 존재하는 세계에서 온 거야?"

"네, 그렇……습니다."

"경어는 됐어. 말투가 아니라, 단어 선택에만 조심해 준다면. 그건 그렇고……."

토와는 조금 생각에 잠기는 듯한 표정을 짓고, 그러고 나서 코우스케를 치뜬 눈으로 올려다봤다.

"토와도 일본 출신인데 말이야. 어디선가 만난 적 있어?"

⋯⋯만나고 자시고, 매일 얼굴을 맞대고 있었다.

"어째서, 그런 것을?"

"응~? 잘 생각해 봤더니, 조금 전의 반응은 옛날의 지인을 만났을 때 같네, 싶어서. 루키우스는 라이크랑 여러 일이 있어서 그도 지쳤던 것 같기에~라고 했었지만 말이야."

코우스케는 가슴속으로 루키우스에게 감사했다.

"그때는 조금⋯⋯ 놀란 상태라서."

억지스러운가 싶었지만, 토와는 딱히 수상히 여기는 낌새도 없이 "흐음" 하고 끄덕였다.

"뭐, 라이크가 한 짓을 생각하면 어쩔 수 없을지도 모르겠네. 아니, 그보다 그 자식 말도 안 돼. 전략급 마법이라니⋯⋯. 지금까지도 터무니없는 짓을 저질러 왔으니, 아무리 그래도 이번에는 군부도 엄벌을 내릴 거라 생각해."

그러고 보니, 하고 주위를 둘러봤다. 군인 하객의 수가 눈에 띄게 줄어 있었다. 긴급회의에라도 소집된 건가.

"어째서 지금까지는 그냥 넘어간 거지?"

"지금 아크스바오나라는 국가와 전쟁 중인데 말이야, 그쪽은 열 명 이상의 영웅이 확인되어 있어."

"⋯⋯이해했어."

심정적으로 어떻든 현실적으로는 불가결한 패이니까, 괴로운 선택으로 묵인하고 있었던 건가.

몇 년 전에 여섯 명의 영웅을 잃었다는 사실도 크게 영향을 미치고 있을 것이다.

영웅 국가씩이나 되는 달트라가 전시 중에 적국이 우월한 수의 영웅을 획득하는 걸 용인해 버리고 있다.

영웅의 유용성으로 생각해도 쉽게 내칠 수 있는 존재는 아니다.

코우스케가 모르는 그 밖의 다양한 요소를 포함하여, 라이크를 허용할 수밖에 없는 상황이 조성되어 있는 건가.

"너도 전장에 나가거나 해?"

영웅은 예외 없이 군속이 된다. 전시하라면 파병도 생각할 수 있을 것이다. 그렇다면 그녀의 스테이터스가 영웅으로 인정받기에 충분한 것이라고 할지라도, 오빠로서는 받아들이기 힘든 것이었다.

토와는 의아하다는 듯이 고개를 갸웃하고, 진의를 가늠하는 듯한 시선을 향했다.

"어째서 그런 걸 묻는 거야?"

오빠로서 걱정이니까, 라고는 말할 수 있을 리도 없고.

"……아니, 원래 있던 세계의 상식으로 보자면 순순히는 받아들일 수 없잖아."

"흐응? 뭐, 그럴지도 모르겠네. 토와는 나가지 않아. 영웅 전원을 전선에 투입하는 건 아니고, 애초에 초난도 미궁의 마물 토벌

이야말로 현대 영웅의 역할이니까. 전쟁이 시작되어 버렸으니까 어쩔 수 없이 그런 것도 해야만 하게 되었을 뿐이지, 영웅이니까 사람을 죽이라는 말은 듣지 않는다구~."

현재 전역에 투입되는 건 주로 『벽력의 영웅』 『작단의 영웅』 『새벽의 영웅』의 세 명이고, 상황에 따라 『푸른 영웅』이나 『신유의 영웅』이 보조에 동원된다던가.

"서로 가진 국토가 넓으니까 그만큼 커버해야만 하는 초난도 미궁의 수도 많아. 그래서 어느 쪽도 전장에 영웅을 많이 내보낼 수는 없어. 알겠나? 신인 군."

초난도 미궁은 영웅 클래스가 아니면 탐색할 수 없는 난도를 자랑한다.

어느 정도는 국내에 잔류시킬 전력이 필요하다는 것이다.

그걸 듣고 코우스케는 진심으로 안도했다. 그런 코우스케를 수상쩍게 여기는 것처럼, 그녀는 미간을 찌푸렸다.

"뭘 안심한 듯한 표정을 짓는 거야?"

"어, 그게, 아니…… . 그런 거라면 내가 곧바로 전장에 내보내질 일도 없겠구나 싶어서."

"……단기간에 마법구 보유 마물을 두 마리나 쓰러뜨렸다기에 상당히 호전적일 거라고 생각했는데, 아니구나?"

이번에는 그녀 쪽이 안도하는 것처럼 미소 지었다.

어쩌면 코우스케의 사전 정보에서 성격이 거친 남자가 아닐까 하고 위험스럽게 여겨, 얕보이지 않도록 고압적인 태도를 취했던 걸지도 모른다. 그렇다고 한다면 처음 만났을 때의 그 대응도 여동생답기는 했다.

"저기, 쿠로노, 군? 으음~, 저기 말이야. 쿠로라고 불러도 될까?"

"그야 물론. 괜찮은데."

"아~, 다행이다. 실은 토와의 본명은 쿠로노 토와라고 하는데, 네 이름이랑 겹쳐서 말이지~. 부를 때 위화감이 있으니까. 응, 그럼 이제부터는 쿠로로. 아, 참고로 그쪽의 성씨는 뭐라고 해?"

그녀는 입가를 구부리는 것처럼 웃었다. 살짝, 보조개가 생겼다.

"……나는, 쿠로키. 검을 흑에 나무 목을 써서 쿠로키."

거짓말을 했다. 토와는 그걸 눈치채지 못했다.

"아, 그래서인가. 새로운 이름은 가능한 한 원래 이름을 본뜬 것으로 해주거든. 토와도 쿠로이시스, 라는 부분에 들어있잖아. 쿠로. 그래도 그거네, 코우스케 부분은 흔적이 사라져 버렸네."

"그러게, 말이야."

"토와는 자기 이름을 좋아하니까 남아 있어서 기뻤는데 말이지. 아, 토와에 대해서는 토와라고 불러도 된다구?"

"……어째서, 갑자기."

"왜냐면 모두와 사이좋아 보이고, 토와한테만 서먹서먹하게 대하는 거, 따돌리는 것 같잖아."

"그런 거라면……."

"응. 특별히 허가해 주지. 감사하도록, 신인 군. 아, 쿠로는 몇 살이야?"

"……18살이야."

"와아. 토와도야. 생일은?"

"……10월, 10일."

"어, 토와도 그런데……. 이상한 우연이다. 이래서야 마치 쌍둥이 같네."

그렇게 말하며 토와는 쓴웃음을 지었다. 진실을 전하려고는 생각하지 않는다. 코우스케도 똑같이 쓴웃음을 지었다.

"그렇다면 내 얼굴도 조금 더 잘생기지 않으면 이상하잖아."

"후훗, 뭐야뭐야? 그 말은 토와가 엄청난 미소녀라는 거야? 알고 있지만요~."

마시고 있는 건 주스일 텐데, 술이라도 들어가 있는 것처럼 기분이 좋아 보인다.

"토와 말이야, 남자가 껄끄러워."

코우스케는 울음이 터지려는 걸 필사적으로 참았다.

옛날의 여동생은 딱히 남자를 껄끄러워하지 않았다는 것을, 코우스케는 알고 있다. 즉, 기억을 잃어도 죽음을 불러온 고통의 창조주가 천박한 수컷이라는 것을 여전히 본능이 기억하고 있는 것이리라.

"뭐라고 할까, 야한 눈? 그런 거로 보는 사람이, 싫어. 끈질기게 들러붙는 사람을 한 번 태운 적이 있으니까 말이야. 아, 죽이지는 않았다구?"

"……루키우스와는 평범하게 이야기했던 것 같은데."

"루키우스가 성욕이 줄줄 흐르는 눈으로 여자애를 보는 광경, 상상할 수 있어?"

"아니, 못 하겠네."

아직 만난 지 얼마 되지 않았지만, 그의 그러한 모습은 상상도 되지 않는다.

"그렇지. 하지만 기본적으로는 어떤 남자든 성적인 눈으로 여자를 봐. 아니, 좀 다른가. 채점하는? 것 같은? 뭐, 여자애도 남자를 볼 때 채점 같은 행동 자체는 안 하는 건 아니지만, 적어도 갑자기 성적인 눈으로 보거나 하지는 않거든."

"미인이라든가, 그렇지 않다든가. 입 밖에 내지는 않아도 생각하고 마는 부분은, 있을지도 모르겠네."

"그래, 그거! 무의식적인 분류라고 해야 할까. 그 과정에서 야한 눈을 한단 말이지. 한순간뿐이라고는 해도, 그게 기분 나빠서 말이야~."

"남자는 얼굴과 대략적인 체형 정도지만, 여자는 거기에 가슴이나 엉덩이, 다리도 보게 되니까. 혐오감을 품는 건 너뿐만은 아니라고 생각해."

"그렇지?! 자의식 과잉인 거 아니지?"

"응."

"하지만 루키우스랑, 그리고— 쿠로, 너는 그런 눈으로 안 봐."

당연하다. 아무리 귀여워도 친여동생이니까.

"……납작가슴에는 흥미가 없어서."

"아하하. 일본인이니까 홍두깨 세 번 맞아 담 안 뛰어넘는 소 없다고 말하면 통하려나?"

그녀는 뺨을 씰룩이면서 화를 내고 있는 것 같았다.

참으로 복잡한 기분이다. 친여동생과 타인으로서 대화하다니.

"그럼 남자랑 사귄 적은 없는 건가."

"없네~. 이대로 혼기 놓쳐버리는 걸까나~. 남자는 싫지만, 아기는 갖고 싶단 말이지. 꼭 하고 싶디고 말한다면야 루키우스나 쿠로랑 결혼해 줄게."

"……가슴이 커지고 난 후라면, 생각해 볼게."

"결투 신청해 버릴까나? 뭐, 됐어! 가슴으로 여자를 보는 녀석 따위 이쪽에서 사절인걸. 진짜, 나중에 사과해도 늦으니까. 뭐어? 앞으로 5초 정도라면? 사죄를 받아줘도 좋지만 말이야?"

그 태도에 코우스케는 웃고 말았다.

여동생과 사귀는 미래 같은 건 말도 안 되지만. 말도 안 되니까, 우스워서 웃음이 나온다.

"그래, 미안했어."

사과하자 토와는 만족스럽게 미소 지었다.

"그럼, 용서해 줄까나. 토와, 꽁해지지 않는 타입이니까 말이야."

"쿠로!"

몹시 다급한 목소리로 코우스케를 부른 것은 루키우스였다.

푸른 장발을 흩뜨리며 뛰어왔다. 주위가 무슨 일인가 싶어 시선을 향했지만, 시야에도 들어오지 않는 모양이다.

"죄송합니다…… 사태가 난처해졌습니다."

"무슨 일이 있었어?"

『새벽의 영웅』 라이크가 코우스케에 대한 보복을 생각할 가능성이 있다고 보고, 루키우스는 시급히 부하를 움직였다. 그리고 생명의 우정으로 보냈지만— 이미 늦은 상태였다고 한다.

"늦었다니…… 무슨 말이야. 시로는, 에코나는, 모두는 어떻게 됐어!!"

루키우스는 바싹 다가서는 코우스케를 진정시키듯이 어깨에 손을 올려놓았다.

"다행히 치유 마법을 쓸 수 있는 부하를 보낸 덕분에 사망자는 나오지 않았습니다. 단지 부상자의 수가 너무 많아서, 이대로는 치료가 늦어진 순부터 죽고 말겠지요……. 크윈을 먼저 보냈으니 괜찮을 거라고는 생각합니다만, 우리도 서두릅시다. 주위에 조금 민폐를 끼치는 게 되겠지만, 저희라면 전속력으로 달리는 편이 일찍 도착하니까요."

"……그래, 알았어."

코우스케는 끄덕이고는 건물 안에서 뛰쳐나갔다. 어째서인지 토와와 엘피도 따라왔다.

"토와, 아는 사람이 없는 파티 같은 거 부리. 잘 모르겠지만, 따라갈래."

"나는~, 으음~, 혼란스러워하는 애라든가, 상냥하게 보살펴 줄까나?"

부하의 보고로는 여종업원이 한 명 유괴된 사실이 확인되었다고 한다.

아마도 시로이리라.

그 순간, 증오가 부풀어 오르는 걸 알 수 있었다. 가슴에 검은 감정이 끈적하게 흐른다.

"미안합니다, 쿠로. 제 잘못입니다. 그때 그를 구속해 뒀어야만 했어요. 이건 조금이라도 그의 체면을 살려 주고자 했던 저의 무른 생각이 초래한 사태입니다. 뭐라 사죄하면 좋을지……."

"네 탓이 아니야. 부하를 보내 준 그 후의에 감사할지언정, 비난하는 말 같은 건 도저히 할 수 없어. 단지, 조금 전의 약속을 없던 것으로 해 주면 고맙겠어."

"약속, 아아. 그는 제게 맡겨 달라고 했던 것 말인가요……? 이 상황에 이르러서야 어쩔 수 없다고 생각합니다. 하지만 부디 도와드리는 것 정도는 허락해 주셨으면 합니다."

"그래 준다면 든든할 거야."

루키우스는 힘없이, 하지만 미소 지었다.

원형의 왕실 출입구를 통행하는 데 다소 말썽이 있었지만, 영웅 권한으로 돌파.

마차의 두 배는 되는 속도로 생명의 우정에 도착.

가게 밖의 상황은 그렇지도 않지만, 가게 안은 지독했다. 요리나 술이 어지럽게 흩어지고, 비품은 모조리 파괴되어 있다.

그 속에 크윈이 서 있었다.

혈흔 등은 남아 있지만, 모두 살아 있다. 이미 상처가 사라진 채로.

"모두의 손상을 『없었던』 것으로, 했어. 나중에 가게 자체도 고칠게. 휴식해도, 돼?"

크윈이 깨나른하게 말하기에, 코우스케는 짧게 감사하고 모두가 무사한 것을 확인했다.

"주인님!"

에코나가 뛰어왔다. 코우스케는 순간적으로 그녀를 끌어안았다.

"미안…… 무서운 일을 겪게 했구나. 내 탓이야."

"아, 아뇨, 저는, 괜찮아요……. 그것보다! 시로 씨가!"

다른 손님들도 일어서서 외쳤다.

"그 개자식! 어이, 쿠로, 때려죽이러 갈 거지? 도와주마!"

"아아, 우리의 간판 여종업원을 납치하다니, 피떡으로 만들어 주지 않으면 기분이 풀리지 않아!"

"취기도 완전히 깼어! 영웅이든 알 바냐! 다 같이 갚아주러 가자고!"

"조용히 해!!"

큰 외침.

한순간에 고양되었던 분위기가 냉각되었다. 그건 코우스케조차도 예외는 아니었다.

어째서냐면 소리친 것이 다름 아닌 마스터였기 때문이다.

"쿠로"라고 말하며 마스터가 코우스케를 노려보는 것처럼 똑바로 바라봤다.

"녀석은, 예전에—"

"시로의 어머니 이야기라면 들었습니다. 예전에 비슷한 소동이 일어났다는 이야기도."

"······그러냐. 솔직히 우리로는 손쓸 방도가 없다. 영웅이라는 건 그런 차원의 존재야."

"예, 맡겨 주세요. 되찾을 겁니다, 시로를. 후려갈겨 줄 겁니다, 라이크를. 모두의 몫도다! 그러니 부탁이야. 부디 내게 맡겨 주지 않겠어?!"

도중부터는 술집에 있는 모두를 향해 외치고 있었다.

마스터로 인해 냉정함을 되찾은 사람들이 침묵으로 승낙을 표시했다.

"쿠로."

거구가 앞으로 나왔다. 타이가다.

"녀석은 제스트의 수호자의 방에서 기다리겠다고 했다. 너 혼자서 오지 않으면 죽이겠다고. 시로를, 말이다."

"그런 조건, 꺼낼 것 같은 느낌이 들어. 그 아저씨라면."

크윈이 온다면 도저히 이길 수 없을 거라고 생각한 것이리라.

한심한 영웅님이다. 하지만 한 방 먹은 코우스케는 웃을 수가 없었다.

그때, 글래스에 메시지가 왔다. 보낸 사람은— 시로.

『—오지 마.
어차피 쿠로는 못 이겨.
그러니까, 절대로 오지 마.』

코우스케는 웃었다. 곧바로 답장을 보냈다.

『—입 다물고 기다리고 있어.
금방 가서 그 멍청한 자식을 날려 주지.』

그렇지만 조금 전의 승부를 통해 라이크도 학습했을 것이다. 다른 속성에도 주의를 기울이며 싸우게 되었을 터다. 덧붙여 인질의 존재. 거기다 압도적인 레벨 차이. 같은 영웅 격이라고 해도 코우스케는 말석.

마음가짐만으로 뒤집을 수 없는 것이 세상에는 잔뜩 있다. 그 것이 현실. 마음가짐 말고 다른 것을 더해야만 한다.

【흑도야】만으로 충분할까. 확실하다고는 할 수 없으리라.

"쿠로. 저 나름의 협력 방법을 떠올렸습니다. 출발 전에 삼시

시간 괜찮을까요?"

루키우스가 진지한 표정으로 이야기를 꺼냈다.

◇

코우스케는 루키우스의 제안을 받아들였다. 그건 라이크도 예상하지 못할 방법이었다.

망토를 벗어 휙 던지려던 차에, 에코나가 받아 들려는 것처럼 양손을 내밀었다.

"기다리고 있겠습니다. 주인님."

"그래, 부탁해."

"저, 저기……."

어딘가 불안한 표정으로 이쪽을 올려다보는 에코나.

"왜 그래?"

"…………오늘 아침에 한 맹세, 이, 잊지 않으셨, ……지, 요?"

코우스케는 의식적으로 온화한 표정을 지었다.

"응. 몇 번이든 반드시 돌아올게. 맹세를 깨지 않고, 에코나를 혼자 두지 않기 위해서."

머리를 쓰다듬을까 했지만, 그만뒀다. 대신 에너지를 보급하는 것처럼 꼭 끌어안았다.

"다녀올게."

에코나는 코우스케의 귓가에 누구에게도 들리지 않도록 속삭였다.

"다녀오세요…… 코우스케, 씨."

코우스케는 그런 간단한 것으로 가슴이 따뜻해졌다.

한 번 에코나의 이마에 입술을 맞추고, 금방 뗐다. 얼굴이 새빨개진 에코나를 두고 일어섰다.

마스터를 봤더니, 끄덕임이 돌아왔다. 타이가나 다른 손님도 코우스케의 등을 밀어줬다.

츤데레 여종업원 클라라는 희한하게도 "……시로를 데리고 와. 너도 죽지 말라고"라며 솔직하게 걱정하는 말을 건넸다.

엘피, 루키우스, 그리고 토와. 다른 영웅들과는 이미 이야기를 끝내 났다. 크윈은 없다.

조금 전에 루키우스의 이야기를 들은 후, 던전 앞에 주둔하는 정규군에게서 구원 요청이 온 것이다.

시로를 끌고 가는 라이크를 막으려다가 레이스를 포함한 병사가 중상을 입었다고 한다.

죽지만 않았다면 크윈이 구해 줄 것이다. 술집을 나와 땅을 박찼다.

돌바닥 지면이 빠각, 빠각, 하고 코우스케의 각력에 버티지 못해 파괴되고, 뒤집혔다.

나중에 변상해야겠다고 생각하는 사이에, 도시 밖으로 나왔다.

바람조차도 따라오지 못할 속도로 침입구에 도착. 그곳에는 레이스 일행이 있었다. 크윈도다.

"미안하네, 쿠로 공…… 역시 우리로서는 막을 수 없었어……."

코우스케는 분한 듯이 표정을 찡그리는 레이스에게 웃어 줬다.

"부끄러워할 것 없어. 적이 영웅이라 할지라도 잘못을 범했다면 맞서 싸운다. 당신들의 그 용감함과 씩씩함이야말로 무엇보다도 얻기 힘든 강인함이니까."

코우스케가 경례하자 레이스에 이어 병사들이 일제히 경례로 답했다.

"……쿠로는, 많은 사람이, 좋아해."

크윈이, 어딘가 슬프게 말했다.

"전생에서는 그렇지 않았어."

"나도, 쿠로, 좋아해."

"……그러냐."

"쿠로, 는?"

"말했잖아. 친구라고 생각하고 있어. 앞으로 얼마든지 친해질 수 있어."

"친구."

크윈은 자신의 가슴에 손을 대고, 그러고 나서 고개를 갸웃했다.

"얼마 전까지, 그건, 기쁜 말이었어. 친구."

"…………크윈."

"지금은, 따끔따끔해. 쿠로 때문이야?"

"그럴지도, 모르겠네."

"하지만, 좋아해."

크윈은 코우스케의 뺨에 입술을 맞췄다.

"화났어?"

"아니, 그렇지만…… 답해줄 수 없어."

"괜찮아…… 딱히. 친구, 지금은. 참을 수, 있어. 계속 참아, 왔으니까. 영웅, 참으면서, 해 왔으, 니까. 친구, 라도, 참을 수, 있어. 그러니까, 괜찮아. 화나지 않았다면, 괜찮아."

그러고 나서 그녀는 나지막이 말했다.

"다녀, 와."

"금방 돌아올게."

"그럼, 기다릴래. 늦으면, 잘, 지도."

"알았어."

마주 웃어 주고, 달려나갔다. 미궁 안에는 마물의 시체투성이였다. 어느 것이든 빛줄기로 꿰뚫린 흔적이 있다.

덕분이라고 해야 할지, 금방 수호자의 방에 도착했다. 저번과 달리 빛은 없다.

그곳에 라이크와 시로가 있었다. 두 사람의 반응은 대조적이다.

라이크는 입가를 추켜올려 웃느라 입술이 팽팽해져 터질 것만 같았고, 시로는 당장이라도 울 것만 같은 얼굴로 이쪽을 봤다.

"하하하하! 내가 불러 놓고서 뭣하지만, 잘도 이런 여자를 위해 죽으러 왔군! 어지간히 여자에 굶주린 건지, 아니면 이 가슴에 유혹이라도 당한 거냐?"

라이크는 오른팔로 그녀의 목을 붙잡고, 왼팔로 유방을 세게 주무르고 있었다.

치욕으로 빨갛게 물든 시로의 얼굴이, 분노로 일그러졌다.

"하나 말해 둔다. 라이크."

"나한테도 유언을 들어줄 정도의 도량은 있다. 뭐지?"

"나는, 널, 죽인다."

쉭, 하고 시로의 배에서 빛줄기가 빠져나왔다. 녀석의 마법에 복부를 관통당한 것이다.

살의가 폭발한다. 녀석이 그래도 시로를 놓지 않았기에 공격할 수 없다.

"이야기를 하나 해 주지. 바보 같은 여자의 이야기다."

"그 이상 지껄이지 마라. 고막이 더러워진다."

"코우코라고 했던가, 시로의 모친이지. 어리석은 여자였어. 필요 없다고 하는데도 내 미궁 공략에 따라와서는, 자업자득으로 마법구 보유 마물에게 습격당한 거야. 그런 주제에 그 바보 여자, 무슨 말을 했다고 생각하지? 처음에는 안내인이니 뭐니 하며 잘난 듯한 얼굴을 하고 있었던 주제에, 목숨의 위기에 처한 순간 나한테 '도와줘'라고 지껄였다고! 진짜, 난 참을 수가 없어서 배를 움켜잡고 웃고 있었어. 아무리 나라도 내방 첫날에 이길 수 있는 상대는 아니라고 판단해서 멀리서 그 여자가 죽는 걸 보고 있었지. 이야~, 즐거웠어! 남편인지 누군지의 이름을 끊임없이 외치고, 딸을 남겨 두고 죽는 데 대한 사죄였나, 그런 말을 내뱉고 있었지. 크크큭, 와하하하!"

시로가 입술을 깨물고 눈물을 참고 있다. 입술이 찢어져 피가 흘러도, 눈물만은 흘리지 않겠노라고 참고 있었다.

도저히 다행이라고는 할 수 없었지만, 복부의 상처는 광열에 의한 것이기에 이미 굳어져 막혀 있다.

적어도 출혈로 죽는 경우는 지금 당장은 없을 것이다. 싸울 시간은 약간이지만 있다는 것.

"이 여자를 죽이지 않은 이유를 알겠나, 쿠로."

"나이를 먹으면 말이 길어져서 안 된다니까. 알기 쉽게 짧게 정리하는 것도 재능이라고."

라이크의 얼굴에 힘줄이 솟았다.

"네놈의 그 여유를 어떻게 하면 지울 수 있을까 생각했다. 지금부터 도전하지. 마력이 사라질 때까지 네놈을 공격하고, 사지를 잘라 떨어뜨린 후에 이 여자를 범할 거다. 질리면 자궁을 끄집어 내서 잘도 지껄이는 네놈의 입에 처박아 주마. 그런 후에 둘 다 죽이겠다."

"계속 그런 망상만 하고 있었냐? 무섭구만."

"허세 부리지 말라고, 『검은 영웅』! 이미 내게 방심은 없어! 네놈의 미래는 죽음으로 고정되어 있는 거다! 벌벌 떨면서 하다못해 확정된 죽음을 1초라도 미루는 데 전력을 기울여라!"

"야, 아직 더 지껄일 거냐? 슬슬 시작하자고. 네 이야기에 흥미 없어."

그제야 겨우 라이크가 시로를 밀쳐냈다.

자존심이 높은 녀석이다. 실력으로 코우스케를 때려눕히고 싶은 것이리라.

"다시 태어나고 얼마 되지 않았는데 미안하지만, 네놈의 두 번째 인생은 여기서 끝난다."

"아~, 예이예이. 그만 시끄러우니까 나머지는 마법으로 말하라고, 아저씨."

가벼운 태도를 가장하고는 있었지만, 코우스케는 이미 한참 전에 인내의 한계였다.

"⋯⋯⋯⋯안 돼."

라며 시로가 작게 말한 게 들렸다. 하지만 코우스케는 그것을 무시하고,

"―【흑장】."

죽고 죽이는 싸움의 막을 열었다.

◇

루키우스가 했던 말을 떠올렸다.

"이미 알고 계실지도 모르지만, 저나 토와는 색채 속성을 가지고 있지 않습니다."

코우스케는 한순간 그에 놀라기는 했지만, 금방 어떤 기억이 떠올라 납득했다.

크원과 처음 만났을 때의 일이다. 그녀가 말하지 않았던가.

—마술 속성『흑』. 색채 속성. 만나는 거, 처음이야, 나, 라고.

그건 다시 말해, 그녀 외에 색채 속성 보유자가 없었다는 것.

"……역시, 알고 계셨습니까. 저는『푸른 영웅』, 토와는『붉은 영웅』에 임명되어 있기는 하지만, 그건 모티브가 된 영웅에는 한참 미치지 못하는, 국가의 의도에 의해 계승된 이름입니다."

달트라는 현재 전쟁 중이다. 그렇지 않더라도 신의 자식을 품은 국가를 자칭하고 있다.

신이 이끈 영웅을 갖추고 있다고 타국에 어필하는 건 확실히 중요하다고 생각됐다.

루키우스도 토와도 내방자로, 각자『수』와『화』자연 속성을 가지고 있는데, 그걸 다루는 게 탁월했기에 영웅으로 받들어진 것이라고 한다.

"그러니 군 내부나 일부 귀족가에는 저 같은 자를 가짜 영웅이라 부르는 사람도 있습니다. 그건 어느 의미로 정확합니다. 저는『창』을 가지고 있지 않으니까요……. 하지만 영웅에게 요구되는 건 상징으로서의 가치입니다. 가짜 영웅이라 할지라도 국가를 승리로 이끌고, 민중을 구원할 수 있다면 그곳에 진짜와 가짜의 차이는 없다고 생각합니다. 그리고 저에게도, 토와에게도 그 힘은 있습니다."

열변을 토하고 고양된 마음을 가라앉히듯이 깊게 심호흡을 하고는, 그는 이렇게 결론지었다.

"저는 시로 씨라는 여성을 모릅니다. 하지만 내방자도 또한 제게 있어서는 구원해야 할 민중인 건 분명합니다. 그 위기를 알고 달려갈 수 있는 처지에 있으면서도, 실행에 옮길 수 없는 현 상황에는 부끄러움과 창피함을 금할 수 없습니다. 그러니 하다못해 힘을 보태고 싶습니다. 저의『힘』을 그대에게 나누어 드리겠습니다."

―시간은 되돌아와, 현재.

"……뭐냐, 이건?"

라이크는 수상쩍은 듯이 이리저리 시선을 향했다.

『검은』상자다. 코우스케와 라이크를 가둔 상자 형태의 필드.

지면과 벽면, 천장마저 준동하는『흑』에 의해 구성된 사형장. 지면에서『흑』이 솟아 나온다. 라이크의 옆에만. 모래사장에 선 코우스케가 얕은 물에 발을 담근 라이크를 지켜보는 듯한 구도.

라이크가 얼굴을 살짝 찌푸렸다. 그 순간, 전신에『효(曉)』를 둘렀다.

"과연.『흑』의 능력은『집어삼킴』! 원거리에서 내 마력을 집어삼켜 힘을 깎아내려는 건가. 생각해 보면, 네놈이 그때 내 팔만을 먹은 건 이상했어. 더욱 대규모로 만들어 전신을 집어삼키는 게 정당했다. 어째서 그러지 않았지? 네놈은 그럴 수 없었던 거다! 미숙하기 때문에!【효광】조차도 여럿 전개하지 않으면 막아낼 수 없으니, 날 단번에 먹을 수 있을 리가 없지! 그래서 활동 범위를 좁히고 오래『흑』에 닿도록 계책을 세운 거지! 어리석구만. 네놈은 바깥에 있어야만 했어! 그러면 그나마 내 힘을 조금은 먹을 수 있었겠지! 하지만 이걸로 종막이다. 사라져라, 무례한 놈!"

【효광】이다. 그 수는 백을 훌쩍 넘으리라. 광열의 비가 코우스케에게 내렸다.

하지만 코우스케는 그걸 보고 미소 지었다.

"—【흑식·백존(白拵)】."

코우스케의 참격이 광열의 호우를 요격했다. 내질러진 수는 거의 동수.

"어리석기는! 네놈의『흑』따위, 내『효』에……비하, …………말도, 안 돼."

접촉은 한순간. 길항(拮抗)은 없음. 한쪽이 한쪽을, 눈 깜짝할 정도의 찰나에 유린했다.

승자는—『흑』. 더욱 정확히는『백』을 내포한『흑』.

"말도안돼말도안돼말도안돼, 네놈 뭘 한 거냐! 지금 건 클리어베디비어 경의『백』이지! 설마 이 상자 바깥에 대기시키고 있는 건가! 부끄러운 줄 알아라, 비겁한 놈! 기사의 결투에 다른 이가 끼어들다니, 네놈에게는 긍지라는 것이 없는 거냐!"

……용케 이렇게까지 자기가 한 일은 뒷전에 두고 억지를 쓸 수 있군.

하지만 의심하는 것도 무리는 아니었다. 코우스케가 라이크에게 레벨로 뒤처지는 건 사실.

【흑도아】는 레벨을 무시하고『집어삼킴』수 있게 만들지만, 그

것도 무한하다고는 할 수 없고, 가령 그렇다고 해도 그에 너무 의존하면 정신 오염치가 비참한 꼴이 될 거라는 건 명백하다.

그래서 코우스케는 힘을 빌렸다. 정확하게는 루키우스가 말했던 것처럼 분여(分與). 나누어 받은 것이다.

라이크의 경악은 멈추지 않았다. 녀석은 코우스케에게 근접전을 시도하려다가 실패했다.

이미 허리 아래까지 차오른 『흑』이 얼음처럼 응고된 것이다.

거기에는 『창』─정확히는 『빙』이지만 그 위력은 『창』에 필적한다─이 섞여 있다.

"…………그람류네이트 경의, 힘."

그리고 라이크는 한층 어떤 것을 깨달았다. 상자의 규모가 조금씩 축소되고 있는 것이다.

"뭐냐…… 네놈, 뭘 한 거냐!"

그제야 그 표정에 공포가 섞였다.

"가르쳐 주는 것과 가르쳐 주지 않는 것. 어느 쪽이 네게 있어 고통일까. 가급적 싫은 쪽을 알려 줘."

"……까부는 것도 적당히 해라!"

비겁은 어디로 간 건지, 등 뒤에서 빛줄기가 닥쳐왔다.

하지만 그것은 코우스케에게 닿기 전에 전부 불타올랐다. 그리고 그 후 『흑』에 집어삼켜졌다.

"『화』…… 아니, 내 마법을 불태우다니, 신센텐스드아서 경 수준의 사용자가 아닌 한……─!! 네, 네놈, 설마─ 아니, 말도 안 돼! 말이 될 리가 없어!"

"뭐야. 네 목소리 듣는 거 조금 재미있어지기 시작했으니까 알려 달라고. 뭐가 말도 안 되는데."

라이크의 얼굴에는 구슬땀이 떠오르고, 표정은 굳어졌다.

"—먹은 거냐, 영웅의 힘을."

"정답."

코우스케는 성적이 안 좋은 학생을 칭찬하는 것처럼, 짓궂은 미소를 띠었다.

코우스케의 포식은 빈도는 안정적이지 않지만, 포식당한 것의 특성을 자신의 것으로 만들 수 있다.

예를 들면『검은 영웅』은 악신의 일부를 먹고『어둠의 영웅』이 되었다.

악신은 죽지 않았는데, 악신의 힘을 행사하고 있다고도 생각할 수 있다.

예를 들면 코우스케는 크레센메메오스의 일부를 먹고 그 능력을 일부 획득했다.

즉, 대상이 죽지 않아도『집어삼킴』을 통한 능력 획득은 일어날 수 있는 것이다.

그러면 육체·마법의 일부라는 건 어디서부터 획득 가능성이 생기는 것인가.

결론부터 말하자면 정말로 사소한 것이라도 된다.

그래서 코우스케는 영웅들의 마법을 몇 번인가 먹고, 좀 더 직접적으로— 머리카락을 집어삼켰다.

그리고, 얻은 것이다.

"모두의 덕에 잠시 『검은』『하얀』『푸른』『붉은』『신유의』 영웅이 되어 있는 것뿐이야."

라이크는 말을 잃었다. 그로서는 생각할 수 없는 일이리라.

자신의 힘을 자랑으로 여기는 그에게 있어, 다른 영웅들이 코우스케에게 힘을 나눠 주는 건 생각할 수도 없는 일.

루키우스는 선의. 엘피는 호기심. 토와는 변덕. 크원은 우의.

이유는 다르지만, 누구도 이의를 제기하지 않았다. 코우스케가 자신들의 힘을 흡수하여 매우 강해지는 것에.

"……바보 같은. 신에게서 받은 힘을, 타인에게 준다? 자신을 행복하게 만들기 위한 힘을 타인이 쓴다? 생각하는 것만으로도 구역질이 나는군!"

쉭, 하고 시로가 맞은 것과 같은 위치를 빛줄기가 꿰뚫고 지나 갔다. 코우스케가 아니라, 라이크의 복부에.

"구역질이 난다고 했던가? 미안. 말하는 걸 잊었는데, 이미『효』 도 손에 넣어 버렸어."

라이크는 그래도 코우스케를 죽이려고 했다. 마법을 발동하려 했다. 하지만 불발로 끝났다.

상자는 이미 사람 한 명만큼의 폭밖에 없는 통로로 변해 있었 다. 그의 발치를 고정하고 있던『흑』을 해제했다.

"『흑』은 먹을 걸 고를 수 있어. 영리하지? 네 마력은 이미 다 먹어치웠어. 하지만 괜찮다고? 육체 측면의 기능은 떨어지지 않았어. 자, 죽고 죽이는 싸움을 계속하자고."

"—내, 내 패배다!"

라이크가 갑자기— 무릎을 꿇고 엎드렸다.
"갖가지의 무례, 사죄하마! 정말로 미안했다! 두 번 다시 이러한 짓은 하지 않겠다고 맹세하지! 부디, 부디 용서해 줄 수 없을까!"
"무리인데."
코우스케는 라이크의 머리를 걷어찼다. 그의 몸이 날아가 『검은』 벽에 부딪혔다.
동시에 벽에서 촉수가 뻗어 나와 그의 전신을 구속하는 속박이 되었다.
"네 성격은 알고 있어. 크윈의 으름장에 굴했던 것처럼, 나를 자기보다 강하다고 인정했으니까 아첨하는 것뿐이지. 미안하다고는 생각하고 있지 않아. 나나 크윈 말고 다른 사람 앞에서 또똑같은 행동을 하겠지. 살인자는 갱생할 수 없다든가, 그런 극단적인 말은 하지 않겠지만 말이야, 교정할 도리가 없는 비뚤어짐은 존재하거든. 해악이 있고, 고칠 수 없다면 없애 버릴 수밖에 없잖아?"
"기, 기다려 줘! 시로나 그 중위에게도 사죄하지! 내기 할 수 있는 거라면 뭐든지 하마!"

"그럼 시로의 어머니를 되살려내. 지금 당장."

"─."

"못 하는 거냐? 뭐야. 너의 뭐든지, 라는 말은 별것 아니네."

"내 재산을 전부 줘도 좋다! 생각해 봐, 여기서 날 죽여서 무슨 이득이 있지?! 나는 영웅이라고! 국가의 발전에 크나큰 공헌을 했어! 그, 그런데 귀공은 어떻지. 전도유망한 몸이라고는 해도 아직 미궁 하나를 공략한 것에 불과해! 여기서 나를 죽이면 왕실의 인상도 나빠질 거라고 생각한다만?!"

"호오. 날 위해서라도 봐주라고?"

"그, 그래. 덧붙여서 개인적으로도 앞으로 귀공에게 힘을 보탤 거라고 맹세하지! 마, 맞아. 생명의 우정에 노예가 있었어. 그런 쓰레기들이 가질 수 있을 거라고는 생각할 수 없으니, 귀공의 소유물이지? 나는 기보르네 침공에도 협력한 적이 있어서 노예상과도 연줄이 있어. 귀공이 원한다면 어떤 미희(美姬)라도 찾아내서 바치도록 하지! 그건 삐쩍 마른 꼬맹이였지만, 성숙한 기보르네 여자는 좋다고? 설국에서 자라서 그런지 살결이 비칠 것만큼 하얗고, 태반이 미모를 지녔어! 물론 어떻게 쓰든 상관하지 않아. 나도 몇 마리인가 망가뜨렸지만, 업자가 깨끗하게 정리해 주니까 문제는 일어나지 않았어! 그, 그밖에도 있다고! 마법구는 어때! 내게는 국가에 봉납하지 않고 보관 중인 마법구가 16개 있어서 말이지, 귀공만 좋다면 전부─"

"그만 됐다."

라이크는 그걸 용서로 받아들인 모양이다. 아첨하는 듯한 웃음을 띠고 안도의 숨을 내쉬었다.

"너의 잘못을 하나 바로잡도록 하겠어. 라이크."

"자, 잘못? 귀공이 말한다면, 미흡한 점은 고치도록 하지. 맹세해."

"루키우스는 너의 행위를 왕실에 보고했다. 그리고 군 상층부와 너를 제외한 모든 영웅에게 연락해서 투표로 결정했다. 그 문제아를 이제 처분해야 할 것인가, 아닌가를 말이야."

"…………."

라이크의 얼굴에서 핏기가 가셨다.

"나도 참가했어. 마법 기술은 대단하던걸. 글래스도 놀라웠지만, 영상 통신 기술까지 확립되어 있으니까 말이야. 그래서, 『새벽의 영웅』은 내가 계승할 테니까 전력 저하는 문제없다고 했더니 최종적으로 모두 납득해 줬어. 처음에는 반발하는 녀석도 있었지만, 어쩔 수 없지? 왜냐면 그렇잖아? 『새벽의 영웅』보다 『검은 영웅』이 신화에도 실려 있고, 어필하는 효과도 막대하거든. 문제아를 정리하는 것과 동시에 그 힘을 얻은 『검은 영웅』의 협력을 얻어낼 수 있다면, 거절할 이유는 찾아볼 수 없다는 거지."

"…………아, ……아, ……아아………."

"그래서, 너의 토벌 허가가 내려졌어. 그러니 말이야, 널 죽여도 누구의 인상도 나빠지지 않아. 그러니까 예를 들어, 이렇게 해도." 오른쪽 다리를 광열의 칼로 잘라냈다. "이렇게 해도." 왼쪽 다리를 잘라냈다.

"아무한테도 혼나지 않고, 누구도 너를 구해 주지 않아."

라이크는 비명을 지르지 않았다. 그만큼 절망이 큰 것이리라.

눈에서 눈물을 줄줄 흘리고, 다량의 땀을 흘리고, 침까지 흘리면서, 라이크는 목숨을 구걸했다.

"……부탁이다, 쿠로. 용서해 줘."

"이럴 때, 나는 반대 상황이었다면 어떨까를 상상해서 답을 내고 있어. 너, 말했었지. 내 사지를 자르고 입에 시로의 자궁을 처박겠다고. 그거, 농담 아니었지? 진짜로 하려고 했었잖아? 싸움이라면 이렇게까지 하지 않아. 결투라면, 아아, 용서해도 좋아. 하지만 아니지? 이거, 서로 죽고 죽이는 거잖아? 결판을 짓는 방법은, 한쪽의 죽음 말고는 있을 수 없겠지?"

코우스케는 시로를 떠올리고, 그 이상의 문답을 중지했다. 벽 일부분이 열렸다.

"난 그만 나간다."

"……요, 용서해, 주는 건가."

"아니, 천천히 먹을 거야. 공간이 조금씩 좁아져서, 『흑』이 너의 살점을 조금씩 갉아먹는 것처럼 『집어삼키는』 거지. 참고로 『신유』로 너의 뇌 기능을 일부 마비시켰어. 그러니 고통으로 기절할 수도 없고, 고통을 완화하는 부류의 뇌 속 물질도 생성되지 않아. 목숨이 다할 고통을 즐겨 줘."

"?! 기다려 줘, 쿠로! 나는 도움이 될 거다! 절대로 손해는 보지 않도록 하겠어! 앞으로는 달트라가 아니라 귀공 개인에게 충성을 맹세해! 그러니까!"

"야, 라이크."

"뭐, 뭐지? 뭐든 말해 줘."

"내 두 번째 인생에, 너는— 필요 없어."

코우스케는 만면의 미소를 띠고, 『흑』을 닫았다.

여동생의 원수를 죽였을 때와 다르지 않다. 악인을 죽여도, 최고의 기분은 들지 않는다.

그래도, 방치만은 할 수 없었다. 그것뿐이다.

거기까지 생각하고, 라이크에 관한 걸 사고에서 몰아냈다. 그리고 시로의 곁으로 달려갔다.

◇

코우스케는 곧바로 『백』으로 시로의 상처를 『없었던』 것으로 했다.

"【백】— 어이, 시로. 괜찮아……?!"

"으, ……응."

살며시 눈이 뜨이고 그녀의 눈동자가 코우스케를 포착했다. 초점이 맺히기까지는 다소 시간이 필요했다.

"……쿠로?"

안도의 숨을 내뱉고 그녀의 상반신을 일으켜 줬다. 자연히 눈이 마주치고, 얼굴이 가까워졌다.

"다행이다. 미안, 이번 일은 내 탓이야."

"…………이."

"……시로?"

"바보야아————————!"

화려하게 작렬했다. 망설임이 일절 없는, 박치기였다.

코우스케는 목이 찢어지는 것 아닐까 싶을 정도의 충격을 받고, 위쪽을 올려다봤다.

"—아프잖냐! 대체 뭐야! 너 이거, 코피 나오고 있는데?!"

스테이터스 보정으로 맷집도 향상되어 있지만, 맞은 곳이 어지간히 좋았는지 코피가 뚝뚝 나오고 있다.

"몰라, 바보야! 오지 말라고 했잖아! 쿠로가 죽을지도 몰랐다구?!"

시로가 우는 걸 보고 코우스케의 화가 한순간에 사그라들었다.

그녀는 자신의 죽음보다도 코우스케의 죽음을 꺼렸던 것이다.

"……바보는 너야. 내가 말하지 않았다면 술집 녀석들이 밀어닥칠 참이었다고. 그만큼 다들 네가 소중한 거야. 저버릴 수 있을 리 없잖아."

시로가 코우스케의 가슴에 얼굴을 묻었다.

"……그 녀석, 어떻게 됐어."

조금 망설였지만, 솔직히 말했다.

"죽였어."

"나 때문에, 쿠로가 살인자가 되어 버렸잖아…… 그런 거, 싫어."

그녀가 어깨를 들썩이며 흐느껴 울었다. 라이크 같은 상대라도 그녀에게 있어 살인은 변함없는 죄고, 코우스케가 자신을 구출하기 위해 손을 더럽혔다는 사실이 괴로워서 참을 수 없는 것이리라.

"시로 때문이 아니야."

"하지만……! 애초에 그 녀석이랑 결투한 것도! 나 때문이잖아?!"

……아무래도 라이크가 일의 발단을 이야기한 모양이다.

"뭐야, 너. 나 때문에 싸우지 말라는 그런 건가? 자의식 과잉인 거 아냐?"

"그렇게 농담으로 넘기는 것도 그만해! 쿠로의 나쁜 점이야, 그거!"

가슴팍을 퍽퍽 쳤다. 확실히 자각은 있다. 아무래도 그녀는 그게 마음에 들지 않는 모양이다.

하지만 그것에도 이유가 있다.

고통이 따르지 않는 그녀의 공격을 멈추고, 손을 잡았다. 그 눈동자 속을 똑바로 바라보고, 말했다.

"너 때문이 아니고, 널 위해서도 아니야. 나 때문이고, 날 위해서 한 행동이라고."

다음 말을 잇기까지 다소 간격이 벌어졌다. 망설임을 떨치듯이, 그 말을 입에 담았다.

"라이크의 이야기를 들었을 때, 깨달았어. 가끔 네 표정이 흐려지는 이유. 그거, 라이크를 떠올리고 있었던 거지. 내방자를 도우려 한 어머니가, 내방자에게 버림받아 죽었는데, 그래도 너는 내방자에게 친절히 대해. 그 녀석이 라이크처럼 될지도 모른다는 불안을 느끼면서, 그래도 손을 내밀지. 그건 정말로 대단하다고 생각해."

코우스케라면 분명 그렇게는 살지 못한다. 다른 내방자에게 죄는 없다는 걸 알아도. 그걸 피하면서 살아갈 것이다.

그래서, 그런 그녀의 강인함을 비웃는 라이크를 용서할 수 없었다.

"라이크가 마음에 들지 않아서 내가 싸움을 건 거야. 그 탓에 너나 술집의 모두를 말려들게 했어. 그러니 시로가 신경 쓸 건 없어. 오히려 내가 사과해야겠지. 미안해."

"……어째서, 내가 바보 취급당하는데, 쿠로가 마음에 들지 않는다고 느끼는 거야?"

그래. 그거다. 관계없는 타인일지라도, 나쁘게 말하는 걸 듣고 기분이 나빠지는 정도라면 누구든 경험한 적이 있을 것이다. 하지만 실력을 행사하여 후회하게 만든다면, 거기에는 강한 이유가 필요해진다.

"여동생을 다시 한번 만나기 위해 아클레어에서 사는 것 아니었어? 에코나 때도, 타이가 때도, 이번에도! 어디가 여동생과 관계가 있는 건데? 선인이 아니라고 했지만, 목숨을 걸고 다른 사람을 구하는 게 선인이 아니면 대체 뭐야? 너, 바보 아니야……?!

나는…… 나한테는…… 목숨을 걸면서까지 구할 이유 같은 건, 없잖아…….”

“그건 아니야, 시로. 선인이니까 남을 구하는 게 아니야. 두 번 다시 후회하고 싶지 않으니까―.”

“아, 그러셔……! 후회하고 싶지 않으니까 이 사람 저 사람 상관없이 손을 내미는구나? 헤에, 하지만 말이야, 그런 거에 휘말려서, 만약 쿠로가 죽거나 하면, 그게 이쪽의 후회가 되어버리는데? 그런 건 생각하지 않는 거지? 아아~, 확실히 너는 선인 같은 게 아니네. 자기중심적인 바보야!”

“이 사람 저 사람 상관없이는 아니야.”

코우스케의 말이 너무나도 강한 어조였기 때문인지, 시로가 놀란 것처럼 눈을 깜박였다.

“자기중심적인 것도, 바보라는 것도 부정하지 않겠지만, 나도 구하는 상대쯤은 골라. 납치당한 게 시로니까 구하러 온 거야.”

그렇게 말하자, 그녀는 몸을 움찔 떨더니, 코우스케한테서 눈을 돌렸다.

“흐응……. 그럼 납치당한 게 에코나랑 비네였다면? 구하러 왔어?”

“……그건, 물론 구하러 오겠지만.”

“그럼 역시 누구든 구하는 거잖아.”

“잠깐잠깐잠깐. 그 두 사람을 저버린다고 하면 그건 꽤 최악인 거 아닌가……?”

곤혹스러워하는 코우스케를 보고, 그녀는 웃음을 터뜨렸다.

"왜냐면 쿠로가 착각하게 만드는 말을 하니까 그렇지."

"착각, 이라니."

"좀 전에, 나만 특별하다고 말하는 것 같았어. 말투에는 조심하는 편이 좋겠네."

"특별해."

그렇게 말하고 나서, 코우스케는 맹렬하게 후회했다. 어째서 입 밖으로 튀어나온 건지, 자기 자신도 알 수 없다. 본심 같은 건 말해 봤자 난처하게 만들 뿐이니까, 잠자코 있으면 좋았을 것을. 하지만 한 번 내뱉은 말은 주워 담을 수 없다. 그녀는 조금 놀란 것 같은 표정을 지으면서, 그래도 다음 말을 기다리고 있었다. 얼버무릴 것인가, 본심을 드러낼 것인가. 결국, 그녀의 시선에 버티지 못하고 굴복했다. 둑이 터진 것처럼, 쌓였던 말을 토해냈다.

"죽을 생각이었어. 돌이킬 수 없는 실패가 괴로워서. 하지만 네가 멈춰 주었어. 실패는 돌이킬 수 없지만, 아직 할 수 있는 게 있을지도 모른다고 생각하게 만들어 줬어. 당연하다는 듯이 힘을 빌려주고, 당연하다는 듯이 도와줬어. 그게 너한테 있어 안내인으로서의 일이라고 해도, 나한테는 특별한 거였어. 내 두 번째 인생은, 네 덕에 구원받은 거야."

그 말에 시로의 눈이 휘둥그레졌다. 코우스케가 시선을 피하지 않고 있자, 그녀는 황급히 눈길을 아래로 내렸다. 그러고 나서, 코우스케의 말을 마음에 침투시키는 것처럼 가슴에 손을 댔다.

천천히 시간을 들여, 이윽고 그녀의 표정이 변해 갔다. 우는 얼굴로. 모처럼 예쁜 얼굴이 엉망이 된 채, 나지막이 중얼거렸다.

"나, 도"라며 그 말만 하고는, 다음 말이 들릴 때까지는 꽤 간격이 벌어졌다.

"처음 널 봤을 때, 가장 먼저 라이크를 떠올렸, 어. 너의 힘을 볼 때마다, 무서웠어. 하지만, 나도, 엄마도, 안내인한테 도움을 받았으니까. 그러니 나도, 내방자를 도와주고 싶다고. ……미안해, 계속 의심하고 있었어."

"아니, 괜찮아."

얼마나 무서웠을까. 그녀에게 엄습했을 공포와 불안을 생각하니 가슴이 아팠다.

책망하려는 생각은 결코 들지 않았다.

"하지만 말이야, 너는 달랐어. 힘을, 당연하다는 듯이 올바른 일에 쓸 수 있는 사람이었어. 그걸로 깨달았어. 힘이 나쁜 게 아니라는 걸. 전부 사용하는 사람의 문제라는 걸. 생각하면 당연한 거지만 말이야, 그걸 깨닫지 못할 만큼 트라우마가 되어 있었던 걸지도 몰라. 그것도 쿠로 덕에 해소되었습니다."

마지막 부분을 일부러 밝은 목소리로 말했다. 분위기를 더 이상 무겁게 만들지 않기 위함이리라.

"……아~, 그렇게 생각해 줬는데 미안하지만, 바로 좀 전에 사람을 죽이는 데 써버렸습니다."

가급적 가벼운 어조가 되도록 신경 써 봤지만, 시로는 슬픈 듯이 미소 지을 뿐이었다. 코우스케의 뺨에 손을 가져다 댔다.

"응. 나쁜 짓이야. 상대가 악인이라고 해서, 그걸 죽여 버리는 건 좋지 않네. 잘못된 방법을 긍정하고 마는 게 되니까."

"……그렇다고 해도, 잘못된 방법이라는 걸 인정하고서라도, 죽이지 않으면 안 되는 녀석은 있다고 생각해."

"……위험한 사상의 소유자다."

시로는 어이가 없다는 느낌을 포함한 웃음과 함께 코우스케의 뺨을 살짝 꼬집었다.

"아무래도 상관없어. 네가 무사하다면, 아무래도 상관없어."

"아아, 그래……."

최대한 평정을 가장하고는 있지만, 얼굴 전체에 수줍음이 드러나고 있기에 무의미했다.

"……뭐, 나도 쿠로가 살아 있어 줘서, 다행이었지만. 질 거라고 생각했고."

"아니아니, 여유였으니까. 무난히 승리를 거두었으니까."

"정말이려나. 조금 봤는데, 그 검은 상자, 나한테 고전하는 모습을 보이고 싶지 않아서 만든 거 아니야? 허세 부리고 있는 거 아니야?"

"하아? 이 순정에 쓸데없는 거유는 구해져 놓고서는 무슨 소리를 하는 거지?"

"순정도 아니고 쓸데없지도 않거든요?! 애초에 구해 달라고 부탁하지도 않았고! 멋대로 와 놓고서는 너무 생색내는 거 아닌가,

457

너. 인기 없는 요소야, 그런 점."

조금 전까지의 다정한 분위기가 거짓말처럼, 두 사람은 서로 너스레를 떨었다.

그리고 그게 잦아들자, 서로 얼굴을 마주 보고 웃었다.

"슬슬 돌아갈까."

시로가 그렇게 말하고 일어서려다가, "와앗" 하며 이쪽으로 쓰러졌다. 다리가 엉키고 만 모양이었다. 코우스케는 순간적으로 그녀를 받아 냈지만, 동시에 숨을 삼켰다.

코끝이 서로 닿을 정도로 그녀의 얼굴이 가까이에 있었다.

"……또 박치기?"

내심의 초조함을 들키지 않도록 농담조로 말해 봤지만, 시로는 말이 없었다.

그뿐이랴, 어색하게 눈을 감기 시작했다.

아무리 그래도 여기서 '어째서 눈을 감는 거야?'라는 말을 할 정도로 코우스케는 둔감하지는 않았다.

어쩌면 넘어진 것 그 자체가 일부러였을지도 모른다. 그렇다고 한다면 여성 쪽이 계기를 준비하게 만든 것이 되기에, 참으로 한심한 일이다.

하지만 코우스케는 그런 반성을 금방 사고에서 내몰았다. 지금 해야만 하는 건 그게 아니다.

얼굴을 약간만 기울여, 얼마 남지 않은 거리를 단숨에 좁혔다. 서로의 입술이 맞닿았다.

코우스케는 거기서 실패했다는 걸 깨달았다. 어째서인지 피 맛밖에 나지 않는 것이다.

어째서고 자시고, 코피 때문이다. 치료하든지 닦고 나서 해야만 했었다.

조금 전의 온갖 대사도 코피를 흘리며 말했던 거라고 생각하니, 터무니없이 창피하다.

그래도 입을 떼지는 않았다. 10초 정도 지났을까. 시로 쪽에서 푸핫, 하고 얼굴을 뗐다.

익숙하지 않은 것이리라. 숨을 이어 쉬는 타이밍을 놓친 듯, 귀엽게 기침을 했다.

그것이 무척이나 사랑스럽게 느껴졌다.

"평범하게, 코로 숨 쉬어도 괜찮다고?"

"시, 시끄럽네! 알고 있어! 평범하게 알고 있거든요!"

"그럼, 한 번 더."

코우스케가 가까이 가자 시로가 아우성쳤다.

"정말 쿠로는 분위기라는 걸 모르네……! 키스도 피 맛이 나고!"

"키스에 관해서는 백 퍼센트 네 과실이니까 말이다? 네 박치기가 초래한 비극이니까 말이다?"

"……잠깐, 뭐 하는 거야."

코우스케는 시로의 가슴을 주무르고 있었다. 시로의 시선이 냉기를 띤 것으로 변했다.

"아니, 그렇지만. 난 만져 본 적도 없는데, 라이크 녀석이 주물

렀으니까."

"그러니까?"

"……이렇게, 소유권 덮어쓰기 같은?"

"그 녀석 것도 아니지만 말이야, 쿠로 것도 아니잖아."

"…………그런."

"절망한 것 같은 표정 짓지 마, 바보야."

시로는 쓴웃음을 지으며 앞치마 끝자락을 들어 올려 코우스케
의 입가와 코를 닦았다.

"한 번 더 하고 싶으면, 피 똑바로 닦고."

그녀는 이걸로 됐어, 라며 끄덕였지만, 코우스케는 알아차렸
다. 그녀의 입가도 빨갛게 되어 있다는 것을.

코우스케가 웃는 바람에 뒤늦게 그걸 깨달은 그녀가 뺨을 부풀
리며 자기 입가를 닦았다.

"저기, 시로. 본명을 가르쳐 주지 않겠어? 알고 싶어."

"? 이 세계에서의 이름은 와이트 화이트 티아이글레인인데."

"그것도 몰랐지만, 원래 있던 세계의 이름도 가르쳐 줘."

시로는 무척 복잡해 보이는 표정을 짓고 나서, 한없이 작아진
목소리로 중얼거렸다.

"……카코."

"카코. 미래랑 과거 할 때의 카코?"

"시로하라 카코! 하얀 들판에 불길한 아이라고 써서 시로하라
카코!"

"꽤 흉흉한 이름이네…… 아니, 그보다. 어, 너, 일본인이야? 은백색 머리카락인데?"

"내가 있던 일본에서는 평범했는데."

"꽤 눈이 아플 것 같은 일본이네."

"새까만 색깔투성이인 게 더 이상해! 음침한 느낌 들고!"

"그러게. 그런 부분도 있네. 게다가 네가 없는 만큼 암울했던 거 확실해."

시로의 얼굴이 새빨개졌다.

"카코, 카코인가. 하지만 마음에 들지 않는다면 시로라고 부르는 편이 좋을까?"

"응. 그쪽이 더 좋아. 저기 말이야, 나는 코우스케라고 불러도 돼?"

"좋아. 가끔 불러 주지 않으면 까먹을 것 같고."

그 말에 시로는 부드럽게 미소 짓고는.

"코우스케, 구하러 와 줘서 고마워."

"악신에게 납치당했다 해도 구하러 갈게."

뭐야 그거, 라며 쓴웃음을 짓고는, 이번에는 저쪽에서 얼굴을 가까이 댔다.

코우스케는 당연히 그걸 거부하지 않고.

어둠에 둘러싸인 정적 속에서, 두 명의 내방자는 잠시 서로를 끌어안고 있었다.

에필로그

목조 침대가 삐걱대는 소리에 눈을 떴다.

"아, 죄송해요. 깨워 버렸나요? ……코우스케, 씨."

"……으음, 아니. 괜찮아. 안녕, 에코나."

코우스케는 눈을 비비며 말했다.

얼음 세공 같은 투명한 눈동자를 웃는 형태로 느슨히 하고는, 그녀는 미소 지었다.

"안녕하세요."

창문으로 비쳐 들어오는 햇빛으로 보건대, 아침이었다. 그것도 이른 아침에 가까운 시간.

"지금부터 일하는 거야?"

그로부터 일주일이 지났다. 두 사람은 아직 생명의 우정에서 숙박하고 있다.

마법구 봉납 보상으로 코우스케 용으로 주거를 받게 되었지만, 달트라에서 기존에 있는 집이 아니라 새롭게 짓고 싶다고 하기에, 시간이 걸리고 있었던 것이다. 그렇지만 그것도 마법 기술로 완성까지 걸리는 시간을 대폭 단축할 수 있는 모양이라, 완성되는 것은 오늘이라고 들었다.

"오늘은 오전에 끝나지? 오후가 되면 가자. 새로운 집에."

"네, 네! ……그, 그런데, 코우스케 씨."

"응?"

"새로운, 집은, 여기보다도, 크지요?"

"아아, 에코나가 쓸 방도 제대로 준비할게."

기뻐하려나 싶었는데, 그녀의 표정은 흐렸다.

"……더는, 코우스케 씨랑, 같이 잘 수, 없나, 요?"

코우스케는 침대에서 일어나, 그녀의 머리를 빗겨주듯이 매만졌다.

"그럼 자는 건 같이 자기로 할까. 하지만 언제까지고는 안 돼. 혼자서 잘 수 있도록, 조금씩 익숙해져 가자. 그걸로 됐니?"

에코나는 웃는 걸 참으려다가 실패한 것처럼, 히죽히죽하며 표정을 이완시키고 있다.

코우스케는 그 뺨의 말랑말랑한 감촉을 손으로 즐겼다. 하지만 그것에도 금방 그늘이 지고 말았다.

에코나는 코우스케의 손을 잡고 부드럽게 감싸면서, 슬픈 듯이 말했다.

"코우스케 씨는, 시로 씨랑…… 연인, 인걸요. 너무 제가, 그, 독점 같은 걸 하는 것도, 실례고."

몇몇 사람은 시로와 코우스케의 관계를 알고 있다.

에코나로서는 자기가 있는 탓에 두 사람의 관계 진전을 방해하고 있는 것 아닐까, 자신은 방해꾼이 아닐까 하고 불안해져 있는 모양이다.

"괜찮아. 바로 요전에 맹세한 것도 잊었어?"

코우스케가 미소와 함께 말하자, 에코나는 이 이상 없을 정도로 칠칠치 못하게, 생글생글 웃음 지었다.

"…………후후후, 에헤헤. 사모하고 있어요, 코우스케 씨."

코우스케의 손등에 쪽, 하고 에코나의 입술이 닿았다.

"아침 식사, 드시겠어요? 지금이라면 제가 준비해 드릴 건데."

"아아, 그럼 부탁할게."

머리를 쓰다듬자 그녀는 간지러운 듯한 표정을 지었다. 요리를 만들러 방에서 나갔다.

여담이지만 에코나는 이제 노예가 아니다.

코우스케가 소그르스의 팔찌를 봉납할 때 보상으로서 바란 것이다.

달트라에는 명예 신민 제도라는 것이 있다.

가령 적국의 중요 인물이 조국을 배신하게 하도록, 그자가 바라는 것을 준비하는 경우가 종종 있다.

그런 사람은 망명자이기는 해도 적국의 인간이다. 그대로 받아들이는 건 곤란하다.

그래서 형식상 국민으로 만들어 버린다. 내방자에게 적용되는 것 또한 같은 것이다.

즉, 달트라 출신자는 아니지만, 왕실에 의해 신민으로서 인정한다는 특례.

통상적으로 천지가 뒤집혀도 노예를 명예 신민으로 만드는 경우는 없다.

노예 자체가 근년에 도입된 신분이라고는 해도, 이번 조치는 달트라 건국 이래의 첫 이례라는 모양이다.

그것도 코우스케가 『새벽의 영웅』을 쓰러뜨릴 정도의 강자에, 『검은 영웅』이기에 허용된 것이리라.

참고로 코우스케가 완전한 형태로 쓸 수 있는 건 『흑』『화』『효』다. 『백』『빙』『염』『신유』는 획득하여 사용 가능하다는 것뿐이고, 그 숙련도는 본래의 사용자에 한참 미치지 못한다.

라이크와 전투할 때 단순한 방식으로밖에 사용하지 못했던 것이 좋은 예다.

고맙게도 마술 적성은 손에 넣었기에 훈련하기에 따라서 성장은 기대할 수 있을 것이다.

일어나서 코트만을 걸치고 아래층으로 내려갔다. 들어온 손님은 4할 정도. 아는 사람과 인사를 나누고, 카운터에 앉았다. 정위치가 되어 있던 공석에 앉자 이미 있던 두 명의 지인이 말을 걸었다.

거유 여의사 엘피와 고지식한 안경녀 플라스다.

"안녕, 쿠로. 나는 신경 쓰지 않아도 돼. 아침부터 정신없이 취해 있는 것뿐이니까~."

라고 말하기에 신경 쓰지 않기로 했다.

백의로는 완전히 가릴 수 없는 몸매에 한순간 넋을 잃는 데 그쳤다.

"소관은 신경 써 주셨으면 합니다. 오늘도 부디 미궁 공략에 어울려 주시지 않겠습니까!"

그렇다. 이 일주일간, 코우스케는 약속대로 그녀를 파티에 넣어 공략에 임하고 있었다.

근본이 성실하고 원래 노력가였기 때문인지, 소질은 나쁘지 않다.

스스로가 바라는 영웅이 될 수 있을지는 별개이지만, 어울릴 수 있는 데까지 어울려 줄 생각이다.

마스터가 말없이 우유를 내어주었기에 시선으로 감사를 표한 뒤 입에 머금었다.

"그래, 좋아. 언제까지나 어울려 줄 수는 없겠지만, 시간이 있는 동안은 같이 가 줄게."

참고로 플라스는 군인을 그만뒀다. 군 업무가 있어서는 미궁을 공략하러 갈 수가 없기 때문이다.

본가에서 엄청 야단 맞은 모양이지만, 지금의 그녀는 생기가 넘친다.

"나도, 갈래."

어느샌가 크윈이 옆에 앉아 있었다. 코우스케는 딱히 놀라지 않고 대답했다.

"괜찮지만, 『백』은 쓰지 마. 플라스의 훈련이 안 돼."

코우스케도 마찬가지로 가능한 한 경험을 쌓고자, 사용 마법을 제한하는 등 궁리하고 있었다.

코우스케의 말에 크윈은 "응" 하고 끄덕이고는, 다음 순간 코우스케의 팔에 자신의 팔을 감았다.

풍만한 가슴이 만들어 내는 푹신푹신한 계곡에 코우스케의 팔이 파묻혔다.

"자, 잠깐, 클리어베디비어 경?! 우리 쿠로한테 찝쩍거리지 말아 주세요!"

대걸레로 바닥을 닦고 있던 시로가 마치 그걸 무기처럼 들고는 뛰어왔다.

"진정해, 시로. 크윈도 딱히 나쁜 뜻이 있는 건 아니니까."

"있어. 나쁜 뜻. 시로한테서, 쿠로, 빼앗으려, 하고 있어. 어때? 내 것이, 되지 않을래?"

"저기, 쿠로. 그러고 보니 나 의아했는데, 어째서 클리어베디비어 경을 크윈이라고 부르는 거야? 식전이 있기 전부터지? 이상하지 않아?"

시로의 눈이 갑자기 힐난하는 듯한 색을 띠었다.

"사이, 좋으니까. 시로의 눈을 피해, 친하게, 지내고 있어. 쪽~도, 했어. 그치?"

"아니, 그 표현은 이상해. 좋지 못한 오해를 부르는 말투야."

"쿠로? 이야기를 들려주겠어? 내 눈을 피해서, 뭐?"

시로한테서 살의 같은 것이 솟구쳤다.

코우스케는 초조해져서, 주위에 도움을 요청하는 시선을 향했다.

엘피는 이쪽을 가리키며 깔깔 웃고 있고, 플라스는 뭘 오해한 것인지 얼굴이 새빨개져서는 고개를 숙이고 있고, 마스터는 나는 모른나는 사세를 관철하고, 비네는 국국 웃으면서 음식을 나르고 있고, 주위의 손님은 수라장이니 뭐니 하면서 놀려대고 있었다.

시로와 크윈은 코우스케를 둘러싸고 말다툼을 하고 있다.

거기에 아침 식사를 든 에코나가 나타났다.

토마토케첩과 비슷한 반 액체상 조미료로 하트가 그려져 있었다.

이 세계에서도 그 마크가 의미하는 건 똑같은 모양이다.

시로의 눈이 범죄자라도 보는 듯한 것으로 변했고, 크윈이 재미없다는 듯한 표정을 지었다.

에코나는 고개를 갸웃하고 있다.

코우스케는 이 세계에 올 수 있어서 다행이라고 생각했다.

여러 만남이 있고, 하나의 재회가 있었던 이 세계를, 좋아하게 될 수 있었다.

하지만 지금 이 순간만큼은.

어딘가 다른 장소로 도망쳐 버리고 싶었다.

후기

처음 뵙겠습니다. WEB 판을 알고 계신 분은 언제나 읽어 주셔서 감사합니다. 미타카입니다.

본서는 '소설가가 되자'라는 투고 사이트에서 연재 중인 작품이 책으로 만들어진 것입니다.

원래 저는 WEB 소설을 읽지 않는 사람이었습니다만, 서점 등에 늘어선 서적화 작품군을 보고는 이세계물의 수가 많다고 느끼고 있었습니다. 실제로 읽어 보니 그 다양성에 놀랄 따름이었습니다만, 당시의 자신은 '이세계에, 치트에, 하렘을 쓰면 되는 건가'라며 안이하게 생각하고, 투고하기 시작했습니다.

결과적으로 완성된 것은 이세계이기는 하지만 치트라고 하기에는 궁지에 빠지고, 하렘이라고 부르기에도 뭔가 좀 다른, 그런 작품이었습니다. 쓰고 싶은 것을 우선해 버려서 그렇게 되고 만 것입니다…….

하지만 운 좋게도 독자분들의 사랑을 받고, 편집자님의 눈에 띄어 이렇게 책이 될 수 있었습니다.

그에 따라 원고를 대폭 다시 썼습니다. 무료로 읽을 수 있는 WEB 소설과 달리, 서적은 돈을 내고 구입해 주시는 것입니다. 저로서는 도저히 'WEB 게재 분량에 손을 대지 않고 그대로 책으로 낼' 수가 없어서, 수정에 더해 단순 계산으로 7만 자 정도를 가

필하였습니다.

WEB 판을 알고 계시는 분이라도 신선하게 읽을 수 있는 것, 처음 읽으시는 분이 작품에 빠져들 수 있을 만한 것을 목표로 썼습니다. 즐겨 주신다면 기쁘겠습니다.

감사의 말입니다.

담당이신 I 님. 서적화 타진 메일을 받은 것이 연재 개시로부터 2주일 정도의 시기였던 것도 있고 하여 처음에는 망설임이 더 강했습니다만, 보내 주신 메일 내용을 보고 한번 만나 보자고 결심했습니다. 꼼꼼하게 읽어 주셨다는 것을 알 수 있는 감상, 그걸 참작한 후의 원고 수정안, 상정되는 마케팅 방식, 그리고 무엇보다도 담당 분 자신께서 작품을 즐겨 주셨던 거구나, 하고 생각할 수 있었던 게 큰 요인이었습니다.

실제로 만나 작품에 품고 있는 비주얼 이미지도 일치하고 있고, 거기다 바라는 것 거의 전부가 통과된 것도 감사했습니다. 정말로 큰 신세를 졌습니다. 감사드립니다……!

일러스트를 그려 주신 노자키 츠바타 님. 처음에 작가 쪽에서 캐릭터의 겉모습이나 복장 등에 관해 대강 쓴 것을 건네드립니다만, 노자키 선생님이 그리신 일러스트가 너무 훌륭해서 제가 쓴 캐릭터 표의 조잡함이 무척이나 창피해졌던 것을 잘 기억하고 있습니다. 다음이 있다면 좀 더 꼼꼼하게 쓰겠습니다…….

모두 무척 좋아합니다만, 캐릭터 디자인 때의 시로의 해맑은 미소, 에코나의 노예 때의 겁먹은 얼굴과 구해진 뒤의 꽃이 피는 듯한 미소를 특히 좋아합니다. 선생님이 그리신 일러스트는 캐릭터의 감정이나 내면이 배어나고 있는 것 같아, 본문보다 훨씬 묘사로서 적확하기에 놀라기도 하고, 거듭 감동했습니다.

WEB 판의 독자분들. 간행할 때 많은 복을 받은 저입니다만, 그것들도 먼저 독자분들께 사랑을 받았기 때문에 이어졌던 것으로 생각합니다. 고독하게 집필 작업을 할 때, 여러분의 응원이야말로 활력이 되었습니다.

교정자분 덕분에 원고의 완성도는 올라가고, 서점 관계자분들 덕분에 독자분의 눈에 띄고, 애초에 GC노벨즈 편집부 덕분에 세상에 나올 수 있었습니다. 그밖에도 많은 분에게 신세를 졌을 것으로 생각합니다.

그리고 마지막으로, 여기까지 읽어 주신 여러분.

모든 것에 감사하고, 이번에는 이만 줄이고자 합니다. 감사합니다……!!

미타카 호즈미

Fukushuu Kansuisha no Jinsei Nishuume Isekaitan Vol.1
©2016 by Hozumi Mitaka
First published in Japan in 2016 by Hozumi Mitaka
Korean translation rights reserved by Somy Media, Inc.
Under the license from Micro Magazine Co., Ltd., Tokyo JAPAN

복수 완수자의 인생 2회차 이세계담 1

2018년 12월 1일 1판 1쇄 인쇄
2018년 12월 15일 1판 1쇄 발행

저　　　자 미타카 호즈미
일 러 스 트 노자키 츠바타
옮 긴 이 주승현
발 행 인 유재옥
본 부 장 조병권
편　　　집 김다솜 김민지 김혜주 이문영 정영길 조찬희
디 자 인 강혜린 박은정
라이츠담당 박선희 오유진
디 지 털 최민성 박지혜
발 행 처 ㈜소미미디어
제 작 처 코리아피앤피
등　　　록 제2015-000008호
주　　　소 서울시 마포구 토정로222, 403호 (신수동, 한국출판콘텐츠센터)
판　　　매 ㈜소미미디어
마 케 팅 한민지 한주원
물　　　류 허석용 최태욱
전　　　화 편집부 (070)4164-3962, 3963 기획실 (02)567-3388
　　　　　 판매 및 마케팅 (070)4165-6888, Fax (02)322-7665

ISBN 979-11-6389-044-7 04830
ISBN 979-11-6389-041-6 (세트)